Mama, just killed a man,
Put a gun against his head,
Pulled my trigger, now he's dead.
Mama, life had just begun,
But now I've gone and thrown it all away.
Mama, ooo –
Didn't mean to make you cry –
If I'm not back again this time tomorrow –
Carry on, carry on
As if nothing really matters.

Freddie Mercury, Bohemian Rhapsody

1

Sport hätte vielleicht wirklich geholfen. Lachhaft, da hatte er gut zwanzig Jahre gebraucht, um in Betracht zu ziehen, dass seine blöden Sportlehrer Recht gehabt haben könnten. Der Aul, der immer die »Blinden und Lahmen« öffentlich verspottet hatte. Wolfgang warf von seinem Bett aus einen Dart. *Zwanzig*.

Schau dir nur diese Schwächlinge an, hatte der Aul irgendwann zu ihm gesagt. *Bulls Eye*. Wolfgang hatte den Aul angesehen. Er hatte bis heute keine Ahnung, weshalb ausgerechnet er von dessen Verachtung verschont geblieben war. *Triple Drei*. Toll.

Damals war er kräftig gewesen, jetzt war er fett. Und der Aul, der alte Sack, sicher lange tot. Wolfgang betrachtete von seinem Bett aus die Dartscheibe. Insgesamt 161 Punkte mit sechs Darts. Er hatte keine Lust, aufzustehen und die Pfeile rauszuziehen. Die Hitze war nicht zum Aushalten. Das offene Fenster weiter vorne sollte eigentlich kalte Nachtluft hereinlassen, doch die Nacht war ungefähr so kalt wie ein Wannenbad. Träge zockelte ein Satellit über die schwarzen Silhouetten der Obstbäume draußen. Grillen zirpten. Wolfgang lehnte seinen Kopf an die geschlossene Scheibe neben seinem Kopfende. Sein Bett stand direkt an dem Fensterband, das er oben in die Giebelseite der Scheune eingebaut hatte. Aurelie hatte das nicht gefallen. Sie hatte befürchtet, gesehen zu werden. Und sie wollte nicht gesehen werden; nicht hier, nicht mit ihm. Er hätte sein Bett für sie verschoben, aber sie würde ohnehin nicht mehr kommen, also war es sinnlos.

Wolfgang nahm die Flasche *Paddy's*, obwohl er vom Alkohol definitiv wusste, dass er nicht half. Nichts half. Allenfalls – vielleicht – an der Scheune zu arbeiten. Danach fühlte er sich meistens ganz gut. Doch es war vier Uhr nachts und zu schwül, um auch nur aus dem Bett zu steigen. Er hatte noch ein Glas auf dem Tisch weiter vorne stehen, das war ihm zu weit weg. Er trank aus der Flasche. Der Whiskey war zu warm. Erstaunlich, natürlich, bei der Witterung. Wolfgang schaltete den Fernseher ein und blaues Licht erfüllte die Scheune. Die Süße und der Wacholder brannten in seinem Mund. Er mochte Scotch lieber, aber der war nun mal nicht da.

Eine Weile starrte er den Bildschirm an, bis er überhaupt registrierte, was er sah: geschminkte Frauen, die sich um Telefonnummern wanden. Er zappte durch die Programme, die Frauen wiederholten sich. Um diese Zeit gab es nur lasche Sexfilme und die Talkshows vom Vortag. Nichts, was ihn interessierte. Er schaltete den Ton aus und sah eine Weile einer blonden Frau zu, die ihn an Aurelie erinnerte. Sie tat so, als würde sie sich selbst befriedigen.

Wolfgang drückte seine Stirn gegen die kühle Scheibe. Sein Körper fühlte sich schwer an (er *war* schwer!), und die Luft war zäh und umschloss ihn besitzergreifend. Er hob den Kopf wieder und musterte die Flasche. Wenn er weitertrank, hätte er morgen einen Kater, und das wäre nicht gut, denn er würde den ganzen Tag Auto fahren müssen, und Katrina, seiner Beifahrerin, musste er nicht unbedingt auch noch die Schnapsleiche geben. Katrina war ein kluges Mädchen. Außerdem schmeckte der blöde *Paddy's* sowieso nicht.

Dann ein Video.

Nein, sagte sich Wolfgang. Deine ganzen Probleme kommen nur von diesen blöden Videos.

Wenn es die Videos nicht gäbe, hättest du noch viel mehr Probleme.

Genau das war eben die Frage. Eine theoretische allerdings, denn er konnte sowieso nicht ohne die Videos leben. Zumindest besitzen musste er sie, wenn er auch versuchte, kürzer zu treten. Die wirklich harten Sachen hatte er in letzter Zeit nicht mehr so oft gesehen. Und heute Nacht konnte er sich ohnehin nicht aufraffen, noch mal runter an den Stahlschrank zu gehen. Stattdessen schaltete er den Videorekorder ein und machte den Ton wieder an. Und wachte bis zum Morgengrauen über einem Film, der ein ganz guter Kompromiss war: dem dritten Teil einer frei verkäuflichen Videoserie mit dem Titel *Die gefähr-*

lichsten Raubtiere der Erde: *Löwen: Der schnelle Tod in der Serengeti.*

Ganz am Ende der Nacht, als ein Gewitter kam, träumte er doch von Blut.

* * *

Das kleine Gewitter bewirkte nichts, was der neue Tag nicht sowieso geschafft hätte: Wie jeden Morgen seit Beginn des Junis verwandelte sich die nächtliche Schwüle in strahlend frische Helligkeit. Vielleicht war die Landschaft ein bisschen feuchter; über dem Garten vor Livia Giallos Fenster hing zarter Dunst.

Livia stand früh auf, obwohl sie zu Hause arbeitete und eigentlich nur die fünf Meter vom Bett zum Computer fallen musste – sie designte Homepages. Doch sie mochte die Frühe. Da war die Welt noch leer und ihr Sohn schlief. Und es gab niemanden, der sich als Besitzer aufspielen konnte – ihres Computers zum Beispiel, ihres Zimmers, dieses Hauses, der eleganten Uhr von Baume & Mercier, die so herrlich schwer und kühl in Livias Hand lag.

Etwas kratzte an ihrer Zimmertür.

Vor Schreck ließ Livia ihren Schatz fast fallen. Das konnte nicht Aurelie sein – durfte sie nicht sein – nein, es war der Hund. Nur der Hund.

Rocco, so sein affektierter Name, kratzte erneut. Das tat er sonst nie und erst recht nicht um diese Zeit. Normalerweise schlief Rocco lang und ignorierte Livia. Er war Aurelies Hund und stand somit – seiner Meinung nach – in der Rangordnung ihres Haushaltes über Livia. Sie selbst hingegen fand Hunde im Haus schlicht unhygienisch, besonders wenn es ein Kleinkind gab. Doch Aurelie in ihrer Gedankenlosigkeit hatte ihn einfach mitgebracht, ohne vorher auch nur Bescheid zu sagen. Aurelies Mildtätigkeiten waren Livia in letzter Zeit ziemlich auf die Nerven gegangen.

Sie warf einen Blick in das Bettchen ihres Sohnes. Er schlief fest, die kleinen Fäuste angestrengt zusammengeballt, ein dünner Faden Spucke lief ihm aus dem Mund.

Draußen vor dem Fenster erhob sich die blassrote Sonne über den Wipfeln des angrenzenden Waldes. Schon wieder machte sich der Hund bemerkbar. Wenn er den Jungen aufweckte, wäre der Morgenfrieden zerstört. Livia erhob sich von ihrem Stuhl, verstaute die Uhr in einer Aktenablage aus Pappe und öffnete ihre Zimmertür. »Sch!«, zischte sie.

Der Hund bellte. Er war dunkel, reichte Livia bis zur Mitte ihres Oberschenkels und hatte einen kräftigen Kopf. Seinen Zähnen wollte sie nicht zu nahe kommen, doch sie war so verärgert, dass sie ihn mit dem Handrücken von ihrer Tür wegschubste. Er knurrte tief und drohend, bellte wieder, dann winselte er. Und bellte. Laut. Aufgebracht trat sie in den Flur hinaus und schloss die Tür hinter sich. Im Flur herrschte nur Dämmerlicht; der Hund schien sofort größer und gefährlicher zu sein. Er lief ein Stück vor, kam zurück und bellte auffordernd. Er hatte noch die Leine um, sie schleifte neben ihm auf dem Boden. Livia machte sie vom Halsband ab. Jetzt sollte das Vieh wohl Ruhe geben.

Doch Rocco bellte wieder.

»Halt deine blöde Schnauze!«, schimpfte sie im Flüsterton. »Du willst wohl raus, was? – Los, wir gehen in den Garten.«

Er lief ihr voraus die Treppe hinunter bis zu der Tür, die aus dem Haus zum Carport führte und offen stand. Mitten in der Nacht offen stand. Das war *auch* typisch Aurelie. So ein Leichtsinn! Rocco rannte durch diese Tür aus dem Haus, an Livias schäbigem altem Corsa vorbei in den Vorgarten und bellte erneut.

Livia machte die Tür zu. Jetzt hörte sie Rocco nur noch gedämpft Laut geben. Dann klickten seine Krallen wieder auf dem Zementboden des Carport, scharrten an der geschlossenen Tür. Sie hatte sich schon fast abgewendet, als sie von dem halbdunklen Flur aus sah, wie sich der Türgriff ruckartig nach unten bewegte.

Selbstverständlich wusste sie, dass Rocco Türen aufmachen konnte. Dennoch hatte diese Klinke, die von außen, von einem wilden und sonst nicht sonderlich intelligenten Wesen gedrückt wurde, eine irrational bedrohliche Wirkung auf sie. Mit wenigen

Schritten war sie an der Tür und hielt dagegen. Natürlich kein Schlüssel da. Also packte Livia einen der Klappstühle, die neben der Tür in einer Ecke standen, und klemmte ihn unter den Griff. Dann ging sie wieder hoch in ihr Zimmer, in dem Elia gerade vorzeitig aufzuwachen begann. Sie kniff die Lippen zusammen.

Die dicke Lederleine hielt sie immer noch in der Hand.

»Aurelie!« Zweieinhalb Stunden später schlug Livia gereizt gegen die helle Holztür zum Schlafzimmer ihrer Mitbewohnerin. Sie hatte keine Lust, die Tür zu öffnen. Doch Jeremy, ein englischer Kollege Aurelies, der zurzeit mit seiner Austauschklasse in Deutschland weilte und den die junge Lehrerin in ihrer unermesslichen Großherzigkeit in ihr Haus eingeladen hatte (selbstverständlich ohne Livia vorher zu fragen), saß unten am Frühstückstisch, trank den von Livia gekochten Tee und wurde nervös, weil es an der Zeit war, zur Schule zu fahren. Und natürlich war er zu verklemmt, um sich selbst an diese Tür zu wagen. Das war seiner Meinung nach die Aufgabe einer Frau.

Genau wie Frühstück machen. Und Jeremy nahm als Brite ein üppiges Frühstück. Abgesehen vom heutigen Morgen. Denn Livia kochte nicht für Kerle. Ihr einziges Zugeständnis an die deutsch-englische Völkerverständigung war der Tee gewesen. Ihr eigenes Frühstück bestand aus drei Tassen Kaffee und ebenso vielen Zigaretten. Und den Resten von Elias Bananenbrei. *Davon* hätte sie Jeremy anbieten können.

Sie hämmerte noch einmal laut gegen die Tür, sodass es im Treppenhaus widerhallte.

Dann musste sie wohl rein. Sie hasste das. Egal, was dahinter war, egal, ob sie wusste, was sie erwartete, die Türen zu anderer Leute Privaträume rührte Livia ungern an. Es war die beklemmende Nähe zum Bewohner, die dahinter harrte. Die machte sie ungeduldig und ärgerlich.

Außerdem ahnte sie, dass diese Tür heute besser geschlossen bliebe.

»Sie ist nicht da?«, fragte Jeremy entgeistert und erhob sich. *»What on earth –«*

»Ganz ruhig«, sagte Livia. »Das kommt vor.«

Jeremy hatte ein eckiges Gesicht, sehr dunkle Augen und blond gefärbtes Deckhaar. Für Livia sah er so echt aus wie eine Big-Ben-Tischuhr. Er bewegte sich merkwürdig, hatte etwas Elegantes an sich und gab sich doch linkisch. Und seine Augen waren so düster verschattet, dass da eigentlich nur triviale Ursachen wie Eitelkeit und Lidschatten eine Rolle spielen konnten.

Er wandte sich zur Treppe und blickte hilfesuchend nach oben.

»Möchten Sie selbst nachsehen?«, fragte Livia maliziös.

»No. – No«, sagte er hastig, und dann feierlich: »Ich glaube Ihnen.«

»Wie schön – ich seh mal nach, ob das Auto da ist.«

Es war da.

»Okay«, sagte sie zu Jeremy, der ihr wie Elia aus dem Holzhaus auf die Straße gefolgt war, »Sie müssen allein zur Schule fahren. Sie können das Auto nehmen.«

Das gefiel Jeremy gar nicht. Der Rechtsverkehr. Und überhaupt, es war doch *strange,* dass Aurelie nicht da war. Schließlich hatte sie in ihm einen Gast. Und sie hatte nichts gesagt. Nicht mal angerufen hatte sie. Und wie wollte überhaupt *sie* dann zur Schule kommen, wenn er das Auto nahm? Jeremy war der Meinung, es sei etwas passiert.

»Jeremy«, sagte Livia, und die Tatsache, dass sie seinen Namen benutzte, war ein großes Zugeständnis an ihn und die Situation (was Jeremy natürlich nicht einmal auffiel), »regen Sie sich bitte nicht auf. Aurelie ist etwas – unstet.«

»Unstet«, wiederholte Jeremy verständnislos.

Und so was war Deutschlehrer. »Aurelie bleibt manchmal nachts fort«, sagte Livia übertrieben deutlich. »Und sie meldet sich selten telefonisch ab.«

»Aber sie muss doch zur Arbeit gehen.«

»Keine Angst, das wird sie. Sie ist garantiert bei einem Freund hängen geblieben und schon längst auf dem Weg zur Schule.«

»Wenn ihr nun etwas geschehen ist?«

»Was wollen Sie machen, die Polizei rufen?« Livia wurde ungeduldig. »Die lachen Sie aus, Aurelie ist erwachsen, die kann tun und lassen, was sie will.«

Elia nahm Jeremy ins Visier und stolperte auf ihn zu.

»Falls wirklich etwas passiert sein sollte, werden wir es erfahren.« Livia blickte sich nach ihrem Sohn um. Elia grapschte nach den langen dunklen Haaren auf Jeremys nackten Schienbeinen. Es würde ein sehr warmer Tag werden und Jeremy trug Shorts. Der Engländer betrachtete das Kind gleichzeitig angewidert und hilflos. Dann trat er einen Schritt beiseite, doch Elia gefiel das neue Spiel, und er folgte dem Mann mit den interessanten behaarten Beinen.

»Natürlich können Sie auch den Vormittag hier bleiben«, sagte Livia mit einem kleinen Lächeln. Ein breiteres hatte sie nicht auf Lager. Man konnte Jeremy ansehen, wie begeistert er von der Aussicht war. Von wegen britische Höflichkeit. Hastig griff er sich den Autoschlüssel, den sie ihm hinhielt wie ein Stück Hundekuchen.

»Auf Wiedersehen.« Bedauernd entfernte sie Elia aus seiner Reichweite und wandte sich wieder der petrolblauen Haustür zu. Sie wollte mit dem Kind aus der Sonne.

»Wann haben Sie Aurelie denn zuletzt gesehen?«, fragte Jeremy, der wieder mutiger wurde, nachdem die Gefahr der Epilation einstweilen gebannt war.

Livia schnippte ihre Zigarettenkippe in den großen dunkelgrünen Steinguttopf mit Aurelies geliebtem Orangenbäumchen. »Als sie abends zum Joggen gegangen ist, glaube ich«, sagte sie. »Und Sie?«

»Mittags in der Schule«, bekannte Jeremy.

»Tja«, machte Livia abschließend. Jeremy sah immer noch nicht überzeugt aus.

»Sie finden es doch allein?«, fragte Livia mit wachsender Verdrossenheit.

»Mein Gefühl ist nicht gut«, sagte Jeremy. »Vielleicht sollten wir lieber nach ihr suchen?«

»Ich halte Sie nicht ab«, sagte Livia. Jeremy sah noch einen Moment zweifelnd aus, dann zuckte er die Achseln und ging zu Aurelies schwarzglänzendem BMW, der vorm Haus in der Sonne stand. In dem Ding musste es glühend heiß sein. Livia war nur froh, dass sie gestern Nachmittag den Platz im Carport ergattert hatte.

* * *

Katrina kam zu spät zur Arbeit. Besonders schlimm war das nicht, denn es gab im Umweltamt niemanden, der mit der Stoppuhr an der Eingangstür auf die Belegschaft lauerte. Und Martina, die frisch ausgelernte Bürokauffrau, der Katrina zugeteilt war, erschien auch nie pünktlich.

Aber es handelte sich um fast anderthalb Stunden. Und das bedeutete, dass Wolfgang, mit dem sie heute eigentlich wieder hätte rausfahren sollen, jetzt garantiert schon weg war. Sicher hatte er sich einfach den Praktikanten oben bei den Bacherneuerern ausgeliehen. Nun war ihr nicht nur die Schelte fürs Zuspätkommen, sondern auch noch ein heißer, langweiliger Tag neben der dämlichen Martina im Amt sicher. Ganz bestimmt durfte sie wieder Schreibübungen machen. Oder für die Umweltberatung Infoblättchen kopieren und falten. Und Martina würde wie ein zum Geier aufgeblasenes Huhn nebendran sitzen und darauf achten, dass die Kanten richtig saßen.

Weiter vorn öffnete sich eine Tür. Katrina zog schnell ihre Tasche hinter sich. Musste ja nicht jeder mitkriegen, dass sie eben erst gekommen war. Doch die Person, die dort plötzlich die Bürotür ausfüllte, wusste genau, dass sie noch nicht in Angelegenheiten des Amtes unterwegs war.

»Wolfgang!«, sagte Katrina leicht nervös. »Morgen. Ich bin zu spät. Es tut mir Leid – ich dachte, du wärst schon längst weg.«

»Ich hatte noch zu tun«, sagte er. »Es dauert auch noch ein bisschen, bis wir loskönnen. Eine halbe Stunde etwa. Ich hole dich ab.«

»Krass«, sagte Katrina. Wolfgang runzelte die Stirn. Katrina versuchte ein Lächeln. »Bis gleich.«

»Ja.«

In Wolfgangs Büro war niemand außer ihm. Seine Kollegen machten Außendienst. Jeder, der bei Verstand war und seinen Tag selbst einteilen konnte, war heute draußen. Es hatte jetzt schon fünfundzwanzig Grad, obwohl es erst kurz nach neun war, und die kaputte Jalousie, deren Lamellen sich nicht mehr drehen ließen, war eine lächerliche Verteidigung gegen die harten, heißen Sonnenstrahlen. Wolfgangs Büro ging nach Südosten. Wäre Katrina rechtzeitig gekommen, wäre er längst weg. Er setzte sich wieder an seinen Tisch und blätterte in seinem Kalender. Letzten Freitag hatte er auch gearbeitet. Er tippte die Arbeitszeit in den Computer.

Katrina war unzuverlässig (anderthalb Stunden!), und er bereute, sie gebeten zu haben, ihm bei seiner Arbeit zu helfen. Sie beide hatten im Grunde nichts miteinander zu schaffen, und je auffälliger Katrina sich benahm, so fürchtete Wolfgang, desto eher würde sein Abteilungsleiter oder gar die Amtsleiterin ihm vorhalten, dass Exkursionen mit Ökologen nicht zu den niedrigen Handlangerdiensten gehörten, die man Lehrlingen zur Not aufbrummen konnte. Und dass Kartelesen im Außendienst definitiv nicht auf dem Lehrplan der Bürokauffrau-Azubis stand und dass sie zu dem Zweck weiß Gott genügend Praktikanten beschäftigten. Doch der einzige freie Praktikant, der oben in der Abteilung Bachrenaturierung hockte, war ein Biologiestudent anstrengendster Sorte, ein Enthusiast, den Wolfgang keine ganze Woche ertragen hätte. Den er nicht mal einen Tag lang ertragen hätte.

Und jetzt war Katrina ja da.

»Meine Mitfahrgelegenheit ist nicht gekommen«, sagte Katrina zu Martina, ihrer Ausbilderin, »deshalb musste ich den Bus nehmen. Und die Verbindung von Irrlich hierher ist ganz mies. Ich hatte noch Glück, dass ich den frühen erwischt habe.«

Martina war zwei Jahre älter als Katrina und seit einem dreiviertel Jahr ausgelernt. Sie war nicht besonders helle, aber klug genug, um zu wissen, dass sie ihre feste Stelle hier im Amt hauptsächlich der Tatsache verdankte, dass sie die Tochter eines bekannten Ludwigshafener Bauunternehmers war. Worauf sie stolz war. Und von ihren Lehrlingen verlangte sie Respekt. Sie setzte eine strenge Miene auf und fragte: »Wer ist deine Mitfahrgelegenheit überhaupt?!« Ihr Ton ließ durchblicken, dass sie nicht nur Katrina, sondern auch dem Ausdruck *Mitfahrgelegenheit* tiefes Misstrauen entgegenbrachte.

»Die kennst du nicht«, sagte Katrina.

Martina nahm sich vor, künftig ihre Lehrlinge zu siezen. »Mit wem?!«, fragte sie scharf.

»Frau Loor heißt sie«, sagte Katrina patzig. »Aurelie Loor. Sie ist wohl krank. Es ist noch nie passiert, dass sie einfach nicht gekommen ist.«

Martina sah ungläubig aus und sagte nichts. Das war ihr bester Trick; so brachte man Leute zum Sprechen.

»Sie ist Lehrerin an der Christian-Morgenstern-Realschule, wenn du das nachprüfen willst«, sagte Katrina prompt.

»Das mache ich vielleicht auch«, erklärte Martina. Sie lehnte sich auf ihrem Stuhl zurück und betrachtete Katrina schweigend.

Katrina sah die Papiere durch, die auf ihrem Tisch lagen. Es waren ein paar Arbeitsaufträge, nichts Weltbewegendes, in einer halben Stunde zu erledigen.

»Die Umweltberatung braucht wieder von den *Autofreies-Eistal*-Blättchen«, sagte Martina. »Und die Hesse will ein paar Artikel für einen Vortrag kopiert haben.«

»Ich fahre heute mit Wolfgang raus.«

Martinas Augen wurden wachsam. Sie nahm es Wolfgang übel, dass er Akademiker war und ihr einfach so ihr Lehrmädchen wegnehmen konnte, noch dazu für eine Arbeit, die ganz klar nicht zu Katrinas Aufgaben gehörte. »Der hat schon vor einer Stunde nach dir gesucht.« Martinas Nase zuckte genau so, wie wenn sie sich mit Kollegin Petra über die Scheidung der unglücklichen Hesse ausließ. »Was habt ihr eigentlich gestern die ganze Zeit dort draußen gemacht?«

Eine Bank überfallen und Drillinge gezeugt, war Katrina versucht zu sagen. Heute Morgen fand sie Martina besonders schwer zu ertragen. »Das weißt du doch, Wolfgang macht diese Bewertung der Saumgesellschaften des Acker- und Weidewirtschaftslandes. Wir sind eben herumgefahren, er hat geguckt, und ich habe Protokoll geführt.«

Martina schüttelte den Kopf. »Also der muss längst weg sein. Wahrscheinlich mit dem Stefan oben von den Bacherneuerern.«

»Nein, er hat auf mich gewartet«, erwiderte Katrina.

»Ach was.« In Martinas Augen begann etwas zu leuchten.

Katrina bereute ihre Formulierung sofort. Wolfgang hatte nicht wirklich auf sie gewartet. »Ich hab ihn eben getroffen, er hatte noch was zu tun«, erklärte sie rasch.

»Natürlich«, sagte Martina befriedigt. Langsam kristallisierte sich heraus, was sie ihrer Kollegin Petra beim Mittagessen erzählen konnte.

Als sich dann ein paar Minuten später die Tür öffnete, konnte Katrina an Martinas Reaktion erkennen, wer es war. Viel zu lange schon musste sie hier mitten im Raum und mit dem Rücken zur Tür sitzen. Sie konnte die Leute allein an ihrem Schritt und der Art, wie sie die Tür aufmachten, erkennen. Oder eben an Martinas Gesicht. Und das war in diesem Falle eindeutig: Kupplerinnenlächeln, freudiges Nasenzucken und vielsagender Blick: Deine Mitfahrgelegenheit, Katrina.

Wolfgang stand in der Tür und musterte Martina befremdet. Der Raum war schattig und still; er ging nach Norden und es gab darin neue Jalousien. Es war ein Großraumbüro; normalerweise hielten sich hier mindestens sieben Personen auf, aber das halbe Umweltamt hatte Urlaub, und außer Katrina, Martina und dem Buchhalter König, der sich hinter seinem Computer versteckt hielt, war niemand da.

»Also eigentlich kann ich ja die Katrina nicht weglassen«, sagte

Martina mit geheucheltem Bedauern. »Wir haben furchtbar viel Arbeit.«

Alle drei wussten, was für eine dicke Lüge das war. Nicht nur das Büro, auch die Ablagekörbe waren leer. Ein paar von den Fenstern des Nachbargebäudes reflektierte Sonnenstrahlen malten Kringel auf die verwaisten Schreibtischplatten.

»Ich sehe es«, sagte Wolfgang.

Martina ließ sich nicht in Verlegenheit bringen. »Wenn die anderen Urlaub haben, ist es immer am schlimmsten«, erklärte sie scheinheilig. »Wir müssen deren Arbeit mit machen.« Auf ihrem Tisch lag offen der neue Opel-Speedster-Prospekt. Aufgeschlagen auf der Seite mit den Sonderausstattungen.

Martina folgte Wolfgangs Blick dorthin und grinste herausfordernd. *Sag doch was, du Biologe mit einer halben ABM-Stelle.*

»Komm«, sagte Wolfgang zu Katrina. Er wandte sich zum Gehen, denn Martina holte schon Luft, um zu protestieren.

»Und was soll ich der Hesse erzählen, wenn sie nach dir fragt, Katrina?« Ihre Stimme klang gefährlich. *Diesen Ausflug wirst du teuer bezahlen.*

Katrina stand auf und nahm ihre Tasche. »Die Wahrheit …?« Einen Tag im Büro hätte sie heute sowieso nicht ausgehalten.

Sie fuhren durch eine grüngoldene Landschaft, die, wenn das Wetter anhielt, bald braun sein würde; sie fuhren systematisch Feldwege ab. Sie fuhren durch stille Landschaften, durch Weinberge, winzige Weiler und durch den einen oder anderen größeren Ort. Wo sonntags Touristen und Wanderer herumliefen, war es heute, am Freitagmittag, malerisch. Sie sprachen nicht viel. Sie hatten Karten bei sich, Bestandspläne und ein paar Luftaufnahmen, und sie begutachteten die Feldgehölze und die Wiesen-, Weiden- und Feldsäume. Und es war schon erstaunlich, mit welcher Geschwindigkeit Wolfgang sagen konnte: »Okay, da haben wir wieder unsere Schlehen-Liguster-Gesellschaft – aber mit Nitratflora in der Saumzone. Lass uns schauen, ob sie noch die alten Maße hat.« Und dann stiegen sie aus, wanderten zehn Minuten durch die Wiese oder das Feld und er wusste Bescheid. Gut, es ging nur um eine grobe Überprüfung des bereits kartierten Bestands, und Katrina wusste natürlich, dass Ökologen Jahre ihres Lebens auf Wiesen und in Wäldern verbringen mussten, bevor man ihnen ein Diplom ausstellte. Trotzdem fand sie die Sicherheit, mit der Wolfgang zu Werke ging, beeindruckend. Bei der Arbeit dabei zu sein war eben doch etwas anderes.

Katrina las die Karte. Sie war dafür zuständig, dass sie alle Feldwege entlangfuhren, die innerhalb des Suchgebietes lagen, und dafür, dass diese Fahrt in einer möglichst logischen Reihenfolge verlief. Und sie musste die Ergebnisse dokumentieren, sprich, in die Pläne eintragen. Es war keine besonders schwierige oder aufregende Aufgabe; das Schwierigste war, bei der Fahrt in Wolfgangs schaukelndem altem Golf durch die träumerisch stille Sommerlandschaft nicht einzuschlafen. Und aufregend war höchstens, dass Katrina für eine kurze Zeit der ständigen und eifersüchtigen Kontrolle im Amt entkommen war. Weil sie Lehrling war, musste sie dort andauernd um Erlaubnis fragen. Martina mäkelte selbst an den Kopien des Speiseplans herum, die Katrina jeden Montag anzufertigen und aufzuhängen hatte. Und leider war das nicht allein auf Martinas Bosheit zurückzuführen. Diese Behandlung war im Amt und, soviel Katrina wusste, auch sonst überall ganz einfach üblich, wenn man Lehrling war.

Außer bei Wolfgang. Er hatte noch kein einziges Mal nachkontrolliert, ob sie nicht etwa ein paar Felder vergessen hatten, er machte nicht die geringsten Anstalten, ihr die Karte zu entreißen und nachzusehen, ob sie sich noch innerhalb deren Grenzen befanden. Er fragte auch nie, ob sie *wirklich* sicher sei und dergleichen. Er folgte Katrinas Führung ohne Kommentar. Anfangs war ihr dieses blinde Vertrauen fast unheimlich gewesen – wenn sie nun doch einen Fehler machte? Was, wenn sie sich irrte? Was war dann?

Dann hätten sie sich halt verfahren.

Wolfgang konzentrierte sich auf die Landschaft, die vor ihnen lag. Es war altes Kulturland, ein sanft abfallendes, aber nicht allzu weites Tal mit den typischen Waldbeständen auf den Hügeln und Mais- und Getreidefeldern in der Senke. Um einen Hof mit mächtigen weiß gekalkten Gebäuden gab es neben den Feldern ein paar Weiden und Streuobstwiesen. Der Bach, der hier irgendwo sein musste und der normalerweise im Talgrund eine Aue erzeugen sollte, war unsichtbar, also kanalisiert oder gar verrohrt. Alles sah sehr hübsch und gepflegt aus, es gab frei laufende Hühner beim Hof, ein paar Kühe auf einer riesigen Weide, einen überschaubaren Horizont. Doch auch hier lagerte Bauschutt an den Hecken. Der Wald setzte sich vorwiegend aus Fichten zusammen, auf den Wiesen gab es zu viel Löwenzahn und zwischen den Feldern zu wenig Gehölze. Der Bienenbesatz – eines ihrer Suchkriterien – konnte nicht mehr so groß sein wie eigentlich nötig.

»Sollen wir zum Hof fahren, um nach einem Imker zu fragen?«, fragte Katrina, von ihrer Karte aufsehend. »Dann müssen wir nämlich jetzt gleich nach links. Genau. Dort runter.«

Wolfgang bog ab. Es war sein Auto, kein Dienstfahrzeug. Vor zwei Tagen, als sie ihre erste Tour unternahmen, war er kurz erschrocken, als Katrina in den Golf stieg. Der ganze Müll! Wie war es nur möglich, dass ihm diese uralte Kaffeetasse, die da am Boden klebte, nicht aufgefallen war? Und die Rückbank lag voll gammeliger McDonalds-Tüten. Und leeren Dosen. Und Silberpapier. Katrina allerdings hatte sich das Ganze unbeeindruckt angesehen; ihr einziger Kommentar war, sie habe geglaubt, Biologen – und erst recht Ökologen! – seien alle Vegetarier.

»Ich nicht«, hatte Wolfgang gesagt. »Ich lebe praktisch von Big Macs.« Und er kannte eine Reihe von Leuten, die dazu nur süffisant gemeint hätten, so siehst du auch aus. Fast erwartete er, Katrina das sagen zu hören.

Doch sie hatte es natürlich nicht gesagt. Sie hatte gelächelt. Obwohl sie es eigentlich vermied, ihn direkt anzusehen, hatte sie ihm dieses Mal vertrauensvoll in die Augen geblickt und gesagt, sie äße am liebsten Pommes mit ganz viel Ketchup, und sie könne sich *auch* vorstellen, praktisch davon zu leben.

Und das, so war ihm später aufgefallen, abends nämlich, als sie einen langen, heißen Tag hinter sich hatten und stundenlang gemeinsam in der Sonne herumgelaufen waren, hätte mit *etwas* mehr Gefühl in der Stimme fast ein Antrag sein können.

Diesen Gedanken hatte er sich natürlich sofort wieder aus dem Kopf gerissen. Eins war sehr klar: Er wollte nichts weniger als Fantasien mit Katrina in der Hauptrolle. Erstens, weil er nicht von jetzt ab morgens aufwachen und feststellen wollte, dass er noch seine Jeans bügeln musste. Für Aurelie hatte er sich da genug zum Affen gemacht. Und nicht nur in puncto Garderobe. Zweitens, weil Katrina tabu war. Lieber Himmel, sie war nicht mal achtzehn! Und drittens – aber das war eigentlich albern. Nein, ein Drittens gab es nicht.

Obwohl –

Es war ihm noch keine Frau so ausgeliefert gewesen wie Katrina.

Sie stieg aus und klingelte an der Tür des Haupthauses. Seit Katrina vorgestern von einem freundlichen Imker ein Glas Honig geschenkt bekommen hatte, befragte sie die Bauern gern persönlich nach ihren Bienen. Wolfgang war ebenfalls ausgestiegen; er lehnte am Auto und drehte sich eine Zigarette. Hinter ihnen begrenzten ein Blumengärtchen und ein Weizenfeld den Hof. Eine Schar Gänse lagerte in einem umzäunten Abschnitt des Gartens unter ein paar Bäumen im Schatten. Einige der Tiere zischten ihnen – den Eindringlingen – entgegen, doch nicht allzu laut. Für richtige Aggression war es zu heiß.

»Da ist niemand«, sagte Katrina. Sie sah unglaublich frisch aus. Ob sie überhaupt jemals schwitzte?

»Wir kriegen auch so raus, was wir wissen wollen«, sagte Wolfgang und blickte sich um. Die Gegend kannte er. In der Nähe gab es einen alten Steinbruch mit einem See. »Dann können wir Mittag machen.«

Katrina hatte sich dem blühenden Teil des Gärtchens zugewandt. Rosen und Rittersporn, Akelei und ein paar schon etwas aus den Fugen geratene Stiefmütterchen standen dort neben einem verwilderten Salatbeet. Interessiert beugte sie sich über die Rosen. Sie kannte sich ein bisschen damit aus, hatte sie ihm erzählt, irgendjemand in ihrer Familie oder so war Rosenliebhaber. Mit einer Mischung aus Eifer und Hochmut musterte sie den Strauch. Wie eine alte Gärtnerin, dachte Wolfgang amüsiert, die einen Blick auf die Beete der Nachbarin wirft.

»Nur ganz gewöhnliche Teehybriden«, befand sie. »Nichts Besonderes.«

Nachdem dies geklärt war, kam sie zum Auto zurück, klappte ihren Sitz nach vorn und fischte sein Bestimmungsbuch, die Karte und ihren Block aus dem Gerümpel auf dem Rücksitz. Wolfgang steckte die Zigarette an. »Die hier rauch ich noch, dann schauen wir uns die Feldholzinsel da vorne an.«

Katrina nickte und wandte sich ein wenig nachdenklich dem Acker zu.

»Claviceps purpurea?«, fragte Wolfgang. Katrina hatte ihn gestern gebeten, ihm den Pilz zu zeigen, »aus dem man LSD macht«. Er hatte ihr einen so langen Vortrag darüber gehalten, wie giftig er war, dass sie schließlich abgewunken und gemeint hatte, es sei nicht ihre Absicht, die Familie auszurotten, sie habe nur mal sehen wollen, wie das Zeug aussah, von dem sie schon so viel gehört habe. Sie werde jemand anders fragen. Wo sie denn so viel darüber gehört habe, hatte Wolfgang sich nicht verkneifen können zu fragen. Ihre Antwort war seltsam gewesen. »Na zu –«, hatte sie gesagt und sich dann verschluckt. »In der Disco.« Wolfgang war überzeugt, dass sie hatte *zu Hause* sagen wollen.

»Bitte?«

»Suchst du Mutterkorn?«

»Was?«

»Das Zeug, aus dem das erste LSD gemacht wurde.«

Katrina sah auf das Buch in ihrer Hand, dann wieder über das Feld.

»Da vorne«, sagte Wolfgang etwas abrupt und deutete auf eine Ähre mit schwärzlichen Auswüchsen, die vor ihnen im Feld stand. »Was sagt das Buch?«

»Hm«, machte Katrina. »Wir werden sehen.«

»Das ist es.«

Sie sah genauer hin, blinzelte. »Glaub ich nicht. Wollen wir wetten?« Das sagte Katrina ungefähr hundertmal am Tag.

»Worum?« Das hatte er noch nie gesagt.

Eine Lerche stieg über ihnen in die Luft und begann zu schlagen. Das Feld wogte leise, im Schatten des Waldsaums wandelte sich sein Grüngelb in tiefes Oliv.

»Eine Fahrstunde.«

»Und was, wenn ich gewinne?«

Sie blickte in das Feld. »Tust du nicht.«

»Eine Partie Darts.«

Katrina sah ihn an. »Du kannst immer noch zurück. Wenn du Angst um dein Auto hast oder so.«

»Ach, auf einmal bist du nicht mehr sicher?«

»Ich will dich nicht ruinieren«, sagte sie achselzuckend.

»Das schaffst du nicht«, erklärte Wolfgang ernst.

»Wollen wir –?« Sie unterbrach sich und lächelte unwillkürlich. Er nicht.

»He«, sagte Katrina. »Jetzt zeig ich dir mal, wie leicht du zu besiegen bist – komm!«

Er folgte ihr ins Feld.

»Käfer«, triumphierte sie, »das sind nur Käfer.«

Das vermeintliche Mutterkorn entpuppte sich tatsächlich als ein Grüppchen Getreidehähnchen.

»Ich brauch wohl eine Brille«, sagte Wolfgang.

»Du musst dich nur besser konzentrieren.«

Wie wahr. Wolfgang schnippte seine Kippe im hohen Bogen auf den Sandboden im Hof und machte, dass er aus diesem Feld herauskam. Er trat die Zigarette sorgfältig aus. »Komm«, sagte er dann.

2

Dass ihre Schwester Barbara eine Verabredung vergaß, war nicht ungewöhnlich. Kriminalkommissarin Bettina Boll stellte Sekt, Zeitung und ein üppiges Kuchenpäckchen neben dem Stapel graublauer Papiermüllsäcke vor Barbas Wohnungstür ab und suchte in ihren Taschen nach dem Schlüssel. Sie hatte einen Zweitschlüssel, für alle Fälle. Es konnte nämlich nicht mehr lange dauern, hatte der Arzt gesagt, und: »Es wird ganz schnell gehen.« Als ob das ein Trost wäre. Ein Wunder wäre jetzt angebracht, hatte er dann gemeint. Und dass solche Wunder passieren konnten, man durfte nur nicht damit rechnen.

Aber irgendwie taten sie es doch. Barba wirkte auch überhaupt nicht richtig krank, sie war nur etwas blasser. Und ab und zu verzweifelt. Doch manchmal bröckelte die Fassade der Munterkeit, nicht nur bei Barba. Auch Bettina spürte den Druck. So wie in dem Moment, als ihr ein Ring vom Finger gerutscht war, den sie sich zuvor immer hatte überzwingen müssen. Er war einfach so zu Boden gefallen, im Büro, vor Willenbachers Augen, sie hatte es nicht mal gemerkt. Willenbacher jedoch hatte nachgesehen, was da so geklimpert hatte. Er hatte den Ring gefunden und plötzlich sehr besorgt ausgesehen. Das konnte Bettina zwar nicht leiden – fremde Besorgnis –, aber dadurch hatte sie erst erkannt, wie viel sie in den letzten Monaten abgenommen hatte. Es war alles eine Frage der Kraft, und die konnte einen schnell verlassen. Der Tod war in Wahrheit näher, als man dachte. – Aber sie wollte die Tür aufsperren.

Und jetzt hatte sie den Schlüssel nicht bei sich. Bettina klopfte an die Tür. »Barba! Ich bin's. Barba! Happy Birthday! – Barbara Boll! Hier ist die Polizei!«

Nichts. Sie waren nicht da. Wären sie da, dann hätte zumindest Adrienno, ihr kleiner Neffe, geantwortet, oder Sammy, ihre Nichte, zu schreien begonnen, und überhaupt würde man Radio hören und der Kinderwagen würde vor der Tür stehen. Also waren sie einkaufen. Typisch Barba. Gestern Abend noch hatten sie darüber gesprochen, wie sie feiern wollten. Dass Bettina alles mitbringen würde. Und jetzt hatte Barba wohl wieder irgendein absonderliches Gelüst befallen. Wahrscheinlich hatte sie sich aufgemacht, um etwas Kaviar zu besorgen. Oder Hagebuttengelee. Oder weiß der Geier was. Es war doch immer dasselbe. Bettina beschloss, sich nicht aufzuregen. Es war immerhin Barbas Geburtstag.

Bedauernd musterte sie die schmutzige Treppe. Ach, was soll's, dachte sie dann, die Hose muss sowieso gewaschen werden. Und setzte sich und öffnete das Kuchenpäckchen.

Irgendwo oben im Haus klappte eine Tür. Es war der Student mit den blonden Rastas aus der WG im dritten Stock, der manchmal für Barba babysittete. Er polterte die Treppe herab. »Na, kleines Picknick?«, fragte er, als er Bettina sah.

Bettina hielt ihm den Kuchen hin.

Er nahm ein Stück Bienenstich. »Du kannst gern oben warten«, bot er mit einem Blick auf die ungeputzte Treppe an.

»Danke«, sagte Bettina, »aber bei Barbaras engem Terminkalender kann ich das nicht riskieren. Am Ende verpass ich die fünf Minuten, die sie braucht, um ihre Einkäufe hier abzuladen.«

»Hey«, sagte der Student, »sie ist sehr tapfer.« (Er war Soziologiestudent.)

»Ja.« Bettina nahm sich die Zeitung vor.

»Wir haben noch Kaffee oben.« Er sah sie einen Moment an. »Ich bring dir einen runter.«

»Danke, aber ich hoffe, dass sie gleich kommt.«

»Das glaub ich weniger«, sagte der Student, »sie ist gerade erst weggefahren.«

Bettina legte die Zeitung fort. »Weg*gefahren?!* Womit denn?«

»Mit so einem komisch braunen Ford Taunus. Ich hab ihr geholfen, die Sachen runterzutragen.«

Sie starrte ihn an. »Hör mal zu, das ist *das* original Goldbraunmetallic … Moment.« Sie schüttelte den Kopf. »Was für Sachen?!«

»Na, den Koffer«, sagte der Soziologiestudent.

* * *

»Zur Mittagspause können wir nachher zu einem Steinbruch hier in der Nähe fahren«, sagte Wolfgang und richtete sich aus dem fast reifen Weizen auf. »Auch hier stimmen die Abmessungen nicht mehr. Das sind höchstens noch drei mal fünf Meter Gehölz, und die Saumzone fehlt fast völlig.«

Katrina kritzelte es in die Karte.

»Dem Irrlicher«, sagte sie dann und lächelte ihn an. »Dem mit dem See.« Das Lächeln fiel ihr nicht mehr so schwer wie zu Beginn ihrer Zusammenarbeit. Sie hatte sich fast an sein Aussehen gewöhnt. Oder vielmehr an das Zusammensein mit ihm. An dieses Aussehen, das wusste sie, würde sie sich niemals gewöhnen können, aber sie musste den Typen ja nicht heiraten. Es reichte, wenn sie während dieser Arbeit, die sie nun mal zusammen machten, gut mit ihm auskam. Und das tat sie. Sie sah ihn einfach nicht so genau an. Wenn sie fuhren, konnte sie mit ihm reden, ohne ihn anzublicken, das merkte er gar nicht, denn er musste ja auf die Straße schauen. Wenn sie durch die Felder gingen, konnte sie ihre Nase in das Bestimmungsbuch stecken. Wenn sie nebeneinander saßen und Mittag machten, war es schon schwieriger, aber auch das hatte Katrina bis jetzt ganz gut hingekriegt. Sie sah also an den Schweißflecken auf seinem T-Shirt, seiner schlechten Haut, dem ungepflegten Bart, der schiefen Nase vorbei und lächelte. »Ich kenne die Gegend auch«, sagte sie leichthin. »Ich wohne hier in der Nähe.«

»Wirklich? Wo denn?«

»Am Galgenhübel.«

»In der Containersiedlung?«

Katrina nickte.

»Ach herrje«, rutschte es Wolfgang heraus. »Soll die nicht – ich meine –« Er war verlegen. Das hätte sie ihm nicht zugetraut.

»Wir sollen schon seit Jahren umgesiedelt werden«, sagte Katrina, »aber das werden sie nicht mehr durchkriegen. Nicht nach der langen Zeit.« Sofort bedauerte sie, damit angefangen zu haben. Hatte sie etwa geglaubt, Wolfgang sei anders? Jetzt sah sie die üblichen Filme hinter seiner Stirn ablaufen. In der Containersiedlung gab es kein Leitungswasser, Strom nur über Generator, und wenn sie aufs Klo mussten, gingen die Bewohner auf ihre chemischen Toiletten oder einfach in den Wald. »Aber an jedem Fenster eine Satellitenschüssel«, hatte mal in einem Artikel der *Rheinpfalz* gestanden. Normalerweise verriet sie ihre Adresse nicht freiwillig. Wenn Wolfgang es im Amt herumtrug, hatte die dämliche Martina einen Grund mehr, auf ihr herumzuhacken. *Mädchen, heute stinkst du ja überhaupt nicht.* Sie war zu doof.

Wahrscheinlich würde er auch gleich sagen, er kenne jemanden, der seit Ewigkeiten versuche, seine Kellerwohnung zu vermieten. Die sei zwar dunkel, aber dafür gäbe es dort eine Dusche. Oder: Das sieht man dir gar nicht an. Das sagten die meisten Leute, wenn sie erfuhren, wo Katrina herkam. Ihr Klassenlehrer aus der Berufsschule hatte ihr angeboten, sie in einer Behinderten-WG unterzubringen. Fürs Erste. Er wollte seine Beziehungen für sie spielen lassen, hatte er gemeint.

»Hey«, sagte Wolfgang und sah auf seine Hände, »da sind wir ja fast Nachbarn. – Hier sind wir, glaube ich, fertig.« Er wandte sich zum Gehen.

»Dann wohnst du bestimmt in Irrlich«, sagte Katrina, die sich immer noch über sich ärgerte und die Karte achtlos in die Hosentasche stopfte. Irrlich war der Ort unterhalb des Galgenhübels.

Wolfgang schüttelte den Kopf. »Antoniushof«, meinte er.

Auf Katrinas Gesicht breitete sich ein Lächeln aus. »Ha!«, machte sie. »Gibt's da überhaupt Strom?«

* * *

»Wohin«, fragte Bettina Boll mit betonter Ruhe, »ist sie gefahren?!« Sie hatte den Studenten mit den Rastas raus auf den Parkplatz gezerrt. Der Parkplatz lag etwa auf halber Strecke zwischen Barbaras und Bettinas Wohnung. Von hier aus war Barbara losgefahren. Mit dem Ford Taunus. Sie hatte also das kostbare Goldbraunmetallic-Auto ihrer Schwester genommen. Schön. Rasta konnte Bettinas Aufregung trotzdem nicht verstehen.

»Keine Ahnung«, wiederholte er geduldig.

»Aber irgendwas muss sie doch gesagt haben!«

»Hey«, sagte Rasta. »Es tut mir Leid. Okay? Sie hat wirklich nichts gesagt. Nur dass sie einkaufen wollte oder so.«

»Mit einem Koffer?!«

»Ich hab sie nicht danach gefragt.«

»Wieso nicht?!«, schrie Bettina.

Die Sonne flirrte über den glänzenden Autoreihen. Die Luft roch nach Asphalt und warmem Gummi. Rasta hob die Hände. »Jetzt beruhige dich erst mal.«

»Verdammt noch mal!« Bettina funkelte den Studenten an. »Sie ist krank.«

Rasta wurde es langsam zu bunt. »Und da bin ich dran schuld, ja?!«

»Sie muss Medikamente nehmen. Ich darf sie nicht aus den Augen lassen!«

»Sie kommt schon klar, Mama«, sagte Rasta.

»Und das blöde Mama kannst du dir sowieso sparen.«

»Okay«, sagte Rasta, dem es endgültig reichte. »Ich muss los. Tschüss.«

Bettina rieb sich die Stirn. »Warte. Ich wollte dich nicht anschreien. – Ich bin im Moment ziemlich gut drauf, was?«

»Hey, Doris-Day-mäßig«, sagte Rasta und blickte sie an. »Du machst dir Sorgen.«

Bettina sah über die Autos hinweg und biss sich auf die Fingerknöchel. »Das war nicht nur so gesagt«, meinte sie dann. »Mit aus den Augen lassen und so. Es ist wegen der Kinder, weißt du.« Und klar ausdrücken konnte sie sich auch nicht mehr. »Dabei hat sie heute Geburtstag –« Hastig kramte sie nach einem Tempo. »Mist!«

»Hey Mann, verdammte Kacke«, sagte Rasta.

Und das kam wenigstens von Herzen.

* * *

Sie waren also hoch zum Steinbruch gefahren und hatten sich einen Moment lang unterhalten wie alte Freunde. Jetzt hatten sie ein Gesprächsthema: die Vorurteile der Irrlicher. Die Antoniushöfler galten in Irrlich als wunderliche Eigenbrötler, denen man den jahrhundertelangen Inzest schon am Gesicht ansehen konnte (stimmt tatsächlich, dachte Katrina in dem Moment, verdrängte den Gedanken aber sofort), die Containersiedler dagegen hielt man für verrückte Aussteiger, Huren und Kleingauner, die sonst nirgends unterkamen. Gemeinsam waren Wolfgang und Katrina der Meinung, dass die Irrlicher ihrerseits – mit ganz wenigen Ausnahmen – jeden Moment in ihrem kleinbürgerlichen Mief ersticken konnten, und sie versicherten sich gegenseitig, dass sie keine zehn Pferde in dieses Spießernest bringen würden, zumindest nicht für mehr Zeit, als sie für die nötigsten Besorgungen brauchten. Sie beglückwünschten sich, dass sie es geschafft hatten, dem zu entkommen, was sonst wo für normal gehalten wurde.

Obwohl sie beide nicht aus eigenem Antrieb das Außenseiterdasein gewählt hatten. Katrina hätte ihren mageren Monatslohn darauf verwettet, dass Wolfgang ganz gern wie ein normaler Irrlicher *ausgesehen hätte*. Wolfgang sah *wirklich* aus »wie vom Antoniushof«. Sein Gesicht bestätigte das Vorurteil in allen Punkten. Und Katrina wusste nur zu gut, dass es in der Containersiedlung kalt und unbequem sein konnte und dass sich dort *tatsächlich* einige kaputte Typen herumtrieben. Aber, so dachte sie plötzlich, *mir* sieht man es nicht an. Ich bin im Vorteil. Ich könnte immer noch einfach fortgehen und in einer anderen Gegend – einer Großstadt! – neu anfangen. Wolfgang dagegen könnte wohl abnehmen und sich anständig rasieren und zur Kosmetikerin gehen und Gewichte stemmen, aber sein Gesicht bliebe dasselbe. Und er war schon uralt. Einiges über dreißig. Sie sah Wolfgang vorsichtig von der Seite an. Er blickte zu ihr her. »Ob jemand am See ist?«, fragte er mit dunkler Stimme.

Und mit einem Mal hoffte Katrina, es *würde* jemand am See sein. Es war verrückt: Gerade eben hatte sie mit Wolfgang gelacht und Witze gemacht. Und jetzt plötzlich fühlte sie sich bedrängt. Er hatte so einen Ton in der Stimme, irgendwie – entschlossen. Er erinnerte sie an diesen seltsamen Mann, den sie einmal auf einem einsamen Feldweg getroffen hatte. Er war ihr lächelnd entgegengekommen und hatte sie dann gefragt, ob sie keine Angst hätte, so ganz allein? Das war unheimlich gewesen. Sie beobachtete, wie Wolfgang schaltete, ein Schlagloch umfuhr. Er war unheimlich. Oder? Oder holte sie jetzt nur die Tatsache ein, dass sie den armen Kerl nie richtig angeschaut hatte, immer darauf bedacht, ihn nicht anzustarren, nicht zu beleidigen, Distanz zu halten zu einem, der aussah wie vom Antoniushof? War Wolfgang einfach immer so? Er schwitzte sehr stark. Er war auch sehr behaart. Und er trug eine sehr unelegante kurze Hose, die seinen Bauch einschnürte. So wie er sich da hinters Steuer gezwängt hatte, konnte er sich gar nicht wohl fühlen. Er sah hilflos, unförmig aus, aber seine Augen und seine Stimme waren nicht hilflos. Katrina lächelte ihn an. Versuchsweise. Seine Augen blieben ernst. Sie sah weg. Hatte sie jetzt drei Tage lang ins Leere gelächelt und es nicht gemerkt?

»Vielleicht können wir baden, bei der Hitze«, sagte er und verrieb einen Schweißtropfen auf seiner Wange.

Katrina erstarrte. Sie würde nicht, *auf keinen Fall,* mit diesem Typen zusammen irgendetwas machen, wobei man sich ausziehen musste. Und ins Wasser würde sie mit Wolfgang auch nicht gehen. Im Wasser verlor man zu leicht den Boden unter den Füßen. Sie betrachtete seine Arme von der Seite. Er war viel stärker als sie. Sie konnte wahrscheinlich schneller rennen, aber nicht mal das war sicher. Außerdem hatte sie ihre Plateausandalen an. Wenn er wollte, hatte er sie zweifellos in weniger als drei Minuten hinter einen Busch gezerrt. Wie um den Gedanken zu bestätigen, trat er plötzlich heftig aufs Gas. Katrina wurde in ihren Sitz gedrückt.

Du spinnst, schalt sie sich dann. Tagtäglich fuhren Tausende von Männern und Frauen, die zusammen arbeiteten, miteinander durch die Gegend, ohne dass *er* gleich an der nächsten Ecke über *sie* herfiel. Die Volkswirtschaft würde zusammenbrechen, wenn all diese Frauen sich plötzlich weigerten, allein mit einem Mann unterwegs zu sein. Außerdem wusste man im Amt, mit wem sie hier war. Wenn ihr etwas zustieß, dann konnte Wolfgang sich genauso gut ein rotes T-Shirt anziehen, auf dem stand: *Ich war es.* Sie stellte sich Wolfgang in einem engen roten T-Shirt vor und musste lächeln. Es wäre natürlich eins mit einem kleinen runden Halsausschnitt, durch den er gerade noch so seinen Kopf quetschen konnte. Er würde aussehen wie eine knallrote Knackwurst, dachte sie rachsüchtig. Wie eine knallrote Knackwurst vom Antoniushof. Das mulmige Gefühl verschwand.

Sie war eine kleine Hure vom Galgenhübel.

Wolfgang schaltete einen Gang runter, wich einem Schlagloch aus. Er wünschte, Katrina hätte ihm das nicht erzählt. Sie sah doch jung und hübsch und unberührt aus, sogar unauffällig, wenn man sie mit den anderen Damen aus der Containersiedlung verglich, die Wolfgang kannte. Katrina war nicht bemalt und gefärbt und vom Alkohol gezeichnet. Aber trug sie nicht ein Fußkettchen und ein viel zu enges, grellfarbenes bauchfreies Top? Es war sinnlos, sich da etwas vorzumachen: Die Containersiedlung war ein Puff.

Das war kein Vorurteil. Wolfgang wusste es mit hundertprozentiger Sicherheit. Gut, Katrina arbeitete im Amt wie er, aber das mochte Tarnung fürs Jugendamt sein. Er hatte sie auch noch nie im *Exxtrabreit,* der Disco unterhalb des Hübels, gesehen, aber das *Exxtrabreit* hatte eine Menge Winkel und Ecken. Genau genommen war er auch schon ziemlich lange nicht mehr dorthin gefahren. Ein paar Jährchen musste es her sein. Möglicherweise war Katrina jetzt die große Attraktion auf dem Galgenhübel. Wahrscheinlich war sie teuer. Sicher musste man sich zu ihr durchkaufen, Andeutungen machen, handeln, denn sie war erst sechzehn oder siebzehn. Und eine der anderen Damen nach ihr zu fragen wäre vielleicht gar nicht klug, für die war ein Mädchen wie Katrina zweifellos schwer geschäftsschädigend. Oder womöglich würden sie ihn gar nicht zu ihr lassen, weil sie noch wussten, was er mochte.

Jetzt lächelte Katrina ihn an.

Wolfgang war froh, dass es so heiß war, sonst hätte sie sicher gemerkt, wie ihm plötzlich der Schweiß ausbrach. »Vielleicht können wir baden, bei der Hitze«, sagte er unwillkürlich und verrieb einen Schweißtropfen auf seiner Wange.

Sie sah plötzlich stocksteif geradeaus. Eben noch hatte sie ihn angeschaut. Was hatte er getan? Er hatte vorgeschlagen zu baden. Das wollte sie nicht. Das war ihr gutes Recht. Er wurde ganz plötzlich wütend. Das Auto tat einen zornigen Ruck vorwärts, als er das Gaspedal durchtrat. Sie musterte ihn misstrauisch von der Seite. Du miese kleine Hure, dachte Wolfgang.

Dann schämte er sich dafür. Oben am Galgenhübel standen mindestens fünfzehn Container herum, ganz zu schweigen vom *Exxtrabreit,* in dessen Obergeschoss die beiden Damen des horizontalen Gewerbes ihrer Tätigkeit nachgingen. Oder zumindest vor Jahren nachgegangen waren. Das bedeutete aber nicht, dass alle Mädels aus der Siedlung Freiwild waren. Hatte er nicht gerade vor fünf Minuten über die kleinkarierten Vorurteile der Irrlicher gelästert? Er war sehr wütend auf sich selbst.

Weil es jetzt nämlich so weit war. Jetzt hatte er es geschafft. Jetzt würde er wirklich morgens aufwachen und den Tag mit Katrina fürchten.

In dem Moment sahen sie beide den Hund. Katrina schrie auf, und Wolfgang stieg fluchend auf die Bremse.

* * *

Dass sie diesen blöden Zweitschlüssel nicht gleich bei sich gehabt hatte. Wozu hatte sie ihn eigentlich. Bettina widerstand der Versuchung, die Eingangstür gegen die Wand schlagen zu lassen. Barba machte das immer, seit der Türstopper auf unerklärliche Weise verschwunden war. Sie führte einen ziemlich einseitigen Grabenkrieg mit dem Vermieter, weshalb, hatte Bettina nie richtig herausfinden können. Er war mit Abstand einer der Gelassensten, die Bettina je kennen gelernt hatte. Wahrscheinlich deswegen. Barba war ja schon immer verdreht gewesen.

Es war kühl und still im Hausflur, und sie fröstelte, obwohl in ihrem Nacken unter den langen Haaren der Schweiß stand. Sei da, Barba, dachte sie, sei einfach da. Sie stieg die Treppe hoch zum ersten Stock. Kein Kinderwagen, alles war ruhig. Sie lauschte.

Öffnete da nicht jemand die Haustür? Waren da nicht Kinderstimmen?

Nein.

Sie sah auf die Uhr. Vor anderthalb Stunden waren sie verabredet gewesen. Und da standen auch noch das offene Kuchenpäckchen und der Sekt vor der Tür; die Zeitung hatte sich jemand mitgenommen.

Frechheit, dachte Bettina. Einfach unglaublich.

Dann sperrte sie die Tür auf.

* * *

Wolfgang war ausgestiegen und rief den Namen des Hundes. Rocco. Wolfgang kannte den Hund, registrierte Katrina. Es war ein schokoladenbrauner Labrador, ein kräftiges, schlankes, gut gepflegtes Tier. Und sehr aufgeregt. Rocco bellte, knurrte knapp und rannte davon, winselte und kam wieder.

»Verrückter Hund«, sagte Wolfgang und nahm Roccos Kopf in seine großen Hände, »was machst du denn hier?«, und zu Katrina: »Der ist uns doch praktisch vors Auto gesprungen. Da muss was passiert sein.«

Dieser Meinung war Katrina auch. »Im Steinbruch«, sagte sie.

Rocco machte sich unwillig aus Wolfgangs Umklammerung frei, knurrte wieder kurz, bellte und lief davon. In Richtung Steinbruch. Sie folgten ihm zu Fuß; das Auto stand vergessen in der sandigen Zufahrt. Hier kam sowieso kaum jemand vorbei.

Und da im Steinbruch lag sie dann. Wie gestrandet sah sie aus. Wie angespült worden. Obwohl das technisch gesehen natürlich unmöglich war. Nichts an diesem kargen Loch, das weit in die Landschaft hineingehauen war, bewegte sich, schon gar nicht rhythmisch oder fließend. Sogar die leichte heiße Luft stockte. Helle Steine wiesen das Licht zurück. An der tiefsten Stelle stand eine klare Wasserfläche, aus der einzelne vergessene Felsblöcke hervorschauten. Unter alldem lag der tiefe gemeinsame Summton der Insekten. Und mittendrin, zusammengekrampft vor dem

Ufer des Sees, die Tote. Es war fast so, als hätte der See, der so unheimlich glatt war, sie ausgespuckt. Wie sollte sie sonst dorthin gekommen sein? In einer kleinen bösen Stunde, in einem unbeobachteten Moment hatte das sonst unbewegte Wasser sich einer jungen Frau bemächtigt, sie kurz missbraucht und wieder ausgestoßen. Die Frau war schön. Und sie war tot. Es war Aurelie. Ihre Freundin Aurelie. Aurelie Loor.

Katrina schrie.

Oder dachte sie nur, sie hätte geschrien? Wo war Wolfgang? Es war absurd. Er war doch in der Nähe. Er musste das doch auch sehen.

Wolfgang kniete. Er war gefallen. Er war vor dem Anblick zurückgeprallt. Er kannte es. Er kannte es! Er kannte das Bild. Er kannte die Frau. Er kannte sogar den See, den Steinbruch, diese lauernde Stille in der Öde aus seinen Träumen. In den Träumen war es anders, aber unwesentlich. Es kam ja nicht darauf an, wie die Szene aussah, wenn sie nur das gleiche Gefühl transportierte. Wie grell das Licht war! Doch, eins war anders: Hier gab es keine Höhenflüge. Das hier war ein Tal. Ein tiefes. Und Aurelie.

Sie lebt noch, dachte Katrina plötzlich. In ihrem Magen wartete ein hysterisches Lachen. Hatte sich da eben nicht etwas gerührt? War da nicht eine Bewegung, ein leises Heben und Senken, ein Atmen? »Aurelie?«, sagte sie und ging auf sie zu.

Da war Katrina. Sie ging auf Aurelie zu. Das Blut! Das Blut war wichtig. Es war Blut über Aurelie verschmiert, aber nicht so viel wie in seinen Träumen. Es war anders. Es war zu wenig. Und nicht hell und heiß, sondern dunkel und fest aussehend. Wolfgang stand auf.

Katrina ging weiter. Wolfgang holte sie mit wenigen Schritten ein und packte sie am Arm. Sein Griff war zu fest. Er bebte. Er sah Insekten. Er nahm die Bewegung wahr, die um die Tote kreiste. Für ihn summten die Insekten hungrig. Und raschelte da nicht ein Vogel im Busch?

»Komm fort«, sagte er. Seine Stimme klang fremd, tief und ruhig.

Katrina machte sich los. »Nein! – Sie hat sich bewegt.« Und sie ging zögernd, aber zielstrebig weiter auf Aurelie zu. Sie fasste sie an. Streichelte sie. Weinte. Wolfgang würgte es. Konnte sie denn nicht sehen, spüren, dass sie hier nur noch ein paar Pfund Fleisch und Knochen vor sich hatten, schon ein bisschen angenagt, schon als Brutstätte genutzt, schon käsig?

»Ich glaube, sie lebt noch«, sagte Katrina unter Tränen.

»Katrina«, sagte Wolfgang. Sie hielt Aurelies Hand. Fliegen schwirrten. Es stank. Sie war tot. Sie musste tot sein. »Komm weg da!«

Katrina sah auf.

»Komm!« Er ging auf sie zu, abwendend, was er nur abwenden konnte, riss sie fort.

»Aber –«

Dann rannte er, denn sie sollte nicht sehen, wie er sich übergab.

3

Wenigstens hatte sie die Medikamente mitgenommen. Das war ja schon mal etwas. Die Wohnung sah ungewohnt aufgeräumt aus; das Kinderspielzeug fehlte vor allem. Und Barbas Klamotten, die sie sonst konsequent über alle Sitzgelegenheiten verteilte. *You'll never expect the Spanish Inquisition*, schrie Michael Palin höhnisch von Barbas Lieblingsposter an der Küchenwand und hob sich leicht in dem kaum spürbaren Zug. Die Wachsdecke auf dem Küchentisch war sauber abgewischt, darauf stand ein Wasserglas mit einem Gänseblümchen und davor lag ein Zettel: *Tina. Such mich bitte nicht. Ich rufe dich an. Bin heute Abend wieder da. Sorry.* Und darunter ein roter Kussmund.

Ja, ich liebe dich auch, dachte Bettina. Sie riss den Zettel, den ihre Schwester hinterlassen hatte, vom Tisch und stieß dabei das Glas mit dem Gänseblümchen um. Es fiel zu Boden und zerbrach. Bettina scherte sich nicht darum. Sie betrachtete den Brief von allen Seiten. Reizend. Der Geburtstagsausflug war eigentlich für morgen vorgesehen gewesen, da Bettina heute Nachmittag arbeiten musste. Aber Barbara hatte diesen einen Tag nicht warten können. »Ich rufe dich an.« Und dieser blöde Kussmund. Als wäre sie ein verdammter Liebhaber. Komm du mir nach Hause, dachte Bettina.

Ihr Handy klingelte. Aha.

Aber es war nicht Barba, sondern ihr Kollege Müller von der Einsatzzentrale. Sie musste zu einem Fall. Sie sollte sofort zur Dienststelle kommen und sich von Seisel, der Urlaubsvertretung ihres Chefs, instruieren lassen.

»Was ist überhaupt passiert?«, fragte sie Müller.

»Ungeklärter Todesfall in Irrlich, das ist so ein Städtchen oberhalb von Grünstadt. Die Kollegen vom Dauerdienst sind schon draußen und nehmen auf.«

»Wer ist gestorben?«

»Eine Frau. Ist in einen Steinbruch gestürzt. Na, Sie werden ja sehen, Frau Boll.«

Und als sie dann auf dem Parkplatz stand, realisierte sie erst richtig, dass Barba das Auto genommen hatte. Barba hatte das Auto genommen. *Ihren* Ford.

»Sorry«, sagte Bettina Boll so unaufgeregt wie möglich, »mein Auto wollte nicht anspringen, und es war so schwer ein Taxi zu kriegen.«

Seisel saß in Oberkommissar Härtings Zimmer, auf Härtings Stuhl, hinter Härtings Schreibtisch. Er hatte nichts an der Einrichtung verändert, und doch sah das Zimmer mit Seisel darin ganz anders aus. Kleiner. Seisel war ein kompakter alter Bulle mit tief hängenden Tränensäcken, einem breiten Nacken und grauen Stoppelhaaren. Er war keiner, der in Gesprächspausen demonstrativ seine Grünpflanzen hätschelte, wie Härting das seit neuestem mit einem Monster von Hibiskus zu tun pflegte. Der Hibiskus ließ seine Blätter hängen, stellte Bettina mit Befriedigung fest. Mona, Härtings arme Sekretärin, würde was zu hören bekommen, wenn er wieder da war.

»Sie können mit Menschen umgehen«, sagte Seisel, und Bettina war klug genug, um nicht bescheiden abzuwinken. »Sie werden sich den Tatort ansehen und vor Ort mit den Leuten reden. Die Tote ist in ihrem Wohnort gefunden worden. Sie war Lehrerin, um die dreißig. Frau Aurelie Loor. – Sie nehmen Willenbacher dazu, mit dem haben Sie schon erfolgreich gearbeitet.«

»Schön.« Bettina freute sich. Nachdem Härting festgestellt hatte, dass sie sich mit Willenbacher verstand, vermied er es, sie zusammen einzusetzen. Teile und herrsche, das war sein Motto, doch Seisel waren solche Überspanntheiten fremd.

»Der Kollege Ackermann hat heute noch mit diesem Journalisten zu tun, der erschlagen in seiner Wohnung gefunden wurde, kümmert sich aber morgen um die Angehörigen und die persönlichen Sachen der Toten. Bauer hält sich bereit, falls es nötig ist. Sonst sind ja alle auf Mallorca oder beschäftigt.«

»In Ordnung«, sagte Bettina. Es war neu, dass sie statt Ackermann oder Bauer quasi die Leitung einer Ermittlung übertragen bekam. Ackermann war im gleichen Dienstalter wie sie, wurde aber von Härting stärker gefördert. Bauer war sogar älter. Er hatte eigentlich Urlaub, wie Bettina wusste. Doch weil er nicht wegfuhr und auch keine Familie hatte, war es im K11 schon fast ein Sport, ihn »da rauszuholen«.

Seisel beugte sich ein Stück vor und legte die Hände zusammen. »Ja, dann los, Frau Boll – zeigen Sie mal, was Sie draufhaben, wie man so schön sagt.«

»Okay.«

Sie nahmen Willenbachers Wagen.

»Es ist der dort vorne«, sagte Willenbacher etwas steif, als Bettina sich auf dem Parkplatz vor der Dienststelle vergeblich nach seinem heißgeliebten Uralt-Quattro umsah.

»Der Twingo?!«

Als Antwort sperrte Willenbacher ihn auf.

»Wow«, sagte Bettina, als sie in dem knallblauen Gefährt saß und ihr Kollege anfuhr, »was für eine Farbe. – Der leuchtet sicher auch im Dunkeln.«

»Das ist *Aquamarin«*, sagte Willenbacher stolz.

»Seit wann hast du den?« Sie waren neuerdings per Du.

»Seit einer Woche«, sagte Willenbacher und streichelte liebevoll das Lenkrad.

»Und was ist mit dem Quattro?«

»Ach, die alte Spritschleuder«, meinte Willenbacher wegwerfend.

Bettina war sprachlos.

Willenbacher bemerkte die Pause und den Blick. »Was ist?«

»Ich hab das noch nicht ganz kapiert«, sagte Bettina.

»Was gibt's da dran zu kapieren? Überleg doch mal, was der Quattro frisst, und die Steuer und die Versicherung kannst du ja nach der neuen Abgasverordnung auch nicht mehr bezahlen. Da muss man schon so verrückt sein wie du mit deinem Taunus.« Er sah in den Rückspiegel und überholte einen Radfahrer. »Für mich ist ein Auto immer noch ein Gebrauchsgegenstand.«

Gebrauchsgegenstand. »Moment.« Bettina schüttelte den Kopf. »Und was ist mit Verona?«

Das war der Spitzname des Mädchens, das Willenbacher auf die Kühlerhaube seines Quattro hatte sprühen lassen.

»Verona? Ich kenne keine Verona.«

»Hm«, machte Bettina. »Ich schon. Hübsch, blond, Körbchengröße G –«

Willenbacher hupte und fluchte zum Fenster hinaus. Ein erschreckter Passant stolperte rückwärts auf den sicheren Bürgersteig zurück. *Alle* alten Gewohnheiten hatte er noch nicht abgelegt.

»... und Gegenstand einer tätlichen Auseinandersetzung zwischen zwei seither verfeindeten Angehörigen der Ludwigshafener Kriminalpolizei.«

»Ach, der scheiß Kunstfälscher.«

Na, wenigstens das Feindbild war noch nicht verblasst. Der unvorsichtige Kollege vom Fälschungsdezernat hatte sich erlaubt zu bemerken, die Aussage des fraglichen Werks erschöpfe sich in einem dringenden Appell an Blondinen, stets für hinreichende Befestigung ihrer Blusenknöpfe zu sorgen. Im Prinzip hatte er, so fand Bettina, nichts als die Wahrheit gesagt. Doch Willenbacher hatte sich aufgeregt. Und sich für das gemalte Mädchen geprügelt.

»Was ist los, hast du eine neue Freundin?«

Willenbacher sah auf sein Handgelenk. Tatsächlich, dort prangte ein Freundschaftsbändchen à la Wolfgang Petry. Und einen neuen Silberring mit Runenmuster trug er auch.

»Das hat aber mit dem Auto überhaupt nichts zu tun«, sagte er todernst.

»Und wie heißt die Neue?«

»Was soll das heißen, *Neue?«* Willenbacher runzelte die Stirn. »Sie heißt Annette, okay? – Wo müssen wir hin?«

Bettina nahm die Karte. »Am Ludwigshafener Kreuz Richtung Frankenthal. – Ich hoffe, du hattest am Wochenende noch nichts vor?«

»Seh ich so aus?«, knurrte Willenbacher.

* * *

Man ließ sie nicht gehen. »Warten Sie noch«, hieß es, »der Einsatzleiter will Sie noch kurz sehen, wir müssen noch Ihre Aussage aufnehmen, da kommen noch die Kollegen aus Ludwigshafen, die Sie sprechen wollen. Setzen Sie sich doch erst mal hier auf den Fels neben die Schranke, wo Sie ein bisschen aus dem Weg sind, und lassen Sie sich von den Sanitätern was zu trinken geben.«

Wolfgang und Katrina bekamen eine Flasche Sprudel und warteten schweigend. Immer neue Fahrzeuge rollten heran, erst der Krankenwagen, den Katrina gerufen hatte, dann zwei grünweiße Polizeiwagen voller Uniformierter, die alles absperrten, ein klappriger Mercedes mit dem Bild eines Äskulapstabs im Fenster, dessen Fahrer sich beim Aussteigen einen weißen Kittel überwarf, und später ein Bus aus Ludwigshafen, aus dem jetzt ein Zivilbeamter einen Fotoapparat und andere Gerätschaften auslud.

Zwischenzeitlich tauchten neugierige Irrlicher auf, die ziemlich empört reagierten, wenn sie von dem Uniformierten an der Schranke nach ihren Personalien gefragt wurden. Etwas weiter die Straße hinunter sammelten sie sich. Es waren hauptsächlich Hausfrauen, die sich gegenseitig versicherten, nur gekommen zu sein, um ihre sensationslüsternen Kinder vor dem grausigen Bild zu bewahren. Aufgeregt steckten sie die Köpfe zusammen und warfen ab und zu wachsame Blicke, vielleicht zu ihren Kindern, die sich näher an die Polizisten herantrauten, vielleicht aber auch zu Katrina und Wolfgang.

Katrina fand die Leute zum Kotzen. Sie wollte nur noch weg. Finster starrte sie auf ihre hellblau lackierten Fußnägel. Wolfgang saß neben ihr auf dem Felsen, der jetzt im Schatten lag, aber die Hitze des Tages abstrahlte. Der gemeinsame Fund und die Blicke der Irrlicher hatten sie näher zusammenrücken lassen. Noch hatte niemand von Mord gesprochen. Aber sobald das Wort fiel, würde man Schuldige brauchen. Und da kamen der Antoniushöfler mit dem Gen-Defekt und das Flittchen aus der Containersiedlung gerade recht. Ein schönes Paar ..., hörte Katrina die Leute denken. Schaut nur, wie sie da sitzen, die beiden.

Wieso, wieso mussten ausgerechnet *sie* Aurelie finden?

Sie stand auf und bat Wolfgang um die Wagenschlüssel.

»Es ist offen«, sagte er und sah auf die Uhr. »Hoffentlich kommen diese Ludwigshafener Polizisten bald«, sprach er ihr aus der Seele. »Ich halte das nicht mehr lange aus hier.«

Katrina war gefahren, um den Notarzt zu benachrichtigen. Sie hatte geweint, aber sie war wenigstens handlungsfähig geblieben, dachte Wolfgang beschämt. Er hingegen hatte zu sehr gezittert, um überhaupt den Schlüssel ins Zündschloss zu bekommen. Du hast einen Schock, hatte sie gesagt. Das hatte auch später der Notarzt gesagt. Du bleibst hier. So hatte sie einfach bestimmt. Sie hatte ihm aus dem Auto hinausgeholfen und ihm befohlen sich hinzulegen, mit den Füßen nach oben. Er hatte es getan. Sie hatte ihm ziemlich unsanft seine Jacke, die er seit Wochen auf dem Rücksitz spazieren fuhr, unter den Kopf gestopft und die Autoschlüssel verlangt.

Er war wieder aufgestanden. Oder hatte es zumindest versucht und prompt einen Schwindelanfall erlitten. Das war nicht schlimm. Das hatte er öfter, in einer Minute war es vorbei. Sie aber hatte so lang nicht gewartet, hatte ihn zurückgedrückt, gemurmelt »verdammte Scheiße, bleib einfach liegen« und ihm die Schlüssel entwunden. Und dann war sie gefahren, mit seinem Auto, und er war einfach liegen geblieben, weil er sie ja doch nicht daran hindern konnte. Und da hatte er dann gelegen, Nachbar der toten Aurelie, und die Mücken kreisten auch um ihn.

Katrina kam zurück, ein altes Hemd von ihm fest um sich gewickelt. (Der Fundus auf seinem Rücksitz war unerschöpflich.) Es roch wahrscheinlich nicht besonders gut, aber darauf wollte Wolfgang Katrina nicht noch extra aufmerksam machen. »Frierst du?«, fragte er. Vielleicht zeigte sich bei ihr der Schock erst jetzt.

»Nein«, sagte Katrina und wies mit dem Kinn in Richtung der eifrig debattierenden Irrlicher. Ihre Gesichter waren nicht freundlich. »Die starren so.«

Rocco, den Hund, hatte man mit einem Stück Paketschnur an

eine einsame Birke gebunden, unter der er döste und ab und zu jaulte.

»Ich hab eben jemanden kommen hören«, erklärte Katrina dann und zog das Hemd enger. »Das müssen die Ludwigshafener sein. Wer sollte denn jetzt sonst noch kommen?«

* * *

»Ach, du ahnst es nicht«, sagte Willenbacher, als er den Tumult vorm Steinbruch sah. »Was ist das, ein Volksfest?«

»Alles Angehörige, nehme ich an«, sagte Bettina stirnrunzelnd. Sie schnappte sich ihr Handy, das sie auf die Rückbank geworfen hatte. »Jetzt schauen wir erst mal, was überhaupt passiert ist.«

Willenbacher betrachtete immer noch die Leute. »Wer von denen ist der Mörder?«

»Für mich sehen die alle verdächtig aus.« Bettina stieg aus und knallte ihre Tür so unsanft zu, dass Willenbacher zusammenzuckte. »Aber lass uns das die Herren in Grün fragen. – Wo sind die überhaupt?«

Sie zwängten sich an dem Notarztwagen und dem Bus der Spurensicherer vorbei zur Einfahrt des Bruchs, wo sie an einer geschlossenen Schranke auf einen uniformierten Beamten trafen, der das Gelände gegen unbefugte Eindringlinge sicherte.

Von der Schranke aus hatte man auch einen guten Blick über den gesamten Steinbruch. Er maß etwa dreihundert Meter im Durchmesser und wurde nach Westen von einer senkrechten Felswand begrenzt, nach Osten hin lief er eher sanft ins Gelände aus. In der Mitte befand sich ein dunkles, stilles, tief aussehendes Gewässer. Pflanzen gab es wenige, dafür aber herumliegende Felsbrocken in allen Größen. Der Stein war hellbeige, ein feinkörniger, gleichmäßiger Sandstein.

Sie fragten den Uniformierten nach dem Einsatzleiter.

»Sie meinen Kommissar Walter.« Er wies auf einen kräftigen Mann in einer Gruppe von Polizisten am Fuße der Wand. »Das ist der dort vorn bei der Toten.«

»Ach, die Kollesche aus Lu.« Einsatzleiter Walter erhob sich aus seiner gebückten Haltung, trat ein paar Schritte vor und musterte sie neugierig. Er selbst trug weite, einigermaßen sommerliche Klamotten, hatte krause graue Haare und einen Bart. »Wollner eich umgucke? Den Dr. Lee, den Pathologe, kennener sischer.«

»Stimmt. – Guten Tag, Doktor.«

Der Gerichtsmediziner war ein jungenhaft aussehender, ungewöhnlich groß gewachsener Asiate. Koreaner, wusste Bettina. Er war im Gehen begriffen.

»Werden Sie die Leiche obduzieren?«, fragte sie.

Er nickte. »Aber erst Montagmorgen, wenn geht. Ist auch ziemlich klar, was passiert ist.«

»Und was ist passiert?«

Die Tote lag noch unbedeckt. Es sah aus, als sei sie die gut fünfzehn, zwanzig Meter hohe Steilkante hinabgestürzt. Sie hatte eine Platzwunde an der linken Schläfe. Ihre Augen waren geschlossen. Bettina betrachtete das Gesicht. Jetzt blutverkrustet und erschlafft, schien es regelmäßig und freundlich gewesen zu sein. Lange blonde Haare waren um den etwas seltsam abgewinkelten Kopf gebreitet. Bekleidet war die Verunglückte mit einer kurzen grau melierten Hose, einem passenden T-Shirt und teuren Laufschuhen. Wenn man von der Kopfwunde und den Fliegen auf ihr absah, wirkte es, als würde sie in einer etwas verkrampften Haltung für Sportkleidung posieren.

»Ich hab sie schon gedreht. – Ist von da oben gestürzt«, erklärte Dr. Lee. »Wahrscheinlich Oberschenkelhalsbruch. Am rechten Bein. Wäre ganz typisch, muss ich aber noch genau überprüfen. Und hat sich leider auch Genick gebrochen. Ist sehr schlecht gefallen.«

»Ist sie irgendwo hängen geblieben?«

Sie betrachteten die Steilwand. Es war ein schroffer, aber gleichmäßiger Bruch. Man konnte die Oberkanten der jeweiligen Sprengabschnitte erkennen: Dort waren schmale Absätze entstanden. Lange senkrechte Einbuchtungen zogen sich wie aufgemalte Streifen über den Stein, Reste der Löcher, in die das Dynamit gestopft worden war. Am Boden vor der Wand lag ein unversehrt aussehender Walkman, um die Tote standen Pastikklötzchen mit Nummern herum.

»Nä.« Kommissar Walter wischte sich Schweiß von der Stirn und räusperte sich laut. »So wie die do leit, kann die nirschendwo hänge geblib sinn. Aber Genaueres müsse die Kollesche vum Erkennungsdinscht noch ermittele.«

»Wie ist die Platzwunde an der Stirn entstanden? Beim Auftreffen?«

»Das ist die Frage«, sagte Dr. Lee. »Denn eigentlich hat sie Genickbruch. Sehen Sie?« Er hob die Leiche an den Schultern sanft an. Bettina musste sich zwingen, den verdrehten Kopf anzusehen. »Ist jetzt noch in Leichenstarre, deswegen lässt Kopf sich nicht leicht drehen, aber Sie erkennen schon, dass er nur noch wackelig auf Rumpf sitzt.« Vorsichtig legte Dr. Lee die Tote wieder ganz zu Boden. »Kleinere Platzwunden und Hämatome am Oberkörper sind durch den Aufprall erklärbar. Hier ist passende blutige Stelle auf dem Steinboden. Aber die Wunde an der Stirn? Wie zu der kam, weiß ich nicht. Wir bräuchten einen passenden Stein dazu, oder stumpfen Gegenstand. Mit Blut und Haaren dran. Aber so einen haben wir hier unten nicht gefunden. Diese Stirnverletzung ist vielleicht oben entstanden, oder auf dem Weg nach unten.« Er illustrierte den Weg ihres Falls mit einer Handbewegung.

»Haben Sie die Wand aufnehmen lassen, Herr Kollege?«

»Vun obbe und unne schun«, sagte Walter. »Aber mir kenn jo noch die Feierwehr hole und die Wand noch mo absuche. Isch glab, des wär vielleisch doch besser.«

»Gut.«

»Obbe misse mer iberhaupt noch emo genau gucke.« Walter wies auf die Abbruchkante. »Denn freiwillisch isse bestimmt net runnergesprung. Oder han ihr schun emo gesieh, wie äner in de Tod springt, in seim Joggingzeusch, mit Walkman uff und den Hund lasster a noch zugucke?«

»Nä«, sagte Bettina. »Was für ein Hund?«

Walter wies auf eine Birke, an der das dösende Tier mit einer provisorischen Leine festgebunden war. »En Labrador. Den hammer do im Stäbruch mit der Toten zusamme angetroffe.«

»Hm. Meinen Sie, der ist ihr hinterhergesprungen? Und wenn es ein Unfall war? Aurelie Loor, so heißt sie doch, nicht?« Bettina betrachtete die Tote erneut. »Sieht sportlich aus. Vielleicht ist sie von hier unten in den Bruch geklettert und abgerutscht?«

»Wir brauchen dann aber Erklärung für die Kopfwunde«, sagte Dr. Lee. »Vielleicht ist sie in Wand geklettert, abgerutscht und mit dem Kopf angestoßen. Dann war sie vielleicht ohnmächtig und ist runtergefallen. – Aber tut mir Leid, ich muss längst weg sein. Meine Frau hat Geburtstag. – Wiedersehen. – Alles weitere Montag.« Er nickte allen zu und ging.

»Hey, Moment!«, rief ihm Bettina hinterher. »Können Sie noch sagen, wann sie gestürzt ist?«

»Gestern Abend, wahrscheinlich – ich habe dem Herrn Einsatzleiter schon alles gesagt«, antwortete Dr. Lee über die Schulter und machte sich davon.

»Isch glab, jetz hol mer mo die Feierwehr, damit mer heit noch den Hang absuche kenne«, entschied Kommissar Walter. »De Erkennungsdinscht ist schon obbe und guckt.«

Willenbacher sah hoch zur Bruchkante. »Gibt es dort oben einen Weg?«

»Schun, aber 's gebbt kener hoch«, grinste Walter.

Die Feuerwehr über Funk zu rufen war ein Akt von einer Minute; schwieriger dagegen wurde es, den Besitzer des Steinbruchs ausfindig zu machen, um die Schranke aufsperren zu lassen. Sie öffneten das Schloss schließlich mit einem Bolzenschneider. Es gab ein mittleres Chaos, als die Autos alle aus der Zufahrt herausgefahren werden mussten, um für den Leiterwagen Platz zu machen. Dabei schafften es zwei vorwitzige Jungen, sich an der Absperrung vorbei in den Bruch zu drücken. Ein uniformierter Polizeimeister, der vor Hitze einen hochroten Kopf hatte, schleifte sie eigenhändig wieder hinaus und übergab sie draußen ihren standhaft ausharrenden Müttern.

Währenddessen sprachen Bettina und Willenbacher mit den Leuten, die die Tote gefunden hatten.

»Wir sind Kollegen«, sagte der Mann, ein gewisser Wolfgang

Antoni. »Wir sind beide beim Umweltamt Ludwigshafen angestellt. Wir waren auch beruflich zusammen unterwegs. Ich bin Biologe und mache im Auftrag des Landes eine Nachaufnahme der Hecken und Saumgesellschaften innerhalb agrarisch genutzter Flächen. In der Gegend um Frankenthal, dann Stumpfwald – bis Kaiserslautern.«

»Und was machen *Sie?*«, fragte Willenbacher Katrina Klein.

»Ich bin Lehrling und lese die Karte.« Sie war ein schmales, leicht und billig angezogenes junges Mädchen. Die grellen Farben ihrer Kleider und das riesige Männerhemd, das sie sich umgeworfen hatte, ließen sie zusätzlich verloren wirken. Der Schock, entschied Bettina. Antoni hingegen hätte mehr Unscheinbarkeit wohl getan. Er war ungepflegt, zu dick, trug schlecht sitzende Kleidung. Seine schwarzen Haare ließen seine gerötete helle Haut sehr blass erscheinen, er hatte einen abenteuerlichen Bart und eine zur rechten Seite hin verzogene, narbige Nase. Besonders ungewöhnlich waren seine Fingernägel: Sie waren sehr dick, und es sah aus, als sei es kompliziert und schmerzhaft, sie zu schneiden. Bettina fand es schwierig, ihm ins Gesicht zu sehen, denn seine Augen waren grimmig und registrierten jeden bedauernden Blick.

Willenbacher hingegen waren solche Empfindlichkeiten fremd. »Sie kennen beide die Tote?«, fragte er nüchtern. »Was für ein seltsamer Zufall.«

Die beiden blieben gelassen; so gelassen jedenfalls, wie sie es in Anbetracht der Umstände sein konnten.

»Wir sind beide aus der Gegend«, sagte Antoni, »und Aurelie war eine bekannte Naturschützerin. Sie hat den Verein zur Renaturierung des Johannisbaches gegründet und viel Jugendarbeit geleistet. Ich bin Ökologe und Katrina ist Jugendliche. Wir kamen gar nicht umhin, sie zu kennen.«

»Frau Loor war allein stehend?«

»Sie hat eine Mitbewohnerin«, sagte Katrina. »Hatte«, besserte sie nach und senkte den Kopf.

»Wer ist das?«

»Livia – sie hat einen italienischen Nachnamen. Dscha – Scha –«

»Giallo«, half Wolfgang.
»Genau. Sie hat ein krankes Kind.«
»Und sonst? Verwandte?«
»Nein, ihre Mutter ist vor ein paar Jahren gestorben, der Vater hat sich schon ganz früh aus dem Staub gemacht. Und Geschwister hatte sie keine.«
»Und auch keinen festen Freund?«
Katrina schüttelte den Kopf, Antoni zögerte.
»Herr Antoni?«, fragte Bettina.
»Nein«, sagte er.
Ein schlechter Lügner. »Wirklich nicht?«
»Nicht dass ich wüsste«, sagte er, und Bettina beließ es fürs Erste dabei.
»Tja, die Kollegen haben Sie das mit Sicherheit schon mehrmals gefragt, aber ich muss es jetzt noch mal tun: Ist Ihnen irgendetwas an der Toten aufgefallen? Irgendeine Kleinigkeit, etwas Komisches, das Sie sich nicht erklären können?«
Beide verneinten.
»Frau Loor war zum Joggen gekleidet, hat sie das regelmäßig getan?«
»Ja«, sagte Katrina.
»Hatte sie eine bestimmte Zeit zum Joggen?«
»Abends.«
»Wissen Sie eine bestimmte Uhrzeit?«
»Das war ganz unterschiedlich.«
»Welche Strecke ist sie gewöhnlich gelaufen?«
»Unterschiedliche. Entweder hierher zum Steinbruch oder von ihrem Haus aus in die andere Richtung durch den Wald. Sie wollte nicht immer denselben Weg nehmen, sie sagte, das Laufen wäre ihr sonst zu langweilig.«
»Also war nichts Ungewöhnliches daran, dass sie zum Steinbruch gelaufen ist?«
»Nein.«
»Ist sie manchmal hier drin geklettert?«
»Ja«, sagte Katrina.
»War sie gut darin?«

»Ja. Sie ist auch ins Dahner Felsenland gefahren, zum Freeclimbing. Sie war ja Sportlehrerin. Sie hat immer gesagt, der Bruch ist ein Spaziergang.« Katrina blinzelte.

»Hätte jemand wissen können, dass sie hierher wollte, um ihr aufzulauern?«

Katrina schüttelte den Kopf und wischte sich mit ihrem Hemdärmel grob über die Augen. Antoni trat beschützend einen Schritt auf sie zu, wagte sich dann aber nicht näher heran. Sein dunkelblauer Blick traf den Bettinas. Er war herausfordernd. Das geräumige Hemd, das das Mädchen trug, war garantiert von ihm. »Wie alt sind Sie eigentlich, Katrina?«, fragte Bettina unvermittelt. »Ich darf Sie doch Katrina nennen, oder?«

Antoni funkelte Bettina an.

»Sechzehn«, sagte Katrina.

Wegen Verführung Minderjähriger konnten sie ihn nicht mehr drankriegen. Bettina schüttelte den Kopf, um ihn freizubekommen; diese beiden gingen sie sowieso nichts an, sie hatte einen Todesfall aufzuklären.

»Was haben Sie beide gestern Abend gemacht?«, fragte sie.

Sowohl Antoni als auch Katrina gaben an, zu Hause gewesen zu sein.

»Bei welchen Gelegenheiten haben Sie Frau Loor getroffen?«, fragte Bettina den Mann.

»Wir sind uns manchmal im Ort begegnet.«

»Nicht bei Aktionen des Naturschutzvereins?«

»Der Verein heißt ›Verein zur Renaturierung des Johannisbaches‹. Er wurde im Rahmen der Aktion Blau gegründet, wenn Ihnen das was sagt. – Ich bin allerdings kein Mitglied.«

»Und Sie, Katrina?«

»Ich bin Mitglied. Und ich bin morgens mit Aurelie nach Ludwigshafen zur Arbeit gefahren. Sie hat mich umsonst mitgenommen. Sonst hätte ich auch zwei Stunden früher aufstehen müssen.« Dem Mädchen kamen wieder die Tränen. »Die Verbindungen hier sind ganz schlecht.«

»Und heute Morgen ist sie nicht gekommen.«

»Nein.«

»War sie in letzter Zeit irgendwie anders, vielleicht manchmal müde und deprimiert?«

»Nein.«

»Sie war ganz wie immer?«

»Ja.«

»Und was heißt das? Wie war sie so?«

Das Mädchen begann zu weinen.

»Katrina?«

»Aurelie war energisch und fröhlich«, sagte Antoni mit spürbarer Erbitterung. Er ließ das Mädchen nicht aus den Augen. »Sie hätte sich bestimmt nicht umgebracht. Das ist völlig unmöglich.«

»Tja. Frau Loor war Sportlehrerin?«

»Ja, Lehrerin für Biologie und Sport an der Christian-Morgenstern-Realschule in Ludwigshafen.«

»Vielen Dank. Sie können nach Hause gehen. Bitte melden Sie sich in den nächsten Tagen auf der Dienststelle in Ludwigshafen, da müssen Sie Ihre Aussage unterschreiben.« Bettina überreichte den beiden je eine Visitenkarte.

»Wiedersehen«, sagte Katrina. Antoni, das sah Bettina, hätte ihr gern den Arm um die Schultern gelegt.

Dank des Leiterwagens konnten Bettina und Willenbacher sich den umständlichen Weg durch die weite Brombeer- und Heckenrosenmacchie, die den Bruch umgab, sparen. Sie taten es den Spurensicherern gleich und kletterten die Leiter hoch, die vorläufig als kürzester Verbindungsweg diente und deswegen etwa zwanzig Meter – so weit wie möglich – entfernt von der mutmaßlichen Absturzstelle angelehnt worden war.

Die obere Kante war bewachsen und felsig. Ein breiter Waldweg empfing die beiden Ermittler unweit der Stelle, an der sie von der Leiter gestiegen waren. Von hier aus konnten sie sowohl den Punkt, von dem Aurelie Loor wahrscheinlich gefallen war, als auch den Weg einsehen. Dieser schien ein Stück weit einigermaßen parallel zur Bruchkante zu verlaufen; von einigen Stellen aus (wie der hier) konnte man den Steinbruch sehen oder zumindest erahnen, obwohl an der Kante ein ziemliches Gestrüpp wucherte. Etwas weiter vorne auf dem Weg standen ein paar Spurensicherer beisammen, die mit den Ergebnissen nicht ganz zufrieden waren. »Die Hunde müssten gleich kommen«, erklärte einer von ihnen, ein hochgewachsener, braun gebrannter Beamter. »Ach, hallo, Sie sind die Kollegin Boll, nicht wahr? – Feß. – Hallo, Herr Willenbacher. Tja. Hoffen Sie mit uns, dass die Hunde was finden – viel erwarten wir nicht. Heute früh hat es hier ein Gewitter gegeben, und der Regen hat die Spuren versaut. Trotzdem wissen wir, dass das Opfer hier oben war. – Wir haben einen Fußabdruck gefunden. Kommen Sie. – Zwei Pfotenabdrücke sind auch dabei.«

Sie folgten dem Kollegen Feß nach vorne zum Bruch. »Achtung, jetzt müssen Sie aufpassen, hier wird's eng. Ich wäre vorhin fast auf die Spur draufgetreten.« Feß lotste sie über ein paar Felsbrocken hinweg zu einer kleinen Plattform unter einem überhängenden Stein. »Da ist sie. Passen Sie auf, dass Sie nicht drauftreten. Wir haben sie zwar schon fotografiert –«

Bettina und Willenbacher kraxelten umständlich an der Spur vorbei über sperrige Steine hinweg auf die Plattform. Direkt vor ihren Füßen war der Bruch, die ausgefahrene Feuerwehrleiter war jetzt hierher gedreht und ragte einen halben Meter vor ihnen in die Höhe. Die erhaltene Spur war der etwas verwischte, aber einigermaßen gut erkennbare Abdruck eines rechten Laufschuhs auf einer sandigen Stelle, die durch den überhängenden Felsen von dem frühmorgendlichen Wolkenbruch verschont geblieben war. Etwas deutlicher und halb über der Fußspur gelagert waren zwei Pfotenabdrücke zu sehen. Auch hier stand ein Nummernklötzchen.

»Moment bitte. Achtung.« Ein Beamter mit Fotoausrüstung erreichte knapp hinter ihnen die Plattform, auf der es langsam eng wurde, und stieg direkt von der Bruchkante aus auf die Leiter.

Feß wies auf die Spuren. »Wir haben sie schon verglichen, sie gehören zum Opfer. Und wahrscheinlich zu ihrem Hund, das wissen wir allerdings erst mit Sicherheit, wenn die Fotos fertig sind, die wir vergleichen können. Das Tier haben wir nicht hochgebracht. – Sonst gibt es hier nichts. Der Regen.« Er sah dem

Kollegen auf der Leiter nach. »Frau Boll, ich habe eine Theorie. Wollen Sie sie hören?«

»Na klar.«

Der Spurensicherer blickte sie an. »Sie war allein hier. Mit ihrem Hund.«

»Und wie kommen Sie darauf?«

»Na ja, jemand, der nach ihr gekommen wäre, wäre auf dieselbe Stelle getreten. Oder er hätte wie wir hier über die Steine klettern müssen.«

»Vielleicht wollte derjenige keine Spuren hinterlassen.«

»Ja …«

»Aber das glauben Sie nicht«, sagte Willenbacher.

»Nein. – Wenn sie jemand von hier runterstoßen wollte, musste er sowieso damit rechnen, Spuren zu hinterlassen«, sagte Feß. »Niemand konnte wissen, dass es regnen würde, und die Plattform ist ganz sandig. Er wäre ihr einfach hierher gefolgt und hätte anschließend alle Spuren verwischt.«

»Da haben Sie vielleicht Recht«, sagte Bettina. »Glauben Sie, dass es ein reiner Unfall war? – Möglicherweise ist sie beim Klettern im Bruch abgestürzt. Sie war Freeclimberin.«

»Dann wäre sie mit diesen Schuhen aber nicht in die Wand gestiegen.«

»Kennen Sie sich damit aus?«

»Ich kletter ab und zu in der Halle.« Er blickte die Steinwand hinunter. »Dieser Abstieg ist für einen Profi nicht schwierig. – Sehen Sie? Es gibt genügend Absätze im Fels. Jeweils am Rand der einzelnen Sprengabschnitte. Sehr bequem, eigentlich, denn die Abschnitte sind nicht mal mannshoch. Aber trotzdem hätte sie die Laufschuhe ausgezogen, wenn sie hier hätte runterklettern wollen.«

»Wie gefährlich ist denn der Abstieg in Laufschuhen?«

»Es geht vielleicht. Besonders riskant dürfte es auch nicht sein, aber das würde niemand machen, der es barfuß oder in Kletterschuhen gewöhnt ist.«

»Und was«, fragte Bettina, »heißt das für den Unfallhergang? Was ist Ihrer Meinung nach passiert?«

Der braun gebrannte Feß blickte zurück in den Wald. »Sie kam von dem Weg dort vorn, den wir auch gekommen sind. Irgendetwas hat sie veranlasst, sich hierher zu wenden. Vielleicht ist sie vor jemandem geflohen. Vielleicht wollte sie in den Bruch steigen, um zu entkommen, und hat in der Eile vergessen, ihre Schuhe auszuziehen. Vielleicht hatte sie einfach keine Zeit mehr dazu.«

»Jemand hat sie an die Kante getrieben«, sagte Willenbacher.

»Oder sie war extrem leichtsinnig.«

»Oder«, sagte Bettina, »einfach nicht bei der Sache.«

* * *

»Ich fahre dich nach Hause«, bot Wolfgang an. Die Schatten waren jetzt länger, und mit dem Feuerwehrauto und der ausgefahrenen Leiter neben dem seltsamen Gewässer sah der Steinbruch unwirklicher aus denn je. Aurelie war von einem Leichenwagen abgeholt worden; mit ihr waren die Irrlicher Schaulustigen verschwunden. Es liefen noch einige Polizisten herum, doch die Szenerie war ruhiger geworden.

Rocco lag vergessen unter der Birke. Katrina band ihn los und redete leise auf ihn ein. »Ich nehme ihn erst mal mit«, rief sie dem dicken Polizisten zu, der hier offenbar das Kommando führte. »Sonst muss er noch ins Tierheim.« Der Bulle winkte als Zeichen des Einverständnisses. Rocco folgte ihr sofort. Sie setzten ihn auf die Rückbank zwischen die McDonalds-Tüten, wo er sich offenbar wohl fühlte. Natürlich saß jetzt wieder Wolfgang am Steuer. Katrina trug immer noch sein Hemd.

Sie behielt es auch an, als sie wieder ausstieg. Hier von der Containersiedlung aus konnte man Irrlich von oben sehen; es wirkte friedlich, um nicht zu sagen ausgestorben. Obwohl der Ort sich stolz Stadt nennen durfte und ein paar kleinere Gewerbebetriebe, eine Realschule, eine bankrotte gräfliche Familie sowie ein Kino und drei Eisdielen besaß, wurde er doch langsam zum Schlafdorf für gut motorisierte Ludwigshafener und

Wormser. Da war in der Containersiedlung, zumal an einem Freitagabend, auf jeden Fall mehr los. Vom *Exxtrabreit* unten dröhnten schon Bassstöße herauf und auf dem Platz vor dem Halbrund der Container saßen mehrere Leute um einen rußigen Gartengrill, in dem Holzscheite glühten. Irgendwo stritt sich ein Paar; die Stimmen klangen alkoholisiert. Die Türen der – meist bemalten – Container standen offen, ein Generator brummte, und hinter einigen Fenstern flackerten auch Fernseher. Wäscheleinen waren zwischen den Containern gespannt, und überall standen und hingen Blumentöpfe, genau wie in Irrlich. Und wie auf dem Antoniushof.

»Sollen wir morgen zusammen nach Ludwigshafen auf die Dienststelle fahren?«, fragte Wolfgang, während Katrina den Hund aus dem Wagen ließ. »Wir müssen ja noch unterschreiben.«

»Okay«, sagte Katrina.

»Ich hol dich ab – gegen neun?«

Katrina nickte. »Du kannst noch mit ans Feuer kommen, was trinken«, bot sie dann an. In seinem riesigen Hemd sah sie weniger angezogen aus als ohne. Sie beugte sich in die offene Beifahrertür. Lächelnd.

»Nein«, sagte er hastig. Er wollte sich hier nicht länger als unbedingt nötig aufhalten. Immerhin bestand die Möglichkeit, auf alte Bekannte zu treffen. »Ich –«

»Na gut.« Sie zuckte die Schultern. War sie etwa erleichtert? »Dann bis morgen früh.«

Sie knallte die Autotür zu. Sein »Mach's gut« hatte sie garantiert nicht mitbekommen. Er sah, wie sie ans Feuer ging und eine Frau küsste. Die Frau fasste das Hemd an, das Katrina trug, sagte etwas und hob dann den Kopf, um zu ihm herüberzusehen. Sie war schlank und langhaarig und hübscher, als er sie in Erinnerung hatte. Das musste das Abendlicht sein. Sie hielt eine Bierflasche in der Hand.

Und dann nickte die Frau ihm zu. Es war nämlich Annemarie, die er kannte. Und die auch Katrina kannte, natürlich.

»Was willst du denn mit dem?« Annemarie hielt ihr fordernd ihre Wange hin. Katrina küsste sie.

»Der arbeitet im Amt«, sagte Katrina. »Aurelie ist gestorben.«

»Und du hast sie gefunden, mein Schatz«, sagte Annemarie bedauernd. Sie strich missbilligend über Katrinas, respektive Wolfgangs Hemd.

»Ja, mit Wolfgang zusammen.«

»Wolfgang.«

»Der Typ von eben«, sagte Katrina ungeduldig.

»Von dem du die schmutzigen Hemden aufträgst.«

Katrina zog das Hemd aus und warf es von sich. Sie schauderte. »Die haben mich alle so angestarrt«, sagte sie anklagend. »Die Irrlicher. Die Tussis von deinen Kunden!«

»Jetzt reg dich ab«, sagte Annemarie und nahm einen Schluck Bier. »Meine Kunden sind *nicht nur* aus Irrlich, Schatz. – Hallo Rocco, mein Lieber. Sollen wir dich behalten? Ja, sollen wir dich behalten? Jaja? Du kannst hier bleiben, Alter.« Sie seufzte. »Was wäre der für ein schöner Mann!«

* * *

Erst als die Spitzen der Birken am oberen Rand des Steinbruchs im warmen orangen Gegenlicht der späten Sonne leuchteten und der Bruch völlig im Schatten lag, trafen die Kollegen unten wieder zusammen. Einsatzleiter Walter, Bettina und Willenbacher standen mit den Spurensicherungsbeamten und den Kollegen, die den Fundort gegen Eindringlinge gesichert hatten, neben der Markierung, die Aurelies Lage bezeichnete. Jetzt erst wurde die Temperatur angenehm.

»In der Wand ist nichts«, erklärten die Leute von der Spurensicherung. Auch oberhalb des Bruchs hatten sie keinen Stein oder stumpfen Gegenstand mit verräterischen Blutspuren gefunden, von dem die Kopfwunde hätte stammen können. Die Suchhunde waren noch oben im Wald unterwegs. Auch im Steinbruch war gründlich gesucht worden, doch falls es sich bei dem vermeintlichen Tatwerkzeug tatsächlich um einen Stein handelte, war die Suche im Bruch natürlich eine Sisyphusarbeit, die noch Tage in Anspruch nehmen konnte und selbst dann vielleicht kein Ergebnis brachte.

»Tja«, sagte Kommissar Walter, »was hammer jetz? – Mir han Spuren vun ihr und dem Hund, die in Richtung des Bruchs führn, obbe am Rand gefunn. Und zwar genau uff die Stell zu, vun der sie runnergefall is. Und die Spuresicherer ham kä Abriebspure an de Wand feschtgestellt. Des kenne mer ausschließe.«

»Ja«, antwortete Feß.

»Sie is also gefall und hat sich unne des Bä und unmittelbar druff des Genick gebroche. Sie hat aber an der Stern e Wund, die momentan net erklärbar is. Die Platzwund kennt ihr ach schun vorher beigebracht worn sin. Die kennt ach vum Sturz herkumme, aber des wern mir erscht bei der Obduktion sehn.«

»Dort oben an der Kante war sie allein«, sagte Feß.

»Allein mit ihrem Hund«, fügte Bettina hinzu.

»Kennt en Unfall sin«, sagte Walter.

Sie sahen sich alle gegenseitig an, elf müde, verschwitzte Polizisten nach einem heißen, frustrierenden Tag. *Unfall* würde heißen – falls die Obduktion nichts anderes ergab –, dass noch zwei, drei Routinebesuche bei den Angehörigen gemacht werden mussten, die Spuren am Montag erst ausgewertet werden würden und mit etwas Glück die Sache dann zu den Akten gelegt werden konnte. *Tod nach Fremdeinwirkung* dagegen bedeutete, dass die Einsatzreserve aus Enkenbach angefordert werden musste, um zwei oder drei Tage im glühenden Steinbruch nach einem einzelnen Stein zu fahnden. *Tod nach Fremdeinwirkung* hieß möglicherweise Taucher, um den See abzusuchen. Auch für die Spurensicherer bedeutete das Überstunden an einem Wochenende, das von der Presse schon im Voraus als das heißeste des Jahres bejubelt worden war. Es bedeutete viel Arbeit, und das gleich.

»Sieht sogar verdammt nach Unfall aus.«

»Wenn sie wirklich Freeclimberin war«, sagte Feß langsam, »*wäre* sie nicht in Laufschuhen in den Bruch gestiegen. Sie hätte sie *automatisch* ausgezogen. Barfuß klettern ist normal.«

Unfall hieß auch, dass die Arbeit dieses Einsatzes umsonst gewesen war.

»Ich weiß nicht, aber würde jemand, der seinen Hund dabei hat, in einen Steinbruch klettern?«, fragte einer der uniformierten Polizisten. »So: Du kennst ja den Weg, Alter, ich nehm eben mal die Abkürzung ...«

»Vermutlisch net«, sagte Walter.

»Und«, bemerkte ein älterer kleiner Polizist mit Halbbrille, der zu den Spurensicherern gehörte, »wir haben keine direkte Erklärung für die Platzwunde.«

»Der Sturz«, sagte ein Uniformierter.

Alle wussten, dass das eine wahrscheinliche Begründung war. Eventuell war die Frau ungewöhnlich gefallen – beim Aufprall auf dem Stein musste nicht unbedingt viel Blut ausgetreten sein, es konnte vom Regen oberflächlich weggewaschen worden sein. Außerdem konnte sich der Stein durch den Zusammenstoß von seiner ursprünglichen Position wegbewegt haben; möglicherweise lag er in einer Felsspalte oder dem See.

Wieder sahen sie sich an. Dann richteten sich die Blicke auf die Ludwigshafener Kommissarin.

»Ich«, sagte Bettina, »finde es mysteriös, dass eine Frau, die nur joggen wollte, unerwartet in einen Steinbruch stürzt. – Umso mehr, als der Weg, den sie genommen haben muss, nicht direkt an der Bruchkante entlangführt. Da sind immerhin noch drei Meter und ein Fels dazwischen. Nach unserer Zeugenaussage war sie auch nicht lebensmüde und konnte gut klettern. Sie war Sportlehrerin! Und dann trug sie noch die falschen Schuhe. – In *diesem* Zusammenhang ist die Kopfwunde doch ziemlich interessant.«

»Das heißt, Sie machen weiter?«, fragte Feß.

Bettina sah in die Runde. »Ja.«

Der braun gebrannte Feß und der mit der Brille nickten; zwei andere stöhnten. Gut – jedem recht machen konnte sie es nicht. Wenn sie ehrlich war, hätte auch Bettina auf diesen Fall lieber verzichtet. Sie war müde und ausgelaugt und sehnte sich nur noch nach ihrer Schwester und den Kindern. Aber ihre Entscheidung schien ihr vernünftig; eine bessere konnte sie nicht treffen. »Was ist«, sagte sie deshalb eine Spur zu munter, »wollen wir noch mal hochsteigen und sehen, ob die Hunde was finden, solange es noch einigermaßen hell ist?«

Im Wald oben war die Luft jetzt weich und die Farben düster und samtig. Violett und Umbra stiegen vom Boden auf, zwischen den Bäumen leuchtete der Himmel in klarem Dunkelblau, der dreiviertel volle Mond stand groß und hell über dem Land.

Man konnte noch mit einiger Anstrengung sehen, doch es waren schon Taschenlampen in Gebrauch. Vereinzelt hörte man die Rufe der Hundeführer oder sah in der Ferne Lichter zwischen Bäumen aufblitzen. Die Männer bewegten sich mit den großen Hunden fast unauffällig durch das Gelände, leise und stetig wie ein Trupp Soldaten. Jedes Mal, wenn Bettina Suchhunde im Einsatz sah, fragte sie sich, ob sie wirklich auf der richtigen Seite stand. Auch wenn die Hunde nur nach Drogen oder der Fährte einer Toten suchten: Die heimliche Erregung, die Lust an der Jagd war deutlich zu spüren. Und dann diese Symbiose zwischen Raubtier und Mensch, die Diensteifrigkeit der körperlich Überlegenen, die Bewegungen im selben Rhythmus, die verhaltenen Schritte –

»Die Spur ist verregnet. Wir finden nichts«, sagte eine Stimme durchaus bedauernd hinter Bettina. Sie fuhr herum. Willenbacher und Walter waren schon ein Stück weiter.

»Habe ich Sie erschreckt?«, fragte der Hundeführer freundlich. Seine Uniform wirkte im Dämmerlicht grau. Sein Hund wedelte kurz und uninteressiert.

»Sie hätten sich wirklich nicht so von hinten anzuschleichen brauchen«, sagte Bettina gereizt.

»Das ist gut fürs Training, Frau Kollegin.«

»Hören Sie –«

»Die Mörder, die Sie jagen, sind schließlich auch keine Lämmer, die man einfach so zusammentreiben kann.«

4

Wolfgang überfuhr eine Kröte. Oder etwas Ähnliches. Hier im Wald war es stockdunkel, und er hatte nicht auf die Straße geschaut. Er fuhr seinen Golf durch ein Tal, da war es feucht und es gab Kröten. Ob Kröten stark bluteten, wenn sie überfahren wurden? Was passierte mit all dem Blut all dieser Kröten, die nachts im Wald ihr Leben lassen mussten? Vielleicht fand er noch eine, dachte er, dann würde er ja sehen. Doch die Straße lachte ihm höhnisch und leer entgegen. Ein Reh stand im Gehölz, er sah nur die hellen Augen. Jetzt ein Jäger sein.

Annemarie, wenn du redest, dann gnade dir Gott.

Nein: Annemarie, ich hoffe, ich muss dir nicht sagen, was gut für dein Geschäft ist –

Ich bring dich um, Annemarie. Ich stopf dir deine dummen Strümpfe und alles ins Maul, damit du schweigst. Du *wirst* schweigen. Ich bring dich um.

Hier, Annemarie, ich hab was für dich. Hör auf, mir zu danken. Und das vergiss gleich, Geschäfte mach ich mit dir nur noch *vor* der Tür. Ich erwarte nur Diskretion. Und eine kleine Auskunft: Du kennst doch Katrina –

Versuch nicht, mir mit diesem idiotischen Schwachkopf zu drohen, Annemarie. Der hatte vor zehn Jahren seine beste Zeit; jetzt erschreckt er höchstens noch kleine Mädchen. Apropos –

Wolfgang schwirrte der Kopf. Die Straße stieg jetzt steil an, es musste die Auffahrt zur Kalmit sein. Hinter der nächsten Kurve leuchteten Scheinwerfer auf, ein schwarzes, tiefer gelegtes Geschoss raste auf ihn zu; er hörte den Bass durch seine geschlossenen Fensterscheiben wummern.

Wolfgang sah dem Wagen nach und kurbelte seine Scheibe herunter. Bald aber drehte er sie wieder hoch. Die feuchte dunkle Waldluft war nicht gut für seine Verfassung. Da war der erste Parkplatz. Völlig leer, leider. Aber bis zum Kalmitgipfel kamen noch welche, und auch auf denen waren im Sommer schon diverse illegale Partys gestiegen.

Katrina, würde Annemarie sagen, halt dich von diesem Typen fern, der ist nicht ganz dicht.

Wieso, Annemarie, kennst du ihn etwa?

Ja, Schatz, der sitzt in der Kirche immer neben mir.

Du machst Witze.

Scherz beiseite, der war bei uns mal so was wie ein Stammkunde.

Wolfgang?!

Das ist ein Perverser. Der hat sie nicht mehr alle. Kannst du dich noch erinnern, wie du damals beim Metzger das Schweineblut holen musstest? Das war vielleicht eine Sauerei, sage ich dir ...!

Wolfgang rieb sich die Stirn. Das Auto machte einen Ruck und das Getriebe knirschte, als er den zweiten Gang nicht gleich fand. Da war der oberste Parkplatz. Und zwar ... leer. Nein, nicht ganz. Dort hinten am Waldrand, gut hundert Meter entfernt, stand ein alter roter VW-Bus mit einem schmutzigen weißen Dach, halb verborgen von einer Buche. Wolfgang hasste dieses Auto sofort.

* * *

Katrina klopfte an die verriegelte Tür eines von allen Seiten mit Brettern vernagelten Containers. Dieser Container stand als Einziger mit dem Eingang zur Außenseite des Containerrings. Die Tür war überdies durch einen üppigen düsteren Haselbusch verdeckt. Die einzigen Lebenszeichen, die aus der Wohnung ihres Vaters drangen, waren der Hauch eines Lichtstreifens am nachlässig abgeklebten Lüftungsgitter der Tür und Stimmen, die sich nach einem Western anhörten. Also war Sonny da. Das war Katrina aber heute egal.

Sie klopfte noch mal.

»Wer ist da?«

Ließ er etwa schon Sonny die Riegel öffnen?

»Katrina.«

»Kennwort?«

»Verdammte Scheiße, Sonny, lass mich rein, ich muss zu meinem Vater.«

»Kennwort war nicht korrekt. Dieser Kontakt zerstört sich in zehn Sekunden. Zehn ... neun ...«

»Sonny!«

»Kennwort war nicht korrekt. Acht ...«

»Frag sie, ob Cindy da draußen in der Nähe ist«, hörte Katrina die Stimme Eckharts, ihres Vaters.

»Sieben ... sechs ... fünf ...«

»Nein, ist sie nicht«, brüllte Katrina, »aber ich kann sie holen, wenn der Idiot mich nicht reinlässt.«

»Lass sie ›bitte‹ sagen«, forderte Sonny.

Katrina schmetterte ihre Faust gegen die Tür. Dann hörte sie, wie sich die Riegel öffneten.

Die Luft, die ihr entgegenschlug, ließ sie zurücktaumeln. Es roch unaussprechlich, nach frischem, schwerem Rauch, nach jahrealtem kaltem Rauch, nach verfaultem Essen, vergammeltem Hausrat, Bier und ungewaschenen Körpern.

»Jetzt entscheide dich mal, ob du reinwillst oder lieber draußen bleibst.« Eckhart lächelte sein schiefes, spöttisch gemeintes Lächeln und trat dabei von einem Bein aufs andere, als friere ihn. Katrina ging hinein.

Drinnen lümmelte sich Sonny auf dem einzigen Sessel vor dem Fernseher. In der anderen Ecke des Raumes lief auf dem Computerbildschirm eine Spielesequenz in einer ungeheuer finsteren Zeichentrick-Spelunke ab.

»Ich spiele mal wieder Grim Fandango«, sagte Eckhart immer noch lächelnd und schloss die Tür hinter ihr ab. »Kannst du dich noch erinnern, wie man den Gewerkschaftsausweis bekommt? Der blöde Charlie will erst sein Geld, bevor er ihn mir fälscht.«

»Keine Ahnung«, sagte Katrina. Was sie jedes Mal erstaunte, wenn sie hier hereinkam: Es war aufgeräumt. Ihr Vater putzte nicht, er wusch nicht (schließlich war er ein Mann), aber er räumte auf. Das Bett war gemacht, obwohl der löcherige graue Überzug vor Dreck starrte. Das schmutzige Geschirr war in einer großen Plastikwanne gestapelt, und Cindy würde es irgendwann, wenn sie einigermaßen nüchtern war, spülen. In einem sehr fettigen gläsernen Stiefel mit Deckel waren Erdnüsse hübsch ordentlich untergebracht.

»Nein danke«, wehrte sie ab, als Eckhart ihr davon anbot.

»Tja.« Er stand groß und unsicher im Raum, sein spöttisches Lächeln vor sich her tragend wie ein Schild. »Was führt dich her? – Setz dich doch.« Er wies auf seinen fleckigen alten Bürostuhl. Auf dem Computerbildschirm trat Olivia, eine (im wahrsten Sinne des Wortes) klapperdürre Intellektuelle, von einer schäbigen Bühne ab, auf der sie sich soeben einen Dreizeiler abgerungen hatte. Leises, anerkennendes Klatschen aus den Reihen der umsitzenden mürrischen Revolutionäre begleitete sie. Katrina lehnte sich gegen den Tisch. »Aurelie ist gestorben«, sagte sie.

»Ich weiß«, sagte Eckhart und setzte sich selbst an den Computer. Dann lächelte er seine Tochter wieder schief an. »Bist du gekommen, um endlich deine Sachen mitzunehmen? Da ist noch so viel Zeug von dir. Ich kann es auch Cindy geben. Ich brauche meinen Platz, weißt du.«

Sonny schielte herüber und lächelte Katrina lässig zu. »Ja, mach ma 'n bisschen sauber hier«, sagte er. Aus seiner Ecke des Raums flimmerten Bilder einer Wüste. Sonny war zwanzig, der Sprössling einer Irrlicher Familie, die mit ihm nicht fertig wurde, und in Katrinas Augen ein gefährlicher Idiot. Und ein Dieb. Während seiner kurzen Laufbahn auf der Irrlicher Realschule hatte er nur »Sony« geheißen – wegen seiner Leidenschaft für teure Elektrogeräte. Der Name war ihm geblieben, hatte sich nur im hiesigen Dialekt zu dem bequemeren »Sonny« verbreitert.

»Kannst du überhaupt spielen, bei dem Krach aus dem Fernseher?«, fragte Katrina bissig. Es war verrückt und eine Ironie sondergleichen, dass der einzige Mensch, den ihr Vater für längere Zeit bei sich duldete, Sonny war. Irgendwann würde *Sonny* hier im Container sauber machen, und Eckhart konnte vermutlich froh sein, wenn er das überlebte.

»Ach, klar«, sagte ihr Vater. »Also wenn du das Zeug nicht mehr willst, geb ich es Cindy. Da ist noch deine alte Puppe –«

»Komm schon, Eckhart«, sagte Katrina. »Aurelie ist tot!«

»Weiß ich schon«, wiederholte er. »Sie hat am Steinbruch gelegen, nicht?«

»Ja. Ich hab sie gefunden. Und –«

»Weiß ich auch schon.« Er betrachtete seine Tochter mit dem festgefrorenen Lächeln auf den Lippen. Die ironische Überlegenheit war aus seinem Leben längst verschwunden; das Lächeln war geblieben. Er klammerte sich daran fest, es war sein Überleben.

»Es war furchtbar«, sagte Katrina. »Sie war ganz verdreht –«

»Überdosis«, sagte Eckhart.

»Was für eine Überdosis?«

»LSD«, mischte Sonny sich ein und grinste Katrina an. Auf der Mattscheibe litt Clint Eastwood so schön er nur konnte. An Verbrennungen. Sonny nahm einen Schluck Bier. Er liebte Western. »Oder so.« Er wandte sich wieder dem Fernseher zu.

»Quatsch. Wo hast du *das* denn her?«

»Aurelie«, sagte Eckhart, »war eine Lehrerin.«

Als ob das eine ausreichende Erklärung wäre.

Katrina starrte ihn an. »Aurelie war meine Freundin«, sagte sie. *Was* wollte sie hier? Hatte sie wirklich etwas anderes erwartet?

Eckhart nahm den Joystick und steuerte Manny Calavera, den nur oberflächlich korrupten Helden, auf die Bühne der ungeheuer finsteren Spelunke und ließ ihn »Lüüsterrrnheit« sagen.

»Lehrer bedienen das System«, verkündete Eckhart dann.

»Suuhle dich!«, deklamierte Manny.

Clint Eastwood stöhnte.

»Schullehrer! Die kennen das Leben nicht und bringen den Kindern nur Sachen bei, die sie selbst aus Büchern wissen. Das ist nicht echt, verstehst du?« Die Frage richtete Eckhart an den Bildschirm.

»Iiich bin dein Verrrsagen«, antwortete Manny, die Illusion eines sprechenden Skeletts. Die Illusion der Illusion der Illusion. Schwacher Beifall kam auf, als er von der Bühne ging; so enthusiastisch wie bei Olivia war er nicht.

»Ich will ja nicht behaupten, dass Aurelie nicht intelligent war, das war sie schon, und genau das ...«, hier machte Eckhart eine mindestens so dramatische Pause wie zuvor Manny im Rahmen seines Vortrags, »… war auch ihre Tragödie.«

»Aurelies Tragödie«, sagte Katrina erbittert, »war die Tatsache, dass sie in den Steinbruch gefallen ist.«

»Ja, aber *warum* ist sie gefallen?«, fragte Eckhart und verließ gemeinsam mit Manny die ungeheuer finstere Spelunke. Er landete in einer ungeheuer finsteren Hafenanlage und musste sich konzentrieren. Kurzfristig vergaß er seine Tochter.

»Jedenfalls nicht, weil sie auf LSD war«, sagte Katrina böse. Sie betrachtete Sonny, der seine Füße, die in hübschen, neu aussehenden Sportschuhen steckten, auf dem schmutzigen Fernsehtisch ihres Vaters postiert hatte. Plötzlich fühlte sie einen erschreckend heftigen Hass auf ihn. Sonnys Sachen lagen überall im Container: ein Paar schwarze Springerstiefel aus seiner rechten Phase neben dem Schrank, sündhaft teure Armani-Jeans über einer Stuhlkante, Hemden und Shirts, die er nie mehr tragen würde. Katrina hätte gern alles mitsamt dem Besitzer und dem grässlichen Eastwood-Film hier rausgeworfen. Am liebsten hätte sie Sonny geschlagen, aber sie wusste, dass er stark war. Und nachtragend.

»Ich will nicht sagen, dass Aurelie an ihrem Tod selbst schuld ist«, sagte der aus den düsteren Hafenanlagen wieder aufgetauchte Eckhart, zündete sich eine Zigarette an und holte tief Luft, um es doch zu sagen.

Sonny kam ihm zuvor. Der Western hatte eine Werbeunterbrechung, deshalb wollte er jetzt was zum Thema beitragen. Er stellte seine Füße auf den Boden, schwenkte seine Bierdose und sagte: »Ey, ist doch klar, die Tuss war zu nervös. Ich mein, die wollte sich irgendwas beweisen oder so. Ich mein, was der gefehlt hat, war doch klar: Die hätte einfach mal gescheit durchgefickt gehört. Ist meine Meinung.«

Auf diese Äußerung hin entstand eine Pause, in der beide Jugendliche zu dem älteren Mann blickten. Sonny linste nur aus den Augenwinkeln, Katrina schaute auffordernd und wütend. Doch ihr Vater war entweder derselben Meinung oder traute sich ganz einfach nicht zu widersprechen. Er lächelte etwas gequält in die Runde.

»Du blödes Arschloch«, brach es aus Katrina heraus. Sie wusste einen Moment nicht, welchen von beiden sie meinte. »Du widerliches Miststück, dich hat doch in deinem ganzen Leben noch keine rangelassen – aber hier die großen Töne spucken! Soll ich dir sagen, was du bist? Neidisch. Von einer Frau wie Aurelie kannst du nämlich nur träumen!«

Sie und Sonny starrten einander an. Seine Augen blickten herausfordernd wie immer. Sie hatten nie einen anderen Ausdruck.

»Na, so toll war sie jetzt auch wieder nicht«, sagte Eckhart in die gespannte Stille hinein, und Sonny bekam fast augenblicklich einen Lachkrampf. Er hob seine Bierdose und prostete Katrinas Vater zu. »Wahnsinn«, brachte er heraus. »Wahnsinn.«

Eckhart schien sich über Sonnys Applaus zu freuen.

»Ihr seid doch krank, echt«, sagte Katrina mit Tränen in den Augen.

Sonny beugte sich aus dem Sessel nach vorne und lächelte Katrina von unten herauf zu. »Ey, Süße, wenn ich wollte, dann würdest du gleich hier niederknien und mich anflehen, dass ich's dir besorge. Aber weißt du was? Du bist mir nicht hübsch genug.« Er lachte wie ein Besinnungsloser.

Katrina wich zurück. Das Lächeln ihres Vaters war grotesk. Das blaue Licht vom Bildschirmhintergrund spiegelte sich auf seiner fahlen Haut. Er sah krank aus. Sonny rülpste laut und herausfordernd.

Katrina schob betont langsam die drei Riegel an der Tür zurück.

»Wenn du dir die Brust vergrößern lässt, überleg ich's mir«, rief Sonny ihr nach.

* * *

Bettina und Willenbacher befanden sich auf dem Heimweg nach Ludwigshafen. Es war spät, und sie schwiegen. Die Berichte, die sie noch schreiben mussten, saßen ihnen im Nacken. Sie hatten nichts gefunden.

Bereits an der Bruchkante, wo es den sichtbaren Fußabdruck

gab, hatten die Hunde Unsicherheit gezeigt; mehr aus der Tatsache, dass sich in der Nähe der Weg befand, hatten sie darauf geschlossen, dass Aurelie diesen gekommen sein musste. Eine ziemlich fragwürdige Spur führte von dem Weg aus weiter durchs Unterholz, verlor sich aber in der Nähe eines winzigen Gewässers vollständig.

Dass die Nacht so wunderbar lau war, dass sie in der Nähe des Bächleins Glühwürmchen sahen und der Wald in der Nacht intensiv erdig roch, erleichterte die Arbeit irgendwann auch nicht mehr. Sie waren alle müde und froh, als Bettina und Kommissar Walter eine weitere Suche für sinnlos erklärten.

»Wir müssen uns diesen Wald noch mal im Hellen ansehen«, sagte Bettina.

Willenbacher warf ihr einen Blick zu. »Ich dachte, du schläfst schon.«

»Die Jägerin schläft nie.«

»Du musst todmüde sein«, stellte Willenbacher nüchtern fest. »So komisches Zeug laberst du sonst nicht.«

* * *

Cindy war ein riesiger Schatten, ein Berg, der sich gegen die Containertür warf. Katrina hatte keinen Grund, sie davon abzuhalten, doch aufgrund der beengten Verhältnisse zwischen Haselbusch und Tür geriet sie zwischen die Fronten und wurde, begleitet von einem mörderischen Kampfschrei, gegen die Tür geschleudert.

Der sauer und dumpfig riechende Körper ihrer Schwester presste sie gegen die nachgebende Tür. Von innen hielten ihr Vater und Sonny dagegen. Katrina rang nach Luft. Cindy knurrte aus tiefster Kehle, ihr Atem ging pfeifend. Ein Ruck von hinten schloss die Tür energisch und drückte Katrina noch tiefer in das weiche Fleisch. Cindy ließ ab und nahm einen Schritt Anlauf. Diesen Moment nutzte Katrina zur Flucht.

* * *

Sterne. Wolfgang konnte sie nicht ausstehen. Großspurig verschleuderte die Milchstraße ihre Pracht, hier über einem einsamen Berg und einem unglücklichen Mann. Vereinzelt freistehende Kiefern und krüppelige Eichen verbreiteten unerträglich mediterrane Stimmung. Etwas tiefer ahnte man die Rheinebene, die freche Lichtpunkte durch das scheinbar dichte Unterholz streute. Die Luft war zu lau. Wolfgang wünschte sich Regen. Er wünschte Gewitter, Kälte, er wünschte, der Braunbär wäre im Pfälzerwald wieder ausgewildert. Er wünschte sich ein dickes, fettes Exemplar gleich hierher.

Ungeduldig trat er einen Stein über den Platz. Mit lautem Aufprall kam das Geschoss an einem Baumstamm zum Liegen und unterstrich nur die Stille des Waldes: Der gab in der unbewegten Atmosphäre kaum ein Wispern preis, sachtes Knacken einzelner Tritte, höchstens, ein Rascheln im Geäst. Verhaltenes Lauschen beherrschte die Dunkelheit, heimliche Bewegung zuckte über den Bäumen, etwas streifte fast unmerklich Wolfgangs Wange: Fledermäuse. Weiter vorne zwischen den Lichtern glitt die Silhouette eines Uhus von einem Ast herab und stieß jäh zu Boden. Die Jäger waren unterwegs; ein schwacher Trost.

Was, *was* wollte er hier?! Er kannte das doch alles schon. Die alten Tricks der alten Hure da droben: Es nützte nichts! Sie konnte ihm ein Mädchen unter die Haut pflanzen, eine Nacht inszenieren, die sich anfühlte wie ein ganzes Leben – und er würde nichts damit anfangen. Es war verschwendet.

Er wurde wütend. Was war überhaupt mit dem VW-Bus dort hinten, wie konnten seine Besitzer es wagen, diese Nacht zu stören, oder vielmehr ihre Schönheit einfach zu ignorieren? Wieso saßen sie nicht draußen? Ob überhaupt jemand drin war? Vielleicht waren sie noch die zweihundert Meter zum Sendeturm hochgestiegen. Wolfgang schlich sich an das Gefährt heran. Wenn es wenigstens ordinär gewackelt und gequietscht hätte.

Doch, es war jemand drin. Da war eine Stimme. Zwei Stimmen. Von der anderen Seite sah man auch Licht durch ein verschlossenes Fenster. Ein funzeliges Teelicht stand auf einem Tisch, an dem sich ein junges Paar fläzte. Wolfgang sah zwei Frauenbeine mit hellen Söckchen an den Füßen, die hin und her schwangen. *Sie* lachte leise. *Er* sagte etwas. *Sie* hörte zu (genau wie Wolfgang, nur dass er nichts verstand) und sagte dann auch wieder was. Eine Unterhaltung. Wolfgang knirschte mit den Zähnen. Konnten die beiden nicht einfach etwas brutalen, schmutzigen Sex haben?

Sie lachte wieder, und *er* begann zu singen. Wolfgang hörte es genau. Nur drei Takte: Er hatte gesungen. Wieso konnte nicht wenigstens *sie* singen? Frauen waren doch süß bis zum Abwinken. Frauen würden neben so eine Nacht noch ein Lied stellen.

Da. Er tat es wieder. Wolfgang verstand jetzt auch etwas Text.

– *Nothing really matters ... Nothing really matters to me ...!*

Das werden wir ja noch sehen, dachte Wolfgang.

Das Paar in dem roten VW-Bus hatte irgendwann alle Fenster geschlossen und die Türen verriegelt. Die Stille und der große schwarze Wald ringsum flößten ihnen mehr Respekt als Weltschmerz ein. (Das lag an den vielen Mücken draußen und auch an dem vergleichsweise ausgeglichenen Hormonspiegel der beiden – sie waren Physikstudenten.) Die Vorsichtsmaßnahme erwies sich jetzt als glücklich. Draußen war ein Irrer. Unvermittelt ertönte Gebrüll aus der Stille und ein Fausthieb ließ das Seitenfenster splittern. Die beiden bekamen den Schreck ihres Lebens.

Draußen stand Wolfgang und wollte sich prügeln. »Kommt raus«, schrie er. Hoffentlich war der Mann ein starker Sportler, Ringer vielleicht oder Ruderer, einer, an dem er sich so richtig abreagieren konnte. Aber Wolfgang machte sich nichts vor: Auf die Frau hätte er sich auch gestürzt. Er wollte es jetzt wirklich wissen.

Und sie war es auch, die in diesem Moment kurz davor war, auszusteigen und dem unverschämten Schlägertypen da draußen die Leviten zu lesen. (Sie war aus gutem Hause und noch nie zuvor an einen wirklich wütenden Mann geraten.) Ihr Freund war klüger. Er riss sie von der Tür weg und schrie sie an. »Hast du sie nicht alle?!«

»Gib's ihr«, brüllte Wolfgang und trat mit Wucht in einen Scheinwerfer. »Was ist, soll ich reinkommen und dich holen?!«

Der junge Mann tat das Vernünftigste: Er rutschte in seinen Unterhosen auf den Fahrersitz und startete den Bus. Wolfgang konnte einen Moment lang seine zornigen, entschlossenen Augen sehen. Er sprang zur Seite. Der Bus schoss davon. Dann hielt er in der Mitte des Parkplatzes und stieß zurück. Wolfgang blieb stehen. Sollten sie ihn doch überfahren. Es machte ihm nichts aus zu sterben. Doch der Bus hielt nur kurz vor dem Golf und fuhr dann davon.

* * *

Draußen glühte noch das Holz im Grill, aber es saß niemand mehr davor, als Katrina etwas derangiert von Cindys Umarmung auf den Platz trat. Annemarie war längst mit ihrer Kollegin Christa runter ins *Exxtrabreit* gegangen, wo sie arbeitete. Und auch die Kerle, die zockten, mussten schon lange unten an den Geldspielgeräten ihre Posten bezogen haben. Der Platz lag einsam und friedlich – bis auf die dumpfen Schreie aus Cindys Kehle, die sich mit der rhythmischen Musik mischten, die vom *Exxtra* heranwehte. Vielleicht sollte sie auch hingehen. Sie brauchte Ablenkung. Andererseits würde sie den Krach und den Rauch und die Menschenmasse kaum ertragen. Jemand zum Reden, den hätte sie gebraucht. Eine Mutter. Annemarie. Oder eine Freundin –

Oder Doris, die Frau, mit der sie zusammenwohnte. Katrina hob Wolfgangs Hemd auf, das immer noch neben dem Grill lag, und ging zu ihrem Wohncontainer.

Cindy taumelte schwer atmend hinter dem vernagelten und verschlossenen Container hervor auf den Platz. Sie ging zum Grill, begann laut zu schluchzen, ließ ihre massige Gestalt auf das Kunstledersofa plumpsen, das dort stand, und heulte zum Gotterbarmen. Katrina hatte schon ihren Schlüssel in der Hand. Sie sah zu Cindy hinüber. Die begann sich in ihr Elend hineinzusteigern.

»Scheiße«, murmelte Katrina, steckte den Schlüssel weg und ging auf Cindy zu.

»Hey Cindy«, rief sie, auf Abstand bedacht. »Was ist denn los, Cindy?«

Cindy legte noch etwas Lautstärke zu.

»Oh Mann«, sagte Katrina, »nimm den alten Idioten nicht so ernst. Der meint es doch nicht so.«

»Katrina?«, sagte Cindy und blickte tränenfeucht auf. Cindys Leben war die Hölle.

»Hey«, sagte Katrina und trat vorsichtig einen Schritt näher, »geh doch erst mal schlafen, Cindy. Morgen ist ein neuer Tag. Da kannst du ihn immer noch umbringen, wenn du willst.«

»Oh Gott, Katrina, du warst das eben? Ich hab dir wehgetan? Oh nein, ich hab dir wehgetan. Ich wollte dir nicht wehtun. Ich –«

»Du hast mir nicht wehgetan, Cindy«, log Katrina. »Jetzt geh endlich schlafen.«

»Ich will nicht. Ich kann nicht. Oh, wieso ist das nur alles so? – Katrina. Schau dir meine Beine an.«

Cindys Beine waren behaart und voller blutiger Ödeme. Katrina sah nicht hin, als Cindy ihren Rock hob und über ihren Körper weinte. »Sie sind so dick! Ich bin dick! Oh Gott, ich bin so hässlich!«

»Cindy.« Katrina ging noch näher, obwohl ihr einmal am Abend Körperkontakt mit der schweißigen, fettigen Cindy reichte. Die trug ein enges T-Shirt und einen glockigen Folklorerock, hübsche Sachen eigentlich, aber ungewaschen. »Ja, du hast mir wehgetan. Willst du es wieder gutmachen?«

»Ja!«, schrie Cindy.

»Dann geh jetzt schlafen.«

»Oh nein«, jammerte Cindy und begann wieder zu heulen.

»Also ich geh jetzt jedenfalls ins Bett«, sagte Katrina und ging zu ihrer Tür. »Gute Nacht!«

Cindy war schneller auf, als Katrina den Schlüssel umdrehen konnte. »Wieso«, rief sie, plötzlich feindselig, während sie sich mit energischen Schritten näherte, »warst *du* eigentlich drin bei ihm?« Sie stand jetzt Katrina direkt gegenüber. »Wieso lässt er dich rein?« Sie spuckte Katrina beim Reden ins Gesicht. Katrina hielt es für Absicht. Cindy konnte auch reden, ohne zu spucken, selbst wenn sie noch so betrunken war.

»Wir haben uns gestritten, okay?«, sagte Katrina. »Es war nichts.«

»Dich lässt er rein«, stieß Cindy hervor. »Mich lässt keiner rein.«

»Du hast deinen eigenen Container«, sagte Katrina und war froh, die Tür noch nicht aufgesperrt zu haben.

Cindys Gesicht verzerrte sich. »Und du, du scheinheilige Schlampe, lässt du mich rein?«

»Nein«, sagte Katrina. Deutlich war immer am besten.

»Ich schlafe heute Nacht bei dir«, beschloss Cindy, »bei dir und Doris.«

»Vergiss es«, sagte Katrina.

»Soll die dumme Doris doch woanders pennen. – Da hinten is noch 'n Container frei.« Damit wies sie auf ihre eigene versiffte Wohnstatt.

»Nein.«

»Wir sind Schwestern«, heulte Cindy. »Aber trotzdem willst du nix mit mir zu tun haben, wie's aussieht!« Ihre Augen funkelten. Gleich würde sie sich auch gegen diese Tür werfen.

Katrina kramte hastig in ihren Taschen. Noch war es nicht zu spät. Und sie wusste, dass sie irgendwo noch etwas hatte – da. Leider ein Fünfer. Kleiner hatte sie es nicht. »Hey Cindy«, sagte sie, und hielt ihrer älteren Schwester das glänzende Geldstück vor die Nase. »Fang.«

Damit warf sie es auf die Lichtung hinaus.

Cindy rannte ungelenk hinterher.

Katrina schloss auf, trat in die finstere Wohnung und schloss hinter sich wieder zu.

* * *

In Barbaras unbeleuchteter Küche starrten Bettina Boll und Michael Palin einander an. Michael trug seine *Spanish-Inquisition*-Montur wie eh und je, und auch Bettina hatte sich nach dem langen Tag nicht extra umgezogen und nur formlos einen Stuhl vor das Poster gestellt. Das Fenster stand offen und ließ das Licht der Leuchtreklame der neuen Nobel-Pommesbude von gegenüber ein. Und die Stimmen der Jugendlichen, die sich darum versammelt hatten. Und die Geräusche der wenigen Autos, die jetzt noch unterwegs waren.

Bettinas Handy lag vor ihr auf dem Küchentisch, gleich neben der Flasche Tequila aus Barbas Kühlschrank. Sie hatte die Rufumleitung ihres Festnetzanschlusses auf das Handy geschaltet und den Schnaps noch nicht angerührt. Dafür quoll der Aschenbecher neben ihr auf dem Boden über, ihre Zigaretten waren alle und der Tequila wurde in der nicht nennenswert kühlen Nachtluft langsam warm.

Und Barba rief nicht an. Bettina hatte das Handy den ganzen Tag bei sich getragen. Sie hatte ihren Anrufbeantworter zu Hause eingeschaltet gehabt, und jetzt die Rufumleitung. Sie war immer erreichbar gewesen. Es hatte keine Lücke gegeben. Und Barba wollte abends – das hieß jetzt – zurückkommen. Bettina fixierte den tagsüber scharlachrot gekleideten, doch jetzt grauen Michael Palin, als kenne er Barbas Aufenthaltsort. Sein Gesicht war faszinierend, es wirkte abwechselnd tröstlich und bedrohlich. Eine Weile hatte sie sich die Zeit damit vertrieben herauszufinden, wo der Wendepunkt war. Es war wie bei einer Kurvendiskussion, befand Bettina schließlich, der Punkt, den man intuitiv als den Wendepunkt einer Kurve bezeichnet hätte, stimmte selten mit dem berechneten überein. Und der Punkt, an dem sie merkte, dass Michaels Lächeln bösartig war und sie, ja genau *sie* meinte, war auch ganz sicher nicht der, an dem sie das Gefühl der Bedrohung noch hätte beschwichtigen können. Im Moment, fand sie, sah ihr Gegenüber regelrecht mörderisch aus. Er schwang eine Bibel und seine Augen leuchteten düster im Licht eines vorüberfahrenden Autos. Kurz wurden seine Kleider scharlachrot wie tags, dann ergraute er wieder. Bettina fühlte sich von seinem Blick gebannt. Sie brachte es nicht über sich aufzustehen, obwohl sie dringend was zum Rauchen brauchte. Der nächste Zigarettenautomat war draußen neben der Pommesbude, doch bis dorthin würde sie es in dieser Nacht nicht mehr schaffen. Nicht, wenn Barba sich nicht meldete. Bettina schraubte den Tequila auf. Im selben Augenblick schaltete sich die Leuchtreklame der Pommesbude draußen aus und sie saß im Dunkeln. Für einen kurzen Moment jedenfalls, dann schärften sich die Konturen wieder, und Mike, ihr alter Freund, lächelte freundlich, fast augenzwinkernd auf sie herab. Bettina trank von dem Tequila. Aus der Flasche. Michael schien ihr zuzuprosten. Er war jetzt schwarz und undeutlich, die Bibel kaum noch sichtbar. Und er war wohl gesonnen. Endgültig.

Es sei denn, dieser graue Schleier über seinen Augen bedeutete etwas anderes als sanften Spott …

* * *

Katrinas Wohnung war leer; Doris war nicht da. Wahrscheinlich bediente sie unten im *Exxtra.* Das musste sie oft, obwohl sie Menschenmengen und laute Musik hasste. Doris war meistens knapp bei Kasse. Ihr Garten fraß mehr als ein zockender *und* saufender Ehemann.

Katrina machte Licht an. Vielleicht sollte sie etwas essen. Hunger hatte sie zwar kaum, aber das würde sie wenigstens beruhigen. Ziemlich lustlos untersuchte sie die Vorräte im Fliegenschrank. Einen Kühlschrank hatten sie nicht. Es gab noch altes Brot und ziemlich fragwürdige Butter, zwei gekochte und vier rohe Eier, etwas Marmelade und den Honig, den sie geschenkt bekommen hatte. Sie verteilte einen Esslöffel davon auf einer dicken Brotscheibe und setzte sich damit an den Tisch. Das Licht aus der nackten Glühbirne an der Decke war grell; die grau lackierten Containerwände schimmerten kühl. Rostflecken waren darüber gesprenkelt.

Auf dem Tisch hatte die sonst so ordentliche Doris ein ziemliches Durcheinander hinterlassen, mittendrin ihr zerfleddertes

Lieblingsbuch *Gärtnern mit Alten Rosen,* daneben ein Zettel mit einem gezeichneten Grundriss von Doris' Garten und dann noch ein größerer mit der vorderen Rabatte darauf, mit der sie nicht ganz zufrieden war. Farbstifte lagen daneben; die einzelnen Sträucher waren mit ihren Blütenfarben markiert. Auch im Buch hatte Doris herumgemalt. Das war sonst gar nicht ihre Art, eigentlich hütete sie das Buch wie einen Schatz, obwohl sie ja nur die Bilder betrachten konnte.

Katrina biss in ihr Brot.

Scheiße – die Liste! Natürlich, sie hatte Doris versprochen, heute Abend mit ihr an der Liste zu arbeiten!

An der Liste mit den Verbesserungsideen fürs nächste Jahr. Jetzt, da die Rosen in voller Blüte standen, konnte Doris erkennen, welche Farben doch nicht so ganz zueinander passten oder wo noch eine Lücke war, die gefüllt werden musste. Wo noch ein Fingerhut oder ein Geißblatt oder gar (was gut überlegt sein musste!) ein weiterer Rosenstrauch hingehörte. Und diese blöde Liste hatte Katrina völlig vergessen. Wahrscheinlich hatte Doris deswegen alles herumliegen lassen. Auf die Art pflegte sie nämlich ihren Unmut kundzutun. Harmlose Gegenstände als stumme Vorwürfe.

Soll sie doch endlich lesen und schreiben lernen, dachte Katrina und musste ganz plötzlich schluchzen. Sie biss sich auf die Lippen. Was sollte das denn, wollte sie *jetzt* vielleicht anfangen zu flennen? Den ganzen Tag hatte sie sich so tapfer gehalten. Und Doris konnte sich ihre Liste sonst wohin stecken –

Katrina atmete tief durch. Sie war total überreizt. Ruhig, sagte sie sich. Ganz ruhig. Und Doris konnte nichts dafür, dass sie hilflos vor geschriebenen Worten stand. Sie hatte eine Störung, Legasthenie oder so. Es war nicht Faulheit, sondern schieres Unvermögen. Dass es so etwas *wirklich* gab, hatte Katrina irgendwann von Aurelie erfahren. Das hatte die ältere Freundin ihr erklärt, obwohl sie sonst enttäuschend wenig an Doris und den anderen Containersiedlern interessiert gewesen war. Deswegen war auch kaum zu erwarten, dass die jetzt alle wegen Aurelies Tod den Blues bekamen. Andererseits, ein bisschen Anteilnahme –

Honig tropfte auf Katrinas Bein. Sie rieb ihn heftig mit dem Finger ab und stand auf. Cindy hatte Recht gehabt: Das war keine Nacht zum Schlafen. Sie musste wieder ins Freie. Allein in dieser engen Stahlkiste mit dem grellen Licht hielt sie es keine Minute länger aus.

Katrina hängte sich Wolfgangs Hemd um die Schultern, löschte das Licht und spähte aus dem Fenster. Keine Cindy. Die Luft war rein.

Es war nicht weit bis zum Antoniushof. Die Nacht war hell, und der Weg führte über die Anhöhe, auf der die Windräder standen. Katrina kannte die Strecke, obwohl sie sich normalerweise in die andere Richtung bewegte: runter nach Irrlich oder hoch zu Doris' Garten, der in sicherem Abstand zur Siedlung etwas abseits lag. Zu den Windrädern kam sie nur selten; die waren etwas gruselig mit dem scharfen Zischen ihrer gewaltigen Flügel und dem tiefen Grollen der Turbinen. Irgendwie war es beunruhigend, dass die spitzen Rotorblätter sich dermaßen schnell drehten. Und das durch dieselbe Luft, die auch Katrina umgab und die sich hier unten so unbewegt und schwer anfühlte.

Immerhin, es war ein grandioses Schauspiel. Und der Blick über die Felder herrlich: Sie schimmerten in dunklem Ocker bis hin zu tiefem Indigoblau. Aus einem Graben stiegen Wärme und intensiver Kamillenduft auf. Dann änderte sich der Weg, wurde weicher und führte durch ein nachtfeuchtes düsteres Wäldchen voll grünlich blinkender Glühwürmchen. Dahinter war der Antoniushof. Er lag – um diese Zeit – still in seinem engen Tal. Es gab ein großes altes Hofgebäude und mehrere Neubauten; etwa zehn Familien wohnten dort. Ein Hund bellte plötzlich ganz in Katrinas Nähe; es klang aggressiv, und sie bekam Angst. Wenn der Hund nun frei herumlief?

Sie blieb ganz still stehen. Der Hund hörte auf. Was willst du hier?, fragte sie sich. Dieser ganze Ausflug war verrückt. Sie wusste ja nicht mal, wo Wolfgang wohnte, und selbst wenn sie es herausfinden konnte, was wollte sie tun? Es war halb zwei. Sicher schlief er längst, und wenn nicht, würde er sie auf jeden

Fall missverstehen, wenn sie um diese Zeit und in sein Hemd gewickelt plötzlich vor seiner Tür stand. Der Hund bellte wieder. Sie beschloss, von dem Feldweg, auf dem sie sich jetzt noch befand, auf die Straße zu wechseln. Die war beleuchtet und übersichtlich, da konnte sie wenigstens kein Köter aus irgendeinem Hinterhalt anspringen.

In dem Moment sah sie das Auto. Es hatte eine ziemliche Geschwindigkeit drauf, es war laut und der Fahrer wahrscheinlich betrunken. Oder wütend. Und es war ein weißer Golf. Katrina duckte sich. Das Auto hielt vor einem der Häuser, einer Scheune. Wolfgang stieg aus und knallte die Tür zu, dass man es wahrscheinlich noch in Irrlich hörte. In den umliegenden Fenstern gingen Lichter an. Katrina war sehr froh, dass er sie nicht sehen konnte. Er zog das Schiebetor der Scheune auf und verschwand dahinter.

Als alle Lichter wieder erloschen waren, machte sich Katrina auf den Heimweg. Sie fror jetzt. Endlich merkte sie auch, wie müde sie war. Trotzdem wusste sie, dass sie nicht würde schlafen können.

5

Der neue Morgen war warm und klar. Wo die Sonne hinkam, begannen sich Hitzenester zu bilden. Die staubigen Rosen ums *Exxtrabreit*, uralte, tapfere Gesellen, dufteten schon, einige von ihnen würden später im hellen Licht verbrennen. Auf der Straße raste ein Auto vorbei. Katrina hob den Kopf, doch es war nur ein blauer Twingo. Hinter ihr, auf der morschen Holzveranda, stand Doris und wrang einen Putzlappen aus. Dann kippte sie den Inhalt ihres lila Plastikeimers mit viel Schwung hinters Haus, stellte das schmuddelige Behältnis hin und legte sorgfältig den Lappen darüber. »Fertig«, verkündete sie.

Katrina sah hoch und klopfte neben sich auf die Treppe. »Schluck Kaffee?« Einladend hob sie ihre Tasse. An den Wochenenden frühstückte sie oft hier auf der Veranda, denn da gab es meistens frischen Kuchen und Teilchen. Nico, der neue Besitzer, brachte das Gebäck mit, wenn er aus Frankfurt kam. Er war eigentlich Hautarzt. Woher sein ganzes Geld stammte, wusste niemand, geerbt vielleicht. Auf jeden Fall betrieb Nico das *Exxtrabreit* als eine Art Wochenendunterhaltung für sich und die blonden Schönen in seinem Kielwasser. Er war ein großzügiger Chef. Und wenn man die neue Espressomaschine ausführlich genug bewunderte, kriegte man den Kaffee umsonst. Die Croissants dazu wurden nie nachgezählt. Dafür gab es unter der Woche, wenn Udo, der Koch, regierte, nicht mal Kuchen zu *kaufen*.

Doris kam ein paar Stufen näher, blieb aber stehen und sah dann die Straße hinunter, als sei die ein Fluss.

»Setz dich doch her zu mir.«

»Nein, ich kann heute keinen Kaffee mehr trinken. – Zu viel Koffein.«

Doris. Die würde nie kapieren, dass Kaffeetrinken nicht bedeutete, dass sich eine einsame Person eine Tasse bittere braune Brühe reinzog. Der Witz am Kaffeetrinken war der gemeinsame Konsum. Die Verbundenheit, die sich einstellte, wenn man zusammen auf einer sonnenbeschienenen Treppe saß, egal, ob man redete oder nicht. Doch Doris war nicht gesellig.

»Wartest du auf jemand?«, fragte sie.

»Ja, auf Wolfgang.« Große Lust, ihn zu sehen, hatte Katrina nicht, aber sie waren nun mal verabredet. »Wäre auch nicht schlimm, wenn er nicht kommt«, setzte sie hoffnungsvoll hinzu. Sie fühlte sich unwohl in ihrer langen Hose und dem weiten, zu dicken Shirt. Aber sie wollte nicht wieder so angestarrt werden wie gestern von den Irrlichern. Schon gar nicht auf einer Polizeiwache. Auf Polizeiwachen, das wusste sie von Annemarie, hielt man sich besser bedeckt. Und das in jeder Hinsicht.

»Heute wird's richtig heiß«, sagte Doris, die sich irgendwie nicht losreißen konnte, »ich hoffe nur, dass kein Gewitter kommt, jetzt, wo der Garten so schön ist.«

»Ja. – Ach so, die Liste.« Katrina lächelte etwas mühsam. »Wann sollen wir denn die Pflanzenliste machen? Gestern Abend – du weiß ja, was da los war.«

»Ja.« Jetzt zeigte sich auch auf Doris' Gesicht ein Lächeln. Sie hatte ein sehr hübsches Gesicht, wenn sie lächelte, dann strebte alles nach oben: ihre kleinen Ohren, ihre Augenbrauen, ihre schrägen Augen und ihre Mundwinkel natürlich. Obwohl sie über dreißig war, konnte sie mit ihren kurzen Haaren, ihren ausgebeulten Jeans und ihrer schmalen Figur aussehen wie ein frecher Kobold. »Genau, die Liste! Wie wär's mit morgen früh im Garten?«

»Okay.« Katrina musste fast grinsen. Doris' plötzlicher Eifer war ziemlich entwaffnend. Ihre Mitbewohnerin konnte vielleicht nicht lesen und hielt auch nichts von unnützen Plaudereien über einer Tasse Kaffee, aber Katrinas Arbeitskraft für sich gewinnen und einsetzen konnte sie schon. »Dann morgen früh.«

»Ja.« Befriedigt lächelte Doris auch dem schmuddeligen Koch zu, der gerade eine Palette Dosenbohnensuppe heranschleppte.

Udo allerdings war für Charme unempfänglich. »Moin«, knurrte er und warf einen drohenden Blick auf Katrinas Kaffeetasse.

Katrina wartete, bis er vorbeigedampft war, und feixte ihm hinterher. Dann sah sie ihre offenen Sandalen an. Vielleicht hätte sie lieber Schuhe anziehen sollen. Blau lackierte Fußnägel in Plateausandalen wirkten nicht seriös. Ob sie noch mal hoch in die Siedlung gehen sollte?

»Ah«, sagte Doris, die sich schon halb abgewandt hatte. »Da kommt jemand – das ist sicher dein Chef, Katrina.«

Tatsächlich bog gerade ein weißer Golf auf den Parkplatz ein. Wolfgangs Golf. Als er vor der Veranda hielt, war Katrinas Mitbewohnerin längst auf dem Weg zu ihrem Garten.

* * *

Willenbachers Chefin sah schlecht aus. In letzter Zeit hatte sie sowieso abgebaut, aber an diesem Morgen war ihr Gesicht ganz grau und ihre roten Haare dunkel und strähnig. Um ehrlich zu sein, wirkte sie, als hätte sie gesoffen und dann in Kleidern geschlafen. Willenbacher hütete sich jedoch etwas zu sagen, denn er kannte Bettinas Reaktion auf Anteilnahme zur Genüge. Umso erstaunter war er, als sie von selbst anfing.

»Ich hab keine Ahnung, was ich machen soll«, sagte sie zu ihm oder vielmehr zu der Welt da draußen vor der Windschutzscheibe. Dann erzählte sie, dass ihre Schwester Barbara fort war. Ihre todkranke Schwester Barbara.

»Melde sie vermisst«, sagte Willenbacher.

Bettina schwieg und starrte aus dem Fenster. »Ich durfte sie eigentlich nicht allein lassen«, sagte sie dann. »Wenn ich sie jetzt schon vermisst melde, muss ich den Kollegen glaubhaft machen, dass sie nicht mehr ganz bei sich ist, das weißt du genau.«

»Und?« Willenbacher hielt in dem gleißenden Sonnenschein vor Aurelie Loors Haus. »Entschuldige mal, aber das ist sie doch auch nicht.«

Bettina starrte finster auf das hübsche Holzhaus mit dem kunstvoll verwilderten Vorgarten. Blüten in zartem Grüngelb und Weiß mit wenigen dunkelvioletten Tupfen dazwischen. Glasierte Steinguttöpfe mit Orangenbäumchen. Neben der Tür ein schmales hohes Fenster mit vielen kleinen Kakteen auf Glasböden. »Du verstehst das nicht«, sagte sie, »es geht um die Kinder. Barbara kann die Kinder nicht behalten, wenn sie nicht ganz bei sich ist. Sie sind noch zu klein.«

Willenbacher sah Bettina an. Sie war bleich, ihre Haut fast bläulich, und sie trug lange Hosen, Stiefeletten und ein langärmeliges Männerhemd, als würde sie diese verdammte Hitze überhaupt nicht spüren. Den Vorschlag mit der Tagesmutter sparte er sich besser.

»Was kann denn passieren?«, fragte er stattdessen. »Wenn sie wirklich nur einen Ausflug macht?«

Bettina blickte hinaus in die Bilderbuchwelt der Neubausiedlung. Samstagmorgen bedeutete spielende Kinder, autowaschende Väter, offene Türen und Fenster überall. Die Sonne leuchtete auf dem akkurat gelegten roten Straßenpflaster.

»Wenn sie bis Mittag nicht angerufen hat, lass ich sie suchen«, sagte sie endlich. »Dann kann ich ihr auch nicht mehr helfen.«

»Ich erinnere dich daran«, sagte Willenbacher.

Aurelie Loors Wohnhaus war teuer gewesen, das hatte Willenbacher gleich gesehen. Sogar aus dieser gediegenen Umgebung stach es heraus: Es war eine Spur großzügiger als die Domizile der Nachbarn, die Farben nuancierter, das Holz der Fassade natürlicher, das Grasdach weniger auffallend und dafür Tür und Fenster pointierter verteilt. In dem Moment, da man es ansah, wusste man, wie die umliegenden Eigenheime eigentlich gedacht waren.

»Hübsch«, sagte Willenbachers Chefin anerkennend, betrat die Stufen aus roten Ziegeln, die zur Haustür führten, und klingelte.

Eine Weile passierte erst mal gar nichts – war niemand da? Es stand aber ein Corsa im Carport. Und weinte da nicht ein Kind im Haus?

Sie klingelte noch mal. Die Tür wurde geöffnet.

»Ja, bitte?!« Der Ton war abweisend, und die Frau, die diese Worte sagte, sah müde aus.

»Frau Livia Giallo, Aurelie Loors Mitbewohnerin?«

Sie verschränkte die Arme. »Also Zeugen Jehovas sind Sie nicht.«

»Leider nein«, sagte die Bolle und zückte ihren Ausweis. »Dürfen wir reinkommen?«

Innen war das Haus sehr hell und sonnig, mit versetzt angeordneten Ebenen und offenem Grundriss. Man betrat es von der relativ geschlossenen Nordseite her und wurde direkt in einen großen Wintergarten gesogen, der zwei Stockwerke einnahm und voller Palmen und anderer exotischer Pflanzen stand. Liebevoll zusammengestückelte Möbel mit bunten, teilweise zerschlissenen Bezügen ergänzten das Ganze zu einem einladenden, wenn auch im Moment zu warmen Raumgefüge. »Die Außenjalousien gehen nicht runter«, sagte Livia Giallo entschuldigend. »Das macht mich wahnsinnig. Sie können sich nicht vorstellen, wie heiß es hier mittags wird.«

Loors Mitbewohnerin war Ende dreißig, hatte einen ungesunden Teint, und unter ihrem gebleichten Haar zeigte sich ein tiefschwarzer Ansatz. Sie trug ein enges Kostüm und sogar Seidenstrümpfe, trotz der Hitze. Ihre Schuhe waren billig (damit kannte Willenbacher sich aus), aber um ihr Handgelenk trug sie eine elegante Uhr mit schwerem silbernem Gliederarmband. Aus der Schweiz, schätzte Willenbacher. Die hatte nicht nur drei Mark fünfzig gekostet. Eine Zigarette schwelte in ihrer Hand.

»Ich habe gerade vor einer halben Stunde mit Ihrem Kollegen gesprochen«, sagte sie vorwurfsvoll. »Wie hieß er noch gleich? – Ackermann. Ich habe ihm alles gezeigt. Er hat sogar Aurelies Computer mitgenommen und alle Papiere. Was wollen Sie denn jetzt noch?!«

»Mit Ihnen *reden.*«

Giallo steckte die Zigarette in den Mund und verschränkte die Arme fest vor der Brust. »Kommen Sie zur Küche. Dort ist es am kühlsten.«

* * *

Die Küche lag im Norden, doch da der Grundriss des Hauses offen war, gab es keinen nennenswerten Temperaturunterschied. Ein ziemlich klobiger Tisch und mit Bast bespannte Stühle bildeten den Essbereich. Ein kleiner Junge hockte an der Seitenwand unter einem großformatigen Ölgemälde, das orange und türkis flimmerte. Bettina fand es faszinierend. Aus der Nähe zeigte es viele kleine und exakt identische Mohrrüben auf grünblauem Grund.

Giallo forderte sie zum Sitzen auf, drückte ihre Zigarette in einem sauberen Aschenbecher aus und nahm stattdessen einen Spüllappen, den sie schützend vor sich hielt. Sie besaß den düsteren Gesichtsausdruck der Menschen, die unter Migräne leiden. Ihr Kind verlangte in nervtötendem Ton, hochgenommen zu werden.

»Möchten Sie Kaffee?«

Bettina wollte, Willenbacher nicht.

»Ein großes Haus«, sagte Bettina dann. »Gehört es Ihnen?«

»Wo denken Sie hin.« Livia Giallo reichte ihr eine Tasse mit einer verblassten Ansicht des Kolosseums. »Elia und ich sind hier nur Mieter. Oder lassen Sie es mich *besser* ausdrücken: Wir sind Aurelies Familiensurrogat.«

»Gewesen.«

»Ja.« Giallo wischte mit ihrem Lappen an der blitzblanken Spüle herum. Sie sah mitgenommen aus. Vielleicht war der wichtigtuerische Ton nur Selbstschutz.

»Sie lebten in Wohngemeinschaft mit Frau Loor?«

»So war es.«

»Und wie konnte Frau Loor sich dieses Haus leisten? Von ihrem Verdienst als Lehrerin?«

Die Frau im Kostüm lächelte nur dünn.

»Hat sie geerbt?«

»Soviel ich weiß, ja. Angehörige hat sie tatsächlich keine mehr, falls Sie darauf hinauswollen, ihre Mutter ist vor ein paar Jahren gestorben. Aber einiges von dem Geld stammt aus Eigenproduktion. Als Studentin hatte sie *aus Spaß* in Aktien gemacht.«

»Neue Medien?«, fragte Willenbacher interessiert.

»Ganz recht. Und sie hat auch rechtzeitig wieder aufgehört. Aus *weltanschaulichen Gründen.«*

»Ach herrje«, sagte Willenbacher.

»Ja. Sie wollte dann doch lieber mit der Jugend arbeiten. – Ist ja gut, Elia.« Das Kind registrierte, wie wenig die Mutter bei der Sache war, und begann in hohem Ton zu jammern. Dabei sperrte es Mund und Augen auf. Bettina fand, dass es berechnend aussah.

»Und was tun Sie beruflich?«

»Ich bin Webdesignerin. Ich arbeite von zu Hause aus.« Giallo legte den Putzlappen weg und nahm ihren Sohn hoch. Er jammerte weiter.

»Also auch die neuen Medien.« Bettina lächelte. Ein giftiger Blick traf sie.

»Ja, aber aus der Lakaienperspektive. – Was ist denn bloß los mit dir, Elia? Hat der kleine Herr wieder Bauchweh? Tut es weh? Tut es da weh?« Das Kind änderte lediglich die Tonlage.

»Wann haben Sie Frau Loor zuletzt gesehen?«

»Vorgestern Abend.«

»Um wie viel Uhr?«

Das Kind bekam einen Schluckauf. Bettina fragte sich, ob ihr Neffe Adrienno genauso nervig war und sie es bloß vor lauter Liebe nicht merkte. Nein, Adrienno war anders.

»So gegen sieben.«

»Bitte genauer.«

»Genauer weiß ich es nicht«, sagte Frau Giallo und wiegte das feiste Kind. »Sie ging joggen, wie jeden Abend.«

»War sie irgendwie anders als sonst? Wollte sie sich mit jemandem treffen?«

»Nein.«

»Wie hat sie gewirkt, als sie ging?«

»Ich habe sie nicht gesehen«, sagte Livia Giallo. »Sie hat nur in mein Zimmer reingeschaut und sich verabschiedet. Ich habe gerade Elia gewickelt, also habe ich nicht aufgepasst.«

Dass dieses klebrige Balg sich mit drei oder vier, wie alt es auch war, noch wickeln ließ, überraschte Bettina nicht. Sie sah in ihre Tasse und ekelte sich plötzlich vor dem Inhalt, obwohl der Kaffee stark und gut war.

»Wissen Sie, welche Routen Frau Loor normalerweise nahm?«

»Zum Steinbruch, zur Containersiedlung oder rüber ins alte Irrlich. Da gibt's einen Waldweg. Aber fragen Sie mich nicht, wo sie genau langgelaufen ist. Ich war nie dabei.«

»Lief sie auch oberhalb des Steinbruchs?«

»Möglich.«

»Nahm sie manchmal eine Kletterausrüstung mit, wenn sie in den Steinbruch lief?«

Eine Denkfalte furchte Giallos müde Stirn. »Um ganz ehrlich zu sein«, sagte sie, »ich weiß es nicht.« Sie schüttelte angespannt den Kopf. Langsam schien ihr bewusst zu werden, wie merkwürdig ihr Desinteresse und ihre Feindseligkeit gegenüber ihrer Mitbewohnerin wirken mussten. »Ich bin abends meistens ziemlich groggy.« Wie um das letzte Wort zu unterstreichen, setzte sie das Kind wieder auf die Erde und dehnte ihre Schultern. Elia lamentierte heftig und zog provozierend die Nase hoch.

»War sie in letzter Zeit deprimiert? Oft müde? Launisch? In sich gekehrt?« Die Beschreibung passte eigentlich ganz gut auf ihr Gegenüber, fand Bettina.

Giallo schien ihre Gedanken zu erraten. »Ganz und gar nicht«, erwiderte sie bissig. »Aurelie war das Leben in Person.«

»Gut, Frau Giallo, dann würden wir noch gern wissen, falls Sie sich erinnern, was Frau Loor normalerweise zum Joggen mitnahm. Wertsachen? Schmuck? Ihr Portemonnaie? Hatte sie das dabei?«

Giallo sah kurz und unwillkürlich auf ihr Handgelenk. Sie trug eine hübsche Uhr, fiel Bettina auf. »Glaub ich nicht. – Ihren Walkman.«

Elia schluckte und greinte abwechselnd.

»Und den Hund?«

»Ja. Rocco natürlich.«

»Interessiert es Sie nicht, was aus ihm geworden ist?«

»Sie werden ihn ins Tierheim gebracht haben.«

Bettina und Willenbacher sahen sich an. Willenbacher fächelte sich mit dem Saum seines T-Shirts Luft zu. »Haben Sie Rocco nicht gemocht?«, fragte er freundlich.

»Passen Sie auf«, sagte Giallo scharf, »ich habe ein krankes Kind. Ich kann mich nicht auch noch um einen Hund kümmern. Schlimm genug, dass Aurelie das Vieh mit seinen Flöhen und seinem Dreck einfach angeschleppt hat, obwohl sie genau wusste, dass für Elia jede Infektion tödlich sein kann –«

»Was hat Elia denn?«, fragte Bettina unvorsichtigerweise.

Er hatte ein Loch im Herzen, aber Giallo brauchte ein paar Sätze mehr, um das ausreichend zu erklären.

Willenbacher gelang es, in eine ihrer Redepausen eine Frage zu platzieren. »Haben Sie Frau Loor gemocht?« Bettina bewunderte ihren Kollegen. Seine Stimme klang unverbindlich und ruhig.

»Natürlich«, sagte Frau Giallo und sah auf ihr Kind. »Wir haben ihr viel zu verdanken.«

»Aha?«

Livia Giallo musterte Willenbacher scharf. Er lächelte.

»Sie hat uns hier wohnen lassen«, rang sie sich endlich durch zu sagen. »Wegen Elias Krankheit« Sie strich über die verschwitzten Haare des Kindes.

Familiensurrogat. »Umsonst?«, fragte Bettina.

»Was geht Sie das an?«, fuhr Giallo auf.

»Sie wissen, weshalb wir hier sind«, sagte Bettina scharf. »Frau Loor ist möglicherweise getötet worden.«

»Aber nicht von mir.«

»Das werden wir herausfinden.«

Livia Giallos Augen blitzten unangenehm. »Diese Scheiße muss ich mir nicht anhören.« Die derbe Ausdrucksweise passte nicht zu ihrem Outfit, wohl aber zu ihrem Gesichtsausdruck.

»Haben Sie Miete gezahlt oder nicht?«

»Ja! – Also wenn Sie Leute suchen, die was gegen Aurelie hatten, dann brauchen Sie nicht mich zu fragen. Da gehen Sie besser mal zu den alten Bachanrainern, zu den Bauern, mit denen sie auf Kriegsfuß stand. Oder zu ihren ›Freunden‹ aus der Containersiedlung. Oder zu ihren Kerlen. *Da* werden Sie vielleicht was finden.«

Es klingelte an der Haustür. Giallo stand auf und warf einen Blick auf ihren Sohn, dann einen drohenden in Richtung der beiden Polizisten, bevor sie die Küche verließ. Als ob irgendjemand Lust hätte, dieses zerfließende Kind anzurühren, dachte Bettina, dem würde sie sich höchstens in Overall und Schürze nähern.

Willenbacher rollte mit den Augen. Bettina schüttelte unmerklich den Kopf. Giallo kam bereits zurück. Ihr folgte ein schlanker braun gebrannter Mann, der einen sehr betrübten Gesichtsausdruck zur Schau trug.

»Das ist Jeremy Goldsmith. Er kannte Aurelie ziemlich gut«, sagte Giallo nicht ohne eine gewisse Ironie in der Stimme. »Wenn Sie mich jetzt entschuldigen? Ich habe zu tun.« Damit nahm sie ihr Kind und verschwand in die oberen Stockwerke.

Natürlich hatte sie gelogen. Jeremy Goldsmith war zwar um einiges sympathischer als die Giallo, aber er wusste gar nichts. Er kannte Aurelie Loor seit knapp anderthalb Wochen – nämlich seitdem er mit seiner Klasse hier in Deutschland war. Er stammte aus Arundel in Sussex und arbeitete an einer staatlichen englischen Gesamtschule in Exeter. Aurelie Loor hatte sich freundlicherweise bereit erklärt, ihn aufzunehmen, mehr war, so versicherte er ziemlich glaubhaft, zwischen ihnen nicht gewesen. Aurelie war ja nicht mal selbst Englischlehrerin, sondern hatte Biologie und Sport gegeben. Sie gehörte einfach zum Kollegium der Schule, die er und seine Klasse besuchten. Er habe Aurelie auch nicht oft gesehen; dafür hatten sie zu viel Programm. Heute zum Beispiel war eigentlich ein Ausflug vorgesehen gewesen, doch den hatte die Schule aufgrund von Aurelies plötzlichem Tod gestrichen. Zuletzt habe er sie am Donnerstagmittag in der Schule gesehen; an diesem Tag war er anschließend mit seinem englischen und zwei deutschen Kollegen aus gewesen und erst spät zurückgekommen, hatte also für die Zeit, in der Aurelie joggte, ein Alibi. Er nannte die Namen der Kollegen. Dann erklärte er, auch wenn er Aurelie nicht sonderlich gekannt habe, täte ihm ihr Tod sehr Leid. »Sie war eine gute Frau«, sagte er ein wenig kryptisch und wies mit der Rechten auf den Wintergarten. »Sie war wie ihr Haus.«

»Zu warm«, sagte Willenbacher halblaut und lüpfte wieder sein T-Shirt.

»Excuse me?«

»Nichts«, winkte Willenbacher ab.

Bettina stand auf und schob die Tasse mit dem Kolosseum von sich. »Wir würden gern ihr Zimmer sehen.«

* * *

Es war eine schweigsame Fahrt. Sie fuhren ja nicht die üblichen Strecken, keine Feldwege, keine einsamen Sträßchen. Stattdessen Bundesstraße und Autobahn. »Kann sein«, sagte Wolfgang irgendwann, »dass du allein nach Hause fahren musst.« Er hatte am *Exxtrabreit* ein Päckchen Marlboros gezogen, und die rauchte er jetzt eine nach der anderen. Zuvor hatte Katrina ihn kaum rauchen sehen, und wenn, dann hatte er selbst gedreht.

»Ich hatte«, er räusperte sich, »einen Unfall.« Dann hustete er und entsorgte seine Kippe in den winzigen Bordaschenbecher. »Ich muss vielleicht noch etwas länger auf der Wache bleiben.«

»Ich kann warten«, sagte Katrina und begann ebenfalls zu husten, als er sich die nächste ansteckte. Sie öffnete ihr Fenster. Sofort brüllte ihr der Fahrtwind ins Gesicht. Sie waren auf der Autobahn. Sie schloss das Fenster wieder.

»Tut mir Leid«, sagte Wolfgang und drückte die nur angerauchte Zigarette aus, »ich hab dich nicht mal gefragt, ob es dich stört.«

Katrina lächelte. Sie zwang sich, ihn anzusehen. Jetzt war es hell. Das ist der Mann, dessen Hemd du den ganzen letzten Abend getragen hast, sagte sie sich. Schau ihn an. Er hatte rote Flecken im Gesicht, war blass und untrainiert und zu dick. Und sein Kopf war zu groß. Sein Haar borstig. Seine Fingernägel verwachsen. Seine Nase –

Er sah zu ihr herüber. Katrina landete unversehens bei den Augen. Wolfgangs Augen waren tief blaugrau mit einem gelben Ring um die Pupille. Sein Blick war scharf. Er schaute wieder auf die Straße.

Katrina räusperte sich. Dann fragte sie: »Woher kanntest du eigentlich Aurelie?«

Ja, woher? Es war komisch, Aurelie schien plötzlich fern, ihr Bild war schnell verblasst. Und noch etwas: Jetzt, da sie tot war, war es gut. Dieser Gedanke gefiel Wolfgang ganz und gar nicht, aber er war da. Jetzt konnte Aurelie ihn nicht mehr verfolgen, aufrühren und dann bemitleiden.

»Och, wir kannten uns schon länger«, sagte er und blickte auf den Tacho. Hundertfünfzig. Sie passierten eine Brücke. Felder flogen vorbei. »Wir haben zusammen studiert, aber wir hatten nicht viel gemeinsam.«

»Sie war meine Freundin«, sagte Katrina und rückte die drei bunten Perlenarmbänder zurecht, die sie am linken Handgelenk trug. Ihre Stimme klang traurig. »Meine beste Freundin.«

Wolfgang fand die Antwort darauf schwierig. Er glaubte kaum, dass Aurelie dasselbe über Katrina gesagt hätte. Aber diese Vermutung war für Katrina mit Sicherheit kein Trost. Davon abgesehen wollte er Katrina gar nicht trösten. Er wollte seine Ruhe und sich niemandem, einfach *niemandem* mehr nähern. Er wollte nie wieder die Kontrolle verlieren. Er wollte mit Katrina nach Ludwigshafen fahren und wieder zurück, ohne dass auch nur die kleinste Kleinigkeit passierte, er wollte ihr auch nichts von sich erzählen (das hatte ja wohl sowieso schon Annemarie erledigt). Am liebsten wollte er Urlaub nehmen und nach Italien fahren.

Und er wollte nicht zur Polizei.

»Es tut mir Leid«, sagte er zu Katrina. Sie spielte an ihren Armbändern. Ein grünes, ein weißes und ein rotes. Italien, dachte er.

Dann sah er, dass sie weinte.

* * *

Bei den beiden oberen Ebenen von Aurelie Loors Haus hatte der Architekt auf den offenen Grundriss verzichtet; hier lagen die Schlafzimmer. Loors befand sich ganz oben an der Nordseite, gleich neben dem Bad. Es war winzig. Durch ein Dachfensterchen über der Tür notdürftig erhellt, wurde es fast komplett vom Bett ausgefüllt. Dieses bestand aus einem erhöhten, offensichtlich selbst gebauten Holzboden, auf dem eine breite Matratze lag. Das Zimmer war eine Höhle: niedrig, ein wenig unordentlich und tatsächlich kühl. Eine Wand war mit Bleistift beschrieben, mit unzusammenhängenden Worten und Gedankenfetzen, wie Bettina feststellte. An der anderen Wand hingen drei gerahmte Tuschezeichnungen und mehrere festgepinnte Postkarten. Es gab weder Fernseher noch Stereoanlage noch Bücher, nur ein paar Bleistifte. Die Schubladen unter dem Holzboden enthielten Winterpullover und Bettwäsche. Aurelies richtiger Kleiderschrank, so erklärte Giallo, die das Rumoren der Polizisten im Haus doch nicht ausgehalten hatte und wieder aufgetaucht war, stand draußen auf dem Gang. Man besichtigte ihn. Er enthielt ungebügelte Kleider auf wackeligen Haufen. Ein Schuhstapel lag neben dem Schrank: enorm viele verschiedene Sportschuhe, in teurer Hochleistungsausführung (so sahen sie jedenfalls aus) für unterschiedliche Sportarten, aber nur ein oder zwei Paar Straßenschuhe. An einem Holzknopf an der Wand hing eine Tasche mit Seilen und Haken darin, die wohl zum Klettern bestimmt waren. Außerdem gab es Hanteln, ein Sprungseil, ein Stretchband und zwei Squashschläger. Der Schrank selbst, ein erlesenes Möbelstück aus wundervollem, tiefrotem Zwetschgenholz mit Einlegearbeiten, wirkte neben dem Berg Schuhe leicht unpassend. »Ein Fundstück von Aurelie«, erklärte Giallo kalt. »Man sieht es dem Ding nicht an, aber es kommt aus einer Obdachloseninitiative, die alte Möbel instand setzt.«

Ungefragt übernahm sie darauf die Führung. Das angrenzende Bad war größer und viel heller als Loors Zimmer und bis zur Decke mit kleinen blauen Mosaikfliesen verkleidet. In einer schäbigen Rattankommode war Loors Wäsche untergebracht. Der Arzneischrank, ein rotes Kreuz aus Plastik, enthielt nur Pflaster und Hustensalben und Arnikatropfen sowie drei originalverpackte neue Zahnbürsten. Und ein Bonbonglas voller Schmuck, echt, wie es aussah, aber total durcheinander: Goldene und silberne Ketten hatten sich zu einem Knäuel verwirrt, Broschen und Ohrklipps waren sämtlich ineinander verhakt.

»Das ist Aurelies Privatbad«, sagte Livia. Sie stand an den Türrahmen gelehnt und hatte die Arme vor der Brust verschränkt. Mit all dem habe ich nichts zu tun, sagte ihre Haltung. Ihr feuchter Sohn war ihr nicht gefolgt; man hörte ihn weiter unten im Haus quengeln.

»Und nebenan?«, fragte Bettina.

»Ist das Gästezimmer. Jeremy wohnt dort.«

Jeremy ließ sie großzügig ein. Das Gästezimmer war ungefähr doppelt so groß wie Loors Schlafkammer.

»Könnten wir auch Ihr Zimmer sehen, Frau Giallo?«

»Haben Sie einen Durchsuchungsbefehl?«

»Brauchen wir den?«, fragte Willenbacher sanft.

Giallo besaß das beste Zimmer. Es lag eine halbe Etage tiefer, ging nach Süden und war hell und hoch. Die Wände zeigten einen lackgerahmten und auf Hochglanzpapier gedruckten Querschnitt durch den blumigen Teil des französischen Impressionismus, dessen Anblick die Meister in tiefe Schaffenskrisen gestürzt hätte. Bettina fragte sich, was jemandem an dieser Sammlung gefallen mochte. Sie war kaum mehr als eine Durchschnittsmensch-in-Durchschnittszimmer-Kulisse. Wieso nur waren diese Leute, die sich verzweifelt an das vermeintlich Normale anpassten, so unheimlich?

Halb verborgen neben dem Computer jedoch stand ein ganz anderes Bild. Auch dies der Nachdruck eines Klassikers. Das musste es sein, denn Bettina hätte schwören können, es schon mal gesehen zu haben: eine sonnenbeschienene südliche Straße mit einem langen Arkadengang und einem winzigen Menschen, dessen Schatten dreimal so groß war wie er selbst. Halblaut fragte sie Willenbacher nach dem Künstler.

»De Chirico.«

Auf seine Kunstkenntnis war immer noch Verlass. Und das Bild schön. Aber genauso beklemmend wie seine Besitzerin. Bettina wandte sich wieder der Frau und ihrem Sohn zu. Elia turnte auf einem unbenutzt aussehenden Sofa herum.

»Möchten Sie auch in meine Schränke sehen?«, fragte Giallo unfreundlich.

»Nicht nötig«, winkte Bettina ab. »Wir wollten uns nur über die Verhältnisse in diesem Haushalt informieren.«

Giallo ging tatsächlich in die Defensive. »Aurelie hatte das ganze Haus für sich«, sagte sie gereizt. »Sie ziehen da gerade völlig falsche Vergleiche.«

»Ach ja?«

»Ja«, sagte Giallo. »Hier im Haus ist alles genau so, wie es Aurelie gefiel. Sie wohnte ja nicht nur in dem kleinen Kämmerchen da oben! *Sie* hat alle Möbel ausgesucht und alle Bilder aufgehängt. Sie ist hier nackt herumspaziert, obwohl Elia sie sehen konnte und mich das stört. Und sie hatte ständig Besuch.« Mit heftiger Geste wies sie nach oben, in Richtung Gästezimmer. »Immer hat sie Leute mitgebracht, ohne vorher wenigstens kurz Bescheid zu sagen. Ständig war die Küche zugemüllt, andauernd hat sie Gruppenstunden abgehalten und die Hausschlüssel Gott weiß wem gegeben. Und nachts! Irgendwelche Typen, die dann plötzlich vor meinem armen Elia standen und ihn zu Tode erschreckten – bei seiner Herzsache! Oder die mir im Dunkeln auf dem Flur begegneten. Aurelie war nicht gerade wählerisch. Und sie hat noch einen Arbeitsraum im Keller und die Sauna und den ganzen Wintergarten und die Küche –«

Bettinas Telefon klingelte. Sie riss es aus ihrer Tasche. »Boll. – Barba! Wo zum Teufel …?!« Sie bedeutete Willenbacher winkend weiterzumachen und verließ schleunigst das Zimmer dieser benachteiligten Frau.

* * *

Jetzt hatte er so eine Angst gehabt. Ja, er konnte es sich ruhig eingestehen. Und dann dauerte die Sache nur eine halbe Stunde. Wolfgang und Katrina wurden gemeinsam in das winzige Büro gebeten; ein Beamter namens Müller nahm ihre Personalien und ihre Aussagen auf, tippte alles in den Computer und ließ sie dann die fertig ausgefüllten Formulare unterschreiben. Niemand hielt sie auf, niemand stürzte ins Zimmer und schrie Wolfgang die letzte Nacht ins Gesicht.

Das Büro, in dem sie abgefertigt wurden, war freundlich und hell, der Beamte Müller litt ebenso unter der Hitze wie Wolfgang, und zwischendurch steckte eine Frau den Kopf durch die Tür und verkündete, der Kaffee sei fertig. Der Umgangston hier auf der Dienststelle war entspannt; es gab wohl eine Wachstube und Sicherheitsvorkehrungen am Eingang, aber die eigentliche Arbeit, das spürte man sofort, wurde in den Büros gemacht. Wolfgang fragte sich einen Moment lang, ob er deswegen beruhigt sein sollte. Wie sicher war ein Land, in dem die Polizisten Bürokraten waren? Würde einer dieser behäbigen Familienväter nachvollziehen können, was er ihnen zu erzählen gedachte, wenn sie ihn peinlich befragten? Oder würden sie ihn tatsächlich gar nicht erst verdächtigen?

Katrina saß fast stumm neben ihm. Auch auf *ihrer* Stirn standen Schweißperlen, und das war, wie Wolfgang fand, bei ihrem Aufzug auch kein Wunder. Sie war gekleidet wie für eine Beerdigung, trug ein schwarzes, langärmliges Shirt und eine dunkelblaue lange Jeans. Nur die Perlenarmbänder und die Plateausandalen erinnerten noch an die leichten knappen Sachen, die sie sonst anhatte. Und in dem hochgeschlossenen Zeug wirkte sie plötzlich viel älter. Sie hatte ihre langen, vom Schweiß strähnigen Haare zurückgebunden und sah ihn offen an, statt ihn wie sonst verstohlen von der Seite zu mustern. Ihre Augen waren hell und aufmerksam. Sie hatten die Farbe ihres Haars: fahles Nussbraun. Nur eine Nuance heller oder goldener, und es wären Löwenaugen gewesen. Und hatte sie nicht auch wie eine Löwin reagiert, als sie die Polizei benachrichtigte? Es hatte eine kurze Pause gegeben, als der Beamte Müller realisierte, dass sie, die Sechzehnjährige, mit dem Auto losgefahren war, um die Polizei zu holen. Statt Wolfgang, der dreiunddreißig war und einen Führerschein besaß. Dann hatte Müller die Achseln gezuckt und gesagt, schön, das sei eben ein Notfall gewesen, sie seien hier schließlich nicht bei der Schutzpolizei.

Und für diese Einstellung war Wolfgang in Anbetracht seines nächtlichen Abenteuers auch sehr dankbar.

* * *

»Sie hat von einer verdammten Telefonzelle aus angerufen«, sagte Bettina zu Willenbacher, als der wieder zu ihr in sein heißes Auto stieg. »Und sie ist – ich fasse es nicht! – rate mal! – am Vierwaldstätter See.«

»Dann ist sie gestern den ganzen Tag gefahren.« Willenbacher riss alle Türen auf. Auf der Straße stolperte ein Junge auf Inlinern vorbei. Das hübsche rote Pflaster war nicht besonders geeignet zum Skaten. »Gott, ist das eine Hitze.«

»Jetzt ist sie total durchgedreht«, sagte Bettina. »Sie hat extra gestern Abend nicht mehr angerufen, weil sie dachte, sie spricht mir lieber heute früh auf den Anrufbeantworter. Wie sie darauf kommt, dass ich ganz ruhig einkaufen oder arbeiten gehe, während sie weg ist, will mir nicht in den Kopf. – Jedenfalls war sie so erschrocken, mich persönlich dranzuhaben, dass sie mir tatsächlich verraten hat, wo sie ist. Das wollte sie nämlich eigentlich nicht.«

»So eine dumme Kuh«, sagte Willenbacher. »Hey, sorry, aber das ist sie.«

»Ja«, sagte Bettina mehr fiebrig als zornig, »ich hätte nicht übel Lust, ihr hinterherzufahren und sie an den Haaren heimzuschleifen.«

Willenbacher schob das Faltdach zurück. Wie Bettina es in dieser Sauna auch nur eine Sekunde ausgehalten hatte, war ihm ein Rätsel. »Jetzt weißt du wenigstens, dass es ihr gut geht. Und den Kindern auch.«

»Das will ich hoffen«, sagte Bettina. »Sie hat nämlich meine EC-Karte.«

Willenbacher, der zwischen den Sitzen hing, um das Dach ganz zurückzudrücken, sank auf den Fahrersitz.

»Na ja –« Bettina breitete die Hände aus, »du wirst lachen, aber es ist mir lieber so. Ich meine – wenn ich wüsste –« Sie rieb sich die Augen.

»Scheiße«, sagte Willenbacher und begann hektisch im Handschuhfach nach Tempos zu wühlen. »Verzeihung. Ich muss das mal – hier.«

»Dieser blöde Heuschnupfen bringt mich noch um.« Bettina

schnäuzte sich. »Nein, im Ernst, weißt du, wie ich mich fühlen würde, wenn sie kein Geld hätte und weiß Gott was tun würde – und das würde sie! – um ihren Urlaub zu bezahlen …?«

»Schlechter wohl kaum«, sagte Willenbacher. »Weißt du wenigstens, wo sie wohnt?«

Bettina zog die Nase hoch und zerknüllte das Tempo. Sie räusperte sich. Schloss die Augen. Nach einer Minute fragte sie: »Und, was ist jetzt mit den Kerlen von dieser Loor? Und mit den Bachanrainern? Hat Madame gesprochen?«

Willenbacher sah sie an. Dann schlug er seine Tür zu.

»Ja«, sagte er, als er startete.

* * *

Als sie aus dem Polizeigebäude traten, war es erst halb elf, aber Katrina kam es vor, als sei schon der ganze Tag vergangen. Sie war fast überrascht, dass die Geschäfte alle noch offen hatten und die Welt ihren normalen samstäglichen Lauf nahm. Eigentlich müsste sie jetzt einkaufen gehen, damit sie am Wochenende was zu essen hatte. Aber dazu hatte sie keine Lust. Du kannst auch im *Exxtra* essen, dachte sie. Und dafür mit Wolfgang zurückfahren. Denn ihr dämmerte langsam, dass zwischen ihm und Aurelie etwas passiert sein musste.

Natürlich war es schwierig, das Thema anzuschneiden. Auf der Fahrt durch die Stadt war Wolfgang zwar gesprächig – er schien erleichtert zu sein, fast übermütig. Sie waren irgendwie auf Italien zu sprechen gekommen, und er schwärmte ihr von dem Land vor und erzählte ihr, wie er mal die Amalfitana rauf- und runtergefahren war – Amalfitana! Was für ein Name. – Aber er war unkonzentriert und Katrina ahnte, dass die Reisebeschreibung nur eine Ablenkung für sie sein sollte, ein unverfängliches Gesprächsthema eben. Auf der Autobahn dann hatte er das Fenster geöffnet, sodass es zu laut zum Reden war. Sie überlegte kurz, ob sie Übelkeit markieren und ihn bitten sollte, weiter über Landstraße zu fahren, doch dann fand sie das Vorhaben albern und sagte sich, dass sie ihn ja noch die ganze nächste Woche sähe. Da konnte er ihr nicht ausweichen.

Und als sie gerade so weit war zu glauben, dass er ihr wirklich ausweichen wollte und sie womöglich nächste Woche einfach nicht mehr mitnehmen würde, fiel *ihm* ein, dass er noch fürs Wochenende einkaufen musste. Er nahm die nächste Abfahrt und landete in Grünstadt, wo sie sich in einem Edeka mit Lebensmitteln eindeckten. Katrina nutzte die Gelegenheit, um zu erwähnen, dass sie sowieso Hunger hatte, Wolfgang erklärte zustimmend, er kenne da ein Lokal, und schlussendlich fanden sie sich in einem sonnigen Hof vor einem italienischen Essen wieder.

* * *

»Es gibt vier wichtige Namen«, sagte Willenbacher und reichte Bettina sein Notizbuch. Auf der Seite, die sie aufschlug, räkelte sich eine großkalibrige Schöne. In Blei. Willenbachers alte Neigung zum eskapistischen Frauenakt. Von seiner Kühlerhaube war sie verbannt, doch auf dem Papier lebte sie weiter. Bei ihrem letzten Fall hatte Bettina ihm sein Büchlein wegnehmen müssen, weil er während der Vernehmungen gezeichnet hatte.

Sie hielt ihm die Seite hin. »Annette?«, fragte sie.

»Manchmal hab ich einfach Langeweile, okay? – Es steht weiter hinten.«

Bettina fand die Stelle. »Jakubik?«

»Ein Bauer«, sagte Willenbacher und bog in eine enge Straße, an der ein verwittertes Schild mit der Aufschrift *Zum Antoniushof 3 km* stand. »Mit dem hat sie sich richtig angelegt, unsere Aurelie Loor. Es ging um einen Bach, den Johannisbach, der hier durch den Ort fließt. Die Loor wollte ihn wieder zu einem naturnahen Gewässer machen. Mit Altarmen und neuen Windungen und wie das heißt.«

»Mäander.«

»Genau. Jedenfalls, hat sie sich da voll engagiert und ihren Verein gegründet und Kindergruppen organisiert und all so was. Sie hat auch ein paar wichtige Leute von der Ortsverwaltung für die

Sache gewinnen können. Die Bürgermeisterin. Und den Direktor der hiesigen Realschule.«

»Und der Jakubik hat sich quer gestellt.«

»Nicht nur der. Einige von den alten Bauern auch. Aber der Jakubik war der Einzige, auf dessen Grund der Johannisbach durch ein Betonbett geflossen ist. Das hat er wahrscheinlich vor Jahren selbst angelegt. Und dann kam die Loor und hat es ihm wieder aufgerissen.«

»Ohne seine Zustimmung?«

»Sie hat ihn gar nicht erst gefragt.« Willenbacher wich auf der engen Straße einem Mopedfahrer aus. »Das Ganze muss so eine militante Naturschützersache gewesen sein. Eine Nacht- und Nebelaktion. Niemand konnte der Loor was nachweisen. Oder ihrem Klub. Und der Witz ist, dass der Jakubik es selbst überhaupt erst ein halbes Jahr später gemerkt hat. Er wirtschaftet nämlich nicht mehr und hat das meiste verpachtet.«

»Und der Pächter?«

»Keine Ahnung, was der gesagt hat«, sagte Willenbacher. »Danach hab ich nicht gefragt. – Auf alle Fälle, der Jakubik war stinkesauer und hat der Loor eine schöne Fuhre Mist von einem Kollegen in den Vorgarten gekippt.«

»Na, dann hatte er seine Rache ja schon.«

Willenbacher lachte. »Nee, nee, die Loor hat ihm dafür einen Dankesbrief geschickt. Sie hat ihm geschrieben, dass sie sich sowieso gerade Mist bestellen wollte, zum ökologisch korrekten Düngen, und dass er ihr die Mühe erspart hätte.«

Bettina betrachtete gedankenverloren den näher rückenden Antoniushof. Es waren nur ein paar Häuser und Scheunen in einer hübschen kleinen Senke. Große, gleichförmig runde Heuballen und ein paar alte Autoreifen säumten die Straße. »Das ist vielleicht eine Spur.«

»Ja«, sagte Willenbacher, »der Bauer soll sich angeblich ganz schön aufgeregt haben. – Aber wir haben noch andere Kandidaten. Dieses Mädchen von gestern, das die Leiche mitgefunden hat. Katrina Klein. Wohnt in einer Containersiedlung hier in der Gemeinde Irrlich.«

»Ist sie eine Aussiedlerin? Ein Flüchtling?«

»Nein«, sagte Willenbacher, »das heißt, ich weiß es nicht, aber in der Siedlung leben offiziell keine Aussiedler. Das ist auch so eine Sache. Da müssen wir mal mit jemandem aus dem Ort reden, diese Siedlung wird hier offenbar nur geduldet. Sie haben die Leute nicht rausgekriegt.«

Ein Traktor tauchte hinter einer Kuppe auf und ruckelte dann vor ihnen her.

»Eine illegale Siedlung?«

»Zumindest scheint sie das mal gewesen zu sein. Aber irgendwann haben die Leute der Stadt einen Pachtvertrag abgetrotzt. Die Siedlung muss vor etwa fünfzehn, zwanzig Jahren entstanden sein.«

»Gab es Gewalt?«

»Weiß ich nicht. Aber laut Giallo ist die Siedlung als Unterschlupf für zwielichtige Gestalten ziemlich verschrien. Das ist keine nette romantische linke Kommune. Die Leute lassen sich in Irrlich angeblich nur blicken, wenn es dunkel ist und jemand vergessen hat, die Hintertür zuzusperren.«

»So hat die Katrina Klein gar nicht ausgesehen.«

Willenbacher sah kurz zu ihr herüber. »Auf jeden Fall hat die Loor sich um die Leute gekümmert. Sie hat versucht, wenigstens die Kinder ins Gemeindeleben zu integrieren.«

»Das gibt's doch nicht, dass so eine umgebracht worden ist.«

»Vielleicht von besorgten Eltern, die nicht wollten, dass ihre Lieblinge mit Kindern aus der Siedlung spielen? – Oder von einem Liebhaber. An zwei hat sich die Giallo freundlicherweise erinnert.«

»Nur zwei?«, fragte Bettina müde. »Und was ist mit den Heerscharen von unheimlichen Männern, die ihr nachts im Haus begegnen?«

»Fremde«, sagte Willenbacher. »Geheimnisvolle Fremde.«

»Echt oder eingebildet?«

»Hey, du bist doch die Stimme der Intuition.«

»Ich«, sagte Bettina würdevoll, »bin die Stimme der korrekten polizeilichen Ermittlung.«

»Alles klar, Chef. – Jedenfalls ist einer der Liebhaber bemerkenswert.« Willenbacher bedeutete Bettina weiterzublättern. »Da haben wir erst mal einen Kollegen aus ihrer Schule, den Hausmeister. Ein gewisser Fercher. Und der andere –«

»Wolfgang Antoni! – ›Wir sind uns immer nur zufällig im Dorf begegnet!‹ – Ich wusste, dass er gelogen hat.«

»Du hast ihn nicht gefragt, was sie dabei gemacht haben.« Willenbacher hielt neben einem hübschen steinernen Brunnen. »Und halt dich fest, die beiden sollen gestritten haben. – Hier irgendwo wohnt er.«

* * *

Katrina spießte eines ihrer *Gnocci alla salvia* auf und kaute darauf herum. Sie liebte Essen, das mit brauner Butter begossen war, sie mochte den Oleander und die Trompetenblumen in dem sonst etwas schäbigen Hof, und sie fand es im Moment überhaupt nicht schwierig, mit Wolfgang zu reden. Er filetierte gerade andächtig eine Forelle (die Big-Mac-Diät hatte er vorübergehend aufgegeben), und aus der italienischen Reisebeschreibung war eine nette Plauderei geworden. Neapel, Amalfi, der Vesuv.

Der Ober kam aus irgendeinem Nest noch weiter südlich und konnte Heimweh beisteuern. »Ah, die Sonne hier«, sagte er mit der angemessenen Spur Verachtung in Richtung Himmel, »ist nichts. Nichts im Vergleich zu der Sonne bei uns in *la Basilicata*.«

»Aber gerade heute muss es hier doch sein wie im Süden«, sagte Katrina, die drauf und dran war, den anderen Restaurantgästen ihren alten zerfetzten BH vorzuführen. »So warm hatten wir es noch nie.«

»Cara mia! Das ist nichts!«, rief der Kellner glutvoll und erzählte von einer Hitze, die Menschen *wirklich* verrückt machte, und klaren Nächten, in denen die Sternschnuppen nur so über den Himmel schossen. (In Wahrheit war er aus Mailand, fand aber Katrina niedlich und wollte ihrem Verehrer, der nicht viel von einem Latin Lover hatte, ein wenig den Rücken stärken. Manchmal ging einfach die Romantik mit ihm durch, weswegen er vermutete, dass er unbekannte süditalienische Vorfahren hatte, und so gesehen war die Sache mit der Basilicata auch nicht ganz gelogen.)

»Das würde ich gerne mal sehen«, sagte Katrina. (Und der Ober hätte Wolfgang beinahe einen aufmunternden Schubs gegeben, denn er fand, dass jetzt ein »kein Problem, meine Liebe« und womöglich noch ein Ring angebracht gewesen wären. Wenn man beim Servieren Ehen stiften wollte, musste es schnell gehen. Doch Wolfgang war gerade auf eine Gräte gestoßen, und die Glocke an der Durchreiche klingelte hartnäckig, sodass der Ober seufzend entschwinden musste.)

* * *

Ihr Kandidat war nicht da. Das sagte man Bettina und Willenbacher schon an der ersten Tür. Aber dafür seine Mutter, die werkelte mal wieder in der Scheune ihres Sohnes herum. Mit der konnten sie ebenso gut reden, meinte die Frau in der Kittelschürze, die ihnen ihre Haustür geöffnet hatte, »über den Wolfgang weiß die alles«.

Bettina grübelte noch, wie diese paar Worte wohl gemeint gewesen waren – freundlich? abfällig? – nichts im Gesicht der Frau hatte Aufschluss darüber gegeben –, als sie schon in einem hohen, dämmerigen Gebäude standen und Wolfgangs Mutter, Frau Antoni, begrüßten.

Sie war, zumindest für Bettina, eine Überraschung. Wobei ihr nicht ganz klar war, was für eine Vorstellung sie von der Frau eigentlich gehabt hatte. Sie sah ihrem Sohn überhaupt nicht ähnlich. Die Frau in der Kittelschürze, mit der sie eben geredet hatte, glich ihm mehr. Vielleicht fehlten bei Antonis Mutter die starken Kontraste. Auf jeden Fall aber fehlten die Misstöne in ihrer Erscheinung. Sie war zart, hatte ein charmantes Lächeln und einen teuren, völlig natürlich wirkenden Haarschnitt. Sie war von einer Leiter herabgestiegen und rieb sich die sauberen Hände an ihrer hellen Hose ab, bevor sie sie den Polizisten reichte. »Ja, Wolf wohnt hier«, sagte sie mit einem Blick ins

Innere der Scheune. Direkt hinter ihnen parkte ein Traktor auf dem gestampften Boden. Es war angenehm kühl.

»Hier drin?«

Frau Antoni wies auf eine Leiter, die auf eine längs eingezogene Galerie führte. »Dort oben sind Schlaf- und Wohnzimmer. Und unten das Bad und die Küche, beides ist noch etwas provisorisch.« Sie führte sie um den Traktor herum zu einem Treppenloch, das in düstere Tiefen führte. Das behelfsmäßig zusammengenagelte Geländer stand wie eine betongerahmte surreale Einladung hervor.

Willenbacher war begeistert.

»Wohnen Sie auch hier?«, fragte Bettina.

»Ich? Ach, woher denn. Ich bin keine solche Romantikerin wie Wolf, ich lege Wert auf Isolierglas und Zentralheizung. Ich mache nur für einen Freund einen Platz zum Filmen fertig.« Sie wies auf den Teil der Längswand, an der die Leiter stand. Weiße Stoffbahnen waren dort an die Wand getackert. Ein Stuhl stand davor. Er nahm sich hübsch aus neben dem rostigen Traktor.

»Es ist für einen Experimentalfilm«, sagte Frau Antoni. »Möchten Sie etwas trinken? Sie sind ein bisschen blass.«

»Ein Glas Wasser vielleicht.«

Frau Antoni durchquerte den halbdunklen Raum und machte sich an einem Schränkchen zu schaffen. »Für Sie auch?«, rief sie Willenbacher fragend zu.

»Nein, danke. Haben Sie was dagegen, wenn ich mal nach oben steige?«

»Aber nein, schauen Sie nur«, rief Frau Antoni und kam mit dem Wasser zurück. Sie reichte es Bettina. »Tja, meine Liebe, da haben Wolf und Sie sich wohl gegenseitig verpasst. Er ist nämlich mit seiner Kollegin nach Ludwigshafen gefahren, um seine Aussage oder wie man das nennt bei der Polizei zu unterschreiben. – Sie sollten sich hinsetzen. Diese Hitze ist mörderisch, nicht? Nehmen Sie doch den Stuhl dort neben der Leiter.«

»Danke.« Bettina setzte sich wirklich. »Sie haben Aurelie Loor sicher gekannt?«

Frau Antoni setze sich elegant auf die Leiter. »Aber ja.« Sie nahm den Tacker von der obersten Leiterstufe und wog das schwere Werkzeug in ihren Händen.

»Haben Sie gehört, wie sie gestorben ist?«

»Sie ist in den Steinbruch gestürzt.«

»Was glauben Sie, wie es dazu gekommen ist?«

»Ich weiß es nicht.«

»Was war sie für ein Mensch?«

Ihre Hände verharrten in der Bewegung. Frau Antoni blickte nicht auf. »Sie war eine Lehrerin.«

»Was bedeutet das?«

Antonis Mutter lächelte ein knappes, im Halbdunkel der Scheune fast unsichtbares Lächeln. »Sie hat gewusst, wie die Welt funktioniert. Und zwar ganz genau.«

»Das klingt so, als hätten Sie Vorbehalte.«

Von oben hörte man Willenbacher bewundernde Rufe ausstoßen. Jetzt sah Frau Antoni auf. »Sie sind wohl doch nicht wegen dieser Unterschrift hier, was?« Sie betrachtete Bettinas Gesicht. »Nein, sind Sie nicht. Sie wollten Wolf nach Aurelie fragen, und jetzt haben Sie mich erwischt. – Tja. Ich kann Ihnen nicht viel sagen.«

»Die beiden waren zusammen?«

»Irgendwie schon.«

* * *

Wolfgang hatte schon seit Ewigkeiten keine Forelle mehr gegessen. Es war ihm eigentlich zu kompliziert, meistens war das Fleisch schon kalt, bis er oder (behüte!) der Kellner mit der Prozedur des Entgrätens fertig war, aber da es heute ja so heiß war und er plötzlich eine unerklärlich gute Laune verspürte, erschien ihm dieses Problem winzig. Und so aß er eben Forelle. Und sprach von Italien. Und fühlte sich fast, als wäre er dort; bei dem wunderbaren Essen und der Hitze und dem Italienisch, mit dem der Kellner um sich warf, und den schlecht gespülten, klobigen Gläsern auf dem Tisch. Und Katrina lächelte ihn an und der Kellner hielt sie für ein Liebespaar.

Und deshalb hatte Wolfgang auch überhaupt keine Lust, sich an seinen Vorsatz von heute Morgen zu erinnern, der im Umgang mit Katrina eigentlich ein langes Schweigen und eine umgehende Rückkehr zur Containersiedlung vorsah. Das lange Schweigen konnte man vergessen, wenn man den Golf von Neapel schilderte, und was die umgehende Rückkehr nach Irrlich anging: Wie er es geschafft hatte, diesen Punkt zu überspringen, war ihm selbst nicht ganz klar. Natürlich war es schön, jetzt eine Woche lang frisches Brot und endlich mal wieder Senf und Ketchup und etwas Gemüse zu haben, aber seine Gewohnheit war es nicht, samstags einzukaufen. Eigentlich kaufte er überhaupt nicht ein, sondern aß abends Fast Food und am Wochenende bei seiner Mutter. Er wusste schon, dass er sich da mit Katrina in etwas hineinritt. Er wusste es.

Zum Beispiel hatte sie es irgendwie hinbekommen, unmerklich das Thema zu wechseln. Sie waren jetzt nicht mehr in Italien, sondern bei Aurelies Bachpatenschaft. Katrina strahlte, als sie davon sprach, wie sie mit Aurelie schon mehrere Aktionen der Kinder-Gewässer-Renaturierungs-Gruppe »Bachforelle« geleitet hatte.

Wolfgang sah auf seinen Teller und beschloss, dass es jetzt zu spät war, noch Mitleid mit dem Fisch zu heucheln.

»Willst du nicht auch Mitglied im Förderverein werden?«, fragte Katrina.

»Nein«, antwortete Wolfgang und nahm ein Stück von der knusprigen Haut. Mmh, Butter –

»Aber es ist eine gute Sache. Wir konnten sogar die Schmerle wieder ansiedeln.«

»Das ist ein Erfolg.« Wolfgang hatte nicht vor, Katrina zu erzählen, was er von dem neuen und allgemeinen Hang zur Renaturierungsmaßnahme hielt. Er fand allein das Wort pervers. Und hysterische junge Familien, die sich irgendwo weit draußen auf dem Lande ein hübsches Holzhäuschen mit Grasdach und Sonnenkollektoren bauten, nur um dann jeden Tag stundenlang mit dem abgasreduzierten Kleinwagen pendeln zu müssen, und die, wenn es sein musste, jede Woche zusätzlich hundert Kilometer zum nächsten Biobauern und Ökowinzer fuhren, mochte er auch nicht. Schon gar nicht in Haufen und in ihrem Element, dem renaturierten Bach.

»Nicht wahr?« Katrina wickelte eine schweißfeuchte Haarsträhne um ihren Finger. »Aber weißt du, was mich wundert?«

»Was denn?«

»Dass Aurelie dich nicht dazu gekriegt hat mitzumachen. Sie war große Klasse im Mitgliederwerben. Sie hat sogar den alten Förster fast umgedreht, obwohl sie immer sagte, dass er sie nicht mag. Und dich hat sie gekannt. *Und* du bist Biologe, also nützlich. Ich wette, sie hat ständig bei dir auf der Matte gestanden wegen dem Förderverein.«

»Nein«, sagte Wolfgang.

»Das glaube ich dir nicht.«

Sie sahen sich an. Wolfgang fand die Gelassenheit, mit der sie ihn als Lügner bezeichnete, erstaunlich. »Wirklich nützlich wäre ich nicht gewesen«, sagte er freundlich. »Ich war mit Aurelie nicht immer einer Meinung.«

Katrina stocherte in ihren Gnocci. »Hast du sie nicht gemocht?«

Nein, dachte er, seltsam erstaunt, habe ich nicht. *Ich habe Aurelie nicht gemocht.* »Nicht immer«, sagte er ernst. Er wollte Katrina nicht anlügen, auch wenn sie es ihm zutraute.

»Warum nicht?«

Das war eine schwierige Frage. Er legte sein Besteck beiseite. »Sie hat mich bemitleidet«, sagte er endlich. »Weil ich nicht so war wie sie. Und weil sie«, sein Blick fiel auf seine verwachsenen Fingernägel, »sich nicht vorstellen konnte, dass es mir trotzdem gut geht.«

Katrina sah von seinen Händen zu ihren; ihre Fingernägel waren kurz und in tiefem Lila lackiert, allerdings war der Lack schon ein bisschen abgekaut.

»Sie hat nie von dir erzählt«, sagte sie dann.

* * *

»Das sagen sicher viele Schwiegermütter in spe«, sagte Frau Antoni, »ich komme mir wirklich ganz albern dabei vor. Aber ich hatte den Eindruck, dass Aurelie meinen Sohn irgendwie ausgenutzt hat.« Sie legte den Tacker an der hölzernen Leiter an und nahm ihn wieder weg. »Am besten reden Sie selbst mit ihm. Was ich Ihnen bieten kann, ist reine Spekulation.«

Bettina schwieg einfach. Sie hoffte, dass Frau Antoni noch ein bisschen weitersprechen würde. Sie hatte nicht realisiert, dass ihr Sohn die Beziehung aus irgendeinem Grund geleugnet haben könnte. Und je schlechter sie Aurelie Loor zeichnete, desto stärker wurde sein Motiv.

»Schwiegermutter in spe?«, half sie.

»Na ja, von einer Heirat war nie die Rede«, sagte Frau Antoni. »Das nicht. Aber eine Zeit lang wollte Wolf wirklich gern mit ihr zusammenziehen. Das hat er auch gesagt. Er war begeistert. Doch die Begeisterung ist abgeflaut.«

»Weshalb?«

»Tja. Es klingt so gehässig, wenn ich sage, er hat ihr wahres Gesicht erkannt, nicht? Und es ist wohl auch sehr ungerecht, denn Aurelie hat sich große Mühe gegeben, ein guter Mensch zu sein. All diese Naturschutzaktionen und dann die Frau mit dem kranken Kind, die sie aufgenommen hat! Ich meine, sie war hübsch, sie hatte Geschmack, war intelligent und selbständig und konnte gut mit Kindern umgehen – und wohlhabend war sie auch! Ich fürchte, es ist der blanke Neid, der aus mir spricht.«

»Vielleicht neigte sie ein wenig zur Selbstherrlichkeit? Angeblich hat sie einem Bauern hier aus der Gegend illegal sein betoniertes Bachbett aufgerissen.«

Frau Antoni erhob sich von der Leiter und legte den Tacker zurück. »Dem Jakubik. Genau. Das war so eine Sache. Wissen Sie, im Grunde hatte sie natürlich Recht, sie war ja Bachpatin und der Jakubik hat sich aus purer Sturheit gegen das Projekt gestellt. Das Stück Land, um das es ging, liegt schon seit Jahren brach. Es war ideal für eine Aue. Noch dazu ist der alte Jakubik nicht mehr gut zu Fuß. Der hätte vielleicht nie gemerkt, dass sein blödes altes Bachbett nicht mehr war. – Und Sie werden es nicht glauben, auf die Weise hat sie tatsächlich die ganzen anderen sturköpfigen Bauern auf ihre Seite geholt. Die hatten was zum Lachen, als der Jakubik ihr aus Rache eine Fuhre Mist vor die Tür gekippt hat, und noch mehr, als *sie* sich dafür bedankte. Gleichzeitig haben sie gesehen, dass es Aurelie ernst war und dass sie kurzen Prozess machte, wenn es drauf ankam. Das hat ihnen imponiert. So hat Aurelie ihre Bachrenaturierung erst richtig ins Rollen gebracht. Tja.« Frau Antoni hob die Hände. »Es war für den guten Zweck und es ist alles gut ausgegangen, nicht wahr? Aber es ist schon ein bisschen Gutsherrenart, einfach fremdes Eigentum zu beschädigen. – Denn das war es, was sie im Grunde getan hat.«

* * *

Wolfgang sah ernüchtert aus, als er seine klobigen Hände betrachtete, und Katrina spürte den heftigen Impuls, ihn zu berühren. Am liebsten wollte sie seine Hände anfassen, aber, so sagte sie sich, das war Mitleid. Und genau das wollte Wolfgang nicht, also hielt sie sich zurück und wählte stattdessen ein weiteres Gnocco aus.

»Von dir hat Aurelie aber auch nichts erzählt«, sagte er.

Sie sah auf, kauend. »Ich dachte, ihr habt so wenig Kontakt gehabt?«

»Na, wir haben schon miteinander geredet. – Möchtest du Nachtisch?«

»Nein. – Du bist in Ohnmacht gefallen, als du sie gesehen hast.«

»Ich kann kein Blut sehen.«

»Und da bist du Biologe geworden?« Katrina hatte sich von Aurelie alles über das Biologiestudium erzählen lassen. Sie wollte nämlich irgendwann genau dasselbe werden wie Aurelie.

»Kein Blut«, Wolfgang schluckte plötzlich, »von Leuten – an Menschen ...« Seine Augen fingen ihren Blick. »Du weißt schon. Menschenblut eben.« Er versuchte, cool zu bleiben, und schaffte es nicht. *Menschenblut.* Katrina wunderte sich. In Wolfgangs Faust bebte das Fischmesser. Es sah lächerlich aus. Nie würde dieses stumpfe und etwas fettige Werkzeug Blut sehen.

Sie beugte sich vor. »Was ist daran so anders als an Tierblut?«

Er wirkte angreifbar. Seine Augen waren dunkel. Allein mit ihm hätte sie weggesehen, das wusste sie. Doch dann würde sie keine Antworten bekommen.

»– und wie unterscheidest du das?«

Er sah das Fischmesser in seiner Faust und ließ es fallen. »Blut, das aus einem Schwein fließt, ist Schweineblut.« Er leckte sich die Lippen. »Ganz einfach, Katrina.«

Katrina fand es abstoßend, wie er ihren Namen aussprach. Gleichzeitig war sie gebannt. Es wurde schwieriger, ihn weiter anzusehen. Etwas in seinem Blick änderte sich. Wurden seine Augen tiefer? Blauer? Großmutter, was hast du so große –

»Und was ist, wenn das Schweineblut über einen Menschen gegossen wird?«, fragte sie unwillkürlich. »So wie in *Carrie*?«

Jetzt beugte sich Wolfgang vor. Es war eine geschmeidige Bewegung, die nicht so recht zu ihm zu passen schien. Der Tisch zwischen ihnen wurde schmal. Ihre Knie stießen darunter zusammen.

Willst du das wirklich wissen? Katrina hörte die Worte in ihrem Kopf, aber ob Wolfgang sie auch wirklich aussprach, hätte sie nicht sagen können. Sie war erstaunt über die Länge seiner Wimpern –

(Der Ober, der gerade noch einmal nachgesehen hatte, ob sie schon fertig waren, schlich sehr leise davon.)

Wolfgang zog mit einem Mal seine Knie weg. »Katrina –«

Sie lehnte sich zurück und empfand unvermittelten Ekel. Was auch immer Aurelie mit diesem Typen verbunden hatte, deren Nachfolge würde sie *hier* keinesfalls übernehmen. Sie schüttelte ihren Kopf frei und räusperte sich. »Hey – du fliegst doch nicht nachts über Land und suchst dir was zum Aussaugen, oder?«

Er senkte die Lider. Was Katrina wütend machte. Jetzt, ja, jetzt konnte er wieder das arme Opfer spielen. »Ich wette, du trinkst ziemlich viel Rotwein und fürchtest dich vor Knoblauch«, sagte sie grob. »Ich wette, *Tanz der Vampire* ist dein Lieblingsfilm. Und deine Lieblingsstelle ist die, wo der hässliche Bucklige den Wolf aussaugt.« Sie erschrak über ihre eigenen Worte. War das zu gemein gewesen? *Der hässliche bucklige Wolf …*

»Meine Lieblingsszene«, antwortete Wolfgang gepresst, »ist die, in der die Tochter des Wirts gebissen wird.« Er atmete durch und begann in seinen Taschen zu kramen. »Wer war eigentlich die Frau bei euch am Lagerfeuer?«, fragte er dann allzu beiläufig. »Die du – hm – begrüßt hast. Irgendwie kam sie mir bekannt vor.«

»Annemarie«, sagte Katrina achselzuckend. Was für ein plumpes Ablenkungsmanöver. »Die kennt doch jeder.«

»Hm. Annemarie. Was macht die so?«

»Sie arbeitet im *Exxtra.*«

»Dann ist sie wohl Kellnerin.«

Ach du Gott, dachte Katrina. »So was in der Art.«

Wolfgang fand endlich seine Zigaretten. »Was in der *Art?*«

»So 'ne Art Bardame halt«, sagte sie ungeduldig. »Du gehst doch überhaupt nie ins *Exxtra.* Ich hab dich dort noch nicht gesehen.«

»Aber du gehst hin.«

»Manchmal«, sagte Katrina ausweichend. Das fehlte noch, dass sie sich mit einem Typen wie Wolfgang im *Exxtrabreit* blicken lassen musste. Es war auf einmal unerträglich heiß, das Licht blendete und eine fette Mücke kreiste über den Resten ihres Essens. Sie sah sich nach dem Ober um. Der ignorierte sie.

Wolfgang bediente sich aus der zerdrückten Schachtel. »Und was ist mit dir?«, fragte er, ganz mit dem Anzünden seiner Zigarette beschäftigt. »Bist du im *Exxtra* auch so eine Art – Bardame?«

Es war ihm so herausgerutscht; er hatte es nicht fragen wollen. Oder nein, das war glatter Selbstbetrug. *Genau das* hatte er fragen wollen. Er hatte nur von vornherein gewusst, dass es ein Fehler war. Katrina hatte seine Frage verstanden. Das sah er in ihrem Gesicht. Und sie war beleidigt. Sie stand auf und holte ihren Geldbeutel aus der Hosentasche. »Ober!«, blaffte sie.

»Katrina«, sagte Wolfgang. »Bitte.«

»Ich möchte jetzt gehen.«

»Es tut mir Leid.«

»Was denn?!«, fuhr sie ihn an. »Lass mich einfach in Ruhe, okay?!«

Der Ober erschien und rang die Hände. »Aber, Signorina ...!«

»Signora, bitte«, sagte Katrina kalt. »Ich zahle die Gnocci und die Cola.«

Der Ober verschränkte die Arme vor der Brust und gab Wolfgang Zeichen mit seinen Augenbrauen. Katrina warf ihm einen genervten Blick zu, fischte einen Zwanziger aus ihrem Geldbeutel, knallte ihn auf den Tisch und ging, bevor der Ober die anderen Gäste bitten konnte abzustimmen, ob sie sich einladen lassen sollte.

Versteinert starrte er ihr nach.

»Sie ist auch aus dem Süden«, sagte Wolfgang entschuldigend, erhob sich, kramte ebenfalls einen Schein aus der Tasche und drückte ihn dem Ober in die Hand.

»Siciliana?«

»In zweiter Generation«, sagte Wolfgang und rannte hinter ihr her.

* * *

Als sie aus dem Dunkel der Scheune heraustraten, nahm Frau Antoni sofort eine reserviertere Haltung ein.

»Können Sie sich vorstellen, weshalb Ihr Sohn uns gegenüber seine Beziehung zu Aurelie Loor geleugnet hat?« Diese Frage hatte Bettina sich bis zum Schluss aufgehoben. »Hatten sie Streit?«

Antoni hatte sich gut im Griff. Bettina war überzeugt, dass sie erschrak, doch ihre Lider flackerten nur kurz. Ihr Gesicht war nicht mehr ganz so einnehmend. »Wolf liebt die Opposition«, sagte sie leichthin. »Vielleicht haben Sie einfach nicht richtig gefragt. Wenn er meint, ausgehorcht zu werden, beantwortet er nur den genauen Wortlaut.« Sie brachte ein hübsches Lächeln zustande. »Das kann eine gestresste Mutter wahnsinnig machen. Aber ich schwöre Ihnen, er wird Sie nicht anlügen.«

Das hatte er aber schon. »Wo war Ihr Sohn am Donnerstagabend, so ab sieben?«, fragte Bettina.

»Hier in der Scheune, nehme ich an.«

»Haben Sie ihn gesehen?«

»Nun – das Auto habe ich gesehen – glaube ich.«

»Ja oder nein?«

»Ja.«

»Wann war das?«

»Abends, gegen neun, da habe ich die Katze reingeholt. – Ich wohne dort.« Sie wies auf ein Sandsteinhaus mit einem ungewöhnlich schön gewachsenen Zwetschgenbaum davor. »Genau gegenüber.«

»Aber mit ihm gesprochen haben Sie nicht?«

Frau Antoni schüttelte den Kopf und wandte sich zum Gehen. »Tut mit Leid. Ich muss jetzt rein.«

»Ich ziehe auch aufs Land«, sagte Willenbacher, als sie weg war. »Ich will so eine Scheune wie der Antoni.«

»Hm«, machte Bettina. »Hast du bei seinen Sachen irgendwas gefunden?«

»Nicht wirklich. Er hat eine Hanfpflanze auf der Fensterbank, aber – na ja, eine mickrige. Wahrscheinlich zum Angeben. Ernten wird er von der jedenfalls nichts. Ist zu dunkel da drin.«

»Und sonst?«

»Er trinkt irischen Whiskey, lesen tut er nicht übermäßig viel, dafür hat er jede Menge Computerspiele«, berichtete Willenbacher. »Aber frag mich nicht, was für welche. Ich kenne mich damit nicht aus. Er hat eine Bang & Olufsen. Hört diese alten Synthesizer-Sachen, Alan Parsons, Pink Floyd und so. Und er schaut gern Tierfilme.«

»Er ist ja Biologe.«

»Tja. Mehr hab ich nicht gesehen. Seine persönlichen Papiere lässt er nicht rumliegen. Und den Computer konnte ich nicht anmachen.«

»Na gut. Wir müssen sowieso noch mit ihm reden. Jetzt lass uns erst mal diesen Bauern besuchen.«

Bauer Jakubik hatte ein Alibi. Dieses Alibi war um die vierzig, blond gefärbt und genauso umfänglich wie er selbst. Sie trug eine Jeans und ein weites Top und saß mit dem Rest der Familie Jakubik neben einem selbst gemauerten Grill auf einem feuchtgrünen Gartenstück und las eine Computerzeitschrift.

»Mein Vater wohnt bei uns«, erklärte sie, sich aufrichtend. »Das ist ja lächerlich, dass er was mit dem Tod von der Frau Loor zu tun haben soll. – Papa?! – Sei so gut, Jonas, weck mal den Opa.«

Jonas, ein zarter Fünfjähriger, dessen Verwandtschaft zu den anderen Jakubiks nicht auf den ersten Blick erkennbar war, sprang auf seinen Opa zu. Die übrige Familie, zwei ältere Damen, ein Teenager und ein Mann ebenfalls um die vierzig, waren in Liegestühlen weiträumig um den Grill verteilt.

»Aber regen Sie ihn bitte nicht auf«, meinte die Frau und fuhr sich mit der Hand durch die blonden Haare. »Diese Sache mit der Frau Loor tut uns wirklich Leid. So einen frühen Tod hat sie nicht verdient. Aber sie hat meinen Vater ziemlich geärgert, und er hatte schon einen Infarkt, also –«

»Hallo«, sagte Bauer Jakubik. »Was ist los?«

Der alte Jakubik war den ganzen Donnerstagabend »unter Aufsicht« gewesen, so seine eigenen Worte. Unter der seiner Tochter. Er zwinkerte ihr liebevoll zu. Und der seines Schwiegersohnes und seiner beiden Enkel. Ja, er hatte eine Auseinandersetzung mit Frau Loor gehabt. Die Frau Loor habe auf Wildwestmanier seinen mühevoll gebauten Kanal zerstört. Heimlich war sie mit ihren Kumpanen und einem Kompressionshammer auf seinen Grund geschlichen – es musste ein Kompressionshammer gewesen sein, sonst hätte sie nie so schnell und unauffällig diese Mengen an Beton kleingekriegt – und sein hübsches, sauberes Bachbett in viele Stücke zerteilt. Er habe es natürlich nicht beweisen können, aber jeder wusste, dass es nur die Loor gewesen sein konnte. Niemand sonst tat so verrückt mit dem Naturschutz. Es war eine Unverschämtheit, er habe sich furchtbar aufgeregt. »Und das darf ich gar nicht«, fügte er treuherzig hinzu. Dann lächelte er. »Aber ich habe mich gerächt. Haben Sie das auch gehört? Ich hab ihr eine schöne Fuhre Mist gebracht, direkt auf ihre Tulpen und Vergissmeinnicht und was sie sonst noch alles in ihrem Gärtchen hat.« Dann wurde er ernst. »Damit war die Sache für mich erledigt. Das mit ihrem Tod ist schlimm, und da habe ich auch nix damit zu tun, Fräulein.«

Bettina glaubte ihm. Willenbacher auch. Und selbst, wenn sie es nicht getan hätten, hatte Bauer Jakubik ja immer noch sein Alibi.

6

Die Irrlicher Polizeiinspektion sah aus wie aus einem Fünfziger-Jahre-Bilderbuch ausgeschnitten; sie lag direkt neben dem samstäglichen Wochenmarkt und war in einem hübschen Gebäude mit liebevoll buntem Glasstein-Mosaik am Sockel und großen, altmodischen Kippflügelfenstern untergebracht. Im Inneren gab es eine lichte Wachstube mit sorgfältig gebohnertem, rot und petrolfarben gemustertem Linoleumfußboden und klobigen, abgerundeten Holzmöbeln. In einer Ecke stand ein riesiger Gummibaum. Der wachhabende Kollege, ein junger uniformierter Beamter, empfing sie begeistert. Er sah so adrett aus, sein Hemd gestärkt, seine Haare akkurat geschnitten, dass Bettina sich richtig schlecht vorkam. Ein gutes Vorbild in puncto öffentlicher Auftritt war sie nicht. Dem jungen Polizisten jedoch war das herzlich egal; er schien staubige Kleidung und nachlässig gepflegte Frisuren (Was war überhaupt mit Willenbacher los – ließ der sich etwa die Haare wachsen? Vielleicht stand Annette ja auf Männer mit Zöpfen.) für ein aufregend exotisches Rangabzeichen des K11 zu halten. Auf jeden Fall begrüßte er sie mit ausgesuchter Höflichkeit und bedankte sich fast dafür, dass er gestern »beim Einsatz« hatte mit dabei sein dürfen. Brenner war sein Name.

»Wir brauchen ein paar Infos«, sagte Bettina und ließ sich auf einem Drehstuhl mit lackiertem Holzsitz nieder. Beinahe hätte sie ihr Bein angezogen und den Fuß auf die Sitzfläche gestellt. Der junge Kollege Brenner schien so etwas in der Art zu erwarten. Willenbacher öffnete aufseufzend zwei kalte Flaschen Sinalco, was hier offenbar das offizielle Dienstgetränk war; etwas anderes gab es nicht.

»– über die Leute aus dieser Containersiedlung. Ist Ihnen die ein Begriff?«

Und wie die Containersiedlung ein Begriff war. Brenner brachte einen ganzen Stapel Akten zum Vorschein.

»Es geht um eine Katrina Klein. Ist die jemals auffällig geworden?«

Brenner sah nach. »Nein«, erklärte er schließlich.

»Was sind das sonst für Leute in der Siedlung? Weswegen die ganzen Akten?«

»Tja, wir haben leider ziemlich viele Eigentumsdelikte dort, Betrug, Drogensachen, Prügeleien, etwas Prostitution, und vor zwei Jahren, kurz bevor ich hier angefangen habe, konnten die Kollegen vom LKA den Ortloff bis dorthin verfolgen. – Das war dieser russische Autoschieber.«

Der Bettina nichts sagte. »Und haben sie ihn gekriegt?«

»Nein«, bedauerte Brenner.

»Kennen Sie sich dort aus? Kennen Sie die Leute?«

Brenner nickte eifrig. »Wir haben dort ab und zu Einsätze. Allerdings kann ich nicht behaupten, dass ich die Leute gut kenne, wir haben mehr beruflich miteinander zu tun.«

»Also kennen Sie sie oder nicht?«

»Teilweise«, sagte Brenner mit rosa Ohren. Irgendwie erinnerte er Bettina an die Ärzte, mit denen sie ab und zu zu tun hatte.

»Gibt es noch mehr Jugendliche in der Siedlung?«

»Soviel ich weiß, gibt es noch drei Kinder zwischen sechs und zehn, die hab ich schon mal zur Schule gefahren. Dann sind wohl auch Kinder dort rausgeholt und zu Pflegeeltern gegeben worden. Und dann haben wir noch einen gewissen Sonny Wegener, der ist zwanzig und unser Liebling. Der stammt nicht aus der Containersiedlung, aber suchen tut man ihn am besten dort. Angeblich besucht er in Mannheim das Gymnasium, aber in Wirklichkeit hängt er nur dort bei den Containern ab. Der hat sich in seinen jungen Jahren schon bei halb Irrlich selber eingeladen. Einmal hat er eine Jugendstrafe bekommen, mehr konnten wir nicht machen. Wir finden seinen Hehler nicht.«

»Wissen Sie, ob die Frau Loor auch mit ihm Unternehmungen gemacht hat?«

»Das kann ich nicht sagen.«

»Haben Sie Frau Loor nicht persönlich gekannt? Angeblich kannte die hier doch jeder.«

Brenners Ohren färbten sich noch eine Spur rötlicher. »Zufällig wohne ich ein paar Häuser weiter. Natürlich habe ich gewusst, wer sie ist, auch wegen dem Bachrenaturierungsverein, den sie gegründet hat, aber wir waren nicht näher bekannt.«

»Hm.« Bettina blickte sich in dem properen Raum um und trank einen Schluck von ihrer Sinalco. »Jetzt sagen Sie mal, Herr Brenner, was sind das für Container? So Wohncontainer wie für die importierten Bauarbeiter aus den Niedriglohnländern?

»So ungefähr.«

»Und wie sind die an ihren Platz gekommen? Ich meine, haben da vor zwanzig Jahren ein paar Aussteiger die Idee gehabt, sich einen Schwung Container in die Pampa liefern zu lassen? Das ist doch ungewöhnlich, die würden sich doch eher Hütten bauen oder Bauwagen aufstellen.«

Brenner setzte sich auf und blickte zur Eingangstür. »Das habe ich mich auch schon gefragt. Ich weiß es nicht genau.« Er senkte die Stimme, obwohl sie drei die einzigen Menschen im Raum waren. »Nach den Akten ist die Stadt die Besitzerin der Siedlung.«

»Also hat die Stadt sie auch aufgestellt.«

»Ja, aber nicht für die jetzigen Bewohner. Ich weiß nämlich, dass die Kollegen vor gut fünfzehn Jahren dort einen Einsatz nach dem anderen schieben mussten. Die Siedlung war da angeblich von linken Aktivisten aus Mannheim besetzt, und die wollte die Gemeinde unbedingt wieder loswerden. Schlussendlich stellte sich dann aber heraus, dass die mutmaßlichen Mannheimer Aktivisten altbekannte Obdachlose aus der Gegend waren und ein paar Jugendliche und ledige Mütter aus sozial schwachen Irrlicher Familien. Daraufhin haben die Leute dort einen gemeinsamen Pachtvertrag bekommen.«

»Und wie ist das Märchen von den Aktivisten entstanden?«

»Tja. Ich lebe erst seit zwei Jahren hier in Irrlich, und ich kann Ihnen sagen, dieses Thema ist nicht beliebt. – Also ich vermute mal, dass es kein Märchen war. Die Leute dort hatten zumindest Unterstützung aus der Szene. Denn sie haben es fertig bekommen, zusammen aufzutreten und gemeinsame Forderungen zu stellen. Und ein paar der Typen, mit denen ich geredet habe und die angeblich schon immer dort wohnen, sind definitiv nicht aus der Gegend.«

Bettina beugte sich vor. »Und für wen, glauben Sie, wurde die Siedlung ursprünglich aufgestellt?«

»Ich habe keine Ahnung.«

»Wovon leben die Leute?«

»Sozialhilfe. Gelegenheitsarbeiten. Schwarz, natürlich, aber das können wir kaum verhindern. Wenn jemand in Irrlich einen braucht, der ihm den Garten macht oder mal kurz eine Wand hochmauert, dann holt er sich dort eine billige Arbeitskraft. Und die Frauen arbeiten fast alle in dem Lokal, das vor der Siedlung steht.«

»Hm. Wolfgang Antoni, ist der hier schon mal aufgefallen?«

Auch das musste Brenner verneinen, was er sichtlich bedauerte. »Er ist einer der Verdächtigen, nicht wahr?«, fragte er.

Bettina fixierte Brenner schärfer. »Wie kommen Sie denn da drauf?«

Brenners hübsche Ohren färbten sich wieder rosa. »Na ja, die Frau Loor und ich waren fast Nachbarn, und der Antoni, das ist doch dieser Mann, der sie entdeckt hat, oder? Und der sieht ziemlich auffällig aus, nicht wahr? – Ich hab ihn gleich wiedererkannt. Der hat sie ziemlich oft besucht.«

Na, du bist ja ein kleiner Voyeur, dachte Bettina. Genau wie ich.

»Was tun wir jetzt?«, fragte Willenbacher, als sie wieder zum Auto gingen. »Fahren wir zur Containersiedlung?«

Bettina lehnte sich gegen die glänzend blaue Seite des Twingo. »Gleich. Gib mir erst mal die Nummer von dem Antoni.«

Willenbacher las sie aus seinem Notizbuch vor.

»Antoni ist zu Hause«, sagte Bettina nach einem kurzen Gespräch. »Den können wir jetzt gleich besuchen, seine Mutter hat uns ja auch genug Stoff für ein Gespräch gegeben. Und hast du auch die Nummer von dem Hausmeister?

»Aber klar doch«, sagte Willenbacher blätternd.

Der Hausmeister war ebenfalls da. Allerdings wohnte er nicht in der Schule in Ludwigshafen, wie sich das für einen ordentlichen Hausmeister gehörte, sondern in St. Martin, was von Irrlich aus eine gute Stunde Fahrt bedeutete. Und dann noch mal mindestens eine zurück nach Ludwigshafen.

»Der kommt als Letzter dran«, entschied Bettina.

»Können wir den nicht am Montag ins Büro bestellen?«, maulte Willenbacher, der am Abend einer extrem wichtigen Verabredung entgegensah.

»Von mir aus können wir uns erst mal trennen. Ich leihe mir das Dienstauto von Kollege Brenner. Aber nach St. Martin fahren wir gemeinsam. Ich kann denen nicht ihr einziges Auto nach Ludwigshafen entführen. – Und dann ist Feierabend.«

»St. Martin ist die Hölle an so einem Samstag.«

»Wir finden bestimmt auch etwas nettes Selbstgetöpfertes, das du Annette mitbringen kannst.«

»Verschon mich«, sagte Willenbacher.

»Oder eine gute Flasche Dornfelder. Willst du die Siedlung oder den Antoni?«

»Hast du was gegen Annette?«, fragte Willenbacher und stolperte zurück, als die heiße Luft aus dem Auto wich. »Antoni.«

»Okay. – Ich kenn sie doch gar nicht.«

»Du kannst mit uns ja mal einen trinken gehen. – Was guckst du denn so?«

»Hast du etwa geheiratet?«

Willenbacher lachte ein wenig gezwungen. »Hahaha«, machte er. »Heiraten! So weit kriegt mich keine!«

Bettina lächelte. »Ich will diese Annette unbedingt kennen lernen«, sagte sie.

Die Containersiedlung, hatte Brenner Bettina erklärt, war überhaupt nicht zu verfehlen, man musste nur am *Exxtrabreit*, das war die Disco, die kurz vorm südlichen Ortseingang lag, links rauffahren. Ganz einfach, denn das *Exxtrabreit* war nun wirklich nicht zu übersehen.

Es musste dieses lila Ungetüm sein. Bettina bog auf den Sandplatz davor ein. Lila – oder vielmehr Dunkelviolett – war nicht die einzige Farbe, die das ehemals ehrwürdige Gehöft abstrahlte. Irgendjemand, dem das noch zu langweilig gewesen war, hatte außerdem das Fachwerk und die Fensterläden in leuchtendem Mintgrün gestrichen. Die Wirkung war überwältigend, wurde allerdings gemindert durch eine barmherzige Schmutzpatina. Auch die Tatsache, dass viel von der Farbe schon wieder abblätterte und dass die einst elegant geschwungene Leuchtreklame am Giebel an einigen Stellen zerschlagen war (Exxt a eit), sowie die nüchternen Gesichter der Männer, die schwere schwarze Instrumentenkästen ins Haus schleppten, kamen dem Gesamteindruck eher zugute. Hinter dem Haus palaverte ein kleiner schwitzender Koch in schmutziger Schürze mit einer Frau, die sich in eine abgeschnittene Jeans und ein trägerloses Top gequetscht hatte und deren nächste Haarwäsche längst überfällig war. Beide sahen auf.

»Ich möchte zu Katrina Klein«, rief Bettina ihnen zu. Sie winkten sie weiter, und die nächsten fünf Minuten waren nicht gut für die Stoßdämpfer des Irrlicher Einsatzwagens, den Brenner nur ungern herausgerückt hatte. Wahrscheinlich in Angedenken an die vielen tiefen Erosionsfurchen, die der ungeteerte Weg aufwies.

Hinter einer Kurve dann kam die Containersiedlung. Sie lag auf einer natürlichen Terrasse des sonst bewaldeten Galgenhübels, auf einer an den Rändern verbuschten Lichtung, die einmal eine Weide oder ein Feld oder auch eine Festwiese gewesen war. Die Container waren in einem lockeren Halbkreis aufgestellt; manche waren bemalt, andere nicht; einer war ausgebrannt und besaß nur leere Fensterhöhlen, ein anderer war mit Brettern vernagelt, doch die meisten hatten Vorhänge in den Fenstern, Satellitenschüsseln am Dach und Wäsche oder Blumen vor der Tür. In der Mitte des Halbkreises brannte offenes Feuer in einem schwarzrußigen Fertigbau-Gartenkamin. Eine unappetitlich aussehende junge Frau stocherte darin herum. Davor, auf einem verwitterten Kunstledersofa, hockten zwei träge Gestalten undefinierbaren Alters und Geschlechts neben einer schlanken Frau mit langen dunklen Haaren, die in die komplizierte Prozedur einer Freiluftpediküre vertieft war. Bettina stellte ihr verräterisch grünweißes Gefährt neben dem Skelett eines Camaro, einem großen Haufen undefinierbarer schrottreifer Autoteile und einem rostigen R5 ab, unter dem ein Paar tätowierter Männerbeine hervorschaute. Sie trat auf den festgestampften Boden mit den wenigen zerdrückten Grasbüscheln und ging auf das Sofa zu.

Lange unbehelligt blieb sie nicht. Ein kleines Mädchen mit blond gefärbten Haaren in einem gesmokten rosa Kleid aus scheußlich synthetischem Stoff fühlte sich zu ihrer Eskorte berufen. »Die Bu! Len! Die Bu! Len!«, rief sie laut und lief vor Bettina her. »Die Bu! Len!«

»Du tust ja gerade so, als wäre ich eine ganze Hundertschaft«, sagte Bettina.

Das Mädchen drehte sich um. »Du bist nicht richtig angezogen«, bemängelte es.

»Du meinst, weil ich keine Uniform anhabe?«

Das Mädchen runzelte die Stirn. Es konnte kaum älter als sechs sein. Es war sehr dunkelhäutig, entweder von der Sonne gebräunt oder von Schmutz oder beidem. Die grotesk gelblich gebleichten Haare reichten der Kleinen bis zur Hüfte. Sie hatte ein kleines rundes Gesicht und sehr schöne dunkelbraune Augen. »Wasndas?«, nuschelte sie gereizt.

»Eine Uniform? Die grünen Sachen?«

Das Mädchen hatte von der Unterhaltung genug und hüpfte fort. »Die Bu! Len! Bu! Len! Bu!«

»Halt die Klappe, Barbie«, rief die Frau, die auf dem Sofa saß. Ihre Stimme war tief und hart. Ihr rechtes Bein hatte sie angezogen; der linke Fuß steckte in einer Plastikschüssel voll Wasser. Aus der kürzeren Entfernung wirkte sie viel älter und gleichzeitig alterslos. Die zwanzig, die ihr Pony und die glänzenden langen Haare versprachen, war sie nicht, doch zwischen dreiunddreißig und fünfzig konnte sie alles sein. Sie ließ die Hand mit der Nagelfeile sinken und betrachtete den Neuankömmling. »Was wollen Sie?«

»Mit Katrina Klein reden.« Hier beim Grill roch es nach verbranntem Schweinefleisch. Die andere Frau, die es bewachte, gewann nicht mit der Nähe. Ihre langen dünnen Haare klebten ihr fettig am Kopf und ihr üppiger Körper war in unvorteilhafte, schmutzige Jeans und ein viel zu enges T-Shirt gezwängt. Sie blickte auf. »Katrina Klein?«, fragte sie laut und mit zu sorgfältiger Betonung. »Haben Sie Katrina Klein gesagt?«

»Ja.«

»Was wollen Sie scheiß Bullenschlampe von meiner Schwester?!«

Obwohl es zuvor keine nennenswerte Unterhaltung zwischen den Leuten gegeben hatte, wurde es auf dem Platz sofort bedeutend stiller. Bettina konnte das Fleisch in der Grillhitze zischen hören; aus einem der umliegenden Container riefen die Toten Hosen zum Autoklau auf. Alle blickten angestrengt zur Seite; nur die schmuddelige Frau sah herausfordernd aus. Sie war betrunken.

»Wie kommen Sie darauf, dass ich eine scheiß Bullenschlampe bin?«, fragte Bettina mit bemühter Ruhe. Ihre Laune war heute nicht die beste.

»Das seh ich Ihnen an.« Die Frau spuckte jedes Wort einzeln aus.

»Dann haben Sie wohl Erfahrungen mit der Polizei?«

»Genau.«

»Halt jetzt besser die Schnauze, Cindy«, sagte die Frau mit den schönen Haaren. Sie sah Bettina an. »Wer sind Sie überhaupt? Sie kenn ich nicht. Machen Sie bei den Bullen 'n Praktikum oder so?«

Einer der Typen auf dem Sofa begann zu kichern.

»Kommissarin Boll, Kripo Ludwigshafen. Ich untersuche den Tod von Aurelie Loor. – Und wer sind Sie?«

»Och!«, machte Cindy. »Die dumme Loor! Der geschieht's recht, der dummen abgefuckten Fotz!«

»CINDY!«, herrschte die Frau vom Sofa. »Halt die Klappe!« Und zu Bettina gewandt: »Sie meint's nicht so, sie tut keiner Fliege was zuleide, glauben Sie mir. Sie säuft nur 'n bisschen viel.«

»Ihren Namen bitte.«

Die Frau sah Bettina ironisch an. »Annemarie LaBelle.«

Es gab zu viele künstliche Konturen in Annemarie LaBelles Gesicht: die dunkel nachgezogenen Augenbrauen, den tiefschwarzen Lidstrich, den nachlässig gemalten roten Rand um ihre Lippen. Die wahren Linien verschwammen darunter, sodass ihr Gesicht etwas Maskenhaftes hatte. Doch immerhin sah sie sauber und gepflegt aus.

»Und Sie heißen Cindy Klein, ja?«

»Wie kommen Sie 'n darauf?«

Bettina schloss kurz die Augen. Es war zu hell hier. Sie musste sich eine Sonnenbrille kaufen, gleich am Montag. »Cindy Klein, Sie haben Frau Loor wohl nicht besonders gemocht, was?«

Cindy wandte sich ihrem Fleisch zu. »Nee.«

»Warum nicht?«

»Cindy, du musst nichts sagen!«, rief LaBelle dazwischen. »Hey, Barbie, schau mal in meine Wohnung und bring mir den orangen Nagellack, ja? – Aber rühr mir sonst ja nichts an, hast du gehört?«

»Warum nicht, Cindy?«, fragte Bettina.

Cindy begann zu weinen. Ihr Schluchzen hörte sich feucht und hohl und unecht an.

»Toll!«, sagte LaBelle zu Bettina gewandt. »Hör mal, Cindy, gehst du mir mal schnell am *Exxtra* noch 'n Bier holen?

»Hat Frau Loor Ihnen was getan, Cindy?«, fragte Bettina.

»Hey Sie«, sagte LaBelle, »jetzt machen Sie sich mal nicht lächerlich. Die Katrina ist nicht da, und unsre arme Cindy lassen Sie bitte in Ruhe, klar?«

Bettina wünschte, sie hätte Willenbacher dabei. »Jetzt hören *Sie* mal gut zu«, sagte sie zu LaBelle und ging ein paar Schritte auf sie zu. »Sie scheinen ja Ihre Rechte zu kennen, dann dürften Ihnen auch meine geläufig sein. Also wissen Sie wohl, dass ich Ihre – Freundin nach dem, was sie gerade gesagt hat, sofort verhaften und mitnehmen könnte. Und kommen Sie mir bloß nicht mit dem Die-packen-Sie-ja-doch-nicht-Scheiß. Was glauben Sie, wie schnell ich hier ein ganzes Einsatzkommando habe, das der Reihe nach Ihre hübschen Container auf den Kopf stellt. Ich bin mir *sicher,* dass Sie das nicht wollen.«

»Jetzt regen Sie sich mal nicht künstlich auf.« Gelassen pulte LaBelle mit der Feile etwas Dreck aus dem großen Zehennagel. »Was wollen Sie eigentlich wissen? – Also die Cindy hat die Aurelie nicht umgebracht, so viel ist klar. Die schafft ja kaum den Weg von hier zum *Exxtra,* ohne halb zu verdursten. Das mit der Aurelie ist doch dort im Steinbruch passiert, oder? – Cindy, warst du schon mal im Steinbruch?«

»Nee«, stieß Cindy hervor.

»Aber sie hat Aurelie gehasst, wie's aussieht.«

»Liebe, das ist ihr Privatvergnügen.«

»Kommt drauf an, ob sie am Donnerstagabend hier war.«

»War sie.«

»War ich«, sagte Cindy.

»Und Sie können das bezeugen.«

»Na klar. Und alle andern hier auch. Jetzt kommen Sie, das ist doch albern, Cindy geht nie hier weg. Na los, Cindy, mach schon. Bier holen.«

Die junge Frau gehorchte.

»Und Katrina? Die ist offenbar nicht an die Siedlung gefesselt. War die am Donnerstagabend da?« Bettina sehnte sich nach einem Stuhl. Hätte sie doch nur die Sinalco ausgetrunken!

»Ich glaube schon, aber da müssen Sie Doris fragen, die beiden wohnen zusammen.«

»Und wo finde ich Doris?«

»Ist auch nicht hier.«

»Wann sind die beiden denn zu erreichen?«

»Heute Abend bestimmt. Oder morgen Vormittag.«

»Lebt Katrina nicht bei ihren Eltern?

»Ihr Vater wohnt hier.« LaBelle wies auf den mit Brettern vernagelten Container. »Sag mal, Barbie, seit wann ist das denn Orange? Kannst du keine Farben erkennen?«

Barbie hielt LaBelle ein Fläschchen mit tiefrotem Inhalt vor die Nase.

»Was ist das für eine Farbe, Barbie? Na komm, du willst uns doch nicht vor den Bu– der Polizei blamieren.«

Barbie starrte Bettina an.

»Rot«, flüsterte die.

»Orange!«, sagte Barbie.

LaBelle schenkte Bettina ein spöttisches Lächeln. »Das ist Fuchsia, Liebes. Das geht heute auch mal.« Sie nahm die Flasche, drehte sie auf und begann ihre Zehennägel anzustreichen.

»War Aurelie Loor oft hier?«

»Ab und zu.«

»Was hat sie hier gemacht?«

»Die Welt gerettet.«

»Wie meinen Sie das?« Bettina wurde schwummerig. Wenn sie aber in die Hocke ging, würde sie quasi vor LaBelle knien. Das konnte sie nicht. Sie versuchte tiefer zu atmen.

LaBelle war tief über ihren Fuß gebeugt. »Die hätte uns am liebsten alle, wie wir hier sind, zum bürgerlichen Leben bekehrt, mit Zentralheizung und Sozialanschluss. Und hartnäckig war sie, das muss man ihr lassen.«

»Und bei Katrina hat sie es geschafft.«

»Na ja, sie wohnt ja noch hier, oder?«

»Aber sie hat doch eine Lehrstelle.«

»Ja, das war so eine von den Sachen, wo die Aurelie wirklich genützt hat. Ich meine, sie war okay, man konnte mit ihr mal 'n Bier trinken und so. Sie kam zwar eigentlich nur, weil sie es nicht auf die Reihe gekriegt hat, dass es so was wie uns hier überhaupt gibt, aber immerhin – sie ist gekommen. Hauptsächlich zu Katrina und um die Kiddies für Markt und Konsum zu retten – na ja, hier oben haben wir nicht viel schicken Nachmittagsbesuch. Den Kerlen hat das mächtig imponiert, fragen Sie nur mal den Nico unten vom *Exxtrabreit,* dem ist der Sabber gelaufen, wenn er sie nur gesehen hat.«

»Nico?«, fragte Bettina. Ihr wurde ganz plötzlich richtig schwindelig. Sie brauchte einen Stuhl. Da vorne –

»Scheiße«, sagte die dunkle Stimme über ihr. »Bist du schwanger oder was? Sei so gut, Barbie, ich brauch mal das Wasser für die Bullentuss. – Komm, steh auf. Hier, Schätzchen. Trink das.«

Bettina trank. Wasser aus einer lauwarmen Sprudelflasche.

»Gott, bist du zugeknöpft.« LaBelle öffnete zwei Knöpfe an Bettinas Hemd und half ihr auf. »Das ist wirklich kein Wunder, dass du da umklappst – hey! Schön austrinken. So, jetzt setz dich erst mal her.«

Bettina saß auf dem heißen Kunstlederpolster des Sofas und wünschte, es würde brennen, damit sie überhaupt etwas spürte. Sie atmete schwer. Nur ihr Geruchssinn arbeitete noch einwandfrei. Der Mann neben ihr, der sich an seine Bierflasche klammerte, roch streng nach Schweiß, LaBelle dagegen nach einem altmodischen Parfum. Ein komischer Duft für diese Frau, dachte Bettina. Kein Moschus, kein Zibet, kein Ylang Ylang, sondern Jasmin und Rosen. Es erinnerte Bettina an ihre Mutter. An ihre lange verstorbene Mutter. Es war ein Gefühl, das sie jetzt nicht auch noch gebrauchen konnte.

»Hey, danke«, sagte sie. Und tastete nach ihrem Handy und ihrem Portemonnaie. Beides war noch da.

»Ja«, sagte LaBelle, setzte sich wieder, steckte den Schaumgummizehenspreizer zwischen die Zehen des anderen Fußes und begann diesen zu bearbeiten. »Scheißberuf, was?«

Bettina atmete immer noch tief, aber wenigstens saß sie jetzt. »Was machst du eigentlich?«

LaBelle sah nicht auf. »Ich arbeite im *Exxtra.*«

Das war zwar offensichtlich, aber: »Als was?«

»An der Bar.«

»Und wie bist du hierher gekommen?«

Jetzt sah sie auf. »Und wie bist du Bulle geworden?«

»Ich wollte stark sein. Wahrscheinlich, damit ich meine Schwester beschützen kann oder so.«

»Und hast du's geschafft?«

»Nein.«

»Ich hab's auch nicht geschafft«, sagte LaBelle und beugte sich wieder über ihren Fuß.

»Du hast tolle Haare«, sagte Bettina und fragte sich gleichzeitig, wie sie auf die bescheuerte Idee kam, so etwas in einem dienstlichen Gespräch zu sagen. Willenbacher, nimm zu Protokoll: Die Befragte hat tolle Haare. Aber die hatte sie wirklich. Ein kräftiges Schwarz mit einzelnen langen silbernen Fäden darin. Obwohl sie so auffällig waren, konnte an diese Haare niemals Farbe oder Bleiche gekommen sein; sie waren lang und glatt und glänzten in der Sonne.

LaBelle blickte wieder auf. »Ey, bist du falsch gepolt oder was?« Aber sie freute sich. »Hör mal, den Hund von der Aurelie hab ich. Katrina hat ihn mitgebracht, es wollte ihn sonst wohl keiner. – Rocco!«

Rocco lag im Schatten eines Containers, hatte ein neues rotes Halstuch und klopfte zum Zeichen des Verstehens mit dem Schwanz auf die Erde. »So ein schöner Kerl«, sagte seine neue Besitzerin andächtig. Rocco klopfte wieder.

»Ich denke, das ist okay«, sagte Bettina und fächelte sich mit ihrem Hemd Luft zu. »Jetzt sag mir mal eins: Ich war eben in Irrlich, und die machen ja ein Staatsgeheimnis draus, wie das hier mit der Siedlung angefangen hat. Habt ihr diese Container aufgestellt?«

LaBelle nahm auch den linken Fuß herunter und begutachtete ihre fertigen fuchsiaroten Fußnägel. »Nee, das war das Land«, sagte sie, »da sollten eigentlich Kurden rein.«

»Aber ihr habt sie vorher besetzt?«

LaBelle sah auf. »Das haben sie dir in der Stadt ... erzählt?«

»Die haben mir dort überhaupt nichts erzählt.«

»Hm«, machte LaBelle. »Also es war so: Vor fünfzehn Jahren hat das Land beschlossen, hier kurdische Flüchtlinge unterzubringen. Ist ja auch nett hier, eine süße kleine Spießerstadt, nette Landschaft, nicht zu nah an den großen Städten, wo man leicht den Überblick verliert über diese Typen, die ja doch nur vom Drogenhandel leben ... Jedenfalls, die Bürger hier müssen von Anfang an was gegen diese Pläne gehabt haben, ich denke mal, direkt in Bonn demonstriert haben sie nicht – so was würden die nicht tun – die haben das auf ihre Art gemacht. Hintenrum. Jedenfalls ist hier nie auch nur ein Kurde angekommen. Sie haben eine ziemlich große türkische Gemeinde, vielleicht hat das Argument gezogen, dass es dann Schwierigkeiten geben würde. Die Siedlung wurde natürlich trotzdem nicht abgebaut, so nach dem

Motto: Schaut her, wir sind *selbstverständlich jederzeit* bereit, jemanden aufzunehmen. – Na ja, und irgendwann sind wir halt eingezogen. Da hatten sie dann eben uns statt der Kurden. Ich komme aus Karlsruhe. Ich dachte, das Landleben würde mir gefallen.«

»Und tut es das?« Vor Bettinas Augen schwankte die Welt immer noch leicht.

»Na ja, es gibt Vorteile und Nachteile, wie überall halt. Was hier gut ist, dass eben wirklich alles langsamer geht und dass du auch irgendwann deine Ruhe hast. Wir haben jetzt unseren Pachtvertrag schon seit vierzehn Jahren. Wir hatten den Vorteil, dass wir das mit den Kurden rausgekriegt haben. Daraufhin haben sie uns einfach zu alten Irrlichern in Not gemacht. Das waren die meisten hier sowieso. Und – na ja, wenn du jetzt unten das *Exxtra* nimmst – da geht keiner hin, der wirklich Action will, wenn du verstehst. Da wird nicht das große Geld gemacht. Unter der Woche kommen da fast nur Stammkunden, und das ist natürlich schrecklich öde. Und glaubst du, die Typen grüßen dich, wenn sie dich auf der Straße sehen? Da kannst du einen ein halbes Leben lang kennen, so gut wie eine Frau einen überhaupt kennen kann – aber auf der Straße sehen sie dich nicht. Und wenn sie dreimal Junggeselle sind und der Rest der Stadt ausgewandert wäre. *Da* muss man sich dran gewöhnen. – Aber dafür setzt dir hier keiner eine frühreife Zwölfjährige aus dem Osten vor die Nase, die für den halben Preis einfach alles tut. Solange der Schein schön gewahrt bleibt, kannst du hier machen, was du willst.«

»Kennst du Wolfgang Antoni?«

»Ja.« LaBelle ließ ihren Haarvorhang wieder vors Gesicht fallen.

Bettina ballte ihre Hände zu Fäusten und ließ wieder los, damit das Blut schneller floss. »Was ist das für ein Typ?«

LaBelle zuckte die Achseln und schraubte ihre Nagellackflasche zu. »Lebt bei seiner Mutter. Redet nicht viel. Wäre gern ein anderer.«

»Was wäre er denn gern?«

Die Frau, die roch wie Bettinas Mutter vor langer Zeit gerochen hatte, warf ihre langen Haare zurück und sah Bettina prüfend ins Gesicht. Auch das, so erinnerte sich Bettina plötzlich, hatte ihre Mutter getan. Sich herabgebeugt und ihr in die Augen gesehen. Die Erinnerung kam zu überraschend, um sie zu verscheuchen.

»Was wir alle gern wären«, sagte LaBelle. »Normal. Zufrieden.«

»Ist er nicht normal?«

»Genauso normal wie Sie und ich.« Entweder war ihr ihre eigene Offenheit unheimlich geworden, oder die Frage nach Antoni hatte sie überzeugt, dass Bettina wieder gesund genug war, um gesiezt zu werden.

»Und er war mit Aurelie befreundet.«

»Weiß ich nicht. Aber vielleicht wollte er ganz tief drin so sein wie sie. Sehen Sie, das meine ich: *Aurelie* war nicht normal. Aurelie hat nur so ausgesehen wie eine Fernsehwerbung für normale Leute.«

* * *

Katrina saß in dem schlecht gelüfteten Bus, der Richtung Irrlich fuhr, und kaute gedankenverloren an ihren lila Fingernägeln. Außer ihr gab es nur drei andere Passagierinnen: ältere Frauen mit schweren Einkaufstaschen. Niemand, der nicht wirklich musste, benutzte auf dieser Strecke öffentliche Verkehrsmittel. Doch jetzt, da Aurelie tot war, gehörte Katrina zu diesem exklusiven Klub dazu.

Ermattet legte sie die Wange an die kühle Scheibe und ließ den vorbeiziehenden Wald zu einem grünen Flimmern verschwimmen. Wolfgang abzuhängen war leicht gewesen, doch das lange Warten auf den Bus hatte sie zermürbt. Für ihr Leben gern hätte sie einen Führerschein besessen. Irrlich lag am Arsch der Welt, wenn man auf den Verkehrsverbund angewiesen war.

Ich kann ja Wolfgang fragen, ob er mich morgens mitnimmt, dachte sie bitter. Da wartet er wahrscheinlich schon drauf.

Vor ihnen erschien jetzt eine Haltestelle, mitten im Wald. Tatsächlich wollte dort eine der Damen aussteigen. Der Bus hielt vor einer hohen grünen Hecke, hinter der ein einzelnes moosiges Dach zu sehen war. Ein Haus im Wald hinter einer Hecke. Katrina betrachtete die Frau, wie sie ergeben wartete, bis sich die Türen keuchend geöffnet hatten. Sie war mager und grauhaarig und trug ein blaues Kleid. Und sie hatte Gemüse gekauft, also besaß sie keinen Garten. Zum Abschied nickte sie allen zu, auch ihr, als hätte diese Fahrt eine Verbindung zwischen ihnen geschaffen. Wie es wohl war, hinter einer Hecke zu leben?

Der Bus fuhr weiter. Auf der Sitzlehne vor Katrina hatte sich ein gewisser Wolfi verewigt: *Wolfi was here*. Hätte sie jetzt einen Edding da, dann wüsste Katrina schon, was sie darüber schreiben würde: Wolf, du blöder Idiot, Wolfgang, du widerliches Schwein.

Aber was regte sie sich auf, im Grunde war das kindisch. Es war eben tatsächlich so, wie Annemarie immer sagte: »Allein zu wissen, was du bist, geilt sie auf, das ist schon die halbe Standmiete.« Allein zu wissen, dass sie aus der Containersiedlung stammte und was für einem Beruf ihre Ziehmutter nachging, geilte die verdammten Scheißtypen auf. Natürlich war es sinnlos, sich darüber zu ärgern, zu glauben, es könnte Ausnahmen geben. Schon immer, schon in der Grundschule hatten Katrina die Irrlicher Jungs nachgestellt, kaum dass sie halbwegs begreifen konnten, was eine Hure war und dass die alle vom Galgenhübel kamen. Nur *ihr* hatten sie auf dem Schulweg aufgelauert, nicht den Mädchen aus den »richtigen Familien«. *Ihr* hatten sie beim Baden die Kleider geklaut, *ihr* auf der Toilette hinterherspioniert, *sie* ständig angefasst, gestoßen, verprügelt oder unsanft geküsst. Die Liebesbriefchen hatten ihre Kameradinnen bekommen und die Einladungen zu den Geburtstagsfeiern auch. Dann auf der Realschule war es eher noch schlimmer geworden.

Und der Witz war: Bevor sie Aurelie kennen gelernt hatte, war ihr das alles völlig natürlich vorgekommen. Aurelie erst hatte ihr bewusst gemacht, wie schön es war, wirklich für voll genommen zu werden. Sie war Katrinas Freundin geworden und hatte ihr wichtige Aufgaben in der Bachrenaturierungsgruppe übertragen. Sie hatte ihr zugeraten, die Realschule zu verlassen, und ihr geholfen, eine gute Lehrstelle zu finden. Und dann musste sie diesen blöden Steinbruch runterfallen –

Katrina biss sich heftig in den Handrücken, um nicht in Tränen auszubrechen. Über Aurelies Tod würde sie nicht nachdenken, jetzt nicht.

Sie atmete durch und nahm zur Beruhigung einen Daumennagel in Angriff. Das blöde Nägelkauen musste sie sich unbedingt abgewöhnen, aber nicht gerade heute. Dies war kein guter Tag, um schlechte Gewohnheiten aufzugeben.

Hatte doch Wolfgang, dieser blöde Wichser, allen Ernstes gefragt, ob sie käuflich war. Da gab es gar keinen Zweifel, Katrina kannte die Zeichen nur zu gut: die Beiläufigkeit der Frage, den unsicheren Blick, den gierigen Unterton, die alles besiegende Dreistigkeit. *Ob sie eine Hure war wie Annemarie?! Ja,* ich bin wie Annemarie, *nein,* ich bin keine Hure.

Es war doch wirklich zum Kotzen, besonders, weil sie sich jedes Mal furchtbar aufregte, wenn sie gezwungen wurde, sich von Annemarie zu distanzieren – sie *liebte* Annemarie, Herrgott! Keinesfalls konnte man Annemarie die Schuld an der Geilheit all dieser Kerle geben. Sie lebte davon, das stimmte schon, und natürlich war sie auch nie gezwungen gewesen, die Irrlicher Schulen zu besuchen oder sonst wo täglich um die Achtung ihrer »normalen« spießigen Mitbürger zu werben. Andererseits: Mit ihrem Verdienst fütterten sie und Christa in guten Zeiten die halbe Siedlung durch, sie war mütterlich und selbstbewusst und nicht auch nur ansatzweise so peinlich wie Katrinas leibliche Familie, das musste man auch mal sehen. Es gab nun wirklich keinen Grund, sich für *Annemarie* zu schämen. Das würde sie keinesfalls tun. Niemals. Kam gar nicht in Frage. Annemaries Kunden schämten sich ja auch nicht.

Katrina ließ ihre Hand sinken und betrachtete ihren abgekauten Daumennagel. *Wieso eigentlich wusste Wolfgang so gut über Annemarie Bescheid?*

War sie blöd.

Hatte Aurelie ihn deshalb bemitleidet? Weil er zu Huren ging?

Darüber sollte sie lieber nachdenken. Nicht über Aurelies Tod, sondern über ihr Mitleid für Wolfgang. Er hatte das selbst erwähnt. Und Katrina kannte ihre Freundin genau: Wenn sie jemanden bemitleidete, dann stieg sie ihm hinterher. (Oder: *war* ihm hinterhergestiegen.) Aurelie hatte ihr halbes Leben in den Johannisbach gesteckt, der außer ihr lange Zeit keine Fürsprecherin gehabt hatte, hatte Livia aufgenommen, weil sie ein krankes Kind hatte, hatte sie, Katrina, als Freundin akzeptiert, gerade weil sie aus der Containersiedlung stammte. Diese große Aufmerksamkeit hatte sie zwar nicht allen entgegengebracht – die anderen Siedler zum Beispiel hatte Aurelie eher abgelehnt, das stimmte schon –, aber wenn jemand ihr Interesse erst geweckt hatte, dann hatte sie sich rührend um ihn bemüht. Und Aurelie war *richtig* attraktiv gewesen. Sie wurde von allen ernst genommen, sogar wenn sie flirtete, war klug, sportlich und nicht zuletzt hübsch gewesen. Cool eben. So eine Person hätte Wolfgang sicher nicht von der Bettkante gestoßen. So wie der guckte –

Katrina merkte plötzlich, dass sie wieder an ihrem Daumennagel kaute. Aufgeregt rutschte sie auf ihrem Sitz herum. Aurelie hatte ein Tagebuch geführt! Und wenn irgendetwas zwischen ihr und Wolfgang passiert war, dann stand die Vorgeschichte garantiert da drin.

* * *

Auf der Fensterbank stand kein Hanf mehr, den hatte Antoni wohl verschwinden lassen. Er selbst saß vornübergebeugt auf seinem ungemachten Bett und blickte trotzig; Willenbacher hatte er auf seine Ledercouch gebeten, die so weit weg stand, dass sie fast schreien mussten, um sich zu verstehen.

Willenbacher war es grundsätzlich egal, wie er auf die Leute wirkte, mit denen er beruflich zu tun hatte. Hier aber fand er es fast schade, dass er Antoni so offensichtlich unsympathisch war, denn die Scheune gefiel ihm und er hätte mit dem Mann gerne darüber geredet. Der jedoch ließ deutlich heraushängen, dass er den Polizisten nicht für voll nahm; also dachte Willenbacher wiederum nicht daran, mit Antoni ein versöhnliches Gespräch anzufangen. Er ging einfach seine Fragen durch. Dazwischen sah er sich um. Von der Galerie aus wirkte die Scheune größer als unten. Sie war nicht gedämmt, man konnte direkt auf die Dachziegel blicken. Trotz der Helligkeit, die durch die Fenster an der Giebelseite eingelassen wurde, dämmerte Intimität in dem riesigen Raum. Auch Wolfgang Antoni hatte sich eine Höhle gebaut.

»Es geht Sie zwar nichts an«, sagte dieser missmutig, »aber, ja, ich hatte Sex mit Aurelie Loor. Sind Sie mit dieser Aussage zufrieden?«

»Kommt ganz drauf an«, sagte Willenbacher. »Wieso haben Sie gelogen?«

»Hab ich nicht«, presste Antoni zwischen den Zähnen hervor.

Willenbacher seufzte; dann stand er auf, nahm sich den Schreibtischstuhl und setzte sich direkt vor seinen störrischen Kandidaten. So war es viel besser. Jetzt konnte der hässliche narbige Kerl sich nicht mehr vor ihm verstecken. »Doch. Sie haben gelogen. Sie haben gesagt, Sie wüssten nichts von einem festen Freund, dabei waren Sie es selbst.«

»Ich war nicht ihr fester Freund«, sagte Antoni zu dem Holzfußboden unter sich. »Wir hatten Sex, das ist was ganz anderes.«

»Hatten Sie regelmäßig Sex?«

»Ja.«

»Und haben Sie sich auch sonst gut verstanden?«

»Ja«, knirschte Antoni.

»Hatte zur Verstorbenen sowohl eine rein körperliche als auch eine emotionale Beziehung«, las Willenbacher, was er in sein Notizbuch schrieb. »Wäre Ihnen *diese* Formulierung recht?«

Antoni sagte nichts. Durch das Fenster hinter dem Bett fiel Licht auf ihn. Sein Gesicht lag im Schatten.

»Wann haben Sie Frau Loor zum letzten Mal gesehen?«

»Vor etwa einem Monat.«

»Wann genau?«

»Weiß ich nicht mehr.«

»Was war es für ein Wochentag?«

»Samstag.«

»Und die Uhrzeit?«

»Abends.«

»Wo haben Sie sich da getroffen?«

»Bei ihr.«

»Also«, Willenbacher zog seinen Kalender zu Rate, »am sechsundzwanzigsten Mai. Ist das richtig?«

»Wahrscheinlich.«

»Sie hatten keinen Streit? Eine kleine Meinungsverschiedenheit?

»Nein.«

»Frau Loors Mitbewohnerin sagte da aber etwas anderes. Sie hat angeblich eine Auseinandersetzung zwischen Ihnen beiden gehört.«

Antoni starrte Willenbacher finster an. »Normal schließt die sich doch immer in ihrem Zimmerchen ein.«

»Also hatten Sie doch Streit.«

»Nein.«

»Und was hat Frau Giallo dann gehört?«

»Wieso fragen Sie *mich* das?«

»Sie haben Frau Loor seit dem sechsundzwanzigsten Mai nicht mehr gesehen?«

»Nein.«

»Was war sie für ein Mensch?«

Antoni blickte auf seine Hände. »Ein guter.«

»Inwiefern?«

Verdrossen zählte Antoni Aurelie Loors sämtliche löblichen Aktivitäten auf.

»Ach kommen Sie, ich wollte nicht den offiziellen Nachruf.« Willenbacher hätte für sein Leben gern mal die Bang & Olufsen ausprobiert. Hier in der Scheune musste die Akustik fantastisch sein.

Antonis Augen leuchteten einen Moment dunkelblau. »Aurelie war beliebt.«

Im Gegensatz zu dir, dachte Willenbacher. »Und weiter?«

»Zu Recht, sie war freundlich und mitfühlend.«

»Wie lange ging Ihre Beziehung?«

»Wir hatten keine richtige Beziehung«, sagte Antoni genervt. »Ich kannte Aurelie von der Uni. Also schon ziemlich lange. Sie ist dann hergezogen – nicht wegen mir! –, hat sich hier ihr nettes kleines Haus gebaut und angefangen, die Welt in Ordnung zu bringen. Und da wir uns kannten –«

»– hatten Sie ab und zu Sex, wenn Sie sich gerade zufällig im Dorf über den Weg liefen.«

»Genau.«

»War es für Frau Loor auch rein körperlich?« Willenbacher konnte nicht anders als ironisch; dieser Typ reizte ihn zu sehr. Er fragte sich, was eine Frau wie Aurelie Loor an dem wohl gefunden hatte. Er kam nicht darauf.

»Gehört das zu Ihren Ermittlungen oder wollen Sie mich nur schikanieren?«

Willenbacher schüttelte sacht den Kopf. »Ich versuche mir nur ein klares Bild von Ihrer Verbindung zu der Verstorbenen zu machen. Und ich frage mich immer noch, weshalb Sie sie geleugnet haben. Dafür muss es doch einen Grund geben.«

»Ich habe nichts geleugnet. Ich hatte einen Schock und ich war für meine Mitarbeiterin verantwortlich, die von Aurelies traurigem Anblick ebenfalls mitgenommen war. Ich hatte Aurelie schon ewig nicht mehr gesehen! Ich hatte sie beinah vergessen.« Antoni hatte sich aufgerichtet. Er war im Sitzen mindestens einen Kopf größer und doppelt so breit wie Willenbacher.

»Ihre Mutter nannte Frau Loor Schwiegertochter in spe«, sagte der, nachdem er sich unauffällig nach einer schnellen Fluchtmöglichkeit umgesehen hatte.

»Ach. Weil sie gerne eine Schwiegertochter wie Aurelie gehabt hätte.«

»Das stimmt nicht. Aurelie war ihr unsympathisch, sagte sie.«

»Das hat sie gesagt?« Antoni schien ehrlich überrascht.

»Allerdings. Sie meinte, Frau Loor hätte Sie ausgenutzt.«

Antoni betrachtete seine Hände und schlug plötzlich aufs Kopfkissen. »Verschwinden Sie.«

»Herr Antoni, haben Sie Frau Loor da oben im Wald angegriffen?«

Antoni sah Willenbacher an. »Raus hier.«

»Wissen Sie, ich kann Sie auch jetzt gleich der Staatsanwaltschaft vorführen … lassen.« Das letzte Wort presste ihm Antonis drohende Haltung ab. »Jetzt gleich« würde es schwierig werden, Antoni hier herauszubringen. Besser, er ging gar nicht erst näher darauf ein. »Was haben Sie vorgestern Abend gemacht?«

»Ich war hier.«

»Haben Sie Zeugen?«

»Nein.«

»Kennen Sie irgendjemanden, der von Frau Loors Tod einen Vorteil hätte?«

»Nein.«

»Jemanden, der wütend auf sie gewesen sein könnte?«

»Nein.«

»Sagt Ihnen der Name Fercher etwas?«

»Nein.«

»Angeblich Ihr Nebenbuhler.«

»Davon weiß ich nichts.«

Willenbacher verschränkte die Arme. »Dann sagen Sie mir doch mal, wer Frau Loor Ihrer Meinung nach getötet hat.«

Antoni stand auf. »Wer erbt ihr Haus?«, fragte er.

* * *

Katrina wusste, wo das Tagebuch war. Sie wusste auch, dass es eine Chance gab, ungesehen daranzukommen; allerdings war diese Chance klein.

Sie war nicht wie sonst, wenn sie Bus fuhr, am *Birnengrund* ausgestiegen (der Name dieser Haltestelle war ein Witz, denn sie lag direkt am *Exxtrabreit* und hätte folglich *Exxtrabreit* oder *Containersiedlung* oder wenigstens *Galgenhübel* heißen müssen, doch zu einer solch offiziellen Anerkennung war die Irrlicher Gemeinde nicht bereit), sondern an der Haltestelle *Irrlich Neubausiedlung.* Sie hatte nicht die Straße in die Siedlung hinein genommen, sondern war ein Stück durch ein unglaublich heißes Feld gelaufen und befand sich jetzt in dem Waldstück, das an die Neubausiedlung und an Aurelies hinteren Garten grenzte. Hier war es wenigstens schattig, wenn auch nicht gerade einsam. Jogger und Spaziergänger gab es trotz der Hitze. Katrina fühlte sich schwindelig. Die Strecke über das Feld war zu viel gewesen. Die Plateausandalen brannten an ihren Füßen. Aber sie zwang sich trotzdem zu einem energischen Schritt, weil sie ihr Vorhaben sonst möglicherweise einfach aufgegeben hätte.

Denn was brauchte sie schon Aurelies Tagebuch? Wollte sie wirklich in anderer Leute Privatkram schnüffeln? Was ging dieser blöde Wolfgang sie überhaupt an? War es nicht besser, einfach den Bullen einen Tipp zu geben?

Sie brauchte ganz dringend etwas zu trinken. Jeder Schritt führte sie weiter vom *Exxtrabreit* und ihrem Container mit dem Colakasten weg. Und diese ganze Aktion hier, das wurde ihr mit jedem Schritt klarer, gereichte Wolfgang nicht zum Schaden, sondern zum Nutzen. Wenn sie das Tagebuch hatte, konnten es die Bullen nicht finden. Und wenn etwas über Wolfgang drinstand (und davon war Katrina jetzt überzeugt), dann hatte am Ende *sie* den schwarzen Peter und musste das Buch den Bullen zukommen lassen. Was sie aber wahrscheinlich nicht fertig kriegte. So gesehen war es besser, einfach abzuwarten, bis die Bullen das Buch von alleine fanden. Ziemlich langsam ging Katrina weiter. Dort vorne schimmerte schon Aurelies Haus durch die Bäume. Doch, sie *würde* dieses Tagebuch holen.

Und wenn sie damit Wolfgang half.

* * *

Ins *Exxtrabreit* hatte LaBelle Bettina quasi mit Drohungen hineingezwungen. Sie müsse etwas Vernünftiges zu sich nehmen, etwas essen. Nico sei sicher auch dieser Ansicht, und er war immerhin Arzt. Wenn Bettina das nicht wollte, dann werde sie Cindy dazu bewegen, ihr von den Steaks abzugeben; Cindy wurde eh zu fett.

Bettina floh also vor den »Steaks« und landete in einem hinteren Flur des *Exxtrabreit,* der an der ranzig riechenden Küche vorbei zu dem Raum führte, der vermutlich der Gastsaal war. Der Flur selbst war eigentlich mehr eine Art längliches Hinterzimmer, in dem neben ein paar Uraltgeldspielgeräten auch drei Flipper, ein Tischfußball und ein kleiner Billardtisch Platz fanden. Ein paar Männer in bunten Shorts standen mit nackten Oberkörpern an den Geldspielern oder hockten an einem hohen Tisch mit winziger Platte, auf dem ein paar schmutzige Teller standen. Bettina fragte sich, was die Billardspieler taten, wenn sie von der Längsseite stoßen mussten: das Fenster öffnen vielleicht? Wahrscheinlich aber spielte hier überhaupt niemand mehr Billard, denn Queues waren nicht vorhanden und das Tuch voller Bierränder. Die Männer grüßten, als Bettina vorbeiging. Sie hatten das grünweiße Auto nicht gesehen.

Der Gastsaal selbst war höher und komplett ausgemalt wie eine barocke Bauernkirche, allerdings waren die Motive – überraschend! – alles andere als Darstellungen vorbildlich christlichen Lebenswandels. Der Maler war Stones-Fan gewesen, überall zwischen schrillen Karikaturen Jimi Hendrix' (überlebensgroß), Janis Joplins (gleich daneben), der Beatles (klein und böse) und diverser anderer prangte rot und durch den jahrzehntealten Schmauch hindurch eher anrührend als herausfordernd die ausgestreckte Stones-Zunge. Über der Bar dann, am prominentesten Platz, gaben sich die vier selbst die Ehre. Wieso Bettina das alles an eine Kirche erinnerte, wusste sie nicht, aber der grellbunte hohe Raum hatte eindeutig etwas Sakrales an sich. Vielleicht das viele Schwarz im Hintergrund, das Pathos der Fratzen an den Wänden –

»Hallo!«, rief sie einer der Männer an, die vorne an der Bühne werkelten. »Suchen Sie jemanden?«

»Dr. Nico Hofmann?«

»Der bin ich. Moment, ich muss noch eine kleine Einstellung ausprobieren …«

Dr. Hofmann, ein dunkelhaariger Hüne von mindestens zwei

Metern, befand sich unterhalb des Bühnenpodests im Gastsaal und war damit beschäftigt, einen Beamer auf einen dünnen weißen Filz auszurichten, der vor einem Teil der Bühne von der Decke hing. Dahinter auf dem Podest montierten ein paar dunkel gekleidete junge Männer Scheinwerfer an ein Gerüst.

»Ich weiß ja nicht, ob das klappt«, sagte er zu Bettina, die näher herankam, »wir machen das heute zum ersten Mal mit diesem Vlies. Der Witz ist, dass der Beamer dahinter steht, also auf der Bühne, verstehst du? Ich muss es nur jetzt im Moment andersherum probieren, damit die Jungs dort aufbauen können. Kommst du heute Abend auch zu den Susies?«

Seine Stimme war so verbindlich, als seien sie alte Freunde; sein Blick jedoch wanderte rasch – aber nicht unbemerkt – an Bettinas Körper entlang. Sie schätzte sein Alter auf um die fünfunddreißig. Er hatte ein langes Gesicht, riesige Hände und strahlte eine Aura von Sauberkeit aus, was in dieser Bruchbude neben den Stapeln bemalter und abgestoßener alter Stühle und den monströsen Graffiti schon eine Leistung für sich war. Dr. Hofmann, der Arzt, dem die Frauen vertrauen.

»Nein«, sagte Bettina. »Wer – *das* sind die Susies?« Sie deutete auf die finsteren schwarz gekleideten Gestalten auf der Bühne.

Dr. Hofmann nickte. »Das sind die Roadies der weltbesten Queen-Coverband. *Blue Eyed Susie's Desaster*. Kurz Susies. Die lohnen sich echt.«

Einer der Susies zuckte dankbar mit dem Mundwinkel; die anderen taten ungerührt weiter ihre Arbeit, ohne sich um das Lob zu scheren.

»Tja, ich glaube nicht, dass ich kommen kann«, sagte Bettina, »ich habe einen Todesfall aufzuklären. – Bettina Boll, Kripo Ludwigshafen. Oben in der Containersiedlung hat man mir gesagt, dass man hier was zu essen kriegt.«

»Ach, Sie sind wegen Aurelie hier«, rief Dr. Hofmann, elegant zum Sie wechselnd, und sein Gesicht wurde so ernst, dass man vergaß, wie sein Lächeln ausgesehen hatte. »Das ist so eine traurige Geschichte. Ich kann es nicht glauben, dass Aurelie tot ist.« Er ließ einen Moment die Arme sinken. »Es geht mir nicht in den

Kopf«, sagte er fast abwesend. »Aurelie ist der letzte Mensch, den ich mir tot vorstellen kann.«

»Wie war sie?«, fragte Bettina, obwohl sie sich jetzt wirklich lieber erst mal hingesetzt und etwas getrunken hätte. Sie lehnte sich an eine grellorangene Stuhllehne, um dem schwummerigen Gefühl keine Chance zu geben.

»Aurelie war eine runde Persönlichkeit. Sie hatte eine sehr schöne Haut, und die Haut ist der Spiegel der Seele. – Ich bin Hautarzt, wissen Sie.«

»Ja, das hat man mir gesagt. – Entschuldigen Sie, aber ich bin wirklich sehr durstig. Und hungrig.«

»Oh, Pardon.« Er rieb sich die Hände und sah sich um. »Möchten Sie vielleicht einen Saft?« Er führte sie zur Bar, einem Unikum, das aus giftig blauschwarz gestrichenem Sperrholz bestand. In den ebenfalls schwarzen Hochschränken hinter dem Tresen befand sich noch das braune Butzenglasimitat, das von einer längst vergangenen und biederen Zeit übrig geblieben sein musste.

Dr. Hofmann hantierte mit Flaschen. »Einen Karottensaft?«, fragte er. »Mit ACE?«

Bettina wollte einen Kaffee.

»Wir haben jetzt Espresso. Ich habe mir eine LaCimbali gekauft. Wollen Sie mal sehen?« Er drückte die Knöpfe eines chromblitzenden Gerätes. Trotz seiner Trauermiene wirkte die Bewegung ausgesprochen fröhlich.

»Annemarie LaBelle hat mich hergeschickt«, sagte Bettina. »Sie sagte, sie wäre Ihre Mitarbeiterin.«

Dr. Hofmann nahm eine schwere dunkelbraune Espressotasse, stellte sie zusammen mit Keks und Zucker auf ein Tablett, holte ein kleineres Glas aus dem Butzenscheibenschrank, füllte es mit stillem Wasser und gab es dazu, um schließlich alles Bettina hinzurücken. Als sein Gast versorgt war, beugte er sich vor und senkte die Stimme. »Tja, also ich glaube, ich muss Ihnen da was erklären.« Er stützte das Kinn auf die Hand und sah sie respektvoll und dennoch verschwörerisch an. »Hören Sie, als ich diesen Laden gekauft habe, herrschten hier ganz schlimme Zustände.«

»Sie ist eine Prostituierte, stimmt's?«

Er schenkte ihr einen warmen braunen Blick. »Sie sind doch nicht von der Sitte, oder? – Ich kümmere mich wirklich um die Mädchen, wenn es nach mir ginge, könnten die sofort hier arbeiten. Allerdings müssten sie dann auch wirklich mit anpacken. Wir haben das schon probiert, und ich sage Ihnen«, er seufzte angemessen tief, »es war unmöglich. Aber die beiden gehören zum Haus einfach dazu. Reviergebunden wie Katzen. Wenn ich sie hier nicht mehr reinlasse, dann stehen sie draußen. Und werden medizinisch nicht versorgt und schützen sich nicht und so fort.«

»Mir kommen gleich die Tränen«, sagte Bettina, die eigentlich überhaupt keine Lust hatte, LaBelles Lebenswandel zu diskutieren oder zu hören, dass hier aus reiner Menschenfreundlichkeit ein Bordell betrieben wurde. Sie wollte nur den Durchblick bewahren. Und die Speisekarte.

»Im Grunde geht es doch nur um die Kinder«, sagte Dr. Hofmann. »Die beiden wollen ihre Kinder behalten wie alle anderen Mütter auch. Können Sie das nicht verstehen?«

Bettina zerkrümelte ihren Keks. Noch in der Plastikfolie. Sie merkte, was sie tat, und schob das Tablett von sich. »Wer ist die andere?«, fragte sie. Wo sie schon mal davon sprachen.

»Christa.«

»Die heißt nicht zufällig mit bürgerlichem Namen Katrina Klein?«

»Nein, nein.« Dr. Hofmann lächelte. »Katrina – die ist ein kluges Mädchen.«

»Und sie war mit Frau Loor ziemlich gut bekannt, oder?«

»Sie hat sie bewundert. Und mit Recht. Aurelie hat sich sehr für sie eingesetzt.«

Bettina deutete auf einen Kuchen, der hinter der Bar unter einer Haube stand. »Kann ich davon ein Stück haben?«

»Sicher.« Dr. Hofmann nahm einen Teller aus dem Butzenglasschrank.

»Haben Sie die Verstorbene gut gekannt?«

»Na ja, Aurelie kam ab und zu hierher, wenn sie sowieso gerade oben bei den Containern war. Samstags hatte sie mit den Kindern aus dem Dorf ihre Bachgruppenstunde, da hat sie Katrina und die Kleineren abgeholt und zurückgebracht und meistens danach hier eine Kleinigkeit gegessen.«

»Es war also eher eine oberflächliche Bekanntschaft?«

»Ich hatte sie sehr gern«, sagte Dr. Hofmann ernst. Obwohl er wirkte, als wüsste er stets, welches Gesicht zum Anlass passte, schien doch etwas echte Traurigkeit dabei zu sein. Er schob ihr ein riesiges Stück Kirschkuchen zu.

»Haben Sie eine Idee, was dort im Steinbruch passiert sein könnte? Jemand hat sie beim Joggen angegriffen, wie es scheint. Wer kann das gewesen sein?«

»Ich weiß es nicht. – Vielleicht wurde sie von einem Mann bedrängt. Aurelie war sehr gut aussehend.«

»Sie hatte aber einen Hund dabei.«

»Rocco? – Der ist, glaube ich, kein guter Schutzhund. Sie hat einmal davon gesprochen, dass seine Erziehung vernachlässigt wurde und dass er im Wald nicht zu bändigen ist, wenn er einen Kaninchenbau aufgestöbert hat. Sie war nicht seine erste Besitzerin. Es war nicht diese Treu-bis-in-den-Tod-Beziehung bei den beiden.«

»Hatte überhaupt irgendjemand eine tiefere Beziehung zu Frau Loor?«

Sie sahen sich an. Dr. Hofmanns schnelle Augen wurden wärmer. »Um das zu beantworten, kannte ich sie zu wenig. – Aber sie hat vielen Menschen etwas bedeutet. Katrina vor allem. Und sie hatte Freunde und Bekannte.«

»Hatte sie einen Freund?«

»Jedenfalls hat sie immer so getan«, sagte Dr. Hofmann und lächelte plötzlich. »Und sie hatte es nicht nötig zu lügen, glaube ich. Sie hatte wirklich etwas Besonderes. Sie war mit sich völlig im Reinen. Ihre Haut war wunderbar.«

»Hm. Ich habe auch schöne Mörder gesehen. Einige sind sogar ziemlich charmant.«

Dr. Hofmann lächelte wieder; diesmal meinte er Bettina. »Ich rede nicht von Gut und Böse, sondern von Defiziten. Ein Mensch, dessen Seele krank ist, hat natürlicherweise auch Schwierigkeiten, nach außen normal und gesund zu wirken. Und normal und gesund bedeutet nichts anderes als Schönheit. Mehr ist sie nicht, aber auch nicht weniger.«

»Mit anderen Worten, Sie glauben, die schönen Menschen müssen auch die Guten sein.«

»Umgekehrt – die Guten sind automatisch schön.«

»So wie Aurelie?«

»Ja.«

»Kennen Sie einen Wolfgang Antoni?«

Dr. Hofmann runzelte die Stirn. »Der Name sagt mir nichts.«

»Er war Aurelies Liebhaber.«

»Tut mir Leid.«

»Das braucht es nicht.« Sie sah ihn schärfer an. Merkwürdige Äußerung. Tat es ihm Leid, dass er nicht wusste, wer Antoni war, oder dass der eine Beziehung zu Aurelie gehabt hatte? »Er ist eine ziemlich auffällige Erscheinung. Sie würden ihn wahrscheinlich für einen Menschen mit vielen Defiziten halten.«

»Ich weiß nicht, wen Sie meinen.«

»Dr. Hofmann, wo waren Sie am Donnerstagabend zwischen sieben und zwölf?«

»Habe ich mich verdächtig gemacht?«

»Das ist eine Routinefrage.«

»In meiner Wohnung in Frankfurt. Ich habe eine Party gegeben. Zwölf Personen. Wollen Sie die alle anrufen?«

»Zwei oder drei reichen völlig.«

* * *

»Ich weiß noch nicht, wer das Haus bekommt«, bedauerte Ackermann. »Also ordentlich war sie nicht, das kann ich dir sagen.« Willenbacher hörte ihn am anderen Ende der Leitung in Papieren rascheln. Er saß im Auto vor Antonis Scheune und nuckelte an einer lauwarmen Fanta.

»Soviel ich bisher rausgekriegt habe, hatte sie keine Verwandten. Ihre Mutter starb vor fünf Jahren, einen Vater hat sie offiziell nicht besessen. Keine Geschwister, keine Onkel oder Tanten. – Aber sie hat trotzdem ganz offensichtlich ein Testament gemacht, ich habe diesbezügliche Korrespondenz mit einem Rechtsanwalt hier in Ludwigshafen gefunden; Grundmeier sein Name. Leider ist er nicht zu erreichen, weder zu Hause noch in der Kanzlei.«

»Hatte die Loor viel zu vererben?«

»Allerdings, das Haus ist scheint's unbelastet und muss was wert sein, ich hab hier noch alle möglichen Handwerkerrechnungen rumliegen. Und ihre Kontoauszüge sehen nicht schlecht aus. Anscheinend hat sie auch ein paar Aktien und ein Schließfach bei der Deutschen Bank, da kommen wir allerdings erst am Montag ran.«

»Hm. Was schätzt du, so ungefähr?«

»Das kann ich nicht genau sagen. Aber eins weiß ich: Der Erbe freut sich, trotz der Steuer.«

»Gibt es keinen Entwurf für das Testament?«

»Ich bin noch nicht annähernd durch mit ihren Sachen. Ich lasse es euch wissen, wenn ich was finde. – Und wie läuft's bei euch?«

»Wir haben hier einen Typen, der ziemlich verdächtig ist«, sagte Willenbacher. »Ihren Geliebten. Wolfgang Antoni. Sie hat ihn nicht gut behandelt und er hat kein Alibi. Aber sie hatte so viele Bekannte. Ganz blicken wir noch nicht durch. – Gibt es vielleicht Briefe von ihm oder einem gewissen Fercher? Oder von irgendeinem anderen Typen? Hatte sie ein Tagebuch oder so was?«

»Hefte«, sagte Ackermann. »Da hab ich nur kurz reingesehen, es ist ein ganzer Stapel. Und ziemlich öde. Sie hat die scheinbar eine Zeit lang regelmäßig geführt.«

»Ist ein Aktuelles dabei?«

Ackermann schwieg eine lange Weile. »Nein. Ich hab hier eins mit einem Eintrag von vor vier Jahren.«

»Kein Neueres?«

Willenbacher hörte etwas bei Ackermann poltern.

»Bedaure. Sieht so aus, als wär die Quelle versiegt. Oder sie hat die neuen Hefte anderswo aufbewahrt. Wenn ich das richtig sehe, ist sie gerade vor vier Jahren in ihr Haus gezogen. Das würde ja passen. – Es kann allerdings auch sein, dass sie auf dem Computer weitergeschrieben hat. Das ist nämlich kein normales Tagebuch, was sie da geführt hat, eher so – tja, Personenbeschreibungen. Sehr nüchtern. Könnte man auch auf dem Computer machen.«

»Siehst du gleich mal nach? Ein Tagebuch ist super, da steht vielleicht was über das Testament *und* ihre Betthäschen drin.«

»Okay.«

»Und wenn es dir zu viel wird, dann ruf den Bauer an. Dem fällt zu Hause eh die Decke auf den Kopf.«

»Der arme Bauer wird irgendwann eine Scheinehe mit Mona eingehen, nur damit er endlich Familie und seine Ruhe hat.«

»Er hat es selber angeboten, okay? – Und beeil dich mit dem Tagebuch.«

»Aber sicher doch.«

* * *

Es war fast unheimlich, wie leicht in Aurelies Haus reinzukommen war. Obwohl in den meisten Gärten Leute saßen und Grillfeuer brannten und es weiß Gott helllichter Tag war, fiel niemandem auf, wie Katrina über Aurelies Zaun kletterte. Diese Hürde war die gefährlichste, denn der Zaun war wegen Rocco einsachtzig hoch, und Leute, die über so hohe Zäune kletterten, waren nicht nur verdächtig, sondern auch gut zu sehen. Sobald Katrina aber in Aurelies Garten stand, fühlte sie sich fast sicher. Jetzt durfte sie bloß nicht Livia begegnen. Von Livia erwischt zu werden stellte Katrina sich unangenehm vor. Doch zum Glück war Livia eine Stubenhockerin, die fast immer mit ihrem Kind in ihrem Kämmerchen saß und nur rauskam, wenn sie die böse Welt vor der Zimmertür nicht mehr ignorieren konnte.

Mit den Schuhen in der Hand schlich Katrina also über Aurelies herrlich feuchte Schmetterlingswiese, vorüber an dem zwar offenen, aber unpassierbaren Wintergarten (dort lag dieser Austauschlehrer auf einer Chaiselongue und schien zu schlafen – aber vorbei traute Katrina sich trotzdem nicht) zum Carport. Am Carport gab es eine Seitentür ins Haus, und diese Tür war normalerweise offen.

Heute war sie verschlossen. Nein, nicht wirklich, es klemmte nur etwas auf der anderen Seite unter der Klinke – Mist, jetzt hatte sie zu fest gedrückt. Mit lautem Gepolter fiel der Gegenstand zu Boden. Erschreckt suchte Katrina hinter Livias Corsa Deckung. Dann wartete sie ewige fünf Minuten. Nichts geschah. Niemand kam. Sehr zögerlich verließ sie schließlich das Versteck hinter dem Auto und lauschte. Nichts. Sie konnte immer noch gehen. Nein, kam nicht in Frage. Jetzt war sie fast am Ziel. Kneifen galt jetzt nicht mehr.

Vorsichtig schob Katrina die Tür ganz auf. Offenbar hatte jemand auf der anderen Seite einen Klappstuhl davor gestellt. Leise hob sie ihn auf, stellte ihn zu seinen Geschwistern an den Stapel und betrat das Haus. Drinnen auf dem Gang hörte sie entfernt Livias Kind weinen. Ganz so wie immer. Es klang sehr gedämpft. Sie waren bestimmt in Livias Zimmer. Und Livias Tür war immer zu.

* * *

»Wir müssen noch mal zu der Giallo«, sagte Willenbacher, als sie sich vor der Irrlicher Polizeiinspektion wiedertrafen. »Ich habe gerade mit Ackermann gesprochen, Aurelie Loor hat wahrscheinlich Tagebücher geführt. Allerdings hat Ackermann die Aufzeichnungen über die letzten vier Jahre nicht gefunden. Die müssen entweder gut versteckt im Computer sein oder immer noch im Haus.«

»Ja dann nichts wie hin. – Hat Antoni irgendwas Interessantes gesagt?«

»Er hat immer noch kein Alibi. Er sagt, das mit der Loor war für ihn reiner Sex, aber rede mit ihm über sie und er flippt fast aus. Die beiden hatten Zoff, da bin ich sicher. Darüber müssen wir mit der Giallo auch reden. Sie will nur laute Stimmen gehört haben, das nutzt uns wenig – Und wie war es in der Containersiedlung?«

»Abgefahren. Aber die Klein hab ich natürlich nicht gesehen.«

* * *

Die Hefte waren noch da. Acht Stück, große, fest gebundene französische Schulhefte. Sie steckten, wohl verwahrt wie letztes Mal, als Katrina sie gesehen hatte, in einer Spalte des Holzbodens, auf dem Aurelies Matratze lag.

Katrina war von diesem Schlafzimmer immer begeistert gewesen. Sie wollte auch so eins, genau so, mit dem kleinen Fenster vorne an der Tür und dem schrägen Dach und dem Holzboden und der pastellfarbenen Bettwäsche. Eine herrliche heimelige Höhle, deren Wände man voll kritzeln konnte (wenn sie das im Container machte, würde sie Krach mit Doris kriegen) und wo man sein Tagebuch führte. Seit sie es einmal gesehen hatte, war Katrina in dies Zimmer verliebt und hatte Aurelie bei Besuchen stets bestürmt, sie hereinzulassen. Manchmal hatte sie auch wirklich gedurft. Wenn Aurelie gerade vom Sport kam und im Bad nebenan duschte, zum Beispiel. Oder wenn sie sich umzog. Dann hatte Katrina auf Aurelies Bett gelegen und sich vorgestellt, auch sie besäße diese Sicherheit, die Kraft und nicht zuletzt den Erfolg, der Aurelie zu einem großen Teil ausmachte. Wie hatte sie es genossen, ihre Freundin in so intimer Atmosphäre erleben zu dürfen! Irgendwo musste das Geheimnis von Selbstbewusstsein und Anerkennung schließlich versteckt sein.

Und bei einer dieser Gelegenheiten hatte sie das Heft entdeckt. Aber nicht gelesen. Denn Aurelie war dabei gewesen, hatte es genommen und in die Spalte zu den anderen gesteckt. »Das ist mein Tagebuch«, hatte sie gesagt. Katrina hätte es allerdings auch nicht angesehen, wenn sie allein gewesen wäre. Obwohl sie aus der Containersiedlung kam, wusste Katrina, was sich gehörte.

Doch jetzt war alles anders.

Jetzt war Aurelie tot.

* * *

»Ich kann Ihnen auch die Hausschlüssel geben«, sagte Livia Giallo bissig. »Dann können Sie hier ein und aus gehen, wie es Ihnen beliebt.«

»Na gut«, sagte Bettina und streckte die Hand aus.

Giallo lief rot an. »Ich hole den Zweitschlüssel.«

»Tun Sie das. – Ach Moment, Frau Giallo, wissen Sie vielleicht etwas über Frau Loors Testament?«

»Ein *Testament?*«

Willenbacher hatte die Arme verschränkt und musterte Giallo unfreundlich. Bettina lehnte sich, um nicht wieder schwindelig zu werden, gegen die helle hölzerne Garderobe des Hauses. Die kleinen Kakteen in dem hohen Grünfenster an der Tür sahen auch von innen reizend aus. Ob sie solche Glasböden auch an ihrem Küchenfenster anbringen konnte? Ach was, dachte Bettina dann, bei dir überleben ja nicht mal Grünlilien.

»Wussten Sie nichts davon?« Zum Glück hatte die Giallo das Kind nicht wieder an sich kleben.

»Nein. Wieso sollte Aurelie ein Testament gemacht haben, die hatte ja überhaupt keine Verwandten –«

»Deswegen vielleicht.«

»Also, ich weiß da nichts von. Wollen Sie jetzt den Schlüssel oder nicht?«

»Ja. – Aurelie hat Tagebücher geführt, bevor sie in dieses Haus zog. Hat sie die Angewohnheit beibehalten?«

»Sie hat auf ihre Wand geschrieben.«

»Das meine ich nicht. Hat sie Hefte geführt? Oder regelmäßig etwas in den Computer getippt?«

»Ach Gott, sie war Lehrerin.« Livia Giallos Gesicht wurde verdrießlicher, ihre Augen lagen dunkel in den Höhlen, ihre war Haut beängstigend grau. Vom Rauchen wahrscheinlich. Was wohl Dr. Hofmann dazu sagen würde, dachte Bettina und warf einen kurzen Blick auf ihren eigenen blassen Arm.

»Sie hatte Hefte ohne Ende – von Schülern natürlich, und in den Computer hat sie auch ständig getippt. Ich habe ihr dabei nicht über die Schulter gesehen.«

»Wie lange leben Sie eigentlich schon zusammen?«

»Seit dreieinhalb Jahren.«

»Aber Freundinnen waren Sie nicht.«

Was soll das denn jetzt, sagte Giallos gestresstes Gesicht. »Gehen Sie doch schon mal vor in Aurelies Schlafzimmer, ich bring Ihnen dann die Schlüssel«, sagte sie kalt.

* * *

Katrina stand mit den Tagebüchern in der Hand zitternd hinter der Tür von Aurelies Gästezimmer. Klar, dass ausgerechnet dann jemand kommen musste, wenn sie sich hier oben im Dachgeschoss befand.

Sie sah sich kurz in dem Zimmer um. Das Bett war benutzt und Kleider lagen herum, also wohnte momentan der Austauschlehrer hier. Falls ihr Glück anhielt, würde der demnächst auch noch auftauchen und sie entdecken. Vorsichtshalber ging sie hinter der Tür in die Hocke und lauschte an dem Spalt zwischen Türblatt und Rahmen.

Es musste jemand von der Polizei sein. Zwei Personen. Sie wollten noch mal das ganze Haus überprüfen, so viel verstand Katrina. Die beiden suchten etwas.

Doch nicht etwa die Tagebücher? Sie musste hier weg. Doch der Packen Hefte war viel zu sperrig, um ihn unauffällig am Körper unterzubringen. Katrina steckte das neueste hinten in ihren Hosenbund und zog das Sweatshirt darüber. Den Rest legte sie neben sich auf den Boden. Dann versuchte sie, sich zu beruhigen. Bleib cool, sagte sie sich. Ganz cool, Alte, hierher kommen die nie.

* * *

»Nichts«, sagte Willenbacher nach anderthalb Stunden frustriert. Sie hatten alles abgesucht: Aurelie Loors Arbeitsplatz im Wintergarten, ihre Schubladen, ihre Bücherregale und Schränke. Sie hatten sogar in die Sauna und den Hauswirtschaftsraum gesehen. In der Schlafkammer hatten sie eine Art Versteck entdeckt, eine Spalte im Holzboden, die eigentlich ein Fach war, denn sie bestand aus einer Art schmaler Sperrholzkiste, die so im Boden befestigt war, dass sie an einer offenen Schmalseite mit ihm abschloss. Doch dieses Fach war leer. Der telefonisch befragte Ackermann gab an, es übersehen zu haben, was zwar eine Nachlässigkeit war, aber andererseits auch verständlich, denn um es zu entdecken, musste man sich quasi ins Bett legen und dann die Matratze an der Ecke anheben. Und außerdem war es ja leer gewesen.

»Hoffentlich auch schon, als Ackermann hier war«, sagte Bettina. »Okay, gibt es hier irgendwo noch einen Schrank, in den wir nicht gesehen haben, Frau Giallo?«

»Die Tiefkühltruhe«, erwiderte sie schnippisch. Sie stand im Türrahmen und beobachtete das Treiben mit ausdrucksloser Miene. Das Kind hatte sie weggesperrt und folgte den Polizisten wie ein vorwurfsvoller, unbequem gekleideter Schatten durchs Haus.

»Ach ja.« Willenbacher entschwand in Richtung Keller. Auch wenn die Giallo das nicht ernst gemeint hatte: Tiefkühltruhen waren beliebte Verstecke.

Bettina hockte sich, etwas ermüdet von der Wärme im Haus, auf den Holzboden vor Aurelies Matratze. »Wie haben Sie und Frau Loor sich eigentlich kennen gelernt?«, fragte sie. »Wie kam es dazu, dass Sie hier wohnen?«

»Meine kleine Schwester hatte Aurelie in der Schule.«

»Und da hat Ihre kleine Schwester gesagt, liebe Frau Lehrerin, meine Schwester sucht eine Wohnung, könnten Sie nicht eine WG mit ihr aufmachen?«

Giallos Augen funkelten einen Moment feindselig. Sie stand stocksteif im Türrahmen, ihre halblangen, stumpfen blonden Haare hingen schwer herab, das förmliche Kostüm und die Seidenstrümpfe an den Beinen wirkten noch unpassender als am Morgen. In dem feinen dunklen Flaum auf ihrer Oberlippe sammelten sich winzige Schweißperlen. Auch Bettina schwitzte. Sie schüttelte ihre roten Haare aus, um Luft an den Nacken zu lassen.

»Ich war wegen meiner Schwester bei ihr in der Elternsprechstunde, weil unsere Mutter nicht konnte«, sagte Giallo. »Ich bin mit Aurelie ins Gespräch gekommen, weil ich als Letzte bei ihr dran war, und hab ihr von Elia erzählt – er war gerade aus dem Krankenhaus gekommen und ich lebte zu Hause, alles war so eng, und er hatte eine schwere Operation in Kaiserslautern in der Herzklinik gehabt – kaum ein dreiviertel Jahr nach der Geburt. Und unsere Mutter dachte, sie kann ihm helfen, indem sie ihn füttert und füttert –« Giallo biss sich auf die Lippen. »Wir mussten da raus, aber ich hatte keine Arbeit und kein Geld.«

»Es war sehr nett von Frau Loor, Sie aufzunehmen.«

»Ich weiß.« Das klang genervt.

Bettina betrachtete die Frau eine Weile nachdenklich. Dann erhob sie sich etwas schwerfällig von dem Holzboden. »Okay«, sagte sie mit eher gespieltem Schwung. »Drüben im Gästezimmer haben wir noch nicht nachgesehen.«

* * *

Katrina stand eng an die Wand gepresst. Der Schweiß rann ihr in dicken Tropfen die Brust herab. Schritte. Gleich waren sie da. Jetzt würde die Klinke herabgedrückt werden, die Tür aufgehen –

»He, komm mal runter, Frau Boll«, hörte sie plötzlich den männlichen der beiden Bullen gedämpft rufen, »komm mal in den Keller! Hier ist – also das musst du sehen!«

Na los, du Schlampe, geh schön in den Keller, dachte Katrina nervös. Na los, *na los!*

Da waren wieder Schritte. *Verschwindet bloß!*

Sie entfernten sich. Katrina atmete mindestens zehn Kubikmeter Luft aus. Jetzt aber nichts wie raus hier, raus, *raus,* bevor sie wiederkamen.

Vorsichtig öffnete sie die Tür. Auch Livia war weg.

Katrina blickte zurück in das Gästezimmer, horchte den sich entfernenden Stimmen nach und hob die Hefte und ihre Schuhe auf, die noch am Boden lagen. Ängstlich spähte sie abermals in den Flur hinaus.

Da war die Treppe. Die konnte man von überall einsehen.

Doch das musste sie jetzt riskieren. Langsam schlich sie die Stufen hinab. Niemand sah sie; die waren tatsächlich alle im Keller. Katrinas Handflächen waren so schweißig, dass sie fürchtete, eins von den Heften fallen zu lassen. Ihre nackten Füße machten unheimlich laute schmatzende Geräusche. Völlig überreizt erreichte sie die Haustür. Die quietschte immer beim Aufmachen. Das blöde Teil. Sachte drückte Katrina die Klinke runter und zog dann ganz langsam. Offen. Draußen auf der Straße spielten Kinder, aber das war ihr egal. Sie trat hinaus, ließ die Tür los und schaffte es, an der nächsten Straßenecke zu sein, bevor sie wieder träge ins Schloss fiel. Die Kinder beachteten sie nicht. Sie hatten Katrina schon hundertmal aus Aurelies Haus kommen sehen.

* * *

»War das nicht die Tür?«, sagte Giallo, nachdem sie den beiden Polizisten in den Vorratskeller zur Tiefkühltruhe gefolgt war. »Ich muss mal eben nachsehen.«

»Sie bleiben da«, sagte Bettina scharf, »und erklären uns, was das ist.« Langsam beschlich sie das Gefühl, dass sie hier verschaukelt wurden.

Willenbacher hielt halb triumphierend, halb anklagend einen merkwürdig geformten Gefrierbeutel hoch, den er aus den Tiefen der Kühltruhe gefischt hatte. In der warmen Luft war die Plastikhaut sofort weiß angelaufen, und so kratzte er etwas von dem weißen Reif ab und hielt dann Giallo seinen Fund vor die Nase.

Sie blickte den steif gefrorenen dunklen Inhalt verständnislos an. »Ich weiß es nicht. – Also nach dem Beutel zu schließen –«

Sie verstummte.

Nach dem Beutel zu schließen, war es eine menschliche Blutkonserve.

7

Als Katrina endlich mit den Tagebüchern zur Containersiedlung zurückkam, war es Abend. Das *Exxtrabreit* dröhnte; die Plakate auf den Kartons an den Straßenlaternen und die Einsteckschrift der windschiefen Ankündigungstafel behaupteten tiefrot: *Freddie's Back – From Heaven!* Die Band musste gerade zu spielen begonnen haben. Wahrscheinlich waren sie gut (oder zumindest bekannt), denn Autos mit Ludwigshafener, Mannheimer und Wormser Kennzeichen parkten bis hoch in die Siedlung und verdeckten vor der Disco die ohnehin vernachlässigten Rosenstöcke. Einige Leute standen um die Autos oder saßen auf der Veranda und tranken Bier; draußen war es noch hell und sehr warm, entsprechend fröhlich waren die Stimmen. Eine uralte Lichterkette, deren Birnen verblasst und zum Großteil zerbrochen waren, schwang zwischen der Veranda und einer Linde sacht hin und her. Der Lindenstamm war um den Draht, mit dem die Kette befestigt war, zu einem Wulst aufgeworfen. Drei rote und eine blaue Birne brannten, obwohl es gerade erst zu dämmern begann. »Show must go o-o-on«, sang einer der Biertrinker von der hinteren Veranda in Katrinas Richtung.

»Hey, Kitty«, sagte plötzlich eine lässige Stimme aus unmittelbarer Nähe.

Katrina ging weiter.

»Kitty, Kitty, Kitty.« Sonny erhob sich von der Verandatreppe, auf deren oberem Ende er gesessen hatte, sprang herunter und verstellte ihr den Weg. Er war überraschend groß; größer als Katrina ihn in Erinnerung hatte. Wahrscheinlich, weil er sich sonst nur in Ecken fläzte, irgendwo abhing oder herumlag. Er warf sich in Positur. »Wo warst du, Süße? Weißt du, wie lang ich hier schon auf dich warte?!«

»Ey – *was?!*« Katrina hatte keine Lust, sich mit Sonny abzugeben. Sie war erschöpft und brauchte in den nächsten fünf Minuten was zu trinken. Drinnen im *Exxtra* klang das Stück aus.

Beifall war zu hören, das gedämpfte Klirren vieler Gläser und Flaschen, das Brummen irgendwelcher Geräte, Lachen, das hier draußen in Gemurmel verebbte.

Sonny musterte sie großspurig von oben bis unten. »Jetzt bleib mal da. – In welchen Graben bist du denn gefallen?«

Katrina wandte sich ab. Sie brauchte nicht an sich hinunterzuschauen, um zu wissen, wie sie aussah: total verschwitzt und müde. Sie war barfuß; ihre blöden Plateausandalen hielt sie in der Hand. Die Hosen hatte sie hochgekrempelt und das Sweatshirt am Bauch aufgerollt. Aurelies Hefte, die ihr unterwegs ständig zu Boden gefallen waren, drohten ihr auch jetzt zu entgleiten. Ein paar Mal war sie nahe dran gewesen, ihre Beute einfach irgendwo liegen zu lassen. Jetzt, da sie fast zu Hause war, wollte sie nur noch eins: die Hefte in Sicherheit bringen und etwas trinken.

»Hey.« Sonny beugte sich vor und sah ihr ins Gesicht. »Geht's dir nicht gut? Alles okay?«

Katrina holte tief Luft und sah Sonny fest in die Augen. »Lass mich in Ruhe, du Arsch«, sagte sie klar und deutlich.

Er starrte sie kurz an, dann hob er übertrieben amüsiert die Hände. »Hey, ganz cool bleiben.« Er senkte die Stimme. »Scheiße, ich liebe dich doch auch, Schneckchen.« Sein Atem roch nach Fisherman's. Auf Leute, die ihn nicht kannten, musste er attraktiv wirken; er sah braun gebrannt und athletisch aus, obwohl Katrina kaum je erlebt hatte, dass er sich freiwillig bewegte. Und er trug modische Klamotten, weite helle Hosen mit vielen Zippern und ein enges graues T-Shirt mit einem geschwungenen dunkelgrauen Ornament auf der Schulter. »Komm, ich geb dir einen aus«, bot er an.

Auch das hatte Katrina noch nie erlebt. Sie antwortete nicht, sondern drückte sich nur an ihm vorbei. Es war eng, denn Sonny stand breitbeinig direkt neben einem blauen Renault. Sonny packte Katrinas Ellenbogen. Sie riss sich los und ließ ihre Schuhe fallen, um die Hefte halten zu können.

»Möchtest du nicht doch was trinken, Süße?« Er hielt ihr seine Bacardi-Mix-Dose unter die Nase.

Is this the real life?, fragte drinnen der Sänger. *Is this just fantasy?*

Katrina schluckte. Ihr Mund brannte.

Sonny lächelte hinterhältig auf sie herab. Dann bückte er sich und hob mit spitzen Fingern ihre Schuhe auf. »Hübsch.« In seinen schmalen Händen und vor seinem teuren T-Shirt sahen die Schuhe besonders schäbig aus. Sie baumelten wie zwei traurige cremefarbene Klumpen vor Katrinas Nase.

»Hier, bitte.« Sonny lächelte ihr aufmunternd zu.

Open your eyes, look up to the skys and see –

Es war ein Fehler, sie wusste es, als sie nach den Schuhen griff. Die glatten Hefte in ihrer Linken gerieten ins Rutschen. Drei oder vier fielen auf die Erde. Und Sonny bückte sich blitzschnell.

»Mal sehen, an was sich die kleine Kitty da so verzweifelt klammert«, flötete er, als er sich wieder aufrichtete und Katrina, am Boden kniend und die restlichen einsammelnd, sich vor unterdrückter Wut auf die Lippen biss.

»Fuck, was ist das denn? Aurelies Kopfkissenbuch, hm? Scheiße. Frau Lehrerin erteilt Noten fürs wirkliche Leben –«

... Mama! Life had just begun –

Katrina hockte auf der Erde und versuchte sich zu fassen. Es nutzte nichts mehr, mit Sonny um das Heft zu kämpfen; jetzt, da er wusste, was es war, würde er ihr wahrscheinlich auch noch die anderen wegnehmen. Sie fühlte sich müde, roch den Staub des Parkplatzes.

... but now I've gone and thrown it all away ...

»Bist bei ihr eingestiegen, hm?« Sie sah Sonnys Füße – in neuen, eleganten Nikes aus schwarzem Leder – rückwärts die Treppe hochtänzeln.

... Oooo - didn't mean to make you cry –

»Da geht's nur um Aurelies Kerle, hm? Mal sehn, was sie über mich schreibt, die Alte ...«

Das reichte. Katrina schoss wieder hoch.

Sonny grinste sie an. »Hey, war nur 'n Scherz, okay? Ich würde *dich* doch nicht betrügen, Schneckchen.«

»Gib das sofort her!«

»Oh nein.« Sonny stieg noch eine Stufe höher und hielt das

Heft außer Katrinas Reichweite. »Erst will ich sehen, wen sie in ihrem Buch alles verewigt hat. – Hey, hey! Da ist ein Eintrag über dich, Kitty! – Wow! Ich wusste gar nicht, dass ihr beiden was miteinander hattet –« Er machte eine Pause und presste das Heft an die Brust. »Aber diese Pädagogen stehn doch alle auf kleine Mädchen.« Er schniefte. »Schweine.«

Dann begann er laut vorzulesen.

»Siebzehnter April. Katrina: Heute in Containersiedlung gewesen. Sorge mich um sie. Versuche mich an ihr mit – was?! – *nicht dirigierender Förderung, was aber schwer fällt.* – Muss ich der Frau Lehrerin voll zustimmen.« Sonny feixte gehässig.

Katrina kochte. Wenn sie Sonny die Treppe hinterherstieg und das Buch zu schnappen versuchte, tat sie genau, was er wollte, außerdem würde sie dann die anderen wieder verlieren. Am besten ging sie einfach und hörte sich das gar nicht erst an. Sie wandte sich ab.

»Hörst du zu, Süße? – *Ist sehr unsicher, unkonzentriert. Auch anbiedernd –«* Pause. *»… und gleichzeitig fordernd, sucht verzweifelt Mutterfigur. Umgang mit ihr ist extrem kräftezehrend.«* Wieder Pause. *»Wenn ihr das auch vage bewusst ist und sie mir darum Geschenke macht. Überreichte mir heute Steingutfigur in Kükenform; Kind–* hä?! *Kind-chen-schema bei dem Küken grotesk überzeichnet. Das Köpfchen ist größer als der restliche Körper; lässt bei Katrina auf verzögerte Entwicklung schließen; bei dem problematischen Umfeld jedenfalls sehr bezeichnend.«* Noch eine Pause. Sonnys Stimme wurde leiser. *»Kann aber auch an ihrem primitiven Geschmack liegen. Muss mit dem armen Kind mal in ein gutes Museum gehen, glaube aber nicht, dass in der Richtung schnell Besserung zu erwarten ist.«*

Katrina stand nur da und konnte nichts sagen. Konnte sich nicht mal wieder zu Sonny umdrehen. Irgendwie schien es stiller geworden zu sein. Sie konnte den Sänger nicht mehr hören. Es war komisch; etwas in ihr lachte und sagte, du musst jetzt traurig sein. Musst du nicht traurig sein?

Sonny stand plötzlich hinter ihr. »Tut mir Leid«, sagte er. »So eine dumme Kuh.«

Er wischte ihr eine Träne aus dem Gesicht, eine Träne, die noch von ihrer Wut auf ihn stammte. Mit seinem Daumen, der ganz leicht nach Haargel roch, fuhr er ihr unteres Augenlid entlang; er drückte ein bisschen zu fest. Katrina hielt still. Sie wusste, wenn sie sich rührte, würde sie ihm den Ellenbogen in den Bauch rammen oder anfangen zu heulen und nicht mehr aufhören.

Sonny schniefte laut, wie er das immer zu tun pflegte, hielt den Kopf schief und sagte: »Lass dich nicht hängen, Schneckchen. – Na komm, dass du 'n miesen Geschmack hast, weiß eh jeder.«

Katrina begann zu lachen.

* * *

Zu dem Tiefkühlbeutel hatte Livia Giallo sich nicht äußern können (oder wollen): Sie brachte nicht einmal eine plausible Vermutung vor. Die Existenz des Beutels mit dem dunklen, steif gefrorenen Zeug und der Aufschrift *500 ml Loor BG: 0 neg* war auch für sie ein Mysterium.

Und ein weiteres Problem hatten Bettina und Willenbacher jetzt: Wie sollten sie das vermeintliche Blut bei der Hitze im gefrorenen Zustand nach Ludwigshafen bringen? Die Kollegen von der Einsatzreserve aus Enkenbach, die den Tag auf der Suche nach dem fehlenden stumpfen Gegenstand (vergeblich) im Steinbruch verbracht hatten, konnten sie damit nicht behelligen; jemanden von der Spurensicherung konnten sie am Samstagabend auch nicht extra anfordern. Und Brenners Kollege von der Irrlicher Dienststelle wirkte durch die Bitte um eine Kühltasche überfordert, wenn er sich auch zu dem Versprechen durchrang, anzu»läuten«, falls ihm demnächst eine in die Hände fallen sollte. Bettina stellte sich vor, wie der Beamte in seiner gemütlichen Wachstube bei einer Sinalco auf dem Stuhl saß und darauf wartete, dass eine Kühltasche vom Himmel fiel. Ärgerlich tigerte sie durch Aurelies Keller und versuchte schließlich, Ackermann zu erreichen.

Willenbacher durchsuchte inzwischen die Kühltruhe nach weiteren ominösen Inhalten. Livia Giallo war nach oben gegangen, um nach ihrem Kind zu sehen. Bettina hatte immer noch das Gefühl, hinters Licht geführt worden zu sein – weshalb, konnte sie aber nicht sagen. Auf jeden Fall veranlasste sie ihr Ärger, alle Türen, an denen sie vorbeikam, weit aufzureißen, obwohl sie die Räume bereits durchsucht hatten. Nicht nach Plastikbeuteln mit Blut, allerdings. Wer wusste schon, was sie finden würden, falls sie anordnete, den Garten umzugraben oder die Fundamente des Hauses aufzustemmen. Und wer wusste, ob es diese Tagebücher gab und wo sie waren.

Dann war Ackermann dran und stellte Bedingungen.

»Anderthalb Stunden?!«, schrie Bettina fast in den Hörer.

»Ja, wie lange fährst du denn von Ludwigshafen nach Irrlich? Ich kann dem jungen Kollegen sagen, er soll sich ein Blaulicht aufs Dach setzen. Das macht er sicher gern.«

»Hach Gott«, knurrte Bettina. »Lass ihn 'ne halbe Stunde brauchen.«

»Hör mal, soll ich nicht selber kommen? Ist das wirklich Blut, was ihr da gefunden habt?«

»Nein, Tomatensuppe. – *Das wissen wir nicht*. Willenbacher hat sich geweigert, das Zeug warm zu machen und zu probieren.«

»Ha, ha«, sagte Ackermann lahm.

»Was machen eigentlich Aurelies Unterlagen?«

Bettina hörte ein gereiztes Schnauben. »Die Festplatte von dieser Frau ist ein Chaos. Unter ›Persönliches‹ hat sie alle Weihnachtskarten vom letzten Jahr eingescannt und gespeichert – nur die Deckblätter mit den Motiven und dazu irgendwelche Namenskürzel. Verrückt. Unter ›Briefe‹ hab ich ein paar Sachen gefunden. Korrespondenz mit ihrer Bank und mit ihrem Anwalt. Aber immer nur jeweils ein Schreiben pro Adresse. Frau Loor hat, wie's scheint, immer den jeweils letzten Brief als Formular für den nächsten benutzt. Und dann natürlich wieder unter dem gleichen Dateinamen abgespeichert. In dem Brief an ihren Anwalt steht nichts über den Inhalt des Testaments. Nur ›danke vielmals‹ und ›habe Testament erhalten‹ und dass sie Rechtsberatung in Sachen Gewässerpatenschaft braucht und um die Empfehlung eines in diese Richtung spezialisierten Kollegen bittet.«

»Und die Tagebücher?«

Ackermann seufzte tief. »Du müsstest mal diese Verzeichnisse hier sehen. Lauter Abkürzungen und fast alles Textdateien. Ich werde das durchackern, versprochen, aber ehrlich gesagt glaube ich nicht, dass ich noch ein Tagebuch finde. Eine Notiz über einen von unseren Verdächtigen vielleicht, aber kein ganzes Tagebuch. Dazu hat sie den Rechner nicht benutzt. Das Ding war für sie eine Schreibmaschine, und gespeichert hat sie wahrscheinlich nur, weil ihr mal irgendwer gesagt hat, dass man das so macht.«

»Na schön«, sagte Bettina, die wusste, wie sehr einen so ein Tag vor dem Computer einer fremden Person stressen konnte, »wenn du eine kreative Pause willst, dann setz den Kollegen mit dem Blaulicht an Aurelies Rechner und komm wirklich selber raus. Wir brauchen eine Kühltasche. Bis dann.«

Bettina unterbrach die Verbindung. Sie stand in Aurelies »Sauna«, also in dem mit dunkelblauen Mosaikfliesen ausgekleideten Raum, in dem sich neben einer Dusche, einer gemauerten Wanne und einem ebensolchen Handtuchregal auch der eigentliche Holzverschlag mit dem Saunaofen befand. Die unregelmäßigen kleinen blauen Fliesen, die fast alles bedeckten, hatten dunkle Fugen. Es gab eine Glastür mit einer blauen Jalousie davor. Die künstliche Beleuchtung war in Farbe und Platzierung so raffiniert, dass der ganze Raum wirkte wie ein Stück aus einem besonnten Ozean.

Bettina trat zu der Stahljalousie und drehte sie hoch. Es quietschte. Ein winziger abgegrabener Hof wurde sichtbar, mit Stützmauern aus groben Sandsteinen.

Komisch, dachte sie vage, hier gibt es doch sonst keine Vorhänge oder Jalousien an den Innenseiten der Fenster. Neugierig öffnete sie die Tür und trat in den winzigen Außenhof, in dem gerade eine Bank und ein Blumentopf Platz fanden und von dem aus eine steile Treppe nach oben führte. Sie stieg das Treppchen hoch und stand im Garten, einer hübschen Anlage mit einer ungemähten Blumenwiese und einigen blühenden Büschen, die sich in der Dämmerung mit dem angrenzenden Wald vereinigten. Schwacher Rosenduft lag in der Luft; vom Nachbargarten drangen Stimmen und Gelächter herüber. Sehr friedlich und proper. Bettina drehte sich um und versuchte vom Garten aus durch die Saunatür zu blicken. Es ging nicht. Sie hatte wohl einen hübschen Blick auf den hell erleuchteten und offen stehenden Wintergarten, doch von der Sauna sah Bettina fast nichts, nur ein Stück blauen Boden. Und schon zwei Meter weiter war selbst der kleine Hof fast verschwunden; Treppe und Umfassung hatte man so unauffällig in den Garten eingepasst, dass sie leicht zu übersehen waren. Nachdenklich stieg Bettina die Treppe wieder hinunter und ging zurück in den blauen Raum.

»Willenbacher!«, rief sie ihren Kollegen, den sie im Vorratskeller wühlen hörte.

»Ja?«

»Komm mal her.«

Er tat es.

»Schau dir mal den Hof hier an. Und die Jalousie.«

Willenbacher berührte den dünnen Plastikgriff, mit dem man die Lamellen drehen konnte. Ein ziemlich billiges Ding, fand Bettina. Und dilettantisch angebracht, mit zwei dicken Schrauben, die zu groß für die vorgestanzten Löcher in der Halterung waren. Eine saß hoffnungslos schief. Das Ganze passte nicht zu der Ausstattungsqualität des übrigen Raums.

»Das Teil ist aus dem Baumarkt«, urteilte Willenbacher.

»Ja, und noch was – wenn die Jalousie unten ist, kriegt man die Tür nicht mehr auf.«

Willenbacher starrte hinaus in den Hof, der ganz mit Schatten erfüllt war. »Vielleicht hat die Giallo die angebracht«, sagte er dann unsicher. »Zu *der* verklemmten Tussi würde das passen – aber unsre Aurelie, die hätte das doch nicht gebraucht.«

Unsre Aurelie. »Willenbacher«, sagte Bettina bedauernd, »du musst allein nach St. Martin fahren.«

»Kein Problem«, sagte er erfreut.

Bettina sah ihn scharf an.

»Und was machst du?«

»Ich will mit der Giallo noch mal *richtig* reden.« Sie runzelte die Stirn. »Auf jeden Fall muss jemand hier bleiben, bis Ackermann da ist, und die Sache mit der Jalousie interessiert mich auch. – Wo hast du das Blut hin?«

»Wieder in die Kühltruhe. Du fährst doch dann mit Ackermann heim, oder?«

»Ja.«

Willenbacher sah aus, als hätte er Schwierigkeiten, nicht in die Luft zu hüpfen. Dafür blickte er alles andere als verstohlen auf die Uhr.

»Ich will alles über diesen Fercher wissen«, sagte Bettina streng, »verstanden?! Nicht nur sein Alibi. Wie er wohnt, wie er aussieht, wie er an Aurelie geraten ist. Ob er auch so ein armer Teufel aus Aurelies Sammlung war. Du weißt schon. Alles.«

»Kein Problem.« Willenbacher stand bereits in der Tür.

»Und frag ihn, ob er mal hier in der Sauna war!«, rief Bettina ihm hinterher.

* * *

Wolfgang war im Besitz einer Tüte voller Lebensmittel, die er nicht zu behalten gedachte. Katrinas Sachen: Toastbrot, Nutella, Fertigsuppen, ein Stück Broccoli, Maultaschen, Frikadellen und eine Tüte M&M's. Alles Frische hatte er erst mal in seinem Kühlschrank verstaut, jetzt saß er in seiner unterirdischen provisorischen Küche, die nur von grellem Neonlicht erhellt war, und wartete auf etwas, das er selbst nicht hätte nennen können. »Auf besser Wetter«, würden seine Nachbarn sagen. Oben in der Scheune saßen schon seit Stunden seine Mutter und ihr Experimentalfilmer-Freund und machten ihn nervös. Soweit er verstanden hatte, ging es bei der Aktion um einen Stuhl, auf den man sich setzen musste, um dann vor laufender Kamera drei persönliche Fragen zu beantworten. Seine Mutter machte so was gern, sie liebte es, ihr Privatleben vor Fremden auszubreiten. Wolfgang hasste es.

Der Experimentalfilmer war jung und ungewaschen und im wirklichen Leben Architekturstudent, weshalb er bei seiner Ankunft erst mal mit blasierter Miene durch die Scheune spaziert war und die Dämmung und Dichtung des Gebäudes bemängelt hatte. Woher denn dieses Knacken im Gebälk käme? Da säße sicher der Hausbock drin.

Das war der Punkt, an dem Wolfgang sich zurückgezogen hatte. Falls es wirklich das Schicksal dieser Scheune war, unter der Einwirkung eines Schädlings zusammenzustürzen, dann sollte sie es bitte sofort tun – jetzt, solange dieser Klugscheißer noch drin war und er, Wolfgang, hier unten sicher in seinem Küchenbunker saß.

Er stellte sich vor, wie das Dach knirschte, das Holz eines Sparrens langsam riss – oder nein, zerbröckelte, wenn der Hausbock drin war, dann wurden die Holzteile unmerklich von innen her aufgefressen, also würde das Holz plötzlich nachgeben. Ein Windstoß, ein Ball, von Kindern aufs Dach geschossen, und der Sparren würde bersten, Latten brechen, die Biberschwanzdeckung ins Rutschen geraten und herabstürzen. So würde in einer Kettenreaktion das ganze Dach herunterkommen und den Klugscheißer unter sich begraben. Seine Mutter würde sich in Sicherheit bringen können, natürlich, der Klugscheißer aber würde daliegen, von Ziegeln erschlagen, blutüberströmt, von den letzten festen, faserigen Sparrenteilen durchbohrt.

Wolfgang legte die Arme auf den Küchentisch und seine Stirn in eine Armbeuge.

Das wäre doch ein schöner Tod für einen Architekten.

* * *

St. Martin war knallvoll.

Willenbacher hatte das natürlich vorher gewusst. Trotz des fortgeschrittenen Abends waren die engen Straßen des pittoresken Weinortes voller Menschen und die Parkplätze (auch die außerhalb) alle besetzt. In aufgemotzten Weinlokalen tummelten sich Frauen in Dirndln (die mussten alle kurzfristig aus Bayern eingeflogen worden sein) und Männer in rustikalem Schuhwerk, dessen heftigste Beanspruchung in den meisten Fällen wohl der kräftige Tritt aufs Gaspedal des neuen SL war. Vereinzelt wurden noch Postkarten und andere Souvenirs zum Verkauf angeboten. Willenbacher reichte es irgendwann. Er parkte seinen Twingo vor einer völlig zugewucherten und zugestaubten Hofeinfahrt im absoluten Halteverbot und suchte den Kandidaten Fercher auf.

Der hauptberufliche Hausmeister Andreas Fercher half in einem Weinlokal aus. Das herauszufinden bedeutete eine halbe Stunde intensiver Polizeiarbeit; alle (Ferchers Vermieterin, sein linker sowie sein rechter Nachbar) wussten, dass er irgendwo in der Nähe sein musste, nur nicht genau, wo. Den entscheidenden Tipp, der Willenbacher in die *Quetschekuchestubb* führte, gab schließlich der Enkel der Vermieterin.

Der Wirt des Etablissements empfing Willenbacher mit gepflegter pfälzischer Bärbeißigkeit, die ein Element persönlicher Feindschaft gewann, als sich herausstellte, dass Willenbacher plante, die kostbare Arbeitszeit der Aushilfe Fercher sinnlos zu vergeuden.

Willenbacher wiederum, als guter Ludwigshafener, ignorierte die Anfeindungen des hinterwäldlerischen Wirts völlig, bestellte schamlos eine Cola und ließ sich nach einigem Hin und Her auf Traubensaft festlegen.

Wenige Minuten später stand nicht nur das immerhin farblich an Cola erinnernde Getränk auf seinem Tisch, sondern auch der eigentlich unabkömmliche Aushilfskellner vor selbigem.

»Können wir irgendwo unter vier Augen reden, Herr Fercher?«

»Schlecht.«

»Gut, dann setzen Sie sich«, befahl Willenbacher.

Fercher machte keine großen Umstände und gehorchte, obwohl sein Chef ihn mit bösen Blicken bombardierte. Die ganze *Quetschekuchestubb* wusste bereits, worum es ging, denn der Raum war winzig und gerammelt voll. Es gab nur drei große Tische mit je etwa zehn Plätzen, aus der Küche roch es verlockend nach Gebratenem. Auf den Tischen standen große Schoppengläser und die Leute verspeisten selbst gebackenes Brot und Gerichte, die in Butterschmalz zubereitet worden waren.

Fercher selbst war groß und sportlich und hatte eine Frauenfresse, wie Willenbacher es insgeheim nannte: ein hübsches, gut geschnittenes Gesicht mit feinporiger Haut, wie sie nur wenige Männer besaßen. Er äußerte Bedauern an Aurelie Loors Tod.

»Es ist wie ein Schock«, sagte er mit lauter Stimme, und die umsitzenden Damen betrachteten ihn mit nicht ganz uneigennützigem Mitleid. »Dass *Aurelie* in den Irrlicher Steinbruch gestürzt sein soll …! Ich kenn den Steinbruch, wir waren da ein- oder zweimal zum Klettern, und er ist nicht besonders schwierig. Nicht für Aurelie.«

»Wie war denn Ihre Beziehung zu ihr?«, fragte Willenbacher.

»Gut. Super. Sie war meine Sportfreundin. Eine wirklich gute Partnerin. So eine finde ich nie wieder.«

»Sportfreundin – was meinen Sie damit?«

Fercher nickte einem Gast zu, der nach ihm rief, blieb aber sitzen. »Ein Sparringspartner. Jemand, der Sie scheucht und den Sie scheuchen. Wir sind manchmal zusammen gelaufen – ich kann nicht immer, wie Sie sehen, weil ich noch hier arbeite – und waren zusammen klettern. Im Sommer auch schwimmen. Und wir wollten demnächst Fallschirm springen.« Jetzt sah er wirklich traurig aus.

»Und sonst?«

»Wie sonst?«

»Na ja, hatten Sie eine Beziehung? Waren Sie ein Liebespaar?«

Ein paar der Damen spitzten die Ohren.

»Nein, da hätte meine Freundin was dagegen.« Fercher lächelte.

Die Damen runzelten die Stirn.

»Es war eine reine Interessengemeinschaft?«

»Ach was.« Fercher schüttelte den Kopf. »Aurelie war toll. Wir haben uns super verstanden. Es gab immer Action mit ihr. Viel gelabert haben wir nicht, aber das war auch gar nicht nötig. Wir waren schon Freunde. Oder wenigstens gute Kumpel.«

»Okay.« Willenbacher nippte an seinem Saft. »Wie haben Sie sich kennen gelernt?«

»Als ich vor zwei Jahren dort in der Schule anfing.«

»Wissen Sie, dass Frau Loor in ihren Laufschuhen in den Bruch gestürzt ist? Können Sie sich das erklären?«

»Sie ist geschubst worden«, sagte Fercher.
»Wie kommen Sie darauf?«
»Sonst wären Sie nicht hier.«
Scherzkeks. »Wir können uns den Vorfall nicht erklären. Es gibt keine Spuren eines Verfolgers. *Deswegen* bin ich hier.« Willenbacher beugte sich vor. »Die Laufschuhe, Herr Fercher. Weshalb hätte sie damit im Bruch klettern wollen? War das normal? – Sie haben ja gesagt, dass Sie die Stelle dort kennen.«
Auf Ferchers hübschem sonnenbraunem Gesicht glänzten winzige Schweißtröpfchen, so wie auf ganz junger Kinderhaut. »Nein, normal war es nicht«, sagte er nach einigem Überlegen. »Aber aus Eile, Unbesonnenheit oder Leichtsinn könnte man es versuchen. Wobei – Leichtsinn können Sie bei Aurelie ausschließen. Und – na ja, der Bruch ist easy. Es gibt dort eine Stelle, die man fast wie 'ne Treppe runtersteigen kann. Da mit den falschen Schuhen reinzugehen war keine *wirkliche* Kamikaze-Aktion.« Er schüttelte den Kopf. »Umgekehrt. Es ist verrückt, dort abzustürzen.«
»Wo ist diese leichte Stelle? Direkt über dem See, so ein überhängender Fels an der Bruchkante?«
»Genau.«
»Hm. Ist Aurelie manchmal in Laufschuhen geklettert?
»Nein, wenn wir die Ausrüstung nicht dabei hatten und nur üben wollten, haben wir es eben barfuß gemacht.«
»Waren Sie öfter bei Aurelie zu Hause?«
»Ab und zu.«
»Was haben Sie da gemacht?«
»Sie abgeholt. Einen Saft getrunken. Die Sauna benutzt.«
»Die Sauna benutzt?!«
Die Damen, obwohl im Grunde robuster, senkten den Blick auf die Teller voller Butterschmalz, die vor ihnen standen.
»Gott, ja«, sagte Fercher. »Gibt es da ein Problem?«
»Nein – aber was sagte denn Ihre Freundin dazu?«
Das interessierte die Damen auch.
»Herrje«, sagte Fercher, »die wäre *entsetzt,* wenn sie erführe, dass es außer ihr noch andere Frauen auf der Welt gibt. – Was sollte sie schon dazu sagen?«

Willenbacher zuckte die Achseln. Die Damen fanden die Antwort gut.

»Und Frau Loor? Hatte die einen Freund?«

»Ich glaube schon. Ja. Wolf oder so. Über den hat sie allerdings nicht viel gesprochen.«

»Und andere Freunde?«

»Sie hatte noch eine Freundin in der Schule, eine der Lehrerinnen. Alexandra Berg. Und natürlich die Leute aus dem Bachrenaturierungsverein.«

»Gab es sonst noch Männer?«

»Nein, sie war bei Männern ein bisschen schüchtern.«

Das glaubte Willenbacher nicht. »Kommen Sie. Eine Lehrerin. Eine gut aussehende Frau. Die einen Verein gegründet hat! Besonders schüchtern kann die nicht gewesen sein.«

»Sie können es glauben oder nicht. Jedenfalls hat sie mal gesagt, dass sie froh wäre, eine feste Beziehung zu haben, unter anderem deswegen, weil sie sich schwer täte, Männer anzusprechen. Ganz einfach. Sie sagte, wenn ihr einer gefiele, wäre sie befangen. Und das geht ja wohl ziemlich vielen Leuten so.«

»Aber bei Ihnen war sie das nicht.«

»Nein, wieso auch? Wir waren Kumpel.«

»Frau Loors Mitbewohnerin sagt, Sie wären ihr Liebhaber gewesen.«

Die Damen simulierten eine kleine Rangelei um das Salzfässchen.

»Ah. Die Giallo. Mit ihrer kranken Fantasie. Das sollten Sie nicht ernst nehmen. Muss einem echt Leid tun, aber sie ist ein bisschen unangenehm. Abweisend. Wahrscheinlich ist das Angst oder so, aber – um ehrlich zu sein, *ich* hätte sie mir nicht aufgeladen. Dafür hab ich Aurelie total bewundert. Aurelie fand bei jedem Menschen immer noch etwas Liebenswertes. Sogar bei der Giallo.«

»Wieso hat Frau Loor Frau Giallo eigentlich aufgenommen?«

»Na ja, sie ist arm, hat ein vaterloses Kind und Schwierigkeiten, mit Leuten klarzukommen. Die könnte wahrscheinlich auch ohne das Kind keiner normalen Arbeit nachgehen.«

»Und Frau Loor hat sich gut mit ihr verstanden?«

»Aurelie ist – Scheiße.« Fercher atmete durch. »Aurelie *war* sehr großzügig. Nicht nur im materiellen Sinn – sie hat diese Tussi, die Giallo, einfach genommen, wie sie ist. Und sie ist ziemlich komisch. Total verschlossen. Aber wenn's darum geht, wer das größte Stück Kuchen kriegt, kann sie plötzlich ganz laut hier schreien. So eine.«

»Sie meinen, sie hat Aurelie ausgenutzt?«

»Absolut.«

»Okay, dann noch eine letzte Frage, Herr Fercher: Wo waren Sie vorgestern Abend ab sieben Uhr?«

»Zu Hause.«

»Wirklich? Sie sind doch so aktiv, waren Sie nicht vielleicht mit Aurelie zum Laufen verabredet?«

»Nein.«

»Was haben Sie gemacht?«

»MacGyver gesehen.«

»Haben Sie Zeugen?«

»Nein. – Doch, vielleicht meine Vermieterin. Die verfolgt mein Leben ganz genau.«

»Was ist mit Ihrer Freundin?«

»Ist ein halbes Jahr in Berlin.«

»Danke, Herr Fercher. Was macht der Saft?«

»Geht auf Kosten des Hauses«, brummte der Wirt, der sich von hinten angeschlichen hatte, verachtungsvoll.

* * *

Katrina hatte kalt geduscht, was eine Wohltat war, aber ihren Ärger nicht wirklich dämpfen konnte. Sie hatte zu viel davon: Ärger auf Wolfgang, Ärger auf ihr beschissenes Dasein, Ärger auf ihre Armut und ihr Alter, die ihr nicht erlaubten, ein Auto zu besitzen, mit dem sie sich die Tour heute gespart hätte. Und natürlich Ärger auf Sonny, der das Tagebuch, aus dem er vorgelesen hatte, nicht wieder hatte rausrücken wollen. Schneckchen hin oder her, die Tatsache, dass Sonny dieses Tagebuch hatte, war für alle, deren

Geheimnisse darin standen, eine Katastrophe. Katrina ließ sich von ein bisschen Mitleid nicht täuschen. Sonny hatte noch nie gezögert, aus einer Sache Kapital zu schlagen. »Erpresser« war für ihn kein Schimpfwort, sondern eine Berufsbezeichnung.

Sie wickelte sich ein Handtuch um die feuchten Haare und trat zur Tür, in der Doris saß und hinaus in den Abend blickte. Sie löffelte den Honig, den Katrina mitgebracht hatte, aus dem Glas. Katrina holte sich ebenfalls einen Löffel. Sie hatte Hunger. Und sie musste endlich mit jemandem reden.

Sie setzte sich – herrlich, wieder in normalen Kleidern und mit gewaschenen Füßen! – zu ihrer Mitbewohnerin auf die Metallstufe vor dem Container. Doris machte wortlos Platz. Die Dämmerung stand über der Lichtung, von unten aus dem *Exxtra* hörte man ab und zu einen scharfen Beat oder den Aufschrei eines Verstärkers unter Rückkopplung.

»Darf ich auch?«, fragte Katrina und griff nach dem Honigglas.

»Klar.« Doris reichte es Katrina und blickte geistesabwesend hinaus auf die Lichtung.

Gesprächig war sie auch heute Abend nicht, aber immerhin saßen sie jetzt mal beisammen und teilten etwas miteinander. Wenn auch Honig statt Kaffee.

Katrina tauchte ihren Löffel in das Glas, zog ihn raus und nuckelte daran. »Kein Gewitter heute«, bemerkte sie, um die Unterhaltung in Gang zu bringen. Gewitter waren bei Doris ein ergiebiges Thema. Im Moment – Ende Juni – lebte sie in ständiger Angst vor ihnen. Nicht, weil sie besonders schreckhaft gewesen wäre, sondern weil ihr Garten keine heftigen Stürme vertrug. Die alten Rosensorten, die sie zog, waren etwas empfindlich. Ihre zarten Petalen saßen nur locker an den Kelchen, was einen Großteil ihres Charmes ausmachte: Die einzelnen Blüten wirkten sehr duftig und oft auf reizende Weise etwas unordentlich, wie verträumte Fräuleins, die mit der Fülle ihrer rosa Unterröcke nicht ganz zurechtkamen. Doch ein heftiges Gewitter konnte ihnen allen die Garderobe rauben. Und die meisten von ihnen blühten nur einmal im Jahr.

»Das Wetter ist aber komisch«, urteilte Doris. »Viel zu warm.«

Sie nahm den Honig wieder an sich. Draußen auf der Lichtung spielte Alex, der Automechaniker, der nur noch ein schlaksiger Schatten war, mit Rocco.

»Besser als Regen«, setzte sie nach einer Weile hinzu. Im Juni war Doris' Leben entsetzlich aufregend: Ihre Lieblinge belohnten sie überschwänglich für ein Jahr harter Arbeit, doch mit halbem Auge musste sie immer zum Himmel schielen und sich fürchten.

»Oh Mann«, sagte Katrina, plötzlich von ihren eigenen Problemen überwältigt, »ich bin so – ich *glaube* einfach nicht, dass Aurelie tot ist. Ich glaub es nicht! Ich meine –«

»Du hast sie sehr bewundert, oder?«, fragte Doris und blickte Katrina ernst an. Ihr kleines Gesicht mit den elegant geschwungenen Linien schien einen Moment nicht ganz so reserviert; Doris' graue Augen, die gewöhnlich etwas träumerisch blickten, waren plötzlich nah und warm und verständnisvoll. Ganz unvermittelt vertraut.

Katrina biss auf ihren Löffel, um nicht in Tränen auszubrechen. Wie schnell die kamen!

»Ja«, war alles, was sie herausbrachte. Vorne auf der Lichtung warf Alex etwas Kleines, Dunkles, das nach Tennisball aussah. Rocco stob davon. Das Ende von Alex' Zigarette glomm hell auf. Irgendwo im Wald knackte etwas. Doris erschrak und verschloss ihr Gesicht wieder. Sie blickte auf die Lichtung und rührte im Honig herum. Leute aus dem *Exxtra* kamen lachend den Hang hoch, gingen zu ihrem Auto, stiegen ein und fuhren etwas später geräuschvoll davon.

Katrina seufzte tief. »Sie war so – jetzt wo sie weg ist, wird alles einfach schrecklich sein! Die Bachgruppe wird sich nicht mehr treffen und ich muss morgens den Bus nehmen und – sie war einfach meine beste Freundin! Ich weiß nicht – und jetzt hat auch noch Sonny eins von den Tagebüchern –«

»Katrina«, unterbrach Doris, den Blick auf eine kräftige Gestalt gerichtet, die eben den Hang hochstieg und sie ihrerseits fixierte, »schau mal, ich glaube, du kriegst Besuch.«

* * *

Bettina hatte Livia Giallo mehr oder weniger gezwungen, sich mit ihr in die Küche zu setzen und zu reden; da sie dieser Aufforderung nicht ausweichen konnte, hatte Giallo ihr Kind zum Schutz mitgebracht. Es kroch auf dem Boden, obwohl es eigentlich laufen konnte, es quengelte ununterbrochen und gehörte nach Bettinas Meinung ganz einfach ins Bett; schließlich war es schon halb elf. Doch Giallo brauchte ihren Sohn, um in den passenden Momenten »komm her, kleiner Herr, wo tut es weh« sagen zu können.

Was Loors Streit mit Antoni betraf, war sie offen, aber wenig informativ: Sie hatte nur laute Stimmen gehört, und dabei blieb sie. Schließlich spionierte sie den Leuten nicht hinterher. Auch als es um die Sauna ging, musste Elia nicht in Aktion treten. Sie habe die Sauna nie benutzt, sagte Giallo im grellen Licht der Küchenbeleuchtung und fuhr sich mit der linken Handfläche über den rechten Ärmel ihres Kostüms, was ein Geräusch erzeugte, bei dem sich Bettinas Zehennägel hochzurollen drohten. Die Jalousie habe sie nie interessiert. Wer sie angebracht habe, wisse sie nicht, Aurelie selbst, nähme sie mal an. Sie selbst hasse Saunen. Sie hasse auch Sport.

»Und Naturschutz?«

»Den auch«, sagte Giallo hart. »Diesen Aktionismus, jedenfalls. Gegen die Natur selbst habe ich nichts.«

Bettina hätte fast gelächelt. Die Natur war sicher dankbar, das zu hören. »Sie und Frau Loor hatten nicht viel gemeinsam, oder?«

Giallo hörte auf, ihren Arm zu reiben, und sah sich nach ihrem Sohn um.

»Frau Giallo?«

»Nein, hatten wir nicht. – Och, was hast du denn, Elia. Kleiner Herr.«

»Frau Giallo, es tut mir Leid, aber ich verstehe Ihre und Aurelie Loors Lebensgemeinschaft nicht. Ich kapier es einfach nicht. Sie waren nicht befreundet. Sind es sicher nie gewesen. Und *Sie* machen, ehrlich gesagt, nicht den Eindruck, als würden Sie leichtfertig mit einer anderen Person zusammenziehen. Sie wirken, als legten Sie Wert auf Ihre Privatsphäre.«

»Nicht weinen, Elia. – Da haben Sie Recht, ich mag keine Einmischung.«

»Aber wieso sind Sie beide dann zusammengezogen? Sie hätten sicher auch eine andere Wohnung gefunden. Eine so große Rolle kann das Geld doch nicht gespielt haben.«

»Doch.« In Giallos Augen trat so etwas wie Trotz.

»Schön. Sie sind aus Geldnöten hierher gezogen.«

»Scheiße«, sagte Giallo. »Ich muss mir das nicht anhören!«

»Ich fürchte, doch. Sie mochten Ihre Mitbewohnerin nicht. Sie wissen nichts über ihre Gewohnheiten, und Ihr Ton ist abfällig, wenn Sie über sie sprechen. Sie hatten keine gemeinsamen Interessen. Nach meinem Eindruck legte Frau Loor bei Ihnen in jeder Beziehung drauf.«

»Elia«, herrschte die Frau ihr Kind an. »Komm her!«

Es klingelte. Das musste Ackermann sein.

»Frau Giallo, was hatte Frau Loor davon, dass Sie hier lebten?«

»Sie«, sagte Giallo und wandte sich schon ab in Richtung Haustür, »konnte dafür jeden Tag in den Spiegel sehen und sich sagen, was für ein guter Mensch sie doch ist.«

* * *

»Hallo«, sagte Wolfgang und hatte das Gefühl, einen Schatten über Katrina zu werfen, obwohl die Sonne gerade untergegangen war und nur noch Zwielicht herrschte. Sie saß allein auf der Eingangsstufe vor einem offenen, dunklen Container, in dem gerade eine andere Frau verschwunden war. Leise Musik kam von dort drinnen, es klang wie ein Schlummerlied. Katrina hatte die Beine lang ausgestreckt und betrachtete ihn ohne Begeisterung. Ein Handtuchturban saß auf ihrem Kopf, in der Hand hielt sie ein Honigglas. Wolfgang versuchte, nicht auf ihre Beine zu sehen, nicht auf ihre nackten Arme oder die freie Stelle am Bauch.

»Hör mal«, sagte er und stellte die Tüte mit den Lebensmitteln ab, »ich möchte mit dir reden.«

»Wieso?«, fragte sie abweisend.

Er reichte ihr die Tüte. »Hier, vielleicht solltest du das erst kühl stellen.«

Katrina akzeptierte die Lebensmittel und schob sie hinter sich in die Dunkelheit des Containers. »Wir haben keinen Kühlschrank.« Sie nahm das Glas Honig wieder zur Hand und rührte mit ihrem Löffel darin herum.

»Das hört sich nach einem traurigen Leben ohne kalte Cola an«, sagte Wolfgang.

Katrina ließ das Glas sinken und musterte ihn scharf.

Er lächelte. Schief, wahrscheinlich, denn er lächelte nicht oft. »Hast du Lust? – Ich geb dir eine aus.«

Was war heute nur los, andauernd kamen Kerle vorbei und boten ihr was zu trinken an. Konnte da kein sympathischer drunter sein? Und wieso passierte ihr das sonst so selten? Obwohl Annemarie sie dafür auslachte, hatte Katrina schon ernsthaft befürchtet, immer die Frau fürs Grobe zu bleiben, die Tussi, die man anfasste, aber nicht ansprach. Dass die Männer jetzt mit ihr reden wollten – hieß das, dass sie sie endlich ernst nahmen? Oder nur, dass sie inzwischen Dinge im Sinn hatten, die sich nicht mit einem einzigen Griff erledigen ließen und für die ein Mindestmaß an vorbereitender Konversation nötig war?

Katrina stellte den Honig weg und sah an Wolfgangs bittendem Gesicht vorbei. »Nein, ich möchte nichts.«

»Vielleicht können wir uns da vorn aufs Sofa setzen«, schlug Wolfgang vor, »wenn du mit den nassen Haaren nicht ins *Exxtra* willst.«

Katrina griff nach dem Handtuch und nahm es ab, was sie sofort bereute, denn so fühlte sie sich nackt.

Wolfgang sah sie an. »Ich hol uns was zu trinken«, sagte er. »Und möchtest du vielleicht 'ne Portion Pommes?«

»Wenn du Udo dazu bringst, dass er dir eine macht«, antwortete sie ungnädig.

Als er mit Cola und Pommes zurückkam, stand Katrina mit einer scheußlichen Strickjacke um die Schultern und einem Paar langen

Jeans bekleidet vor dem weißen Fertigteilekamin und stocherte in der fast erloschenen Glut. Rocco lag als schwarzer Schatten daneben auf dem Boden und öffnete zu Wolfgangs Begrüßung kurz seine Augen. Auf dem Sofa hockte ein dünner, stumpf blickender Mann, der alles Geld, was er übrig hatte, zum Tätowierer zu tragen schien. Er nickte knapp.

Wolfgang wandte sich Katrina zu und nahm schwungvoll die Alufolie von einem Teller. »Voilà.«

»Oj, seit wann rückt Udo denn sein kostbares Geschirr raus? Normal müssen wir hier oben aus Aluschalen essen.«

»Ich habe auch Gläser«, sagte Wolfgang mit gesenkter Stimme.

»Was hast du ihm gezahlt?«

Wolfgang lächelte. »Du kennst ihn gut.«

»Warum machst du das? – Teller und Cola und so?« Katrina warf den Stock, mit dem sie die Glut bearbeitet hatte, fort und nahm den Teller. Sie hielt ihn von sich weg, zwischen sie beide, wie um den größtmöglichen Abstand zu wahren. Ihre Haare lagen in leichten Wellen um ihr Gesicht, ihre Augen waren fahl in dieser von düsteren Farben erfüllten Beinahe-Nacht. Und sie roch gut. Gott, wie gut sie roch! Die Luft trug ihren Duft heran wie die fremden Stimmen und Geräusche: Fetzen von Melodien, Grillenzirpen, das Rauschen der Blätter in den Bäumen ringsum, ein undefinierbares Stampfen, schwaches Grollen von den Windrädern auf dem Feld hinter dem Berg.

»Ich dachte, dass du vielleicht nicht gern aus Aluschalen isst.«

Katrina starrte ihn an, als versuche sie, ihn aus großer Ferne zu erfassen. »Stimmt.«

Wolfgang stellte zwei Gläser auf den Kaminsims und füllte sie mit Cola.

»Worüber willst du reden?«, fragte Katrina.

Obwohl sie Hunger hatte, ekelte sie sich vor den Pommes. Vor dem Ketchup, das in der Dunkelheit glänzte, vor dem Geruch, den sie sonst verlockend fand. Dass sie die Gabe überhaupt angenommen hatte, machte sie wütend. Am liebsten hätte sie das Essen von sich geschleudert. Zum Kotzen widerwärtig, dieser

Typ. Gleich würde er sich entschuldigen für das, was er über sie und Annemarie gesagt hatte. Aber er ließ sich Zeit damit. Katrina hasste uncoole Männer.

Und dass sie ihm dann verzeihen musste, hasste sie auch. Sie wollte ihm nicht verzeihen, und sie *würde* ihm nicht verzeihen. Er war *alt* und er war *dick* und er war *hässlich*. Sie wollte nichts mit ihm zu tun haben. Sie wollte keinen Kontakt zu ihm, der so weit ging, dass es überhaupt notwendig wurde zu verzeihen. Allein dieser scheußliche Bart, der Wolfgangs rotes, fettiges Gesicht versteckte und ihn in der Dunkelheit noch dunkler machte.

Wolfgang blickte zu Alex hinüber. Der störte ihn offenbar.

Katrina störte er nicht.

»Was ich heute Mittag zu dir gesagt habe, tut mir Leid«, sagte Wolfgang ernst. »Ich habe dich verletzt.«

Katrina ging zum Sofa und setzte sich umständlich in die Mitte. Sie schlug die Beine unter und stellte den Teller auf das Polster rechts neben sich. Links neben ihr saß Alex und rauchte. Sie zog Christas paillettenbestickte Strickweste zurecht. Die kratzte, und sie war türkisblau. Katrina hasste Türkisblau. »Du bildest dir ganz schön viel ein«, sagte sie kurz angebunden. »Wie kommst du darauf, dass *du* mich verletzen könntest?«

Wolfgang sah sie an. Er nahm ein Glas Cola und drehte es langsam zwischen den Händen. Katrina verspürte das Bedürfnis, es zu Boden zu schlagen.

»Du bist weggelaufen.«

»Ich hatte keine Lust mehr, mit dir zu reden.«

»Du warst wütend.«

»Wieso sollte *ich* wohl wütend gewesen sein?«

Sie sah ihn hell an. Es war viel schwieriger, als Wolfgang sich vorgestellt hatte. Katrina war kalt und zornig, und ihre Stimme hatte einen hässlichen, ironischen Unterton. Mit voller Absicht hatte sie sich neben diesen tätowierten Kerl gesetzt, der – vielleicht war er bei Katrinas Gesprächen immer dabei – eine geradezu professionelle Gleichgültigkeit ausstrahlte. Und sie zupfte ständig an dieser komischen Jacke herum, die ihr wohl selbst nicht gefiel. Und sie wollte ihn kriechen sehen. Aber das würde er nicht tun.

Jedenfalls nicht noch mehr. Er stellte die Cola weg und ging einen Schritt auf sie zu. »Wieso *warst* du denn wütend?«

Sie betrachtete ihre Fingernägel. »War ich nicht.«

Noch ein Schritt. »Oh doch.«

Katrina sah auf. Er wäre fast zurückgestolpert vor der Feindseligkeit in ihrem Gesicht.

»Hör mal, falls du dich noch erinnerst: Du hast mir erzählt, dass ich eine Nutte bin. Glaubst du, wegen so was würde ich mich aufregen?« Sie schrie. »Annemarie ist meine Stiefmutter. Denkst du, ich schäme mich für sie oder was?!«

Sie krampfte die Hände zu Fäusten zusammen. Dann sagte sie leise: »Und glaubst du im Ernst, du Arsch, dass ich die Kunden von meiner Mama nehme?!«

Katrina sah Wolfgang nach, bis er in der Dunkelheit mit dem Wegrand verschmolz. Dann warf Alex neben ihr seinen Zigarettenstummel fort, rückte etwas näher und sagte: »Ey, Katrina. Du bist alt genug. Willst du 'n Bier?«

* * *

Bettina hatte Ackermann gebeten, das vermeintliche Blut zu übernehmen und sie vor Barbas Tür abzusetzen. Sie würde nicht da sein, das ahnte Bettina schon, und sie wusste auch, dass sie sich ausruhen und in ihrem eigenen Bett schlafen musste. Es nützte Barba und den Kindern nichts, wenn sie hier verzweifelt Wache hielt, und es brachte sie auch nicht wieder her. Das wusste Bettina alles. Trotzdem hatte sie das zwanghafte Verlangen, Barbas Wohnungstür zu öffnen, die Räume zu betreten, in denen sie lebte, ihre Sachen zu berühren. Obwohl noch eine Nacht mit Michael Palin ihr wahrscheinlich den Rest geben würde. Klüger wäre es, nach Hause zu gehen und den Anrufbeantworter richtig abzuhören, denn der Fernabruf, den sie während der Heimfahrt mehrmals übers Handy gemacht hatte, war nicht ganz zuverlässig.

Und vielleicht hatte Barba ja wider Erwarten ein Kärtchen mit ihrer Adresse geschickt. Klüger wäre es auch, einfach eine Suchmeldung rausgeben zu lassen.

»Ich halte hier an der Ampel«, sagte Ackermann.

»Okay. – Tschüss.« Bettina stieg aus. Vor Barbas Haus begegnete sie ein paar ziemlich angeheiterten jungen Leuten. Die Haustür stand sperrangelweit auf, das Etagenlicht brannte, und von oben (aus dem dritten Stock?) dröhnte heftigst *Stairway to hell.* In der HipHop-Version. *Ein* Verbrechen, wenigstens, um das sie sich nicht kümmern musste. Bettina betrat den Hausflur und traf auf Rasta, der mit einem Kasten Bier aus dem Keller kam.

»Magst eins?«, bot er an. »Du kannst gern mit hochkommen, wir machen eine Party.«

»Echt?«

Rasta sah Bettina durchdringend an, stellte den Kasten Bier ab, nahm eine Flasche raus und öffnete sie mit seinem Feuerzeug. »Sorry, wenn's zu laut ist, aber alle Nachbarn sind in Urlaub, und wir waren *so was* von dran mit einen ausgeben.« Er reichte ihr das Bier und runzelte die Stirn. »Und, wie geht's deiner Schwester? Hat sie sich gemeldet?«

Bettina trank einen Schluck – Bitburger – und sagte: »Ja, sie –«

»Also«, sagte Rasta, nahm den Kasten und begann die Treppe hochzusteigen.

Stairway to hell. Immerhin standen sie nicht auf Techno.

Und sie hatten vernünftiges Bier.

* * *

Willenbacher, der längst zu Hause bei seiner Freundin Annette hätte sein sollen, saß auf der Neustadter Polizeidienststelle in der Karl-Helfrich-Straße im Büro seines alten Kumpels, des Kollegen Zapp, und raufte sich die Haare.

»Leg doch nächstens deinen Ausweis hinter die Windschutzscheibe«, sagte der Kollege Zapp, der erst seit neuestem hier in Neustadt arbeitete. »Du warst ja sogar im Einsatz.«

»Das macht man nicht. – Scheiße«, fluchte Willenbacher, »die blöde Einfahrt ist garantiert seit zwanzig Jahren nicht benutzt worden. Aber irgend so ein altes Scheißmütterchen will sich wichtig machen und lässt mir einfach die Karre abschleppen.«

»Ja, die Frau Hengtin-Höher«, sinnierte Zapp. »Die kennen wir hier gut.« Willenbacher warf einen Radiergummi nach ihm.

»Wenn dem Auto was passiert ist«, knurrte er.

»Neu?«, fragte Zapp munter.

»Ach, halt die Klappe. Kommst du nicht doch irgendwie auf diesen blöden Asservatenparkplatz drauf? Das gibt's doch nicht, dass der das ganze Wochenende abgesperrt bleibt.«

»Tut mir Leid«, sagte Zapp grinsend. »Was die Leute vom hiesigen Abschleppdienst haben, das haben sie.«

»Scheiße.« Willenbacher begann mit Büroklammern zu werfen. »Du leihst mir jetzt eins von euren Autos.«

»Nein.«

Zehn Minuten später hatte Zapp einen der Angestellten des Abschleppdienstes ausfindig gemacht, den er persönlich kannte und der vor allem einen Schlüssel zum Parkplatz besaß. Und Willenbachers Kollege hatte sich sogar bereit erklärt, ihn hinzubringen. So gingen sie jetzt unten vor dem Gebäude auf Zapps Dienstwagen zu. Als Gegenleistung musste Willenbacher sich das Gelaber anhören, für das Zapp schon in Ludwigshafen bekannt gewesen war: »… Abend, da hat so ein Verrückter auf der Kalmit einen VW-Bus angegriffen. Mit bloßen Händen. Das kannst du dir nicht vorstellen. Die Scheinwerfer eingetreten und alles. Die Leute saßen noch drin! Und war natürlich so blöd, sein Auto offen hinzustellen – weißer Golf. Auch das Kennzeichen konnte man sehen. Ich hab den Täter schon ermittelt. Ein gewisser –«

Willenbacher winkte ab. Sein Handy klingelte. Es war Annette. Und sie war nicht ganz so böse, wie sie eigentlich hätte sein dürfen.

8

Bettina erwachte unter Schmerzen. Scharfe Sonnenstrahlen schnitten in ihre müden Augen, und ihr Hals war ganz steif, weil sie schon wieder im Sitzen geschlafen hatte. In einem schmuddeligen Ikea-Swinger, um genau zu sein. Vor ihr, auf einem Tisch, den sie nicht kannte und für den sie sich nicht verantwortlich machen lassen würde, stand eine Batterie Flaschen. Wieso hieß das eigentlich Batterie? Sie nieste in die Sonne, die sie in die Nase stach. Am Boden, zu ihren Füßen, bewegte sich ein lila Schlafsack. Thomas, fiel ihr ein. Dass sie den Namen wusste, beruhigte sie irgendwie. Es war gut, Bescheid zu wissen über Männer, die einem zu Füßen lagen.

Aus dem Fenster zu ihrer Rechten kam frische Luft. Und dieses lästige Licht. Jemand hatte das Rollo hochgemacht. Und aus dem Badezimmer drangen Zahnputzgeräusche. Oh ja, Zähne putzen. Das musste sie auch. Wieso nur kam ihr dieses Schlachtfeld hier so bekannt vor? Woher wusste sie, wo das Badezimmer war?

Nach einer Weile öffnete sich die Badezimmertür und Micaela kam heraus. Mikela, so sprach man es aus. Micaela war eine sehr üppige –

»Morgen, Bettina.«

»Morgen.« Eine *besonders* üppige, hübsche braunhäutige Brasilianerin.

»Ich glaub, wir haben letzte Woche den ganzen Kaffee getrunken.« Micaela rieb sich die Augen. »Nichts mehr da. Nur irgend so ein komischer Tee. – Du wolltest, dass ich dich wecke, aber ich glaub, ich hab verschlafen.« Sie blickte den Tisch an und stöhnte. »Kein Wunder.«

Der Schlafsack bewegte sich, und zum Vorschein kam eine unbestreitbar schöne, aber leider auch kräftige Männerhand, die etwas zu besitzergreifend eins von Bettinas nackten Fußgelenken packte.

Micaela lächelte und gähnte. »Ich freu mich so für Thomas«,

sagte sie ermutigend. Damit verschwand sie wieder in Rastas Zimmer.

Bettina sah auf die Uhr. Halb neun!

In dem Moment fiel ihr einiges wieder ein.

»Was!?«, herrschte sie Ackermann an, als sie mit feuchten Haaren und in Barbas Kleidern in den sonnigen Arbeitsraum trat, in dem er Aurelies Sachen ausgebreitet und ihren Computer aufgebaut hatte. Er lächelte.

Das lag an Barbas Klamotten. Obwohl deren Schrank fast überquoll, hatte es darin kein unifarbenes Herrenhemd gegeben. Und die einzige einigermaßen dezente Hose war eine Jeans mit Schlag. Die hatte Bettina jetzt an, dazu eine karierte Bluse, die halbwegs locker saß, aber immer noch doppelt so eng war wie die Sachen, die sie sonst trug. Und Sandalen. Ihre Stiefeletten waren in Rastas WG verschollen; vermutlich hatte Thomas sie eingesteckt. Er hatte sich verdächtig für ihre Füße interessiert.

Ackermann weidete sich an ihrem Anblick. »Willenbacher hat ungefähr fünfzigmal hier angerufen. Du warst unerreichbar. Er glaubt, dass du ihm untreu geworden bist.«

»Irgendjemand hat mein verdammtes Handy ausgemacht«, sagte Bettina. »Wo ist er? Schon in Irrlich?«

»Er ist rüber nach Mannheim, da wohnt eine Kollegin der Loor, die scheint's näher mit ihr bekannt war. Aber er vermisst dich.«

»Sehr schön. Er zeigt Eigeninitiative. – An einem Sonntag! Mann, ich bin so richtig versackt.« Bettina rieb sich die Stirn. Diese Geste war gelogen. Sie fühlte sich überhaupt nicht schlecht. Der Schlaf in Rastas Sessel war erholsamer gewesen als die meisten Nächte der letzten Monate. Und das Wetter kam ihr heute strahlender vor.

Ackermann lehnte sich auf seinem Stuhl zurück. »Ach, das soll ich dich auch fragen: ob du dich gut amüsiert hast.«

»Die haben mich gezwungen. Ich war die einzige Nachbarin im Haus, die ihre Ruhe wollte, da haben sie mich mit Bier bestochen und einen süßen Teenager zu mir aufs Sofa gesetzt.« Bettina musste wider Willen lachen. »Ich glaub, der hat mir was ins Glas getan.«

»Und dann habt ihr die Kleider getauscht.«

»Witzbold. Die sind von meiner Schwester. – Es war platonisch, leider. Ich bin in einem Sessel wieder aufgewacht. Ich war völlig hinüber. Du kannst dir nicht vorstellen, was das für ein Krach war, und ich bin dort einfach so weggeknackt.«

»Meine Ex konnte auch überall schlafen«, sagte Ackermann. »Aber das nur nebenbei. – Ich hab hier was gefunden, was uns vielleicht interessiert.«

Bettina bediente sich aus Ackermanns Kaffeemaschine. »Was denn? – Hast du keinen Zucker?«

»In der Schublade. – Ein Aufsatz über Blutfetischismus.« Ackermann warf ihr zwei bedruckte DinA4-Seiten über den Tisch. »Der war in Aurelie Loors Computer, abgespeichert unter blu2411. Hat sie selbst verfasst, wie's aussieht.«

Bettina rührte ihren Kaffee um und griff nach den Blättern. »Blutfetischismus. Lecker.«

»Es ist wirklich eklig«, erklärte Ackermann mit verzogenem Gesicht.

»Geht's um Gewalt?«

»Schlimmer«, sagte Ackermann. »Frühkindliche traumatische Erfahrungen mit der Menstruationsblutung der Mutter.«

»Das«, sagte Bettina und knautschte ihre Haare, damit sie endlich trockneten, »ist natürlich noch viel schlimmer als Gewalt.«

Willenbacher pfiff, als er durch Ackermanns Bürotür trat, und brachte ungefragt Frühstück mit. Er hatte sich die Haare mit Gel an den Kopf gekämmt, was im ersten Moment befremdend wirkte, doch sein elastischer Schritt und sein zufriedener Gesichtsausdruck machten das mehr als wett. Als er Bettina sah, die in Loors Unterlagen vertieft an Ackermanns Schreibtisch lehnte, stellte er das Pfeifen ein, trat vor sie hin, musterte sie vorwurfsvoll und sagte: »Acht Uhr, ja?«

Bettina sah auf. »Es tut mir Leid, Willenbacher. Hey, du hast Brötchen mitgebracht!«

»Ich hab eine halbe Stunde vor deiner Haustür gewartet. Weißt du, was ich in dieser Zeit hätte machen können?«

Ackermann, der die Kaffeemaschine nachlud, verschluckte sich. »*Sex! Wilde Orgien!* – Sag es uns nicht, Willenbacher. Wir sehen es auch so.«

»Ich war todmüde«, sagte Bettina, »und ich bin einfach eingeschlafen, okay?«

»Ich war jung und brauchte das Geld«, flötete Ackermann. Die Kaffeemaschine röchelte. »Also jetzt zeig schon, was du da in der Tüte hast, Will. – Hm, Croissants. Und, was sagte die Freundin von der Loor?«

»Wo ist deine Milch?«

Ackermann schüttelte den Kopf, öffnete eine Schublade, nahm mit einem Griff Zucker, Milchdöschen und Löffel heraus und legte sie neben die Kaffeemaschine. »Also?«

»Sie heißt Alexandra Berg und gibt Mathe und Kunst«, sagte Willenbacher, ein Milchdöschen aufdrückend. Er starrte Ackermann an, der ihn seinerseits heiter betrachtete. »Seh ich irgendwie anders aus?«

»Um genau zu sein, seht ihr *beide* anders aus. Wenn ich es nicht besser wüsste –«

»Alexandra Berg«, fuhr Bettina dazwischen.

Willenbacher schüttete stirnrunzelnd Milch in seine Tasse und nahm sich ein Croissant. »Ihre Wohnung ist toll. Altbau mit Blick auf den Luisenpark. Lebt allein. Fünfunddreißig Jahre. – Die hat doch Durchlaufstopp, oder?« Ackermann nickte. Willenbacher füllte eine Tasse mit dem wenigen Kaffee, der sich schon in der Kanne gesammelt hatte.

»Wie sieht sie aus?«, fragte Bettina.

»Weite Kleider und schwarze Haare mit so einem ganz kurz geschnittenen Pony. Ich frag mich immer, ob das was bedeutet, wie 'n Irokese oder der Knopf im linken Ohr? – Auf jeden Fall hatte sie wohl nicht sehr viel mit Aurelie gemeinsam. Das Einzige, was sie verbunden hat, wie sie selbst sagt, war ihr Interesse für Feng Shui.« Er blickte Ackermann an. »Das ist eine östliche Philosophie, die sich mit Räumen beschäftigt.«

»Ich weiß.«

»Dann ist ja gut. Frau Berg betreibt es so halb professionell nebenher, sie macht Beratungen für Leute, die sich in ihren Wohnungen nicht wohl fühlen oder sich gerade neu einrichten. Oder bauen. Sie hat Aurelie eine Feng-Shui-Beratung gemacht, so haben sie sich besser kennen gelernt und dann ab und zu was zusammen unternommen. Kinobesuche, Theater und so. Sie sagte, dass Aurelie sehr aufgeschlossen für Esoterik gewesen sei. Wirklich befolgt habe sie Frau Bergs Vorschläge aber trotzdem nicht. Und das hat ihr die Berg liebenswürdigerweise gar nicht übel genommen. Sie sagte, Aurelie hatte keinen Bedarf an einer Umstrukturierung ihres Lebens.«

»Na, ein bisschen Struktur hätte nicht geschadet«, sagte Ackermann mit einem Blick auf die Loor'schen Papiere, die er zu mehreren säuberlichen Haufen geschichtet hatte.

»Es gab eine Struktur«, sagte Bettina von ihrem Platz am Tisch aus. »Und irgendetwas daran war verkehrt – zumindest in den Augen der Person, die die Loor in den Bruch gejagt hat.«

»Tja«, sagte Willenbacher und sah in seine Kaffeetasse.

»Wie erklärt sich Frau Berg den Tod ihrer Kollegin?«

»Ziemlich wirr. Spontan hat sie gesagt, dass es ihr Angst macht, wenn sie hört, dass schon wieder eine Lehrerin umgebracht worden ist. Dass sie manchmal in der Klasse steht und sich fragt, wozu Kinder fähig sind. Und dass sie seit der Nachricht von Aurelies Tod nicht weiß, ob sie das Schuljahr noch durchsteht – es dauert noch genau anderthalb Wochen. Dann sind Ferien. Sie hörte sich hysterisch an. Darauf fragte ich sie, ob sie von Schülern wisse, die sauer auf Aurelie waren. Die muss es geben. Auch die netten Pauker verstehen sich nicht mit *allen*. – Und da machte sie eine Hundertachtzig-Grad-Wende. Sie versicherte mir, dass Aurelie eine der beliebtesten Lehrerinnen an der Schule war und dass sogar die frechen Jungs aus den oberen Klassen im Ernstfall auf sie hörten. Und dass alle Schüler, die altersmäßig in der Lage seien, jemanden ernsthaft zu bedrohen, ihr persönlich seit Jahren bekannt wären, und dass keiner von ihnen so etwas tun würde.«

»Dann bräuchte sie aber keine Angst zu haben.«

»Hab ich auch gesagt. Da hat sie angefangen nachzudenken. Und sie sagte –«, Willenbacher legte sein Croissant weg und zog sein Notizbuch hervor, »das Einzige, was ihr an Aurelie negativ aufgefallen sei, wäre die Tatsache, dass sie Lieblinge hatte.«

»Und wie äußerte sich das?«

Willenbacher seufzte. »Auch eher harmlos. Die Berg hat sich lange darüber echauffiert, nachdem sie mal angefangen hatte, drüber nachzudenken – von wegen Gerechtigkeitspflicht der Lehrer –, aber es ist nie wirklich etwas vorgefallen. Es war nur so, sagte sie, dass die Loor ihre Arbeit mehr als so eine Art Hobby betrachtet hat – das konnte sie, weil sie finanziell ziemlich unabhängig war. Und wenn ihr ein Schüler gefiel, dann hat sie ihn angeblich ganz offen bevorzugt. Ohne sich groß Gedanken darüber zu machen.«

»Hm«, machte Bettina. »Vielleicht hat sie damit andere unabsichtlich enttäuscht.«

»Vielleicht«, sagte Willenbacher. »Frau Berg sagte aber auch, dass genau daher Aurelies Beliebtheit rührte. Dass es möglich war, sie als Freundin zu gewinnen. Von einer Lehrerin wirklich ernst genommen zu werden spornte die Schüler ungeheuer an.«

Bettina griff sich die Bäckertüte. »Nee, Willenbacher, Lieber, wenn die Loor einzelne Kinder bevorzugt hat, wird es auch Zurückgewiesene gegeben haben. – Vielleicht war sie jemandes unglückliche Liebe?

»War sie.« Ackermann wies auf einen kleinen Stapel Papiere. »Fünf Liebesbriefe hab ich gefunden. Die waren in einem Ordner abgeheftet. Eines der wenigen Male, wo Frau Loor systematisch vorgegangen ist.«

»Mit den Absendern müssen wir reden.«

Ackermann schüttelte den Kopf. »Sie sind anonym. Drei aus derselben Feder, die beiden anderen jeweils von unterschiedlichen Leuten. Einer hat mit seinen Initialen unterschrieben, der dürfte noch am ehesten zu ermitteln sein.«

»Wie sehen denn die Briefe aus?« Bettina nahm ein Croissant, biss hinein und redete kauend weiter. »Sind sie zu ihr nach Hause geschickt worden? Stehen Drohungen drin?«

»Nein.« Ackermann lehnte sich an die Fensterbank und drückte einen Knopf, um die Lamellen vor dem Fenster zu drehen. »Nur verliebtes Gesülze. Daten stehen auch nicht drauf, und die Umschläge sind nicht dabei. Einer von den Briefen bezieht sich auf eine Klassenfahrt, da müssten wir das Datum rauskriegen können. Aber ganz ehrlich, ich finde es völlig normal, wenn eine hübsche junge Lehrerin Liebesbriefe kriegt, egal, ob sie Favoriten hatte oder nicht. Fünf Stück sind nicht mal übermäßig viel.«

»Vielleicht bleibt auch ein Schüler oder eine Schülerin wegen ihr sitzen«, gab Willenbacher zu bedenken. »Und es gibt immer ein paar, die den Sportunterricht hassen. Von da bis zur Lehrerin ist es nicht weit.«

»Stimmt.« Bettina legte das angebissene Hörnchen auf ihre leere Kaffeetasse, stand auf und begann im Zimmer herumzulaufen. »Also morgen schauen wir uns ihre Klassen an. Heute am Sonntag wäre es Wahnsinn, allen Lehrern und Schülern einzeln nachzulaufen. Heute, ihr Lieben, lautet die Tagesparole wieder: Ermittlung in Irrlich. – Was auch ziemlich hilfreich wäre, Ackermann, wäre das Testament.«

Er hob die Hände. »Ich hab vorhin die Sekretärin von dem Rechtsanwalt zu Hause angerufen. Der Mann ist zum Wandern auf irgendeine Hütte gefahren, ohne Handy. Unerreichbar. Und sie selbst kann weder ins Büro, ohne Schlüssel, noch sich an das Testament erinnern. Frau Loor hatte auch keine Notizen darüber. Ich hab jetzt fast alles durchgesehen – ein halber Tag Arbeit ist es vielleicht noch.«

»Okay. Dann brauchen wir jetzt eigentlich nur noch den Bericht über Fercher. Dann können wir zusammenfassen und raus nach Irrlich fahren.«

Willenbacher schilderte seine Begegnung mit dem kellnernden Hausmeister. »Er hat einen ganz guten Eindruck gemacht«, schloss er, »kein Theater gespielt und ist auch nicht aggressiv geworden, so wie Antoni. Man muss allerdings auch sagen, er hat kein ganz einwandfreies Alibi für Donnerstagabend, genauso wenig wie Frau Berg. Er war zu Hause in St. Martin, was nur seine uralte Vermieterin bestätigen kann, die ihn die Treppe hat hochkommen hören. Gegen sieben Uhr. Gesehen hat sie ihn nicht, und in das Haus kann theoretisch jeder rein. Sie schwört, sie hätte gemerkt, wenn er wieder gegangen wäre – ich bin ja geneigt, ihr zu glauben, aber vor Gericht ist die Aussage nicht viel wert. Und Frau Berg war allein in ihrer Wohnung. Sie konnte keine Zeugen nennen.«

»Genau wie Antoni«, sagte Bettina. »Und die Giallo. Und Katrina Kleins Zeugen sind unzuverlässig, außerdem müssen wir sowieso noch mit ihrer Mitbewohnerin reden. Nicht mal der Bauer, dem Aurelie das Bachbett aufgerissen hat, hat ein Alibi, das nicht mit ihm verwandt ist. Nur der englische Austauschlehrer scheint aus dem Schneider zu sein.«

»Ja«, ließ Ackermann verlauten. »Dessen Kollegen waren hier.«

»Schön.« Bettina betrachtete zerstreut ihre bleichen Füße in Barbas schicken Sandaletten. »Also, Donnerstagabend: Die Loor geht joggen. Ganz wie immer, mit Walkman und Hund. – Wir müssen diesen Weg von ihrem Haus bis zum Steinbruch noch mal abgehen.« Sie blieb stehen, nahm das Gebäck von ihrer Tasse und biss hinein. »Gegen sieben«, sagte sie mit vollem Mund, »bricht sie auf, da wird sie von der Giallo zum letzten Mal lebend gesehen.«

»Unterwegs trifft sie jemanden, den sie vielleicht kennt«, spann Willenbacher weiter. »Jemand, der sie mit etwas Hartem, Schwerem an der Stirn verletzen kann, ohne dass ihr Hund ihn daran hindert.«

»Wir sollten uns mal nach der Leine erkundigen«, schlug Ackermann vor. »Nur so.«

»Sie hatte keine Leine dabei.«

»Eben. Du triffst im Wald so viele fremde Hunde. Und dann noch das Wild – das kann auch mit einem braven Hund ziemlich nervig werden.«

»Gut: Leine suchen. Also der Hund ist festgebunden oder steckt in einem Kaninchenloch. Oder er schafft es zunächst, sie vor Schlimmerem zu bewahren, und schlägt den Angreifer nach dem ersten Schlag in die Flucht. Aurelie rennt davon – zur Bruchkante.«

»Und dann fahren die Klein und der Antoni am nächsten Tag *ausgerechnet* zum Irrlicher Steinbruch.«

»Was wollten sie eigentlich dort? *Was* machen die noch mal?«

Willenbacher zog sein allwissendes Notizbuch zu Rate. »Eine Nachaufnahme der Feldgehölze in den agrarisch genutzten Flächen der Region. Im Auftrag des Landes.«

»Gehört ein Steinbruch dazu? Zu agrarisch genutzten Flächen, meine ich?«

»Als wir mit ihnen gesprochen haben, hörte es sich so an.«

»Wir müssen jetzt gleich als Allererstes mit dieser Katrina Klein reden. Die soll uns das alles noch mal ganz genau erzählen. Ohne ihren großen bösen Beschützer an der Seite.«

»Der mich beinahe gekillt hätte, als ich ihn über Aurelie ausgefragt habe.«

»Wolfgang Antoni«, sagte Bettina, während sie sich Kaffee nachschenkte, »wirkt ziemlich aggressiv.«

»Völlig unbeherrscht«, korrigierte Willenbacher. »Am liebsten hätte er mich von seiner schönen Empore da in der Scheune runtergestoßen. Du hast richtig gesehen, wie es ihm in den Fingern juckt.«

»Dabei musste ihm doch klar sein, was für ein Licht das auf ihn wirft«, bemerkte Bettina. »Worum ging es in dem Streit zwischen ihm und der Loor?«

»Den hat er abgestritten.«

»Hat ihn was Bestimmtes besonders provoziert?«, erkundigte sich Ackermann.

Willenbacher dachte nach und blätterte in seinem Notizbuch. »Eigentlich mochte er überhaupt nicht über Aurelie reden, aber richtig sauer wurde er, als ich ihn damit konfrontiert hab, was seine Mutter über sie gesagt hat. Schwiegertochter in spe und so. Da konnte er nicht mehr leugnen, dass die Beziehung tiefer ging. Wo er sich vorher solche Mühe gegeben hatte, mir zu erklären, wie wenig die Loor ihm bedeutet hat.« Willenbacher sah auf. »Schlagt mich, wenn ich das sage, aber irgendwie hat er trotzdem echt gewirkt. Ich meine, überlegt euch das – erst leugnet er, überhaupt mit ihr befreundet gewesen zu sein, gibt es dann unter der erdrückenden Beweislage zähneknirschend zu. Außerdem ist er jähzornig, kannte ihren Hund und ihre Joggingrouten und hat kein Alibi und überdies wahrscheinlich Krach mit ihr – das hört sich *ganz schön* verdächtig an. Aber das fällt mir erst jetzt auf, wo ich mit euch drüber rede.«

»Das ist die Liebe«, sagte Ackermann, »die macht auch aus dir ein Lamm, Willenbacher.«

»Sehr witzig.«

»Aber dafür hast du ja uns. Die Kollegin Boll und ich, wir bewahren für dich den Überblick.«

»Apropos Überblick«, sagte Bettina, »wir müssen heute alle Leute auf dieses Blut ansprechen. Es ist echtes, hat man mir unten gesagt. Und dann dieser Aufsatz über Fetischismus –«

»Ja, wir suchen einen Perversen!« Ackermanns Augen leuchteten. »Soll ich nicht mitkommen? – Böllchen? Wenn es der aggressive Antoni ist? Wenn er wieder versucht, Will von der Empore zu schubsen?« Er grinste Willenbacher frech an und plusterte seine ohnehin breiten Schultern, auf die er ziemlich stolz war, noch mehr auf.

»Wir schaffen das schon«, sagte Bettina kühl. »Was mir gerade einfällt, die Loor und der Antoni kannten sich von der Uni. Also schon ziemlich lang. Vielleicht steht in ihren Tagebüchern von vor vier Jahren was über ihn drin. Ackermann.« Bettina sah ihren Kollegen an. Seine Mundwinkel sanken herab, er nickte lustlos und blickte an seinem kräftigen Körper hinab, als wolle er sagen »alles verschwendet«. Ackermann war groß und gut aussehend, mit schwieligen Händen und einer lauten Stimme. Und er wurde leicht eifersüchtig.

Und normalerweise waren ihre Rollen genau andersherum verteilt. Deshalb wäre es ziemlich unklug, ihn zu verärgern, wenn Bettina nach Härtings Rückkehr nicht noch mehr Aktenarbeit machen wollte. Ackermann versuchte stets sehr kollegial, sie in die unmittelbaren Ermittlungen einzubeziehen. Andererseits waren sie im gleichen Dienstalter, und seine freundliche Großherzigkeit konnte er sich nur auf Grund von Härtings einseitiger und ungerechter Förderung leisten. Noch blöder, als Ackermanns Eifersucht herauszufordern, sagte sich Bettina, war es, deswegen vernünftige Entscheidungen in Frage zu stellen. Es war notwendig, dass die Tagebücher gründlich durchgesehen wurden, auch wenn das dauerte.

»Das dürfte schneller gehen, als es aussieht«, sagte sie versöhnlich, »soweit ich gesehen habe, steht über den einzelnen Einträgen der Name der Person, um die es geht.« Sie griff nach dem Stapel mit den Heften, der in ihrer Reichweite auf Ackermanns Tisch lag, nahm die obersten drei und blätterte sie rasch durch. »Die hast du noch nicht durchgesehen, oder?«

»Ich hab nur auf die Daten geschaut.«

Beim zweiten wurde sie fündig. »Da haben wir doch schon was: *13. Dezember 92. Wolfgang A. Habe ihm gesagt, dass mich die Sache mit der Ratte geschockt hat.* – Hm. *Dass ich ihn beobachtet habe. Er hat nicht reagiert. Das finde ich beängstigend. Komisch, diese Verschiebung der Emotionen. Kalte Gleichgültigkeit über die Qual der Ratte, dagegen unverkennbare Erregung beim Anblick des noch lebenden Körpers. Werde mich nächstes Mal auf der Liste bei ihm eintragen. Sollte nicht schwer fallen, ist sowieso immer allein. Starke soziale Defizite. Extreme Nervosität in Gruppen. Interessant.*« Bettina ließ das Heft sinken. »Vielleicht sollten wir das mitnehmen und ihn dazu befragen.«

»Bitte«, sagte Ackermann. »Wenn A. für Antoni steht ...«

»Das ist krank«, sagte Willenbacher. »Sie hat sich an ihn rangemacht, *weil* er eklige Sachen mit Ratten machte und eigentlich lieber allein war. Also –«

»Du hast doch gehört«, sagte Ackermann, »ein interessanter Fall für die Hobbytherapeutin. Er hat sie fasziniert.« Er betrachtete die Hefte nicht mehr ganz so verächtlich. »Wahrscheinlich hat sie zu viel über ihn rausgefunden.« Er zog den Stapel zu sich heran. »Passt auf, ich schau die hier durch und mache Kopien von den interessanten Stellen. Dann fahr ich zu euch raus und wir verhören den Antoni gemeinsam. Dann haben wir auch was Greifbares, wozu er sich mal äußern soll.«

»Okay«, sagte Bettina. Das war zwar ein Kompromiss, aber ein vernünftiger.

Eine dreiviertel Stunde später trafen Bettina und Willenbacher – in getrennten Autos diesmal, Bettina hatte sich einen Audi aus dem Fuhrpark genommen – in Irrlich ein. Sie parkten vor dem in der Vormittagssonne violett und türkisblau schillernden *Exxtrabreit*. Katrina mussten sie nicht lange suchen. Sie saß auf der Verandatreppe mit einer Tasse Kaffee in der Hand.

»Morgen.« Der Teenager blinzelte ihnen entgegen.

»Hallo, Katrina.« Bettina fand, dass sie sich verändert hatte. Natürlich konnte sie sich täuschen, war sie doch vorgestern, als sie sich begegnet waren, selbst nicht ganz auf der Höhe gewesen. Trotzdem hatte sie das Gefühl, dass Katrina wesentlich wacher und gespannter wirkte als zuvor. Und vor allem war sie – wie Bettina selbst – ganz anders angezogen. Das Mädchen trug schwere schwarze Stiefel, lange Hosen und ein weites graues Sweatshirt, und das, obwohl die Luft schon heiß über dem Asphalt der Straße flirrte. Zusätzlich hatte sie ihre Fingernägel in schrillem Türkisblau lackiert und ihre Augen dramatisch schwarz umrandet. Sie sah aus wie eine Festung. Vorgestern noch hätten ihre Kleider und Schuhe zusammen in eine Schultasche gepasst.

»Ich war gestern schon bei der Polizei.« Überrascht und etwas abweisend stellte Katrina ihre Kaffeetasse weg. »Mit Wolfgang. Ich habe meine Aussage unterschrieben.«

»Wir müssen trotzdem noch mal mit Ihnen reden.«

»Warum?«

»Sie müssen uns von Frau Loor erzählen.«

Katrina sah sich um.

»Möchten Sie, dass jemand dabei ist, wenn wir reden? Ihr Vater? Eine Freundin?«

»Quatsch«, sagte Katrina verächtlich.

Bettina setzte sich neben sie auf die Treppe.

»Gibt's hier auch Stühle?«, fragte Willenbacher. »Ach, ich seh schon, dort oben.« Er stieg auf die Veranda.

»Okay.« Bettina streckte ihre Beine aus und betrachtete ihre Füße in den offenen Sandalen. Ein bisschen Bräune und Lack an den Nägeln würde ihnen auch nicht schaden. »Sie haben gesagt, dass Sie in diesem Bachrenaturierungsverein waren, den Frau

Loor gegründet hat. Erzählen Sie uns davon. Was haben Sie da gemacht?«

»Wir haben uns immer samstags getroffen.« Katrina rückte zur Seite, damit Willenbacher mit seinem Stuhl an ihr vorbeikam. »Samstags um drei, manchmal auch früher. Meistens waren wir am Bach und haben einfach nachgesehen, ob alles in Ordnung ist, wir haben die Tiere beobachtet und Pflanzen bestimmt, den Müll eingesammelt, wenn da welcher war, und so. Und wir haben eine Schautafel gemacht, die war jetzt schon zweimal auf der Kerwe in Irrlich aufgestellt, und auch in Eisenfels und sogar oben in Stauff, obwohl der Johannisbach da gar nicht durchfließt.«

»Und Frau Loor war jedes Mal dabei?«

»Meistens. Manchmal, wenn sie nicht konnte, hat es jemand anders vom Verein gemacht. Aber sie war fast immer da. Mit ihr hat's auch am meisten Spaß gemacht.«

Das hörte sich traurig an.

»Und die anderen Leute vom Verein? Was haben die gemacht?«

»Die haben sich sonntags getroffen und auch am Bach gearbeitet.« Katrina zupfte an den drei Buddhabändchen, die sie ums linke Handgelenk trug. »Das ist viel Arbeit. Sie haben mit den Anrainern gesprochen, um wieder Flächen für die Aue zu bekommen. Und wegen dem Güllen und Mähen. Das schadet dem Bach, und die meisten Bauern machen es ganz ohne Grund, nur weil sie es gewöhnt sind und weil's ordentlicher aussieht. Sie haben auch Begehungen gemacht mit Leuten von der Gemeinde und natürlich Müll gesammelt und so. Und vorn beim Ortseingang haben sie einen toten Arm geschaffen, da haben wir vom Samstagsklub mitgeholfen.« Ihr Gesicht hellte sich auf. »Wir haben das ganz allein gemacht, ohne Baufirma, haben das Profil verändert, den Arm angelegt, Erlen gepflanzt und alles. Wir haben von hier bis Eisenfels die Strukturgüteklasse zwei erreicht.« Sie sah Bettina ernst an. »Das sagt Ihnen jetzt nichts, ist aber gut.« Ihr Kopf senkte sich. »Nächstes Jahr wollten wir eine richtig umfassende Bestandsaufnahme machen. Fischbestand, Ufervegetation, Benthos.«

»Was heißt, ihr wolltet?«

»Wir wollen«, verbesserte sich Katrina.

»Frau Loor war die treibende Kraft im Verein, nicht?«

»Ja.«

»Wird der Verein ohne sie weiter bestehen?«

»Ich weiß nicht«, sagte Katrina unglücklich.

»Was heißt Benthos?«, fragte Willenbacher, der es sich auf seinem Stuhl bequem gemacht hatte und trotz aufgeschlagenem Notizbuch und gezücktem Kugelschreiber so etwas wie Sonntagsausflug-Laune ausstrahlte.

»Das ist alles, was im Wasser am Boden lebt«, sagte Katrina. »Tierische und pflanzliche Organismen.«

»Wer sind die anderen Leute vom Klub?«

Katrina nannte ein paar Namen, die Willenbacher gewissenhaft notierte.

»Werden die sich heute irgendwo treffen?«

»Ich weiß nicht.«

»Wo würden sie sich denn gewöhnlich treffen?«

»Bei Aurelie. Oder gleich am Bach, der tote Arm ist normalerweise der Treffpunkt.« Während Katrina beschrieb, wie man mit dem Auto am besten dorthin kam, schweifte Bettinas Blick über den leeren Parkplatz, der in der stärker werdenden Hitze langsam zu glühen begann. Getränkeflaschen und sonstiger Unrat lagen in dem hellen Staub. Überrascht stellte sie fest, dass sie schwitzte. Ganz normal schwitzte, obwohl sie viel leichter gekleidet war als gestern. Und obwohl Barba mit den Kindern schon zwei Nächte weggeblieben war und sie deshalb eigentlich besorgter hätte sein müssen. Doch sie konnte jetzt nicht an Barba denken. Sie musste arbeiten.

»Sie waren aber mit Frau Loor auch noch außerhalb des Klubs befreundet.«

»Ja.«

»Sie sind jeden Morgen mit ihr nach Ludwigshafen gefahren.«

»Ja.«

»Worüber haben Sie da in der letzten Zeit so geredet? Hat sie mit Ihnen über persönliche Dinge gesprochen?«

Katrina schwieg und sah in ihre leere Tasse.

»Hatte sie neue Bekannte? Oder vielleicht Streit mit jemandem hier vom Ort? Oder Probleme mit ihren Schülern? – Wenn Sie etwas wissen, müssen Sie uns das sagen, Katrina.«

»Nein, sie war ganz normal.«

»Okay. Dann wäre da noch eine Frage zu Frau Loors Hund. Wenn sie mit ihm joggen ging, hatte sie ihn dann immer an der Leine?

»Ja.«

»Wissen Sie das genau?«

Katrina hob die Hände. »Ich war fast nie dabei. Aber wenn sie mit Rocco unterwegs war, hatte sie normalerweise auch die Leine mit.«

»Na gut. Jetzt noch was ganz anderes: In Frau Loors Tiefkühltruhe haben wir eine Blutkonserve gefunden. Mit echtem Blut, wahrscheinlich von ihr selbst. Haben Sie irgendeine Ahnung, was sie damit vorhatte?«

War Katrina jetzt erschrocken oder hatte sie nur eine Mücke verscheucht? Ihr Gesicht war genauso ernst wie zuvor. Sie wirkte in sich gekehrt und trotzdem gespannt wie ein Klappmesser. »Blut?«

»Ja.«

Katrina schwieg eine lange Weile. Endlich sagte sie: »Kennen Sie den Koch hier?«

»Vom *Exxtrabreit?«*

»Udo, ja. Als der seine Hüftoperation hatte, da musste er vorher einen Eigenblutvorrat anlegen, den sie aber nicht gebraucht haben, und das Zeug hat er hinterher mitgekriegt. Und seit drei Jahren gammelt das jetzt in der Truhe vom *Exxtra,* und er zeigt es überall rum. Er bringt es nicht fertig, es wegzuschmeißen.«

Bettina und Willenbacher sahen sich an. Was für eine wunderbar einfache Erklärung.

»Hatte Aurelie denn in letzter Zeit eine größere Operation?«, fragte Willenbacher.

»Nein.« Katrina spielte wieder mit den Perlenbändern.

»Waren Sie mal bei ihr in der Sauna?«

Der abrupte Themenwechsel ließ das Mädchen aufschauen. »Nein.«

»Hat sie manchmal Leute eingeladen, um bei ihr zu saunen?«
»Weiß ich nicht. – Livia muss das doch wissen.«
»Livia Giallo sagt, dass Wolfgang Antoni regelmäßig zum Saunen gekommen sei.«
Katrina nahm ihre Tasse wieder in die Hand. »Echt?«
»Hat Aurelie manchmal über Wolfgang Antoni gesprochen?«
»Nein.«
»Haben sie sich zusammen in der Öffentlichkeit gezeigt?«
Katrina runzelte die Stirn. »Gezeigt?«
»Ich meine, haben sie was zusammen unternommen, die beiden. Kamen sie vielleicht manchmal ins *Exxtrabreit* oder so?«
»Nie.«
»Wussten Sie, dass sie ein Paar waren?«
Katrina stellte ihre Tasse auf die Treppenstufe neben sich. »Waren sie das?«
Das klang ein bisschen zu desinteressiert.
»Seit wann kennen Sie Wolfgang Antoni, Katrina?«, fragte Willenbacher.
Sie verschränkte die Arme. »Er ist mein Arbeitskollege.«
»Das wissen wir«, sagte Bettina.
Katrina warf einen Blick auf ihre Fingernägel. »Ich kenne ihn nicht richtig, wir arbeiten nur zusammen.«
»Ja.«
Sie schwiegen eine Weile. Katrina machte keine Anstalten, ihre wie auch immer geartete Beziehung zu Antoni zu kommentieren. Sie war ein kluges Mädchen, fand Bettina. Leider.
»Was tun Sie genau, wenn Sie zusammen arbeiten? – Ich meine, wir wissen, Sie machen eine Nachaufnahme der Feldgehölze. Aber wie sieht das aus? Sie beide fahren zusammen raus, zu den Feldern, und dann?«
»Dann gehen wir kurz durch. Wir haben Karten von dem ganzen Gebiet, in ziemlich großen Maßstäben. Es ist also nicht alles ganz genau drin. Wir sehen einfach nach, ob die Hecken und Gehölzinseln und Saumgesellschaften, die vor ein paar Jahren erfasst worden sind, immer noch da sind, und schätzen den Umfang ab. Oft sind sie kleiner oder ganz verschwunden, denn

nach der ersten Kartierung wurde den Bauern bewusst, dass sie Flächen ungenutzt lassen, die in ein paar Jahren vielleicht unter Schutz gestellt werden. Und jetzt versuchen sie noch schnell, alles platt zu machen.«

»Unglaublich.«

»Finde ich auch.« Katrina schlug die Augen nieder. »Wolfgang sagt, das wäre zu erwarten gewesen, aber die Hecken nützen den Bauern eigentlich viel mehr, als sie schaden, und die Wegsäume gehören ihnen auch überhaupt nicht, aber sie bewirtschaften sie trotzdem. – Na ja, Wolfgang bestimmt dann, was für eine Art Biotop es ist, also was für Pflanzen da vergesellschaftet sind, wie die Kernzonen und Säume aussehen und so. Ich trage das alles ein, dafür benutzen wir die alten Aufnahmen. Und die Strukturen werden neu beurteilt. Also ob die Biotope mit anderen zusammenhängen. Je mehr diese Gesellschaften vernetzt sind, umso besser und gesünder sind sie auch.«

»Das ist interessant.«

»Ja.« Katrina blieb auf der Hut.

»Wie lange tun Sie das schon?«

»Seit Mittwoch.«

»Und was ist sonst Ihre Aufgabe im Umweltamt?«

»Ich bin Azubi. Bürokauffrau.«

»Aber Sie interessieren sich mehr für Biologie als fürs Kaufmännische.«

»Eigentlich schon.«

»Ist es nicht ungewöhnlich, dass Sie mit einem Biologen rausfahren? Ich meine, wir bei der Polizei nehmen unsere Bürokauffrau-Azubis auch nicht mit, wenn wir einen Zeugen vernehmen.«

»Ich hab mir diese Arbeit nicht ausgesucht«, sagte Katrina kühl. »Als Lehrling muss man alles machen. Ich wasche auch das Auto von der Amtsleiterin und schäle an Aschermittwoch die Kartoffeln fürs Heringsessen, wenn Sie's genau wissen wollen.«

»Aber Herr Antoni hat durchgesetzt, dass Sie diese Arbeit mit ihm bekommen.« Bettina machte ein liebenswürdiges Gesicht.

Katrina sah sie finster an. »Außer mir war niemand da, der es hätte tun können. Wir haben zur Zeit nur einen Praktikanten, und der hatte was anderes zu tun.«

»Haben Sie vorher schon mit ihm zusammengearbeitet?«

»Nein.«

»Katrina, wieso sind Sie am Freitag in diesen Steinbruch gefahren? Gehörte er zu Ihrer Route dazu, oder gab es einen anderen Grund?«

»Wir wollten Mittag machen«, sagte Katrina.

»Er lag nicht auf der Route?«

Katrina überlegte. »Also –«

»Das ist wichtig, Katrina.«

»Wir waren sowieso in der Nähe, und wir dachten einfach, es wäre ein guter Platz zum Essen.«

»Sind Sie am Mittwoch und am Donnerstag zum Essen auch an bestimmte Plätze gefahren?«

»Nein«, sagte Katrina langsam. »Das sind wir nicht. – Aber hier war es etwas anderes. Wir hatten gerade festgestellt, dass wir beide aus Irrlich kommen. Dass wir Nachbarn sind, hatten wir gar nicht gewusst. Und weil wir uns sowieso in der Gegend auskannten, haben wir dann beschlossen, dort im Steinbruch Mittag zu machen.«

»Von wem kam der Vorschlag?«, fragte Willenbacher.

»Wir sind gemeinsam draufgekommen.«

»Kam der Vorschlag von Ihnen, Frau Klein?«

»Also –«

»Das wissen Sie noch.«

»Ich –«

»Nicht wahr?« Willenbacher sah sie freundlich an.

»Er kam von Wolfgang«, sagte Katrina leise.

* * *

Ackermann hatte schnell gelesen; er brauchte nicht mal eine Stunde länger als sie. Weil es Unsinn war, zu dritt bei Antoni aufzukreuzen, wurde der arme Willenbacher dazu abkommandiert, die Leute aus der Siedlung oben am Galgenhübel noch mal nach

Katrinas Alibi zu befragen und anschließend die Mitglieder des Bachrenaturierungsvereins aufzusuchen. Das gefiel weder ihm noch Bettina, doch sie hatte der Lösung bereits zugestimmt, und Ackermann war schon im Anmarsch. Mit ihm traf sie sich vor dem *Exxtrabreit,* zwei staubige Dienst-Audis auf dem riesigen leeren Parkplatz in der Mittagshitze. Konspirativer hätte dieses Treffen kaum wirken können. Katrina war im Innern des Lokals verschwunden, Willenbachers leuchtender Twingo stand ganz am anderen Ende des Platzes neben einem Porsche im Schatten und blickte vorwurfsvoll.

Ackermann glühte. Er hatte rausgefunden, was damals vor acht Jahren mit der Ratte passiert war: Die hatte laut Tagebuch noch gelebt, als Antoni sie in einer Anatomieübung sezierte.

»Sie schreibt, dass er immer ein Tier für sich wollte«, sagte Ackermann, der sein Auto so geparkt hatte, dass sie sich mit geöffneten Türen gegenübersitzen konnten, auf ihrem jeweiligen Fahrersitz, wie zwei Mafiosi in einer künstlerischen Filmproduktion. »Allein das war schon ungewöhnlich. Normalerweise teilten sich je zwei bis vier Studenten ein Tier.«

»Und wie sind die anderen Ratten gestorben?«

»Das steht nicht drin«, erklärte Ackermann. »Jedenfalls war Aurelie in der Gruppe neben ihm. Sie haben das Vieh aufgeschnitten und mussten dann wohl eine Zeichnung davon anfertigen. Weiß der Geier, warum die so was machen. Antoni befand sich am Nebentisch und verhielt sich verdächtig. Aurelie beobachtete ihn. Dann sah sie, dass das Herz seiner Ratte noch schlug. Offen.«

»Wie, offen – du meinst –?«

Ackermann nickte. »Er merkte, dass sie es sah, und hat sofort versucht, es zu verbergen. Sie schreibt, er habe sehr schuldbewusst ausgesehen. Ansonsten hätte sie der Sache gar keine Bedeutung zugemessen. Es konnte ja auch eine optische Täuschung sein oder irgendein Reflex, der nach dem Tod der Ratte hätte eintreten können. Und da endet der Eintrag. Sie schreibt nur noch, dass sie sich seltsamerweise nicht abgestoßen fühlte und dass sie in dem Moment, da sie das winzige schlagende Herz sah, überhaupt nicht begriff, was es bedeutete. Erst hinterher, als sie darüber nachdachte. Dann hat sie es eine Weile mit sich herumgetragen. Dann hat sie begonnen, sich für diesen Mann zu interessieren, und schließlich hat sie ihn angesprochen.«

»Und das Blut – ist es für ihn von Bedeutung?«

»Ja. Er ist der Fetischist. Ich hab die Bücher zwar nur bis '94 gelesen –«

»Ackermann!«

»Aber das hat gereicht. Er ist es. Lass uns ihn uns zur Brust nehmen, Böllchen.«

»Ackermann, sag nicht Böllchen zu mir, sonst kleb ich dir eine, das ist mein Ernst. Ich hasse das. Und wehe, es steht noch etwas in diesen anderen Heften, das wir jetzt gleich verwenden könnten. Wehe.«

»Ach was«, sagte Ackermann und zog seine Tür zu, »die wichtigen Infos haben wir. Wo müssen wir lang?«

Sie trafen Wolfgang Antoni zu Hause in der Scheune an. Er trug eine schmutzige Jeans und ein Hemd mit aufgerollten Ärmeln und rauchte eine selbst gedrehte Zigarette. Ob sie unten reden könnten, er sei gerade dabei, die Küche zu plätteln, der Fliesenkleber sei frisch angerührt.

»Kein Problem«, sagte Bettina. Sie stiegen die rohe Betontreppe hinunter in die Dunkelheit, die nicht ganz so dunkel war, wie es von der Scheune aus wirkte.

»Wie haben Sie es hingekriegt, hier unten Tageslicht reinzuholen?«, fragte Ackermann.

»Ich hab zuerst das alte Gebäude oben abgefangen und dann von außen die Baugrube für den Keller ausgehoben«, erklärte Antoni, der voranging und momentan ziemlich ausgeglichen wirkte. Um genau zu sein, war er fast heiter. Sie betraten einen von einem breiten freien Lichthof erhellten Raum. Bis auf die Marginalien wie Fenster und Heizkörper war er unausgebaut, der Boden war blanker Estrich, die Wände bestanden aus unverputztem Beton, auf dem allerdings schon die Elektroleitungen angebracht waren. Daneben lag die ebenfalls helle »Küche«, als solche nur erkennbar auf Grund des weiß gefliesten Bodens und der Fliesenstapel, die offensichtlich für die Wand bestimmt waren.

»Der Keller liegt quer zur eigentlichen Scheune und ist viel kleiner, die Grundflächen schneiden sich. So hab ich den Scheunenraum für den Sommer und das hier«, er wies auf die Wände, »für den Winter.«

»Beeindruckend«, sagte Ackermann.

Antoni warf die Zigarette auf den Boden und trat sie aus. »Ja. Die jetzige Küche ist dunkel, aber da kommt später nur eine Abstellkammer rein.« Er betrat den gefliesten Raum, nahm den Rührer aus dem Eimer mit Fliesenkleber und stellte ihn sorgfältig auf einen alten Papiersack. Dann nahm er einen Zahnspachtel zur Hand. Bettina und Ackermann folgten ihm.

»Haben Sie eine Sitzgelegenheit für uns, Herr Antoni? Das Gespräch wird vielleicht eine Weile dauern.«

Er legte den Spachtel wieder weg. »Sicher. Moment.« Er verschwand und kam mit zwei hölzernen Küchenstühlen wieder.

Bettina setzte sich, Ackermann blieb stehen.

»Darf ich rauchen, Herr Antoni?«

»Bitte.« Er trat eine schmutzige Untertasse zu Bettina hinüber. Obwohl die Bewegung ungeschickt gewirkt hatte, blieb der kleine Teller genau vor ihren Füßen stehen. »Möchten Sie auch?« Sie hielt ihm ihr zerdrücktes Päckchen hin.

»Nein danke. Was ist denn so wichtig, dass Sie schon wieder kommen?«, fragte er, griff sich erneut den Spachtel und begann den Fliesenkleber auf die Wand aufzutragen. »Ihr Kollege war doch erst gestern da.« Er wirkte nicht beunruhigt.

»Herr Antoni«, begann Bettina, »ist Ihnen bekannt, dass Aurelie Loor regelmäßig Tagebuch führte?«

»Nein.« Er klatschte den Kleber an die Wand, verteilte ihn ruhig und gleichmäßig, holte nach, klatschte an die Wand, verteilte.

»Sie hat ein paar Dinge über Sie geschrieben, über die wir reden müssen.«

»Gut.«

»Da wären zunächst mal die Umstände, unter denen Sie Frau Loor kennen gelernt haben. Können Sie sich daran erinnern?«

»An der Uni in Kaiserslautern.«

»Beim Sezieren einer Ratte«, sagte Bettina.

»Ihre lebte angeblich noch«, setzte Ackermann hinzu.

Antoni ließ den Spachtel sinken und drehte sich um. »Ich erinnere mich.«

»Lebte die Ratte wirklich noch, Herr Antoni?«, fragte Bettina freundlich. Sie hielt immer noch ihre kalte Zigarette in der Hand. Antoni dachte offenbar nach. Er betrachtete sie mit einem unkonzentrierten Blick und kaute auf seinen wulstigen Lippen. In den ausgeleierten Arbeitsklamotten wirkte er größer und ein wenig schmaler als bei ihrer ersten Begegnung. Und gelöster. Aber bei ihrer ersten Begegnung, dachte Bettina, als er seine Bekanntschaft mit Aurelie leugnete, hatte er unter Schock gestanden. Das durfte sie nicht vergessen. Antonis Anwalt würde es auch nicht.

Er atmete tief durch. Durch die geöffneten Fenster zum Lichthof hörte man fröhliche Kinderstimmen. »Ja, ich glaube, sie lebte noch.«

»Erklären Sie uns das«, sagte Ackermann. »Wieso haben Sie eine lebende Ratte aufgeschnitten?«

Antoni sah immer noch nachdenklich aus, doch nun musterte er sie. Sein blauer Blick war wach und wanderte zwischen ihr und Ackermann hin und her. »Es war Zufall«, sagte er schließlich ruhig. »Ein Zufall, den Sie mir nicht glauben werden.« Er legte den Spachtel zu dem Rührer auf den Papiersack.

»Möchten Sie, dass wir dieses Gespräch im Beisein Ihres Anwalts führen?«

Diese Frage schien ihn nicht zu überraschen, doch seine Hände begannen an einer der Taschen seiner Jeans zu nesteln. Er holte ein blaues Plastikpäckchen mit Tabak hervor. »Ich brauche keinen Anwalt«, sagte er. »Ich habe Aurelie nichts getan.«

»Bleiben wir bei der Ratte«, sagte Bettina und zündete ihre Zigarette an. »Was ist mit ihr passiert?«

Antoni sah sie an. Einen Moment wirkte sein Gesicht zornig, so kurz nur, dass sie gleich darauf meinte, sich getäuscht zu haben. Doch irgendwie blieb das beunruhigende Gefühl, auf eine Liste gesetzt worden zu sein. Bettina sah sich unwillkürlich nach einem Fluchtweg um. Antoni schien zu lächeln, während er den Tabak in ein weißes Papierchen drehte.

»Die Ratte.« Er leckte das Papier an und drückte es fest. »Ich möchte Ihnen etwas über Aurelie erzählen.« Er klopfte die Zigarette auf den Handrücken, steckte sie in den Mund und zündete sie an.

»Wir hören.« Bettina fragte sich, wie Willenbacher darauf kam, diesen Typen für »echt« zu halten. Inwiefern echt? Echt gewalttätig?

»Aurelie«, sagte Antoni endlich, »war eine Frau, die sich ihre Abenteuer selbst schuf.« Er nahm den Stuhl, den Ackermann verschmäht hatte, und stützte sich auf die Rückenlehne. »Aurelie konnte selbst dem tristesten Alltag, der armseligsten Existenz noch etwas Geheimnis und Nervenkitzel abringen.«

»Was hat Sie daran gestört?«

Antoni schnaubte. »Nichts, solange sie noch lebte. Jetzt aber haben Sie ihr Tagebuch und keiner kann Sie daran hindern, all das zu glauben, was drinsteht. Die einzige Person, die es relativieren könnte, ist tot.«

»Wissen Sie, was drinsteht?«

»Oh, ich kann es mir vorstellen. Aurelie hat sich eingeredet, dass ich gestört bin. Das war ihre Lieblingsfantasie. Und Aurelie liebte saftige, pathologische Details. Sie werden mich für ein Monster halten.«

»Sagen wir, einiges kommt uns irgendwie krank vor.«

»Das wird mir zugute kommen, falls Sie sich entschließen sollten, mich einzusperren, nicht wahr?«

Das hörte sich ironisch an. Und fast schon ergeben.

»Herr Antoni«, sagte Bettina, »gibt es einen Grund, Sie einzusperren?«

Die dürre rothaarige Polizistin mit der albernen Schlaghose schnippte eine Aschewurst auf den Teller zu ihren Füßen. Sie zielte nicht richtig, sie war zu sehr damit beschäftigt, ihn anzustarren. Etwas Asche fiel auf seine schönen, neu verlegten Fliesen. Wolfgang presste seine linke Faust hinter dem Rücken zu einem festen Knoten aus Zorn und Hass zusammen. Er durfte sich nicht provozieren lassen, nicht vor *zwei* Polizisten. Er musste unter allen Umständen Ruhe bewahren. Das war das Wichtigste. Und Zeit gewinnen. Er betrachtete seine rechte Hand, die die Zigarette hielt. Sie wirkte entspannt. Sie wirkte doch entspannt?

Nicht zu fassen – die eitle Schlampe hatte ein Tagebuch geführt. Nicht zu fassen, nicht zu fassen, *nicht zu fassen!* Der Satz drehte sich in seinem Hinterkopf wie ein Gebet. Dabei war das nicht überraschend, sondern eigentlich typisch Aurelie. Er hätte es sich denken können, ja müssen. Doch sein einziger Vorteil, das wurde Wolfgang plötzlich klar, war, dass er es nicht gewusst hatte. Dass er sich nicht hatte vorbereiten können. Dass er nicht nervös war.

»Nein, es gibt keinen Grund, mich einzusperren«, sagte er ruhig. »Ich habe Aurelie nichts getan. Und was auch immer sie sich über mich ausgedacht hat – dass ich sie bedroht und angegriffen hätte, kann sie trotz allem nicht geschrieben haben.«

»Weil Sie sie daran hinderten?«, fragte der große Polizist. Er hatte die Arme verschränkt. Sein Gesicht war ausdruckslos. Trotzdem sah er aus wie ein Berg aus Misstrauen. Die Polizistin musterte Wolfgang. Um ihre Augen lagen tiefe Schatten, doch ihr Blick war scharf.

Er lockerte langsam seine Linke. Schadensbegrenzung, dachte er. Er musste seinen Stolz vergessen und seine Wut runterschlucken. Nur dieses eine Mal. Er konnte das. Er war intelligent, wenn er auch sonst nichts war. Und jetzt, genau jetzt musste er diese beiden Polizisten überzeugen. Das war vielleicht noch möglich. Denn immerhin – Aurelie konnte tatsächlich nichts mehr sagen.

Er *lebte*, und sie war tot.

»Sagen Sie mir doch einfach«, bat er laut, »was Aurelie geschrieben hat. Dann kann ich mich wenigstens verteidigen.«

»Versuchen Sie's mal mit der Ratte.« Die Polizistin beugte sich vor. Sie roch nach Rauch, Erde und Vanille, eigentlich ein guter, einnehmender Geruch. Doch ihre Haut wirkte alt und trocken. Wahrscheinlich wühlte sie zu tief im Leben anderer Leute. Das wurde wohl auch irgendwann zur Sucht.

»Ja. – Kennen Sie sich ein bisschen aus mit dem Biostudium?«

»Nein.«

Wolfgang drückte seinen glühenden Zigarettenstummel zwischen Daumen und Zeigefinger aus. Das tat er manchmal, wenn er sich stark konzentrieren musste. Diesmal war es ein Fehler, die grünen Augen der Polizistin folgten der Bewegung interessiert. Wie er diese Hobbypsychologinnen hasste. »Ich glaube, die Ratten hatten wir in der ersten Anatomieübung. Jedenfalls kann ich mich an keine davor mehr erinnern. – Diese Übungen gehören zum Grundstudium. Sie sind Pflicht. Es ist nicht so, wie Sie es sich vielleicht vorstellen, dass so etwas nur den Tierquälern vorbehalten bleibt. Wie das heute ist, weiß ich natürlich nicht. Wir mussten es jedenfalls alle machen. Ohne den Übungsschein gab's kein Vordiplom. Diese Praxis war sehr umstritten, aber letztlich musste dann auch der letzte Veganer seine Prinzipien mal kurz über Bord werfen. Tja.«

»Aber die Tiere werden doch vorher getötet, oder etwa nicht?«

»Theoretisch schon.« Wolfgang nahm wieder den Tabaksbeutel zur Hand. »Aber diese Aufgabe ist nicht besonders beliebt, wie Sie sich denken können. Gerade bei Ratten nicht. Ratten sind intelligent, eine Ratte sieht dich an und weiß, was du mit ihr vorhast. Das will man schnell hinter sich bringen. Und man will sich danach nicht lange anschauen müssen, was man getan hat. Man bricht ihr das Genick und fertig. Aber manche überleben das.« Er sah die beiden Polizisten an, die mit ihren Ausdünstungen, ihrer Asche, ihren gestressten, ungeduldigen Gesichtern seine reine weiße Küche verunstalteten. Die die klaren geometrischen Linien der Fliesenreihen unterbrachen. Die in dem Licht standen, das er für sich hereingeholt hatte, und sich überlegten, wie sie ihn ausweiden konnten. »Und für die ist es schlimmer.«

Antoni trat zu dem großen Schiebefenster, das in den Lichthof führte. Dort draußen lagerten Baumaterialien: etwas Sand, ein paar Säcke, eine Leiter und ein Haufen Werkzeug. Die Umfassungsmauer bestand aus hellem Beton, der zusätzlich Sonnenlicht abstrahlte.

»Frau Loor hatte den Eindruck, Sie hätten absichtlich ein noch lebendes Tier ausgesucht«, sagte Bettina. »Sie schreibt, dass Sie nie in der Gruppe arbeiten wollten, obwohl das üblich war und auf die Art auch weniger Tiere hätten sterben müssen. Sie schreibt, wie schockiert sie darüber war, dass es Ihnen offenbar Vergnügen bereitet hat, das Herz des Tiers freizulegen und beim Schlagen zu beobachten. Und wie ertappt Sie sich fühlten, als sie es ebenfalls bemerkte.«

»Oh Gott«, stöhnte Antoni, »mir hat das kein Vergnügen bereitet! Ich war unerfahren und das Tier war bewusstlos. Ich habe nicht gemerkt, dass es noch lebt. Schuldig hab ich mich gefühlt, das geb ich zu, natürlich hab ich mich schuldig gefühlt! – Ob Sie es glauben oder nicht, es tat mir Leid! Aber denken Sie ja nicht, ich wäre der Einzige, der das je getan hat. Und wenn Sie meinen, dass all die Studenten, die ›aus Versehen‹ lebend sezieren, finstere Perverslinge sind, dann haben Sie, wie ich finde, vollkommen Recht. Wissen Sie nämlich, was der häufigste Grund ist? – Feigheit.«

»Feigheit?«

»Oh ja«, sagte Antoni. *»Das* habe ich öfter gesehen. – Töten ist ein widerwärtiges Geschäft. Und der Assi, der mit den Viechern längst abgeschlossen hat, findet es nicht toll, wenn die Studenten ihm während der Übung die Überlebenden zurückbringen. Er ist dann möglicherweise ungehalten. Und das Tier überlebt möglicherweise wieder. Und dann sitzt der arme kleine Student da – politisch hat er sich engagiert, er hat sich gegen diese unnötige Übung ordentlich zur Wehr gesetzt, vielleicht hat er sogar Nachteile in Kauf genommen, und dann haben sie ihn doch irgendwie gezwungen teilzunehmen – jedenfalls, er sitzt vor der Ratte, der Assi ist weit weg und den Akt selbst bewusst auszuführen verbietet ihm sein Gewissen. Und wenn er das arme Vieh einfach zu Boden schleudert, dann ist es zwar tot, aber die Knochen sind nicht mehr heil und er bräuchte womöglich ein neues, oder, schlimmer, er könnte die erforderliche Zeichnung nicht ordnungsgemäß ausführen – was soll er also tun? Sektion am lebenden Objekt ist nicht selten. Und *ich* muss mir wenigstens nicht vorwerfen, es *gewusst* zu haben.«

Jetzt hatte er sie. Er hatte sie beide; die dünne rothaarige Polizistin und ihren hünenhaften Kollegen gleichermaßen; die beiden waren schließlich vom Fach. Auch sie mussten mit dem Tod leben, auch sie mussten, wenn es darauf ankam, schnell und kühl sein, auch sie hassten Feigheit. Kein Polizist konnte anders, als die Feigheit zu hassen, sie war seine natürliche Feindin.

Wolfgang blickte auf seine Finger und sah, dass er eine neue Zigarette fertig hatte. Er konnte sich nicht erinnern, sie gedreht zu haben, aber verdient hatte er sie ohne Zweifel. Er zündete sie an und stützte sich wieder auf die Stuhllehne.

Nach kurzer Zeit sagte die Polizistin: »Schön. Damals haben Sie also Frau Loor kennen gelernt. Erzählen Sie uns von Ihrer Beziehung zu ihr.«

»Ja«, sagte er und sog fast die halbe Zigarette in sich hinein. Die Polizistin beobachtete das mit verhaltenem Interesse. Er durfte nicht leichtsinnig werden. Sie war immer noch auf der Hut und ihr Kollege immer noch argwöhnisch. Und die Sache mit dem Blut war ein schwerer Brocken. Vielleicht konnte er die *ganz* Aurelie in die Schuhe schieben. Das glaubte er zwar nicht, aber er musste es wenigstens probieren, denn einen erwiesenen Perversen würden sie verdächtigen, verfolgen und vielleicht auch ohne Beweise festnehmen. Und vor Gericht hatte er keine Chance.

»Es ist nicht ganz leicht zu erklären«, sagte Antoni. Er atmete beim Sprechen Rauch aus. »Wir hatten so eine Art Spiel, Aurelie und ich.«

Ackermann stand immer noch ungerührt neben Bettinas Stuhl und blickte aufmerksam. Das konnte er, dachte Bettina. Den Kleiderschrank spielen. Doch sie wusste, dass sie ungerecht war. Ackermann war ein guter Polizist.

»Ich nehme an, Sie haben etwas gelesen, das Sie falsch verstehen. Ich werde versuchen, Ihnen ein korrektes Bild zu geben. Von uns beiden.«

»Okay.« Um ganz ehrlich zu sein, hatte Bettina überhaupt Schwierigkeiten, sich die beiden zusammen vorzustellen. Dieser unförmige, unheimliche Kerl, der sich hier in einem Keller – und mochte er noch so hell sein, es war ein Keller – eingrub, und die hübsche, erfolgreiche Aurelie. *Die Schöne und das Biest*. Eine märchenhafte Konstellation. Aber ohne einen Zauberbann, der gebrochen werden konnte. Es ging eher in Richtung *Glöckner von Notre Dame*, wenn man es sich recht überlegte. Antoni würde am Morgen nach der Liebe immer noch genauso aussehen. Und Aurelie –

»Aurelie«, sagte Antoni, »hat den Kick gesucht. Darauf basierte unsere Beziehung und das Spiel.«

»Und der Kick hatte was mit Blut zu tun, nicht wahr?«

»Ja.«

»Sie zapften es sich gegenseitig ab.«

»So ungefähr.«

»Und dann?«

Antoni blickte ironisch.

Bettina ließ sich nicht in Verlegenheit bringen. »Sorry, ich kann mir das einfach nicht vorstellen. Ich meine – Blut! Haben Sie da viel von gebraucht? Und wie –«

»Wir waren meistens in Aurelies Sauna«, unterbrach Antoni.

»Ach, daher diese Jalousie vor dem Fenster.«

»Aurelie legte großen Wert darauf, alles geheim zu halten.« Er lächelte bitter. »Zu Lebzeiten.«

»Damit ihr der Kick, den sie suchte, nicht verloren ging.«

»Wahrscheinlich.«

»Und was haben *Sie* gesucht, Herr Antoni?«

Wolfgang zog an seiner Zigarette. Stolz, sagte er sich in diesem Moment, war eine störende, unnötige Eigenschaft. Stolz stand einem im Weg, wenn es zu leben galt, Stolz war etwas, von dem Leute wie Aurelie glaubten, es sich leisten zu können. Stolz konnte er jetzt nicht gebrauchen.

»Eine Frau.«

Das zu sagen war nicht so erniedrigend, wie er gedacht hatte. Nun gut, dass die Polizistin fraglos akzeptieren würde, dass Frauen – *Liebe?* – für das Glück eines Mannes unbedingt notwendig waren, schien klar. Aber auch der sportlich aussehende Polizist, der zumindest in der Breite der Schultern Wolfgang glich, verzog keineswegs spöttisch das Gesicht, fokussierte ihn nicht plötzlich scharf wie einen Wurm. Er stand nur mit verschränkten Armen da, roch nach seinem billigen Aftershave und darunter nach so etwas wie verbranntem Eisen – sehr kraftvoll – und nickte ihm nach einer kleinen Pause zu: *Ja und?* Fahren Sie fort.

Wolfgang fuhr fort. »Aurelie hatte viel Erfolg, auch in kleinen Dingen. Gewann immer im Backgammon, schlug mich im Dartspielen und so.« Er runzelte die Stirn. »Und das war nicht unsympathisch. Sie konnte sehr charmant gewinnen. Ich habe ihr das nicht geneidet – im Gegenteil, ich hab sie dafür bewundert. Sie hatte *selbst* ein Problem damit. Vor allem in letzter Zeit – ich weiß nicht. Sie ist nervöser geworden. Fremde Sorgen haben sie schon immer fasziniert, aber –«

»Wollen Sie uns damit sagen, dass Frau Loor unbefriedigt war, weil sie keine *eigenen* Probleme hatte?«, fragte die rote Polizistin mit leisem Sarkasmus.

Wolfgang sah sie an. Ihre Augen blickten nicht verächtlich, nur ungläubig, als habe er ihr eine nicht recht durchdachte Theorie vorgelegt, über die sie aber zu diskutieren bereit war. Trotzdem reizte sie ihn, ihre Ruhe, die Intelligenz in ihrem Blick, die nicht wie bei ihm durch unkontrollierbare Zorneswellen beeinträchtigt wurde. Wolfgang wünschte, er könnte allein mit dem Polizisten sprechen. Das würde ihm viel leichter fallen. »Ich kann Ihnen nur sagen, wie ich sie erlebt habe.« Ob seine Stimme gelassen genug war? »Aurelie hatte einfach zu viele Bälle in der Luft. Wahrscheinlich hätte sie sich nur mal gehen lassen müssen, was weiß ich, zehn Kilo zunehmen, ihren Direktor beleidigen – irgendwas in der Art –, um zu merken, dass die Welt dann auch nicht einstürzt. Aber das konnte sie nicht. Sie *hasste* Kontrollverlust. Stattdessen hat sie sich auf die Probleme der anderen gestürzt.«

»Das heißt, Frau Loor hat sich hauptsächlich deshalb für Sie interessiert, Herr Antoni, weil Sie ein – schwieriges Verhältnis zu Blut und Gewalt haben?«

»Nein.«

»Weshalb denn?«

»Weil ich bereit war, ihr Spiel mitzumachen.«

Antoni quälte sich, das sah Bettina. Unklar war, weshalb. Weil es ihm einfach schwer fiel, über Gefühle zu reden? Oder weil er schuldig an dem Tod der Lehrerin war? Oder weil er etwas anderes vor ihnen verbergen wollte? Männer, dachte sie, waren wirklich schrecklich kompliziert.

»Aurelie interessierte sich für mich, weil ich meine Auffälligkeiten habe«, sagte Antoni und sah Bettina dunkelblau an. »Aber wirklich begeistert hat sie, dass ich mich von ihr so bereitwillig in eine nette kleine Schublade habe stecken lassen. Auf was anderes hätte sie sich nicht eingelassen. Sie hatte schreckliche Angst davor, ihre sichere Seite zu verlassen.«

»Aber sie liebte doch das Risiko.« Mein lieber Antoni, dachte Bettina, du versuchst gerade selber, nicht die Kontrolle zu verlieren. Du redest über dich. »So korrekt kann sie nicht gewesen sein. Was war denn mit dieser illegalen Aktion bei Jakubiks Bachbett? Und dann machte sie Freeclimbing. Ich finde das mutig. Und es ist Irrsinn, im Zeitalter von Aids mit Blut zu experimentieren. Sie sagten selbst, dass Aurelie den Kick suchte.«

Antoni schüttelte den Kopf, warf seinen Zigarettenstummel auf den Papiersack, trat ihn aus und begann sofort damit, die nächste zu drehen. »Nein, Aurelies Risiko war kontrolliert«, sagte er. »Sie wäre nie ungesichert in eine Wand gestiegen, die sie nicht hundertprozentig kannte. Für Greenpeace gespendet hat sie eifrig, aber vor einen Walfänger in den Atlantik geschmissen hätte sie sich nicht. Und diese Sache mit dem Bachbett – die war sehr gut kalkuliert, denn der Jakubik ist ein herzensguter Mann, der hätte sie im Leben nicht verklagt. Der hatte seinen Spaß an der Sache. Es gibt einige andere Bauern hier, bei denen sie nicht so gut weggekommen wäre. Und zu denen ist sie betteln gegangen. Den Jakubik dagegen hat sie richtig vorgeführt.« Er atmete durch. »Was ich sagen will, ist, dass ich genauso wenig ein Psychopath bin wie das Dahner Felsenland die Eiger-Nordwand ist oder Jakubiks Bachbett eine Bohrinsel oder so was.« Er machte die Zigarette fertig und steckte sie an. »Das war nur so eine Art Spiel.«

»Aber wenn alles nur Spiel war«, sagte die Polizistin sanft, »wieso ist Frau Loor dann tot?«

»Ich weiß es nicht«, sagte er. Zu laut. Ruhig, herrschte er sich an. Du musst ruhig bleiben, verdammter Idiot. »Ich habe sie nicht getötet. – Es muss doch jemanden geben, der ihr ganzes Geld erbt! – Ich war am Donnerstagabend jedenfalls hier in dieser Scheune und sonst nirgends. Wie es passiert sein kann, weiß ich nicht.«

»Sie haben nur leider keine Zeugen, Herr Antoni.«

»Und was ist mit der Unschuldsvermutung? Ich bin nicht in Beweisnot. Ich habe nichts getan.«

Der große Polizist löste seine Arme und betrachtete seine Hände. Seine großen, schwieligen Hände. »Herr Antoni, können Sie uns erzählen, was genau Sie und Frau Loor miteinander gemacht haben? Haben Sie sich gegenseitig verletzt? Gehörte das auch zum Spiel?«

Wolfgang krampfte seine freie Hand um die Stuhllehne. »Nein«, sagte er kurz. »Es gibt Leute, die sich gegenseitig die Adern aufschneiden – kontrolliert natürlich –, aber Aurelie wollte keine Narben. Sie hat sich Blutkonserven anfertigen lassen, nur von sich selber – wegen Aids. Oder sie hat Schweineblut besorgt. Und es gibt auch Kunstblut für diese Zwecke, allerdings schmeckt das scheußlich nach Pfefferminz.«

»Pfefferminz?!« Die Bullenschlampe schlug sich die Hand vor den Mund.

»Ja.« Wolfgang hätte sie ermorden können. Ihn auszulachen. »Hören Sie, ich sage Ihnen genau, wie es war. Aurelie suchte einen Mann – aber keinen Lebensgefährten! Sie wollte ein Tier, einen ausgehungerten Einsamen, der sich nicht mehr halten konnte, sobald der Schlüsselreiz auftauchte. Das fand sie irre aufregend.« Er funkelte die rote Polizistin an. Wer wusste schon, was *sie* in ihrer Freizeit so trieb. »Und ich *war* allein! Ich war schon mein Leben lang allein. Aurelie fand das toll, sie hat daraus geschlossen, dass ich todunglücklich wäre und dass sie mich retten müsste. Aber sobald sie das geschafft hätte, wäre ich auch nicht mehr einsam gewesen, verstehen Sie? Sie wollte nicht mit mir zusammenleben, sie wollte mir nicht mal wirklich helfen. Sie wollte nur immer und immer wieder so tun als ob.« Seine Nägel bohrten sich in die Stuhllehne. »Und sie redete sich ein, ich sei pervers. Und war nur interessiert, solange ich über Blut redete.«

»Also sprachen Sie über Blut.«

Na bitte, wer sagte es denn. Die Frauen standen doch alle auf einsame Wölfe. »Ja.«

»Nein«, sagte der große Polizist. »Sie haben ihr das nicht vorgespielt. Sie können ihr so etwas doch nicht jahrelang vorgespielt haben. Blutbäder. Tötungsfantasien. *Pfefferminzgeschmack!*«

Kluges Kerlchen. »Erotisch ist das, was den anderen erregt.« Wolfgang fühlte sich trotz der Zweifel des Polizisten plötzlich ruhig und sicher. Bei dieser Geschichte konnte er bleiben. »Außerdem gab es keine Tötungsfantasien. Aurelie hat meine Perversion auch in wissenschaftlicher Hinsicht hervorragend organisiert. Laut Freud erwächst die Vorliebe für Blut aus der frühkindlichen Vorstellung, die Mutter sei kastriert worden. Auslöser ist der Anblick des Menstruationsbluts. Das hat mit Töten überhaupt nichts zu tun.« Er war in der Lage, die Polizisten freimütig anzusehen, während sich seine Faust um die Stuhllehne schloss. Zum ersten Mal war er Aurelie für ihre nervigen Ausführungen dankbar. »Die charakteristischen Schlüsselreize sind keine offenen Wunden oder Schmerzen und Folter und Tod, sondern im Gegenteil: die Wärme, das helle, rote, leichte, flüssige Leben.«

Pulsierende schluckte er hinunter.

Das wäre dann doch zu viel charakteristischer Schlüsselreiz.

»Okay«, sagte Bettina, nachdem sie zugesehen hatte, wie Antoni (hatten seine Hände eben gebebt?) seine Zigarette aufgeraucht und auch diesen Stummel auf dem Sack ausgetreten hatte. »Herr Antoni, ich weiß, dass diese Fragen unangenehm sind. Ihr Privatleben interessiert uns wirklich nur, soweit es den Fall betrifft.« Sie ignorierte seinen ironischen Blick. »Wann haben Sie Frau Loor zum letzten Mal gesehen?«

»Vor etwa einem Monat.«

»Wie sah Ihr Treffen aus?«

»Sie hatte wegen irgendwas angerufen – warten Sie, es war

etwas mit ihrer Stereoanlage. Sie hat meistens Vorwände benutzt, um mich zu sich in ihr Haus einzuladen. Na ja, ich sah mir die Anlage an, sie hat gekocht, wir aßen, schließlich gingen wir in die Sauna. Das war's.«

»Sie haben sich gestritten, nicht wahr? Livia Giallo hat das gehört.«

»Es war kein wirklicher Streit. Ich sagte Aurelie, dass ich nicht mehr kommen würde, und sie war beleidigt. Aber nicht schlimm.«

»Ein *Misserfolg* für Frau Loor?«

»Ja.« Antoni senkte den Blick. Nichts an ihm zeigte Hohn.

»Wie hat sie reagiert?«

»Ich glaube, sie hat sich einfach eingeredet, dass ich es nicht ernst meinte.«

»Hat sie sich noch mal gemeldet?«

»Nein.«

Bettina betrachtete den Verdächtigen aufmerksam. »Herr Antoni, haben wirklich *Sie* sich von Aurelie getrennt?«

»Ja, aber es war keine Trennung in dem Sinne. Wir waren ja nicht richtig zusammen.«

»Aber wieso so plötzlich?«

Er schüttelte den Kopf. »Ich weiß nicht. Es ging einfach nicht mehr. Aurelie wusste das auch. Ärgerlich war sie wahrscheinlich nur, weil ich es zuerst ausgesprochen habe.«

»Wussten Sie, dass Aurelie ein Testament gemacht hat?«

»Nein. Was steht denn drin?«

»Das können wir Ihnen nicht sagen.«

Er runzelte die Stirn und fixierte sie; Bettina konnte förmlich sehen, wie er überlegte. Wahrscheinlich betete er, dass er nicht bedacht worden war.

»Wir möchten noch wissen, Herr Antoni, was Sie am Donnerstagabend hier gemacht haben.«

»Ich bin um sieben nach Hause gekommen, habe geduscht und gegessen und anschließend ferngesehen.«

»Was haben Sie gesehen?«

Er starrte sie an. »MacGyver.«

»Den ganzen Abend lang?«

»Zwei Folgen.«

»Um wie viel Uhr fängt das an?«

»Viertel nach acht. Möchten Sie auch eine Inhaltsangabe?«

»– Ja?«

»Hm, mal sehen – zuerst hat MacGyver ein Waisenhaus vor einem Haufen Revolutionäre gerettet. Mit Hilfe einer selbst gebauten Bombe. Und in der nächsten hat er Öl auf dem Grundstück seiner bankrotten Freunde entdeckt.«

»Hm. Und am nächsten Tag sind Sie wann aufgestanden?«

»Gegen halb sieben.«

»Wieso sind Sie ausgerechnet am Freitagmittag in diesen Steinbruch gefahren? Gab es dafür einen besonderen Grund?«

»Wir waren gerade in der Gegend und wollten dort Mittag machen.«

»Katrina sagte, Sie wären vorher nie an eine besondere Stelle gefahren, um zu essen.«

Diese Feststellung machte Antoni offenbar zu schaffen. Er wirkte plötzlich nervös.

»Es hat sich irgendwie ergeben«, sagte er. »Die Gegend vorher kannten wir beide nicht so gut, hier dagegen sind wir zu Hause. Und es ist nicht so lustig, an der Straße zu essen. Da sind wir eben dort hochgefahren.«

»Wieso waren Sie überhaupt dort unterwegs?«

»Das war reiner Zufall, wir fahren einfach systematisch die ganze Westpfalz ab.«

»Hätten Sie auch woanders hinfahren können?«

»Natürlich, aber es ist besser, am nächsten Tag dort weiterzumachen, wo man aufgehört hat. Wir arbeiten ja flächendeckend. Es dürfen keine Lücken im Plan entstehen.«

»Haben Sie die Unterlagen hier?«

Wieder starrte Antoni sie an. »Nicht alle. Das meiste ist im Büro, aber ein paar Sachen müssen noch im Auto sein.«

»Können wir die sehen?«

»Wenn Sie wollen.«

Es war ein komisches Gefühl, aus dem lichterfüllten Keller die dunkle Treppe hoch in die dämmerige Scheune zu kommen. Bettinas Augen machten das nicht so schnell mit; sie nahm den Traktor und das (ja, was war das? Eine Egge?) riesige Gerät daneben nur als monströse Schatten wahr.
Erneut fragte sie sich, weshalb Antoni diese dramatische Wohnung mit dem hohen Scheunenraum, der Empore und dem überraschend hellen Keller brauchte. Wenn sie hätte raten sollen, wie er lebte, dachte sie, hätte sie eher auf sein ehemaliges Kinderzimmer im Haus der Mutter getippt. So konnte man sich täuschen.

Antoni öffnete das Scheunentor und Licht, Luft und Geräusche fluteten den hohen Raum. Es wurde auch sofort merklich wärmer. Sie gingen mit ihm raus zum Auto, und Antoni breitete seine Unterlagen auf der heißen Kühlerhaube aus. In wenigen lapidaren Worten erklärte er ihnen, worum es bei der Arbeit ging; Katrina, so fand Bettina, hatte es besser ausgedrückt. Aus Katrina hatte Interesse gesprochen, bei Antoni hatte sie nicht mal das Gefühl, dass er seine Arbeit mochte. Vielleicht mochte er sie ihnen aber auch nur nicht erklären. Auf einem Übersichtsplan zeigte er ihnen die Routen der vergangenen drei Tage, und Bettina musste zugeben, dass sie logisch aufeinander folgten.

Blieb die Sache mit dem Steinbruch. »Herr Antoni«, sagte sie, »wieso sind Sie *wirklich* am Freitag in diesen Steinbruch gefahren?«

Er sah genervt aus, aber auch unruhig. Das direkte Sonnenlicht ließ alles plastischer scheinen als die diffuse Helligkeit des Kellers, und das machte ihn hässlicher. Sein Gesicht sah narbiger und großporiger aus, seine Haare drahtiger und schwärzer, seine Hautfarbe ungesünder. Wahrscheinlich wusste er das.

»Es gab keinen ›wirklichen‹ Grund«, sagte er kurz angebunden. »Es war so, wie ich gesagt habe, wir wollten einfach nur Mittag machen.«

»Es war doch *Ihre* Idee, dorthin zu fahren?«, fragte Bettina.

»Ja«, antwortete er ohne Zögern.

»Nicht Katrinas?«

Er sah erst verblüfft aus, dann misstrauisch. »Was soll das, verdächtigen Sie jetzt Katrina?!«

»Herr Antoni, wir wollen nur die Wahrheit wissen.«

»Es war meine Idee, okay? Ganz allein meine Idee.«

»Interessant, dass Sie das sagen«, sagte Bettina.

Antoni betrachtete sie stirnrunzelnd. »Was wollen Sie eigentlich hören? Sie brauchen sich keine Mühe zu geben, ich werde Ihnen keine Geschichte erfinden. Wir sind zusammen dort hochgefahren, weil wir in Ruhe essen wollten. Das ist alles. Ich habe Katrina zu nichts gezwungen.«

Ich habe Katrina zu nichts gezwungen.

»Herr Antoni, wir würden uns gerne noch ein wenig bei Ihnen umsehen«, sagte Ackermann, etwas ungeduldig. Er wollte wieder zurück in die Scheune. Indem sie das Haus verlassen hatten, wusste Bettina, waren sie in der ungünstigeren Situation, erst wieder um Eintritt bitten zu müssen, wenn sie es durchsuchen wollten. Deshalb Ackermanns Unruhe. Aber sein Vorstoß war zu direkt gewesen.

»Haben Sie einen Durchsuchungsbeschluss?«

»Haben Sie etwas zu verbergen?«

»Sehen Sie«, sagte Antoni ablehnend, »so entsteht der schlechte Ruf der Polizei. Durch diese miesen Einschüchterungsversuche gegenüber Bürgern, die einfach nur ihre Rechte wahren. – Nein, ich habe nichts zu verbergen, aber ich hasse es, wenn Fremde in meinen Schränken wühlen.«

Bettina und Ackermann sahen sich an.

»Gut«, sagte Ackermann dann, »halten Sie sich bitte zu unserer Verfügung, Herr Antoni.«

Antoni brummte etwas Unverständliches.

Ackermann ging mit großen Schritten zu seinem Auto. Antoni sah ihm nach.

»Ach, eine Frage noch«, sagte Bettina.

Antonis blauer Blick traf sie mit voller Wucht. »Mrs. Columbo, hm?«

»Columbo kehrt nur zu den Mördern zurück«, sagte Bettina

und blinzelte, weil sie nach oben blicken musste, und oben war das Licht. »Sind Sie ein Mörder, Herr Antoni?«

Du kannst mich mal, sagten sein Augen deutlich.

»Du kannst mich mal.« Das hingegen war kaum zu hören gewesen, aber Bettina hatte gute Ohren.

»Vorsicht, der Richter glaubt mir mehr als Ihnen.«

»Wieso nur«, sagte Antoni ironisch.

»Oh«, sagte Bettina, »da wir gerade Zärtlichkeiten austauschen, Herr Antoni. Ich hoffe für Sie, dass Katrina in der nächsten Zeit nichts zustößt. Denn falls ihr irgendetwas Widerwärtiges, Blutiges passiert, Antoni, sind Sie dran. Dann sind Sie *so was* von dran.«

Er starrte sie an. »Und das wollten Sie mir noch sagen?«

Sie hatte eigentlich nach der Leine des Hundes fragen wollen. Ein schöner Columbo war sie. Sie senkte den Blick und atmete durch. Es war egal, ob ein »Ja, und denken Sie immer daran!« der bessere Abgang gewesen wäre. Sie war Polizistin und keine Schauspielerin. Ihre Drohung musste auch so wirken. Sie sah wieder auf.

»Kennen Sie den Hund von Frau Loor?«

In seinem Gesicht war kein Triumph. »Rocco.«

»War er immer dabei, wenn Aurelie joggte?«

»Ich glaube schon.«

»Hatte sie dann eine Leine dabei?«

»Ja –?«

»Wissen Sie das genau?«

»Nein, ich bin so gut wie nie mit ihr gejoggt. Aber sie kam manchmal hier vorbei, und da hatte sie, glaube ich, die Leine immer dabei.«

»Danke, Herr Antoni.«

Er steckte sich eine Zigarette in den Mund. Bettina hätte schwören können, dass er ihr kurz den Stinkefinger gezeigt hatte.

Aber leider fiel ihr darauf keine passende Erwiderung ein.

* * *

»Scheiße«, sagte Ackermann, als sie zusammen an den Billardtisch des *Exxtrabreit* gelehnt eine Cola tranken. »Scheiße, Scheiße, Scheiße.«

»Ach komm«, sagte Bettina und zog den Strohhalm aus ihrer Flasche. »Ich glaube nicht, dass wir viel gefunden hätten. Seine Hanfpflanze, vielleicht. Wahrscheinlich hat er uns wegen der nicht noch mal reingelassen.«

Der Raum mit den Spielgeräten war mäßig besucht. Drei Männer – wahrscheinlich aus der Siedlung – saßen vor den Geldspielern, ein weiterer aß gerade sein einsames Mittagessen an dem hohen Tisch mit den Hockern. Draußen palaverten zwei Frauen mit dem Koch; sie hatten Extrawünsche, die er nicht erfüllen wollte. Nico, der Besitzer, sei schon wieder fort, hatte Udo der Koch ihnen unaufgefordert erzählt, er blieb normalerweise nur bis Sonntagvormittag. Und der Gaststättenbetrieb sei vor achtzehn Uhr aufs Billardzimmer beschränkt. Jetzt wusste Bettina wenigstens, weshalb der Billardtisch in dem viel zu engen Raum stand: Der hätte sonst keinen Namen.

Sie hatten je eine Cola bekommen (»Vor achtzehn Uhr nur aus Flaschen!«) und sich den Platz gesucht, der am weitesten von den anderen Gästen entfernt war, obwohl Bettina bezweifelte, dass die überhaupt Ohren hatten. Sie sahen so aus, als bräuchten sie zum Leben nur eine Hand, um die Fünfer in den Geldschlitz zu schieben, und den Mund, um die Zigarette zu halten.

Nach kurzem Überlegen legte sie den Strohhalm auf einen Aschenbecher, der hinter ihr auf dem Billardtisch stand. Sie hatte eben mit dem Staatsanwalt telefoniert. Er war nicht begeistert gewesen. Soweit er informiert sei, handle es sich bei Frau Loors Tod um einen Unfall. War das nicht die Freeclimberin, die in den Bruch gestürzt war? Sie könnten natürlich gerne einen Durchsuchungsbeschluss haben, wenn es wirklich dringend sei, den müssten sie sich aber am Bostalsee abholen, denn dort halte er sich gerade auf. Zum Segeln.

Zum Bostalsee hätte es zwei Stunden gedauert und zwei wieder zurück, und da konnten sie die Durchsuchung auch gleich morgen früh machen.

»Wir haben ja im Grunde auch gar nichts gegen ihn«, sagte Bettina. »Zumindest ist keine Gefahr im Verzug, sodass wir ohne Durchsuchungsbeschluss rein dürften.«

»Ach ja? Er hat kein Alibi, war mit dem Opfer liiert, steht auf Gewalt – was willst du mehr?!«

»Ein Motiv?« Bettina hob die Hände. »Nein, sagen wir mal so: Wenn er der Einzige ohne Alibi wäre, dann wäre ich deiner Meinung.« Sie trank ihre Flasche in einem Zug halb leer. Durch die offenen Fenster quoll Hitze in den Raum. Bettina wünschte, sie hätte ein Haargummi dabei. Ackermanns weißes Baumwollhemd war unter den Armen durchgeschwitzt. Sie sollten eigentlich etwas essen (»Vor achtzehn Uhr nur Pommes, Würstchen und Bohnensuppe!«), doch dazu war es zu heiß.

»Es stimmt«, sagte Ackermann und warf seinen Strohhalm weniger fein quer durch den Raum. Er fiel zu Boden und rollte unter einen Flipper. »Wir waren nicht genügend vorbereitet.«

»Ackermann. Du hast die Tagebücher nicht zu Ende gelesen. *Das* stimmt. Aber was haben wir heute Morgen schon gehabt außer dem Verdacht, dass der Typ auf merkwürdige Praktiken steht. Es ist ja schön, dass er's zugegeben hat, aber er hat schon Recht: In den Tagebüchern *könnte* auch irgendein Märchen stehen. Und nach der großen Liebe hat es sich wirklich nicht angehört. Die beiden waren kein Paar, sonst hätte Katrina von Antoni gewusst. Sie haben sich nicht öffentlich zueinander bekannt. Und das heißt –«

»… dass sie sich für ihn geschämt hat.«

»Oder dass es halt nur um das eine ging und die beiden sich sonst egal waren. Auch damit hat er Recht: Wenn sie einfach eine Art Interessengemeinschaft bildeten, dann fehlte die Leidenschaft. Und das Motiv für das Verbrechen.«

Ackermann schüttelte den Kopf. »Das stimmt nicht. Sex und Liebe kannst du vielleicht trennen, Sex und Leidenschaft aber nicht. Warum werden denn so viele Nutten umgebracht?«

»Weil es einfach ist«, sagte Bettina kalt. »Nicht aus Leidenschaft.« Sie leerte ihre Cola.

»Doch«, sagte Ackermann. »Es hat was mit Leidenschaft zu

tun. Mit fehlgeleiteter, natürlich. Das kann hier genauso gut passiert sein. Irgendeine Eskalation. Ein Unfall.«

»Das glaube ich nicht.« Bettina stellte ihre leere Flasche zu dem Aschenbecher auf das grüne Tuch des Billardtischs und kramte ihre letzte Zigarette aus der Hosentasche. Dann setzte sie sich richtig auf die Bande, sodass sie ihre Beine bewegen konnte, und steckte die Zigarette an. »Die Loor war beim Joggen. Das war nicht die übliche Situation für das Spiel der beiden. Mit Ausnahme ihrer mysteriösen Kopfverletzung und dem Genickbruch hatte sie auch keine Verletzungen. Ihre Kleider waren völlig intakt. Es gibt keine unerklärlichen roten Flecken mit Pfefferminzgeschmack. Das war kein Sexunfall. Der Anschlag, wenn es einer war, galt ihr persönlich.«

»Vielleicht haben sie sich zufällig im Wald getroffen und er wollte etwas – entweder Sex oder Liebe und Anerkennung, ist egal – jedenfalls, sie wollte das nicht geben oder mitmachen, es gab Streit und er haute ihr mit dem nächstbesten Kiesel eins über den Kopf. Dann floh sie vor ihm und stürzte in den Steinbruch.«

»So stelle ich mir das auch vor«, sagte Bettina und rollte ihre Haare zu einem Knoten, damit wenigstens ein bisschen Luft an den Nacken kam, »dass es ein Zufall war. Ein Unfall. Oder aber mies geplant und Schweineglück dabei. – Wir brauchen unbedingt den Gegenstand, der die Kopfwunde verursacht hat.«

»Der ist im Wald.« Ackermann verschränkte die Arme und starrte finster auf seine Schuhspitzen. »Und dort wird er wohl auch bleiben.« Er trug schwere schwarze Schuhe, wie Katrina heute Morgen.

»Wir brauchen einen Anhaltspunkt, dann könnten wir die Spurensicherung noch mal durch die Natur jagen. *Und* wir müssen rauskriegen, wer ihr Vermögen erbt, Ackermann. Da steckt ein ganz starkes Motiv dahinter. Es ist unmöglich, dass Aurelie darüber keine Unterlagen hat. – Du musst zurück an den Computer.«

»Einer muss es ja tun, nicht wahr?«

»Also bitte, wer von uns beiden macht das denn normalerweise?«

»Du kannst das eben einfach besser, Böllchen.« Er ging sofort in Abwehrhaltung und grinste Bettina von oben herab an. »Ganz ruhig. War nur ein Scherz.«

»Ab!«, sagte Bettina. »Raus hier, Alter, marsch zurück ins Büro.«

Ackermann erhob sich schwerfällig von der Bande. »Ich werde Härting mitteilen müssen, dass Ihr Arbeitston zu ruppig ist, Frau Boll. Ich fühle mich diskriminiert.«

»Gut«, sagte Bettina.

Ackermann zwinkerte ihr zu. »Ruf mich an, wenn was passiert, okay?«

»Okay.« Ob Ackermann seine Drohung wahrmachte? Der scherzhafte Ton täuschte vielleicht. Bettina kannte Ackermann nicht besonders gut. Nun, sie würde es herausfinden.

»Scheiße«, sagte Ackermann noch mal zum Abschied, »der blöde Antoni hat uns echt auflaufen lassen.«

»Stimmt«, sagte Bettina. »Aber andererseits hätten wir kaum was entdeckt. Das Tatwerkzeug hat er bestimmt nicht mit nach Hause genommen. Was hätten wir schon finden können?«

»Irgendetwas Ekliges *ohne* Pfefferminzgeschmack. – Oder Loors aktuelle Tagebücher vielleicht?«

Bettina stöhnte. »Du hast Recht.«

* * *

Die Videos. Wolfgang stand vor dem geöffneten Stahlschrank und zerstörte systematisch seine Videos. Er nahm eins nach dem anderen heraus, zerschlug die harte Plastikhülle und riss das Band von den Spulen. Es durften keine Bänder übrig bleiben und keine Etiketten. Er musste sie alle verbrennen.

Und obwohl mit jedem Band, das er aus der Hülle zerrte, diese seltsame kleine feige Angst (Angst wovor?) in ihm laut aufschrie, fühlte er sich doch befreit. Jetzt *mussten* sie weg, sofort weg. Jetzt konnte er sie keine Minute länger hier aufbewahren.

Jetzt konnte er nicht anders als ohne sie auszukommen, jetzt war er sie endlich los.

Er war sie los.

9

»Wieso nimmst du keine Petersilie?«, fragte Katrina bemüht aufmerksam, doch Doris spürte, wie wenig ihre Helferin in Wahrheit bei der Sache war.

Sie standen am Ende der vorderen Rabatte. Von der Wand im Hintergrund aus verströmte die *Belle de Crécy* kräftigen Duft und kräftiges Pink mit wenigen weißen Tupfen darin, die von den letzten Blüten eines (aus der Nähe besehen) cremefarbenen Geißblatts stammten. Davor schäumte die Rabatte in Violett, Purpur, Mauve, Rosa und allen möglichen Zwischentönen, wobei die Farben heuer bei dem starken Licht etwas blasser ausfielen. Hier allerdings, am etwas schattigeren Ende des Beetes, war dieser Effekt nicht so stark. Und hier war auch das Problem: die *Cardinal de Richelieu*.

»Ich weiß überhaupt nicht, was du gegen Petersilie hast«, sagte Katrina mit leiser Ungeduld in der Stimme und blätterte in *Gärtnern mit Alten Rosen*. »John Scarman hat die auch verwendet, Moment – hier.« Sie hielt Doris das aufgeschlagene Buch unter die Nase und wies auf ein Foto. »Seite einundvierzig: *Madame Plantier* und Petersilie.«

»Katrina, die *Plantier* ist weiß«, sagte Doris kopfschüttelnd. »Das ist was ganz anderes. Wir haben hier violette Blüten. Außerdem, weißt du – Petersilie!«

Katrina zuckte die Achseln, klemmte das Buch unter den Arm und holte aus ihrem Hosenbund eine edel gebundene, kleinformatige Broschüre hervor, die vorne mit einem Wappen versehen war und mit deren Hilfe man – wenn man lesen konnte – seltene und kostbare Pflanzen bestellen konnte. Darin blätterte sie angelegentlich, wie um zu sagen: Tja, Doris, dieser hochinteressante Katalog hier nützt dir *gar nichts* ohne mich.

»Ich glaube, ich probier es mit violettem Salbei«, sagte Doris. Dies Jahr hatte sie hier Hornveilchen als Unterpflanzung gewählt, die allerdings längst aus den Fugen gegangen waren und ihr sowieso nicht sonderlich gefallen hatten. »Oder Königskerzen.«

Katrina blätterte weiter. Normalerweise war sie hilfsbereit und begeisterungsfähig, wenn es um den Garten ging, doch im Moment wirkte sie nervös und völlig unkonzentriert. Und sie hatte diese schrecklichen schwarzen Kleider an. Sie musste schwitzen wie verrückt, trug nicht mal eine Kopfbedeckung, obwohl sie seit über einer Stunde in der Sonne stand. Außerdem gehörten die Sachen mit Sicherheit Sonny. Der laute Kerl ließ überall in der Siedlung seine Designerklamotten herumliegen und vergaß sie, sobald er etwas Neues hatte, aber wehe, man wagte, sie wegzuräumen! Doris würde sich da keinesfalls dran vergreifen, Katrina dagegen trug sie ganz frech am helllichten Tag spazieren.

Aber das war ihre Sache.

Doris wandte sich wieder der tief purpurfarben blühenden *Cardinal de Richelieu* zu. Sie war ihr heimlicher Liebling, darum war es auch so schwierig, gerade für diesen Strauch eine passende Unterpflanzung zu finden. Jedes Jahr bildete die Pflanze mit tiefer Entschlossenheit ihre kugeligen kleinen Blütenknospen und ließ anschließend stoisch einige davon wieder eingehen, die sie als gelbe Kümmerchen abstieß, um ihre nicht allzu großen Kräfte auf die Blüte der anderen zu verwenden. Schon lange, bevor sie sich öffneten, zeigten die gesunden Knospen unter den schmalen grünen Kelchblättern ein pralles Pink. Das schönste Stadium jedoch war das kurz vor dem Aufgehen der Blüte: Dann schob sich ein einzelnes Blütenblatt aus der noch fest geschlossenen Knospe heraus und hing locker, als würde es gleich abfallen, zwei, drei einsame Stunden allein draußen, während sich seine Geschwister Zeit ließen, die sichere, kompakte Form zu verlassen. Im weiteren Verlauf wurden die Blumen dann etwas struppig und sahen aus wie alte Frauen, die ihre grelle Schminke und Perücken mit eiserner Vornehmheit trugen; in den untersten Tiefen der Kelche schimmerte es weiß wie von ungefärbten Haaransätzen. Und noch später bogen sich die nun ins Graue verblassten Petalen am Rand nach unten und kamen so gegen Ende ihres kurzen Lebens auf die von ihnen bevorzugte Form der Kugel zurück.

»Schreib erst mal den Salbei auf«, bat Doris.

Katrina zückte die Liste und tat es.

Doris blickte ihre Helferin an. »Katrina, setz dich doch mal zehn Minuten in den Schatten. Du siehst nicht gut aus.«

»Ach Quatsch«, sagte Katrina gereizt. In Wahrheit war ihr natürlich viel zu heiß, und die schwarze Schminke verlief und kroch in ihre Augen: Es brannte, und ab und zu legte sich ein matter Schleier vor Katrinas Sicht.

»Nimm meine Decke und setz dich vorn neben den Findling.«

Katrina schniefte und blieb stehen.

Doris stemmte ihre Hände in die schmalen Hüften. »Katrina, also weißt du –« Dann schien sie zu verwerfen, was sie hatte sagen wollen (»das ist deine Sache«, wahrscheinlich, das sagte Doris ständig), legte stattdessen den Kopf schief und erklärte: »Weißt du was, ich glaube, dort vorne in der Wiese gibt es Orchideen.«

Oh Gott, Katrina konnte jetzt nicht über Orchideen reden. Es war so entsetzlich heiß hier. Sie schniefte wieder, legte die Bücher und ihre Liste auf den Boden und zog das Sweatshirt aus. Ihr T-Shirt klebte am Körper.

Doris blickte sie an und nickte. »Trink was, Katrina.«

Katrina wandte sich zu der Wiese um, dieser vom Wald versteckten feuchten Wiese, die Doris langsam, aber sicher in einen Blumengarten verwandelte. Sie war riesig groß, und nur den Teil vor der natürlichen Steinstufe, der Südwand, wo die beiden Rabatten und die Zuchtbeete lagen, umfasste eine Drainage. Alles andere war herrlich saftig und kühl, von einer natürlichen Quelle durchfeuchtet. Es war ein sehr schönes Fleckchen Erde, auch ohne den Garten, der war nur die Krönung des Ganzen. Betrat man ihn aber vom Eingang, der am anderen Ende der Wiese lag, und betrachtete ihn aus einiger Entfernung über diese weite Fläche hinweg, dann brachte er das Herz zum Beben. Doris war eine begnadete Gärtnerin.

»Orchideen?«

»Das ist nur eine Vermutung. Aber ich glaube schon.«

Katrina wischte sich mit dem Sweatshirt übers Gesicht. »Was für welche?«

»Ich weiß nicht, wie sie heißen.«

»Hast du sie gesehen?«

Doris sah zu Katrina, die sich mit dem Sweatshirt den Nacken trocknete. »Katrina –«

»Ich glaube nicht, dass man Orchideen *und* Rosen lieben kann«, sagte sie etwas ungeduldig. »Und entschuldige, aber wenn es hier Orchideen gäbe, dann müssten wir sie doch schon gesehen haben.«

Doris blickte Katrina nur weiter an. »Ja, du hast Recht. Aber du musst dir bei diesem Wetter bei der Arbeit ein Kopftuch umbinden. – Da vorn im Eimer ist Wasser.«

Katrina wischte sich ein letztes Mal über die Stirn, dann ließ sie das Sweatshirt an der Stelle fallen, wo sie gestanden hatte, und schleppte sich zu dem Eimer. Sie trank in Ermangelung anderer Getränke etwas von dem Quellwasser, das sie vorhin geholt hatte, und setzte sich in den schmalen Schatten des Findlings, der hoffentlich bald breiter und kühler werden würde. Eigentlich hatte sie vorgehabt, hier die Tagebücher zu lesen, doch das musste sie wohl genauso aufschieben wie die Gartenarbeit, bei der Hitze. Die Sonne blendete viel zu sehr und sie war auch zu nervös. Ja, heute war *sie* der nervöse Mensch auf der Wiese.– Welcher Lehrer hatte ihnen noch mal dieses Gedicht beigebracht?

»Ein nervöser Mensch auf einer Wiese
wäre besser ohne sie daran;
darum seh' er, wie er ohne diese
(meistens mindestens) leben kann.«

Früher hatte sich Katrina hier einfach irgendwo hingelegt, um sich in der Wiese und dem Garten aufzulösen. Sie war dann in diese träumerische Trägheit gefallen und hatte sich den nervösen Menschen vorgestellt, wie er an ihrer Stelle lag und sich von jeder Ameise und Hummel, von jedem pieksenden Unkraut und jeder feuchten Stelle am Boden aufstören ließ. Was hatte sie sich dem zappeligen Kerl überlegen gefühlt, der in seinem Anzug – oder was er anhatte – nur zucken und abschütteln und weggehen konnte.

Und nun war sie selbst nervös und musste ohne die Wiese leben.

* * *

Eigentlich hätte Bettina Willenbacher anrufen und sich nach dessen Fortschritten erkundigen müssen. Doch als sie wieder auf dem staubigen Parkplatz des *Exxtrabreit* stand und über die Straße blickte, wo still die Luft flimmerte, da musste sie plötzlich heftig an ihre Schwester und die Kinder denken. Sie sah an sich hinab und sah Barbas Klamotten. Ihre schmalen Hände glichen immer mehr denen ihrer Schwester (Barba war schon immer sehr dünn gewesen), und ihre Füße steckten in Barbas Sandalen. Irgendwie schien sie sich gerade in ihre Schwester zu verwandeln. Jetzt brauchte sie nur noch ein paar gewalttätige Liebhaber und ein leichtsinniges Wesen, und sie wäre perfekt.

Jetzt weinte sie wieder; wenigstens war im Moment kein Willenbacher oder Rasta oder sonst ein Kerl in der Nähe. Wenn doch Barba nur anrufen würde. Bettina holte ihr Handy raus und versuchte es zu hypnotisieren. Keine Nachricht, keine SMS. Das war auch unwahrscheinlich, denn Barba besaß selbst kein Mobiltelefon. Sie hätte ihr längst eins schenken sollen, verdammt.

Bettina wischte sich die Tränen ab und zog lautstark die Nase hoch. Sie musste es mal genießen, dass sie keiner hören konnte. Was Barba wohl machte am Vierwaldstätter See? Mit Bettinas Kreditkarte shoppen, wahrscheinlich. War das nicht irgendein mondänes Pflaster? In der Schweiz war doch alles so teuer. Ob es wenigstens Adrienno und Sammy gut ging?

Zum dritten Mal an diesem Tag hörte sie ihren Anrufbeantworter zu Hause ab und fühlte sich schuldig, dass sie es nicht schon öfter getan hatte. Nichts.

Sie konnte Willenbacher jetzt nicht sprechen. Sie brauchte eine Auszeit.

Sie würde jetzt den Weg von Aurelies Haus bis zum Steinbruch abgehen, wie sie es sich am Morgen vorgenommen hatte.

* * *

Wolfgang stand im Scheunenraum unter der Empore, über ihm eine nackte, grell leuchtende Glühlampe, zu seinen Füßen ein Haufen gewaltsam zerbrochener Videokassetten, davor der Stahlschrank und zu seiner Rechten das Holzgeländer, das in den Keller führte. Die hinteren Wände der Scheune lagen im Halbdunkel. Egge und Traktor fingen das Licht aus der Lampe auf und warfen es zurück, dahinter gab es nur noch Schemen.

Und einer davon hatte sich bewegt.

Wolfgang sah genauer hin. Er sah ein Paar Augen, wie die dunklen frechen Augen der Ratten, die die Scheune manchmal heimsuchten. Sie gehörten zu einem schmalen Schatten, der hinter Traktor und Egge im finstersten Winkel des großen Raumes an der Wand lehnte. Und ihn beobachtete.

»Wer ist da?!«

Der Schatten löste sich von der Wand und wurde zu einem jungen, modisch gekleideten Mann mit hellen Haaren. Sein Lächeln war selbstsicher.

»Wolfgang A.«, sagte er dramatisch. »Das also ist der berühmte Wolfgang A.«

»Und wer sind Sie?!«

Der junge Mann schüttelte den Kopf. »Es hat mich wirklich Mühe gekostet, dich zu finden, Wolfgang A.«

»Wie sind Sie hier reingekommen?!«

Der Junge machte ein paar schnelle Schritte auf Wolfgang zu. »Ich komme überall rein. Und deine Hütte ist nicht schwer zu knacken.«

»Bete«, sagte Wolfgang, »dass du auch wieder rauskommst. Und jetzt sag, was du hier willst.«

»Ja, zum Geschäft, Mann«, sagte der Junge. Er war auf eine geschmeidige Weise zappelig und bewegte sich unablässig. Er beschrieb einen Halbkreis um Wolfgang, gerade außerhalb dessen Reichweite. Seine Kleider waren aus der Nähe besehen noch auffälliger: Er trug ein helles ärmelloses Shirt und Hosen mit viel Firlefanz, der Bund der Hosen war oben umgekrempelt, und dass sie überhaupt hielten, war unbegreiflich, so weit waren sie. Das gute Aussehen, die hübschen muskulösen Oberarme des Jungen und die Selbstverständlichkeit seines Auftretens fand Wolfgang frappierend und fast ebenso ärgerlich wie seinen Einbruch.

»Ich habe da etwas gefunden.« Der Junge zog ein schwarz

gebundenes DinA4-Heft hervor. Er musste es zuvor hinten im Hosenbund untergebracht haben. »Ein wirklich interessantes Buch. Tagebuch. Von deiner Freundin, Alter. Von der verrückten Lehrerin, die *irgendjemand* in den Steinbruch gestoßen hat.«

Wolfgang war mit einem Schritt bei dem Jungen und entriss ihm das Heft. Es befriedigte ihn, dass er immer noch schnell genug war, wenn es drauf ankam. Das hübsche Gesicht des Jungen war einen Moment lang ziemlich verdutzt. Und nachher, dachte Wolfgang kurz, würde es vielleicht nicht mal mehr hübsch sein. »Was soll das?«, fragte er. »Willst du mich erpressen?«

Der Junge lächelte wieder. »Du wirst auch erwähnt. Und nicht nur einmal. Schau dir das Ding nur in Ruhe an, Mann. Du kannst es behalten. Da, wo ich es herhabe, gibt's noch mehr.«

Wolfgang öffnete das Buch und sah blind hinein, dann packte ihn Wut. Wer war er denn, dass er in seinem eigenen Haus auf den Erpressungsversuch eines halbwüchsigen Einbrechers einging.

Er schloss Aurelies Tagebuch wieder. »Du bist zu spät«, sagte er. »Und noch dazu ziemlich dämlich für einen, der auf die Art Geschäfte machen will. Wenn mit dir was los wär, hättest du *alle* Tagebücher mitgenommen, als du in ihr Haus eingebrochen bist. Jetzt hat die Polizei den Rest, und *das* Ding«, er warf das Buch zu Boden, »kannst du von mir aus drucken lassen. Was da drinsteht, wird eh bald jeder wissen.«

Der Junge sah dem Buch hinterher. Er wirkte nicht bekümmert.

»Ich würd es an deiner Stelle erst lesen«, sagte er. »Lies es, Mann. Lesen bildet. – Ich hab die ganze Nacht dran gesessen, und glaub mir, Lesen ist sonst nicht gerade mein Hobby.«

»Ja«, sagte Wolfgang. »Wieso überrascht mich das nicht.«

»Ganz cool bleiben, Alter.« Der Junge hatte wieder begonnen, um Wolfgang herumzutänzeln. »Lass dir einfach Zeit. Über den Preis können wir reden und du kannst zahlen, wenn ich wiederkomme. Und wenn deine Sehnsucht wirklich groß wird – ich bin ab und zu im *Exxtra.*«

Wolfgang schlug den Jungen. Er schlug ihn mit der Faust ins Gesicht, traf ihn fest, sodass die Lippen aufplatzten, wo sie an die Zähne geschlagen wurden. Blut füllte die Wunde, der Junge ging zu Boden. All das passierte in einer unwirklichen, kurzen Spanne aus weißem Zorn, der sich kaum angekündigt hatte. Der Junge lag am Boden, und Wolfgang dachte, er sei tot. Das Blut, das langsam seinen Mundwinkel füllte und sich dann träge das hübsche Kinn entlangdrückte, wurde plötzlich zu einem winzigen schnellen Rinnsal, das im Kinngrübchen versickerte. Wolfgang konnte es riechen; der Geruch von frischem Blut war faszinierend. Er war mehr ein Geschmack, ein Hauch Eisen zwischen den Zähnen, eine Spur Süße an der Zungenseite, ganz hinten im Rachen eine Schwere, ein Druck. Der Moment, in dem der Junge reglos neben dem Haufen zerbrochener Kassetten im grellen Licht zu Wolfgangs Füßen lag, nahm all die Zeit auf, die der unvermittelte Schlag verdrängt hatte. Es lag ein Reiz darin. Blut und Tod.

Dann regte sich der Junge, hielt sein Wange, verschmierte das Blut und richtete seine Rattenaugen auf die Kassetten vor ihm.

Und dann ein Geräusch, das klang, als versuche er, vergeblich durch die Zähne zu pfeifen. Ob er welche verloren hatte? Der Junge richtete sich auf.

»Scheiße«, fluchte er und bewegte seine blutige Kinnlade. »Hast du sie nicht alle?! Du spinnst doch. Und was soll der Scheiß mit den Kassetten überhaupt, willst du die verschwinden lassen?« Er nahm eine der Hüllen in die Hand. *»Folter in Südamerika 3 + 4.* Fuck. Ist das echt? – Die Bullen haben dich auf dem Kieker, was?« Er wühlte in dem Haufen zerbrochener Hüllen. »Das ist ja 'ne richtige kleine Schatzkammer, Alter.«

Wolfgang zwang seine Hände hinter seinen Rücken. Flacher atmen, sagte eine Stimme, die wohl seine war, in einer tieferen Schicht seines Bewusstseins. Seine Ohren fühlten sich taub an.

»Willst du wissen, was drauf ist?«, fragte er dann.

* * *

Bettina hatte sich von Livia Giallo den Weg beschreiben lassen, den die Lehrerin beim Joggen anfangs stets genommen hatte: durch den hinteren Garten in den Wald. Giallo hatte tatsächlich auch noch eine alte Wanderkarte ihrer Mitbewohnerin gefunden, auf der zwar mit großzügigen Strichen Skizzen und Bemerkungen bezüglich der Bachrenaturierung gemacht worden waren, doch den größten Teil der Karte konnte man noch erkennen. Und es war Bettina sogar recht, ein ganz persönliches Besitzstück der Toten zu haben, das sie durch den Wald führte. Bettina Boll, die Voodoo-Kommissarin. Gebt mir nur einen Gegenstand, der dem Opfer gehörte, und ich entschlüssele euch die Wahrheit. Ist das nicht toll.

Sie stand im Wald hinter dem Loor'schen Haus. Die Temperatur war vergleichsweise angenehm; die Luft war hier etwas frischer und das Laub der Buchen bildete einen Schirm gegen die Sonne. Trotzdem war alles fahl im grellen Licht, sogar unter den Bäumen. Abends erst würden die Dinge wieder Farbe annehmen und den Energieüberschuss des Tages abstrahlen. Bettina betrachtete die Karte. Sie befand sich hinter der Neubausiedlung, die auf der Karte noch nicht eingezeichnet war, aber Giallo hatte ihr die entsprechende Stelle gezeigt. Die Neubausiedlung zog sich vom alten Irrlich aus den Fuß eines lang gestreckten Berges entlang. Zwei Wege führten in verschiedenen Höhen um den Berg herum; Bettina stand auf dem unteren. Wenn sie den weiterging, kam sie zum schmalen Ende des Berges, wo sich laut Giallo die Containersiedlung befand. Zum Galgenhübel. Anschließend wurde es ein bisschen kompliziert, da dort einige Wege kreuzten, aber mit ein bisschen Glück musste Bettina, wenn sie darauf achtete, den Berg immer zu ihrer Rechten zu behalten, irgendwann unten am Steinbruch herauskommen. Sie wäre dann halb um den Berg herumgelaufen. Der obere Weg hingegen war von hier aus nur kompliziert zu erreichen, weil es zwischen ihm und dem unteren keine eingezeichnete Verbindung gab. Dafür führte er aber an der oberen Bruchkante vorbei. Und dorthin musste Bettina. Also würde sie jetzt suchen gehen.

Als Willenbacher anrief, war Bettina allein auf einen breiten Waldweg, den sie den auf der Karte verzeichneten nicht mehr eindeutig zuordnen konnte. Aufseufzend zog sie ihr Handy heraus, meldete sich und setzte sich zum Telefonieren auf einen Stein, der in einer natürlichen Nische im Hang lag. Sie blickte den Hang hoch. Er war mit einer kleinen kompakten Gruppe junger Bäume bewachsen, Buchen und Fichten.

Willenbacher wollte wissen, was mit Antoni passiert war. Neuigkeiten hatte er auch: Mit einem ihrer Vereinsbrüder, einem gewissen Simon, hatte Aurelie über Testamente gesprochen. Es war darum gegangen, ob Alleinstehende ihr Geld lieber an Organisationen oder Personen vererben sollten.

»Sie hat es mehr im Scherz gesagt«, berichtete Willenbachers durchs Telefon verfremdete Stimme, »ihr Anwalt hat sie mit dem Testament genervt. Allein stehende Reiche haben da wohl ein Problem, das normale Leute nicht haben. – Jedenfalls, sie wusste nicht, wem sie ihr Geld hinterlassen sollte. Sie war sicher, dass sie irgendwann eine Familie und damit auch Erben haben würde, aber der Anwalt drängte sie. Dann sprach sie irgendwann mit diesem Simon darüber und sagte, dass es ihr komisch vorkäme, ihr Geld einer Organisation zu hinterlassen, und dass sie lieber eine Person einsetzen würde, aber keine wüsste.«

»Hat sie gesagt, wen sie in Betracht zieht?«

»Nein, genau das wollte sie nicht. Simon meint, sie hätte gesagt, sie wollte niemanden in Versuchung führen. – Wortwörtlich hat sie das gesagt.«

»Hm.«

»Genau. Er hat ihr vorgeschlagen, wenn sie das Geld keiner großen anonymen Vereinigung überlassen wollte, doch den Bachrenaturierungsverein als vorläufigen Erben einzusetzen. Aber auch das wollte sie nicht, weil die Organisation in dem Laden ziemlich chaotisch ist. *Sie* hat die meiste Arbeit gemacht, das sagen alle, mit denen wir bis jetzt gesprochen haben. Dass die anderen Mitglieder ohne sie den Hintern hochkriegen und den Verein weiterführen, glauben sie selber nicht. – Aurelie hat gewusst, dass ihr Geld beim Verein ohne sie nichts wert war.«

»Tja, Willenbacher, aber Spekulation nützt uns nichts.«

»Ich will ja nur sagen«, sagte Willenbacher, »dass sie millionenschwer war. *Das* hat sie dem Simon nämlich verraten.«

Nachdem sie Willenbacher kurz ihr Gespräch mit Antoni geschildert hatte, erteilte sie ihm Order weiterzumachen und unterbrach die Verbindung. Nachdenklich blickte Bettina erneut den Hang hoch.

Mehrere Millionen. Und dort oben kam jemand den Hang herab.

»Katrina!«

Katrina fuhr zusammen. Sie war allein unterwegs, trug immer noch ihre schweren Stiefel und hatte einen schmuddeligen gebatikten Rucksack geschultert. Sie kam näher. »Was machen Sie denn hier?«

»Und Sie?«

Katrina zuckte die Schultern. Sie war zu warm angezogen, auf ihrem Gesicht stand der Schweiß. »Ab und zu gehe ich mal spazieren. Ich bin gern im Wald.«

»Wo führt dieser Weg hin?«

Katrina musterte Bettina aus ihren schwarz geschminkten Augen. »Rauf auf den Bergrücken.«

»Kommt man von dort aus zum Steinbruch?«

»Ja.«

Sie sahen sich an. Katrina, fand Bettina, hatte sehr intelligente Augen. Sie sah gelassen und ein bisschen müde aus, ihr Gesicht schien völlig entspannt. Doch genau das passte überhaupt nicht zu ihren Klamotten und ihrer dramatischen Schminke. Was tat sie in diesem Aufzug hier im Wald, was war in dem Rucksack?

»Sammeln Sie etwas?«

»Sammeln?«

Bettina deutete auf den Rucksack.

Katrina betrachtete Bettina zweifelnd. »Hausaufgaben.«

»Machen Sie die immer im Wald?«

»Oft. Bei uns in der Siedlung ist es zu laut.«

»Und da oben auf dem Bergrücken haben Sie Ihre Ruhe.«

»Genau.«

»Darf ich mal sehen, was Sie in dem Rucksack haben?«

Katrina zögerte. »Warum?«

»Es würde mich interessieren.«

Katrina schüttelte langsam den Kopf. »Das muss ich nicht.«

»Nein, müssen Sie nicht. Aber es sieht dann so aus, als hätten Sie was zu verbergen.«

Katrina lachte trocken auf. »Ach, kommen Sie, ich bin vom Galgenhübel. Wir sind doch sowieso bei allem und jedem verdächtig. Von mir aus können Sie glauben, dass ich was zu verbergen habe. Das bin ich gewöhnt.«

Bettina wies auf den Rucksack. »Sind das Tagebücher, Katrina?«

Sie starrten sich an. Katrinas Augen waren fahlbraun, aber trotzdem klar. Ihre Iris waren voller Einsprengsel und vom Weiß des Augapfels durch je eine feine, aber entschiedene dunkelbraune Linie getrennt.

»Nein, ich schreibe kein Tagebuch«, sagte Katrina endlich.

Lernte man das auf dem Galgenhübel, über jede Frage einer Polizistin so gründlich nachzudenken? Die Antwort war klug, aber nicht gerissen, sie hieß: Ich weiß, was du meinst, aber du kriegst mich nicht. Wir stehen auf verschiedenen Seiten, bedeutete die Antwort, nur warum, das sage ich dir nicht.

Doch, die Antwort war gerissen.

»Haben Sie einen bestimmten Platz, zu dem Sie gehen?«, fragte Bettina.

»Dort oben sind ein paar Wiesen. Nichts Besonderes, aber man kann weit gucken. Das mag ich.«

Bettina sah den Hang hoch. »Ein sehr versteckter Pfad.«

»Ja.« Katrina sah auf ihre Uhr. »Ich muss heim. Auf Wiedersehen.«

Sie schlug den Weg in Richtung Containersiedlung ein.

Sterben

10

Wolfgang erwachte aus einer roten Leere. Es roch intensiv nach Blut. Ein Traum? Er lag auf dem Rücken. Hoch über ihm war das Gebälk der Scheune; aus der Perspektive hatte er es noch nicht gesehen. Die Balken bewegten sich, womöglich würden sie ihn erschlagen. Am Ende saß doch der Hausbock drin und der kleine Angeber von Architekturstudent hatte Recht gehabt. Die Sparren senkten sich zu ihm herab und bogen sich, dann wichen sie wieder. Nein: Es war nur ein Schwindelanfall. Vielleicht sollte er mal zum Arzt gehen. Komm, aufstehen, Alter.

Er fiel zurück; da war ein Schmerz in seiner Schulter. Er konnte den Kopf nicht richtig drehen. Und sein Arm fühlte sich feucht an. Blut!

Sein eigenes so verschwenderisch vergossen zu sehen, fand er nicht erotisierend. In seiner linken Schulter steckte ein Messer. Die kleine Ratte hatte ein Messer dabeigehabt. Er wollte es rausziehen, doch er bekam die rechte Hand nicht mal bis zur Brust hoch. Vor seinen Augen tanzten Sterne. Vermutlich war es besser so; man sollte keine Messer aus Wunden ziehen, die fingen dann wieder an zu bluten. Los, aufrichten. Ihm war so schwindelig. Aber das Tor zu seiner Scheune stand weit offen. Licht fiel herein. Er hörte Stimmen.

Die Sache mit dem Arzt müsste er jetzt wirklich bald in Angriff nehmen.

Sofort wäre wahrscheinlich am besten.

Die Sterne kamen auf ihn zu.

* * *

Bettina stieg den Hang hoch. Sie folgte dem winzigen Pfädchen etwa hundert Meter weit, bis sie ein dichtes Gebüsch fand. Dahinter versteckte sie sich.

Ihr Warten lohnte sich. Nach etwa zehn Minuten erschien auf

dem Pfad eine schwarze Gestalt: Katrina. Von Gelassenheit war in ihrem Gesicht jetzt keine Spur mehr zu entdecken. Bettina warf einen bedauernden Blick auf ihr offenes Schuhwerk und folgte dem Mädchen über den engen Pfad, der zwar ausgetreten war, aber auch sehr schmal, im schattigen Dickicht des Waldes kaum zu sehen. Darum musste sie an ihrer kleinen Freundin nah dranbleiben und sich sehr leise und vorsichtig verhalten. Und das in Barbas Sandaletten. Aber es ging irgendwie. Und apropos Barba: Gut, dass sie an sie dachte. Wenn sie jetzt anriefe, wäre das so ungefähr das Blödeste, was passieren konnte. Bettina blieb kurz stehen und stellte ihr Handy auf Vibration um. Okay. Wo war der Pfad? Dort vorne wurde es lichter. Gott sei Dank. Bettina hatte schon lange die unmittelbare Orientierung verloren, und um auf die Karte zu sehen, war im Moment nicht die richtige Gelegenheit. Unsichtbar und unhörbar bleiben hieß die Devise.

Sie erreichte einen breiten Waldweg. Er zog sich wie ein Tunnel aus Hitze und Licht durch die grüne Kühle des Waldes, quer zu dem Pfädchen, das sie hergebracht hatte. Katrina stand in einiger Entfernung auf dem Weg im hellen Sonnenschein und sah sich etwas irritiert um. Zweifellos hatte sie erwartet, Bettina vor sich zu sehen. Und sie war nicht dumm. Vielleicht würde sie den Trick erahnen, womöglich wieder zurückgehen. Tatsächlich: Sie drehte um. Bettina suchte – für ihre Ohren unerträglich laut – hinter einem mageren Busch Deckung. Gut, dass die Kollegen sie so nicht sehen konnten. Irgendwie fühlte sie sich an lange Kindersommer und Indianerspiele erinnert. Wahrscheinlich würde es Willenbacher und Ackermann bei ihrem Anblick genauso gehen.

Katrina ging auf dem breiten Weg vorbei, ohne sie zu bemerken, doch ihr Schritt war zögernd und sie blickte ständig suchend zurück. Schließlich verschwand sie hinter einer Kurve. Bettina betrachtete bedauernd ihre Füße, die nur durch eine lächerlich dünne Ledersohle und ein paar zweifelhafte Riemchen von dem steinigen Boden getrennt waren, dann den viel zu sonnigen Waldweg. Kannte sie den etwa? Führte nicht ein ebenso aussehender zur Oberkante des Steinbruchs? Oder sahen die einfach alle gleich aus?

Sie würde Katrina verlieren, wenn sie länger darüber nachdachte. Und es brachte nichts, von unterschiedlichen Ideen getrieben im Zickzack durch den Wald zu laufen. Mühsam kroch sie hinter ihrem Busch hervor. Sie musste hinterher.

Wenn ihr doch nur ihre Füße nicht so wehtäten.

* * *

Es roch nach Desinfektionsmittel.

»... ist so alt wie ich«, sagte eine Frauenstimme fast bedauernd.

»So Fingernägel hab ich noch nie gesehen«, erwiderte eine jungenhafte, doch dunklere Stimme mit klarer Verachtung. »Und haben Sie sich die anderen Leute dort auf dem Hof angeschaut? Sahen sämtlich aus wie er. Sind wahrscheinlich alle enger miteinander verwandt, als erlaubt ist.« Der Junge, der das sagte, schwitzte sauer, die Frau roch nach einem sehr süßen Parfüm, das vor ein paar Jahren modern gewesen war – er kam gleich drauf, Lulu, so hieß es. Kopfschmerzparfüm.

»Das reicht jetzt«, sagte die Frauenstimme ungehalten. »Er kann nichts dafür.«

»Mann, es gibt doch auch auf dem Land Clerasil. Und Sportvereine. Und –«

»Pst! Er wacht auf.«

Wolfgang öffnete die Augen und sah einen weißen Kittel. Ihm war schwindelig; er lag, doch alles bewegte sich.

»Hallo, Herr Antoni«, sagte die Frauenstimme mit professioneller Freundlichkeit. »Wie schön, dass Sie endlich aufgewacht sind.«

Er sah dunkle Haare, geschminkte Augen; eine kühle Hand drückte seine. Er war in einem engen Raum. Nein: einem Krankenwagen. Der Sanitäter beugte sich kurz über ihn. Er war blond.

»Wie fühlen Sie sich, Herr Antoni?«

»Hässlich«, sagte er mühevoll.

Die Ärztin starrte ihn einen Moment scheel an. »Es wird Ihnen bald besser gehen«, sagte sie dann.

»Was ist passiert?« Er wusste doch, was passiert war. Die kleine Ratte.

»Sie haben viel Blut verloren.«

»Warum?«

»Sie wurden überfallen«, sagte der blonde Sanitäter.

»Ihre Mutter hat Sie gefunden«, sagte die Ärztin schnell. »Sie werden sie im Krankenhaus sehen.«

»Krankenhaus?!«

»Spätestens übermorgen sind Sie wieder völlig auf den Beinen.«

Wolfgang richtete sich halb auf. »Übermorgen?!«

»Sie haben Glück gehabt«, sagte die Ärztin lächelnd und drückte ihn sanft zurück. »Es wurde nichts Wichtiges verletzt. Und wir haben Sie gefunden, bevor Sie zu viel Blut verlieren konnten. Sie werden sehr schnell wieder ganz der Alte sein.«

Wolfgang dachte an die offene Scheunentür, die Videokassetten und das Tagebuch.

»Glaub ich nicht«, sagte er müde.

* * *

Bettina bereute ihre verrückte Verfolgungsaktion längst. Was hatte sie davon abgehalten, Katrina diesen blöden Rucksack einfach zu entreißen? Wenn sie nur mehr Autorität gezeigt hätte, dann müsste sie jetzt nicht auf glatten Ledersohlen einem Teenager hinterherschleichen. Und der Witz wäre noch, wenn in Katrinas Rucksack wirklich nur ihre Schulhefte waren.

Immerhin, sie waren tatsächlich am Steinbruch vorbeigekommen. Dort konnte sie sich dann auf dem Rückweg noch mal in Ruhe umsehen – wenn sie den je fand. Denn Katrina war natürlich nicht auf dem breiten Weg geblieben. Das wäre ja auch wirklich zu einfach gewesen. Nein, sie hatte sich wie ein echtes Indianerkind wieder in die Büsche schlagen müssen. Und für solche Spiele hatte Bettina nicht ewig Zeit.

Andererseits: Heute war *Sonntag*. Und gewisse andere Leute – Verantwortungsträger – verlustierten sich gerade beim Segeln am Bostalsee. Da konnte sie sich auch mal ein Stündchen Spaziergang im stacheligen Unterholz gönnen. Es war ja auch nicht so, dass sie sich hier *amüsierte*. Der Pfad war *sehr* überwachsen und unbequem. Außerdem lauerten überall ringsum gefährliche wilde Tiere, die Bettina in den Blusenkragen fallen oder ihre Beine hochkriechen konnten. Und wahrscheinlich würden demnächst ein paar Halbwüchsige aus ihren Verstecken brechen und sie an den nächsten Baum binden. Irgendwo tief unten in Bettinas Bauch ballte sich ein heftiges hysterisches Lachen zusammen. Vielleicht konnte sie irgendwo unauffällig einen Haken schlagen und Katrina dann von vorn überwältigen. Lösegeld würde sie keins bekommen, aber sie konnte das Mädchen ein wenig martern. Und der Rucksack – die Beute – wäre ihr sicher. Sie fasste sich an den Kopf. Schmerzen hatte sie nicht, aber dieses Lachen in ihrem Bauch – oder war es ein Weinen? – gewann mehr und mehr die Oberhand. Es war viel zu heiß heute. Sie musste sich beruhigen.

Als Katrina also das nächste Mal aus ihrem Blickfeld geriet, blieb Bettina »Weiße Frau, die im hohen Alter noch auf Kriegspfad geht«-Boll aufatmend stehen, pflückte einen Himbeerzweig, der sich verhakt hatte, von ihrer Schlaghose und blickte sich um.

Etwas rechts von ihr wurde es wieder heller.

Dort öffnete sich das Unterholz und gab den Blick frei auf ein großes Stück Wiesenland. Uralte verwachsene Apfelbäume mit mehr totem als lebendem Holz bewachten eifersüchtig die Schwelle zum Wald. Der Bergrücken dahinter glühte in der Sonne und surrte vor Leben. In der Ferne weidete eine Schafherde. Katrina war ein schwarzer Punkt im schmalen Schatten des Waldrandes.

Also weiter. Bettina folgte ihr über die Weide und bewegte sich stets entlang der niedrigen Büsche, die sie begrenzten. Nach etwa vierhundert Metern gab es eine kleine seitliche Senke, in der Katrina plötzlich verschwand. Als sie selbst dort ankam, erkannte Bettina eine hohe Hecke, die aus der Ferne wie ein Teil des Waldes ausgesehen hatte. Einige der Büsche waren vor kurzem gestutzt worden. Dort war auch eine Pforte. Eine rohe Holztür aus grau verblichenen Brettern, die auf einer Seite von zwei rostigen Scharnieren gehalten wurde und auf der anderen von einem alten Fahrradschloss, das locker über den Pfosten gestülpt war.

Na schön. Dies also war das Ziel des Sonntagsausflugs. Ein Grundstück mit einer Hecke drumrum. Und Katrina lag wahrscheinlich hinter der Pforte und lachte sich schlapp, weil sie Bettina durch die Prärie geführt hatte. Aber das würde eine Kommissarin im Einsatz nicht daran hindern herauszufinden, was hinter dem Buschwerk war. Vorsichtig nahm Bettina das Fahrradschloss vom Torpfosten, öffnete die Holzpforte einen Spalt und blickte hindurch.

Wiese. Nur Wiese.

Sie machte das Tor weiter auf und blickte sich um. Ein großer Garten war das, sah sie jetzt. Am anderen Ende, gut hundert Meter weiter – vielleicht sogar mehr –, standen zwei Frauen vor üppig blühenden Büschen. Die schwarze Gestalt war Katrina, sie hob die Hände und redete auf die andere ein. Hinter ihnen erhob sich so etwas wie eine Mauer – oder eher eine natürliche Felsstufe –, die mit rot blühenden Blumen bewachsen war.

Nun hätte Bettina natürlich schon gern gewusst, worüber die beiden redeten, doch sich quer über die Wiese anschleichen ging nicht. Da gab es keine ausreichende Deckung. Nur außen herum konnte sie es versuchen. Und dort vorne oberhalb der bewachsenen Wand irgendwo durch die Büsche schauen. Genau. Vorsichtig schloss sie die Pforte wieder und stapfte das nun wieder ansteigende Gelände hoch.

An einer Stelle dann, wo die Hecke niedriger und löchriger wurde und kräftiger süßer Rosenduft in der Luft stand, zwängte sich Bettina durch das Astwerk. Direkt vor ihr befand sich nun die Steinwand von etwa drei oder vier Metern Tiefe. Unterhalb stand Katrina mit der anderen Frau, einer schmalen Person in

Jeans und Hemdsärmeln und mit einem struppigen Strohhut in der Hand. Sie hatte sehr braune, doch nicht verbrannte Haut und ein feines Gesicht mit hübschen abstehenden Ohren. Mit der Linken wischte sie sich die Stirn, fuhr sich durch ihre kurzen lockigen Haare, setzte dann den Hut wieder auf und blickte nach oben.

Bettina duckte sich. Gott, war das schön hier, sie saß über einer Wolke von in Karmin und Krapprosa leuchtenden Rosenblüten, die in der Wärme herrlich dufteten. Offenbar nahm die Pflanze einen Großteil der Wand ein. Und unten gab es noch mehr: ein regelrechtes rosa Flimmern umgab diesen Platz. Hier würde sie es auch einen Sonntag aushalten. Vielleicht sollte sie sich einfach zu den beiden Frauen gesellen und etwas ausruhen? Sie hatte Ruhe so *dringend* nötig. Am besten gab sie sich jetzt zu erkennen und versuchte, einen Platz in einem Liegestuhl rauszuhandeln.

»Oh Mann, Doris, ey – Scheißbullen«, sagte Katrina finster.

Gut, vielleicht kein Liegestuhl. Dann eben das grasige Plätzchen dort hinten beim Steingarten neben dem rosenumrankten Verschlag mit der Schubkarre davor. Sogar hier oben war es nett; wenn sie das Gras dort vorne ein bisschen niederdrückte –

»Nie können die einen in Ruhe lassen. Auf alle Fälle hab ich diese Tussi abgehängt. Die findet das hier nie.« Wie um ihren Worten jede Glaubwürdigkeit zu nehmen, sah sich das düster geschminkte junge Mädchen suchend um. »Ha!«, hätte Bettina fast gemacht.

»Katrina, der Garten ist kein Geheimnis«, sagte die Frau abwehrend und mit etwas heiserer Stimme. Also. – Und die Frau hieß Doris? Katrinas Mitbewohnerin? – Hatten sie eigentlich deren Aussage schon?

Katrina presste ihre Lippen aufeinander. Dann nahm sie den Rucksack von der Schulter, um hineinzusehen.

Bettinas Handy vibrierte.

Sie unterdrückte einen Fluch. Katrina blickte plötzlich hoch zu der Stelle, wo Bettina sich versteckte. Mist, so wollte sie dann doch nicht entdeckt werden. Hastig fischte sie das Telefon aus ihrer engen Hosentasche. Es war Willenbacher, das sah sie am Display. Konnte der nicht warten?

Zwei Minuten später erreichte sie eine SMS: *Überfall auf Antoni, komm schnell!*

Und die Arbeit hatte sie wieder.

* * *

Wolfgangs Heilung ging schneller vonstatten, als die Ludwigshafener Ärzte gutheißen konnten. Sie hatten seine Wunde genäht, sein Blut erneuert, ihm die Hand gehalten, und jetzt erwarteten sie im Gegenzug einen mindestens dreitägigen Genesungsaufenthalt, um die Bettenbelegung ihres Krankenhauses (es wurde eben renoviert) auszulasten. Jeder musste ein Stück zur Sanierung des Gesundheitswesens beitragen.

Wolfgang aber wollte unvernünftigerweise nach Hause. Man hatte ihm gesagt, dass er wenigstens noch auf die Polizisten warten sollte, die seinen Fall bearbeiteten. Er musste auch erkennungsdienstlich behandelt werden. Ob er nicht wollte, dass sein Angreifer gefasst würde?

»Natürlich will er das«, sagte seine Mutter.

»Schon«, sagte Wolfgang, »aber ich kann mich an nichts erinnern.«

»Du bleibst, bis du gesund bist«, bestimmte seine Mutter.

»Nein, ich muss heim.« Auf eine weitere Fragerunde mit womöglich den gleichen Polizisten hatte Wolfgang keine Lust. Außerdem stand die Scheunentür offen. Seine Mutter konnte sich nicht erinnern, sie abgesperrt zu haben. An *so* etwas habe sie in der Aufregung doch nicht denken können. Außerdem schloss er selbst auch nie ab. Er solle schön liegen bleiben und sich ausruhen.

Wolfgang setzte sich. Gottlob hatten sie ihn nicht ganz ausgezogen. Sein zerfetztes blutiges T-Shirt hatte aufgeschnitten werden müssen, doch seine Jeans trug er noch. Er schlug die Bettdecke zurück. Sein Oberkörper war frei bis auf den Verband und die Infusion. Der Schwester, die ihn gemeinsam mit seiner Mutter zu beruhigen versuchte, schien das irgendwie peinlich zu sein. Verrückt, die musste doch täglich Schlimmeres sehen.

»Du brauchst einen Schlafanzug«, befand seine Mutter. »Ich fahr dir einen holen.«

»Da kannst du mich gleich mitnehmen.« Die Welt schwankte, als Wolfgang mit seinen Füßen den Boden ertastete, doch es ging. Er brauchte seine Schuhe.

»Wolf.« Seine Mutter blickte hilfesuchend die Schwester an. »Du bist nicht ganz bei dir. Du kannst jetzt nicht nach Hause.«

»Wo sind meine Schuhe?«

Die Schwester fasste ihn an seiner gesunden Schulter und versuchte, ihn zurück ins Bett zu drücken. Wolfgang fuhr herum. »Lassen Sie mich los!«

»Es gibt keinen Grund zu schreien«, sagte seine Mutter. Der Mann im Nachbarbett hörte interessiert zu. Er roch ranzig; es war ein älterer Herr, der vielleicht schon länger hier lag.

»Mama«, sagte Wolfgang, »ich will meine Schuhe, und ich will nach Hause, und ich will –«, er wandte sich an die Schwester, »dieses verdammte Ding hier loswerden.« Er hielt ihr die Hand mit der Infusionskanüle hin. »Machen Sie mir das ab oder soll ich es rausreißen?« Die Schwester duftete sehr altmodisch nach Rosenseife. Sie zögerte. Die Situation überforderte sie. Ein Unschuldslamm.

»Er steht unter Schock«, sagte seine Mutter. »So widerborstig war er schon lange nicht mehr.«

Wolfgang löste das Pflaster über der Kanüle.

Nach einigem Zögern half ihm die Schwester. »Das ist aber Ihr eigenes Risiko«, drohte sie.

»Tja, dann ist es ja genau wie im wirklichen Leben.«

»Hör auf zu spinnen und leg dich wieder hin, Wolf«, gebot seine Mutter. »Ich hol jetzt den Doktor.«

»Meine Schuhe«, sagte er. Die Welt schwankte plötzlich sehr stark, beruhigte sich aber wieder. »Gib mir meine Schuhe.«

»Sehen Sie«, sagte seine Mutter zu der Schwester, »und das kommt alles daher, dass sein Vater so früh gestorben ist.«

Die Schwester klebte ein Pflaster über Wolfgangs Hand und

nickte seiner Mutter zu. Wolfgang erblickte die Schuhe unter dem Waschbecken. Würde er es bis dorthin schaffen?

»Wenn Sie wüssten, was es heißt, ein Kind wie ihn allein großzuziehen«, seufzte seine Mutter. Die Schwester war höchstens fünfundzwanzig und wusste es ganz sicher nicht, lächelte aber verbindlich, wenn auch etwas unbehaglich. Wolfgangs Nachbar betrachtete sie spöttisch.

»Mein Wolf hier hat schon als ganz kleiner Knirps immer seinen Dickkopf gehabt, was, Wolf?« Seine Mutter streichelte sein Bein. Wolfgang hasste es, so gönnerhaft betatscht zu werden. Er zog sein Bein weg, sah die Schwester an und deutete auf seine Schuhe.

»Er ist deswegen aus dem *Kindergarten* rausgeflogen«, sagte seine Mutter. »Können Sie sich das vorstellen?«

»Wirklich?« Die Schwester hob verlegen Wolfgangs Schuhe auf. Sie war hübsch: dunkelhaarig mit Sommersprossen.

»Und in der Schule bin ich zweimal sitzen geblieben, meine Abinote ist eins Komma sieben, mit dreiundzwanzig hatte ich einen eingewachsenen Zehnagel und jetzt bin ich Biologe, ledig, kinderlos und habe keine Geschlechtskrankheiten«, sagte Wolfgang. »Hab ich noch was vergessen, Mama?«

Das war eigentlich als eine Art Witz gedacht gewesen, doch die Schwester war einfach nicht hart genug im Nehmen; sie errötete tief bei ledig, kinderlos und Geschlechtskrankheiten. Mit niedergeschlagenem Blick reichte sie Wolfgang die Schuhe. Seine Mutter funkelte ihn an.

»So ist er immer, wenn ein Mädchen ihm gefällt«, teilte sie der Schwester mit und gab ihr so den Rest. »Er hat eine Riesenangst vor Frauen.«

Wolfgang zog sich hastig seine Schuhe an. Die Schwester wusste nicht, wo sie hinsehen sollte; Wolfgang konnte riechen, dass sie schwitzte.

Seine Mutter schüttelte den Kopf. »Dann bring ich dich halt heim, mir bleibt ja gar nichts anderes übrig.«

Die Schwester brachte keinerlei Einwände mehr hervor.

* * *

Ackermann war schneller zu Antonis Scheune gestoßen als Bettina. Das war auch kein Wunder, denn sie hatte erst den ganzen Weg zurückgehen müssen und sich überdies heillos verlaufen.

Jetzt aber stand sie neben den drei Kollegen (Brenner war natürlich zuerst vor Ort gewesen) und ein paar Spurensicherern in dem halbdunklen hohen Raum und hatte den Vorteil, nicht erst suchen zu müssen: Die Ergebnisse wurden ihr präsentiert. Eine etwa fünfzig Zentimeter hohe Hanfpflanze hatte sichergestellt werden können, ein aktuelleres von Aurelie Loors Tagebüchern, zwei blutige Fingerabdrücke am Scheunentor, die mutmaßlich nicht von Antoni stammten, und ein Riesenhaufen kaputter Videokassetten und zerrissener Bänder. Ackermann wanderte mit großen Schritten über Antonis Empore. Um sich für die vormittags erlittene Abfuhr zu entschädigen, vermutlich.

»Dort vorn am Schrank hat er gelegen«, erklärte der junge Irrlicher Kollege Brenner mit roten Ohren und selbstverständlich tadellos sitzender Uniform. »Dieses Klappmesser hier«, er hielt einen Plastikbeutel mit einem blutigen Messer darin hoch, »steckte in seiner Schulter, die Ärztin meinte, es sei eine nicht besonders tiefe und bis auf den Blutverlust ungefährliche Wunde. Außerdem hatte er Glück, dass der Täter das Messer stecken gelassen hat, sonst hätte er mehr Blut verloren und wirklich draufgehen können.« Er blickte auf den Betonboden, wo ein großer dunkelroter Fleck die Lage des Opfers unzweifelhaft markierte.

»Okay«, sagte Bettina, »und wissen Sie, was passiert ist? Wer das war?«

Brenner sah sich um. »Nein. Aber was auch immer geschehen ist, der Täter geriet am Ende in Panik.«

»Die Fingerabdrücke, das zurückgebliebene Messer, die offen stehende Tür«, zählte Willenbacher auf. »Leider hat niemand einen Verdächtigen hier rausrennen sehen, das haben wir schon überprüft. Die Nachbarin will ein fremdes Auto abfahren gesehen haben, das ist alles. Rot. Gegen zwei Uhr.«

Die Spurensicherer begannen, ihre Kameras und sonstigen Geräte einzupacken. Bettina betrachtete den mickrigen Hanf, der gemeinsam mit den in Plastik gehüllten Kassettenbruchstücken und dem ebenso verwahrten Tagebuch auf einem wackeligen Tapeziertisch lag. »Was ist mit Antoni? Hat der nichts gesagt?«

»Er war schon auf dem Weg ins Krankenhaus, als wir hier ankamen. Folglich konnten wir ihn nicht befragen und keine Fingerabdrücke nehmen. Er hatte einen Schock und muss eine Zeit lang bewusstlos gewesen sein. Den Anblick seines eigenen Bluts hat er nicht vertragen.« Jetzt wanderte ein leicht hämisches Grinsen über Willenbachers Gesicht.

»Und was sollen die Kassetten?« Bettina nahm eine der Plastiktüten mit einer zerbrochenen Hülle vom Tisch. »*Ray the Razorman* – klingt nach *Edward mit den Scherenhänden.*«

»Aber mit eingebautem *bloodpatch*. Da gibt's noch andere.« Willenbacher bediente sich ebenfalls von dem Haufen. »Hier: *Slaughty Mary* oder –«

Bettina verzog das Gesicht. »Danke. Und was ist mit Ray und Mary passiert? Opfer ihrer eigenen Botschaft geworden oder was?«

Ackermann beugte sich über das Geländer der Empore und machte ein Gesicht wie die personifizierte Haussuchung. »Wir haben Antoni doch heute Morgen mit einem Durchsuchungsbeschluss gedroht. Da wollte er wohl vorher ein bisschen aufräumen.«

»Und das Tagebuch?«

Brenner nahm die betreffende Plastiktüte. »Gehörte Frau Loor. Aus dem Jahr achtundneunzig.«

»Hm«, sagte Bettina. »Was steht drin?«

»Wir haben es nur durchgeblättert.«

»Dasselbe wie in den anderen«, rief Ackermann von hoch oben herab. »Antoni das *Schwein.*«

»Der Fund bedeutet, dass es mit Sicherheit noch mehr gibt«, setzte Willenbacher hinzu.

»Also möglicherweise – kann sein, dass ich Katrina Klein damit gesehen habe.« Bettina machte einem der Spurensicherer Zeichen, ihr einen Handschuh zu geben. »Allerdings war das nur so ein Gefühl. Ich hab sie im Wald mit einem Rucksack getroffen.

Leider konnte ich nicht reinsehen. Sie hat mich nicht gelassen.« Kurz schilderte sie den Kollegen ihr Abenteuer. »Ich kam mir vor wie dreizehn. Indianerspiele.«

Dann bekam sie einen Latexhandschuh und nahm damit das Buch aus der Hülle. »Das müssen wir mitnehmen und lesen«, teilte sie dem Spurensicherer mit. »Habt ihr davon schon Abdrücke genommen?«

»Nur vom Einband«, war die Antwort.

»Morgen könnt ihr es wiederhaben.«

»Okay.«

»Könnte Katrina Klein Antoni überfallen haben?«, fragte Willenbacher.

»Also Katrina hab ich so gegen halb zwei im Wald getroffen und von da an praktisch nicht aus den Augen gelassen.«

Die Kollegen schüttelten die Köpfe. »Dann müsste sie sich sehr beeilt haben«, sagte Brenner, »denn um halb eins haben Sie Antoni ja noch gesprochen, Frau Boll. Und gegen zwei erst ist das rote Auto gesehen worden.«

Bettina ließ ihren Blick durch die Scheune wandern. »Dieser Vorfall wird sich aufklären. Immerhin gibt es einen Überlebenden und Fingerabdrücke. Bis wann haben wir die mit denen der relevanten Personen verglichen, Herr Brenner?«

»Bis morgen«, sagte Brenner etwas verlegen, »aber ich hätte eine Idee, wo wir schon vorher anfangen könnten zu suchen.«

Die Containersiedlung lag so friedlich im späten sonntäglichen Nachmittag, so bar aller Verdächtigen, dass sie ihnen genauso gut die Zunge hätte rausstrecken können.

Ausgelassen tobten drei Kinder im Grundschulalter am Waldrand mit einem Fußball herum, ein paar ausgemergelte Männer standen im Schatten um die geöffnete Motorhaube eines alten Mercedes und sahen dem tätowierten Mechaniker spöttisch bei seiner Sonntagsarbeit zu. Eine Frau mit (vor langer Zeit) zerschlagener Nase und schief geschnittenen Haaren goss bedächtig ihre Geranien. Eine Mollige im Glockenrock spülte in einer Plastikwanne Geschirr. Cindy, erkannte Bettina. Eine weitere Frau, deren Haar so grell weißblond gefärbt war, dass es in den Augen wehtat, saß auf der Stufe eines Containers und flocht einem ebenfalls blondierten kleinen Mädchen Zöpfe. Hinter den beiden bauschte sich in der offenen Tür ein Vorhang mit Rosenmuster und vielen rot abgesetzten Volants. Von dort kam ohne Zweifel auch die schmelzende Stimme Dean Martins, die, von der Wärme über der Lichtung getragen, eine Sommernacht in »old Napoli« beschwor. *That's amore!*

Den beherrschenden Mittelpunkt des Szenarios jedoch bildete das Paar auf dem Sofa neben dem Grill. Dort lagerte, über die grau verblichenen, speckigen Polster gegossen, eine rundliche, spärlich bekleidete Rothaarige in klassischer liegender Pose. Nachlässig blätterte sie in einem dicken Katalog und ließ sich von einer Sklavin zu ihren Füßen die Nägel feilen. Die beiden schillerten in der Sonne; die Haare der Liegenden brannten in wahrhaft monströsem Orangerot, den passenden farblichen Gegenpol bildete das schrille grüne Kittelchen der Magd. Bei dem Anblick fühlte sich Bettina undeutlich an die Darstellung einer Renaissancegöttin erinnert. Irgendwo in einem überfüllten Museum musste es ein Werk geben, das dieser Szene glich. »Herrschaften, hier sehen Sie eine Venus des zwanzigsten Jahrhunderts mit tizianrotem Haar bei der Pediküre. Die Arbeit muss weitgehend der Werkstatt zugeschrieben werden, an Details der Ausführung, vor allem aber an den Farben sieht man die mindere Qualität.«

Brenner bewegte sich hier sicher; er war mit den meisten Leuten bekannt. Die Männer grüßten ihn knapp und betrachteten die übrigen Polizisten misstrauisch. »Sinnlos, die zu fragen«, sagte Brenner halblaut und ging auf das Sofa zu.

»Hey, Christa.«

Die Rothaarige hob betont langsam das Kinn und riss dann ihre überraschend klaren Augen weit auf. »Die Herren von der Polizei.«

Bettina war nicht beleidigt, dass sie übergangen wurde. Sie betrachtete die Frau am Fußende, die seelenruhig weiterarbeitete. Es war ein Wunder, dass ihr, bei der Länge ihrer Fingernägel, die Feile nicht ständig entglitt. Ihr Gesichtsausdruck war gelangweilt, fast hochmütig. Das herrische Betragen der Rothaarigen schien sie nicht zu stören. Vielleicht war diese Beziehung auf altmodisch feudalistische Weise geregelt: Wenn der Status der Herrin unerreichbar ist, muss die Dienerin sich nicht verachten.

Sie musste Bettinas Gedanken erraten haben, schaute plötzlich von den Füßen der anderen auf und musterte Bettina mit tiefer Feindseligkeit. Diese blickte zurück, gewinnend, wie sie hoffte. Einen Moment starrten sie sich an, zwei Frauen von unterschiedlichen Polen derselben Welt. Dann wandten sich beide unversöhnt wieder ihrer Arbeit zu.

»Wir haben da was gefunden«, sagte Brenner und holte den Plastikbeutel mit dem Messer hervor.

Christa warf einen kurzen Blick darauf und lächelte mitleidig. »Ihr könnt es einfach nicht lassen, oder? – Wieso kommt ihr mit so was immer *hierher?*«

»Nur so ein Gefühl«, sagte Brenner.

»Eure normale Ermittlungsmethode.« Christas Blick wanderte über die ihr unbekannten Polizisten. Ackermann stand breitbeinig da und protzte mit seinen kräftigen Armen, die er vor der Brust verschränkt hielt. »Und ihr, wollt ihr hier lernen, wie man mit *Gefühl* unbescholtene Bürger diskriminiert?« Sie räkelte sich ein bisschen, bis ihr Bauch noch hübschere Falten warf und blickte wieder desinteressiert in ihren Katalog.

»Ach komm, Christa«, sagte Brenner mit entzückend rötlich überlaufenen Ohren, »du weißt, wem das Messer gehört. Keine weiß besser, was hier abgeht als du. Oder ziehst du dich jetzt aufs Altenteil zurück?«

Christa runzelte die Brauen und blickte wieder auf das Messer. »Huch, da ist ja Blut dran«, sagte sie gedehnt.

»Eben. – Hör mal, erinnerst du dich noch, wie es hier war, als dem Ottmar das *Exxtra* unten gehörte? Als ihr hier ständig Prügeleien hattet und du selbst –«

»Schon gut«, winkte Christa ab und blinzelte in die Sonne. Ihre Haut war stark gebräunt und von beunruhigend dunklen Leberflecken gesprenkelt. »Spar dir den Sermon, Jungchen. – Der Ottmar hat auch seine guten Seiten gehabt.« Sie lachte anzüglich.

»Ich will dich nur warnen«, erklärte Brenner mit Unschuldsmiene. »Du weißt ja, wie schnell so ein einzelner Typ mit ein bisschen Sinn fürs Finanzielle auf den Geschmack kommt. Wie schnell du wieder für die Hälfte arbeitest, Christa.«

Christa setzte sich überraschend auf, so schnell, dass ihre Dienerin mit der Feile ausrutschte und sich das Werkzeug in die Hand rammte. »Scheiße«, fluchte die unterdrückt.

»Hör mal, Freundchen«, fuhr Christa Brenner an, »was soll *das* denn jetzt?!«

»Mordversuch, Christa«, sagte er ernst. »Ihr zieht euch hier vielleicht grade einen neuen Ottmar ran. Denk drüber nach.«

»Ha«, sagte sie und spie fast auf das Messer. »Von unseren Jungs ist das Ding da nicht, das glaubst du aber. Wer hat denn da überhaupt Blut gelassen, wenn ich fragen darf?«

»Wolfgang Antoni«, sagte Brenner.

»Kenn ich nicht. Ach – so ein dicker Hässlicher vom Antoniushof?«

»Em – ja.«

Christa blickte Brenner aus ihren hellen starren Augen vorwurfsvoll an und drehte ihre feuerroten Haare im Nacken zusammen. »Und wieso suchst du dann nicht bei den anderen Bauern vom Antoniushof?! – Also ich weiß nicht, Jungchen, das ist echt zu viel! Wenn das der ist, an den ich mich dunkel erinnere, der kam vor *Jahren* drei-, viermal hierher. Was wir heute mit dem zu tun haben sollen, erklär mir mal. Das ist doch *unverschämt!* Als wären wir für alle Messer verantwortlich, die irgendwo im ach so sauberen Irrlich in irgendwelchen abgefuckten Typen gefunden werden. Wir haben schließlich auch unsern Stolz. Mit den Idioten vom Antoniushof hat hier noch keiner was gehabt.«

Brenner blieb gelassen. »Herr Antoni arbeitet mit Katrina zusammen. Und er war mit Aurelie Loor befreundet.«

»Sieh an«, sagte Christa und fuhr dann wieder auf: »Was soll das heißen, er war mit Aurelie befreundet? Haben *wir* die etwa in den Bruch geschubst? – Siehst du, jetzt zum Beispiel, da könnte ich einen wie Ottmar ganz gut gebrauchen. Dann würdest du dich so einen Scheiß nämlich nicht trauen. Hierher kommen und wild in der Gegend rumverdächtigen.«

Brenner lächelte. »Ach, Christa.« Und zu den Kollegen gewandt sagte er: »Der vorige Besitzer vom *Exxtra* war ein ganz linker Hund. Ein Schläger übelster Sorte, Frauen hat er besonders gern verprügelt – die Mädels hier können von Glück sagen, dass sie jetzt den Doktor haben, was, Christa?«

»Leck mich doch«, sagte die und riss die Augen wieder weit auf.

»Aber der Doktor ist ein wohlerzogener Mann, der wird sich nicht für euch hauen.«

»Das meinst auch nur du«, schnappte sie.

»Und was die Woche über passiert, merkt der eh nicht.«

»Das ist auch gut so.« Christa verschränkte ihre Arme und sah Ackermann versuchsweise einladend an.

»Ja, da kann sich hier einer wie Ottmar leicht wieder ein kleines Reich aufbauen ...« Brenner betrachtete nachdenklich das Messer. »So ein auffälliger Perlmuttgriff – das muss jemandem gehören, der auf sein Äußeres achtet ...«

»Vielleicht 'ner Frau«, sagte Christa unbeeindruckt und zog ihre Füße wieder aufs Sofa.

»Einer Frau?«, fragte Bettina.

Christa blickte sie fast überrascht an. »Du bist die, die hier umgekippt ist, oder?« Sie grinste.

Die Kollegen blickten Bettina an.

»Ja, und?«

»Und da hast du beim nächsten Mal gleich drei Mann Verstärkung mitgebracht?«

»Umgekehrt, ich bin dabei, damit den Jungs nichts passiert.«

»Ja«, sagte Christa sarkastisch. »Ich hab mich geirrt, 'ner Frau ist das Teil nicht.«

Und mehr brachten sie nicht aus ihr raus. Zwar suchten sie die Siedlung ab und befragten sogar die Kinder nach »einem, der aussieht, als ob er sich gehauen hat«, doch niemand gab ihnen Auskunft. Auch Doris und Katrina waren nicht da.

So mussten sie unverrichteter Dinge wieder abziehen, vom Gelächter der Siedler begleitet, und sie beschlossen, auf diesen Misserfolg wenigstens noch ein Bier im *Exxtra* zu trinken. Und endlich etwas zu essen.

Aber unten in der Disco waren sie auch nicht wirklich willkommen. Die strenge Achtzehn-Uhr-Regelung galt zwar nun nicht mehr, aber dass es halb sieben war, hieß nicht, dass sie nun einen Espresso (»Das Gerät is dem Chef, das rühr ich nicht an!«) oder auch nur Gläser (»Je weniger Geschirr, desto besser!«) bekommen hätten.

Immerhin mussten sie nicht im Billardraum an einem winzigen Tischchen essen, sondern durften sich in den großen, ausgemalten Gastraum setzen. Dort waren sie auch völlig ungestört, weil die einzigen Gäste. Und es ging natürlich auch ohne Gläser, aber die Pommes hatten eine merkwürdige Farbe und schwammen in brauner Soße, die penetrant roch. Bettinas Ansinnen auf ein alternatives Schinkenbrot wurde eiskalt abgeschmettert (»Is aus!«), deshalb zwang sie sich ein paar von den Pommes rein. Sie durfte nicht noch mehr abnehmen. »Einer von uns sollte heute noch Antoni im Krankenhaus besuchen«, sagte sie. »Willenbacher? Machst du das?«

Er nickte mit vollem Mund.

»Dann werde ich das Tagebuch mitnehmen und lesen«, sagte Bettina.

»Und wir müssen seine Kassetten sichten lassen«, sagte Ackermann. Er lehnte sich im Stuhl zurück und warf einen Bierdeckel durch den Raum. Das Pappfrisbee landete auf dem Nachbartisch. Missbilligend blickte der gesprayte Frank Zappa von seinem Platz an der Wand auf den Flegel. Als ob Zappa sich über verstreute Bierdeckel aufregen dürfte.

»Kann man diese Reste überhaupt verwerten?«, fragte Brenner und stocherte in seinem Essen.

»Na klar.« Ackermann nahm sich den ganzen Stapel Bierdeckel vor und warf sie, Zappa zum Trotz, einen nach dem anderen rüber auf den anderen Tisch. Sein Teller stand unberührt vor ihm.

Bettina nahm einen großen Schluck Bier. Bischoff, natürlich, bei der Nähe zum Donnersberg. Mit Bischoff musste sie aufpassen, das trank sich gut, aber nach anderthalb Flaschen bekam sie davon Kopfweh.

»Auf die Aussage von Antoni bin ich echt gespannt.« Sie spielte mit dem Schraubverschluss ihrer Flasche. *Schraubverschlüsse.* Neumodischer Kram. »Ich meine, wo hat er das Tagebuch auf einmal her? Und die Filme: Die stehen doch höchstens auf dem Jugendindex, bei *den* geistreichen Titeln. Die braucht er doch nicht zu entsorgen, und wenn wir hundertmal eine Haussuchung machen.«

»Wir wissen ja noch nicht, was auf den Bändern drauf ist«, sagte Ackermann.

Brenner hob seine Gabel mit einer ersoffenen braunen Pommes. »Und das Tagebuch hat der Angreifer mitgebracht. Der Erpresser.«

»Der so schlau war, seinen Kunden abzustechen und das Tagebuch liegen zu lassen.«

»Das war vielleicht ein Unfall.«

»Ich hör immer Unfall«, wetterte Bettina. »Dieser ganze Fall ist ein einziger großer Unfall.«

Die vier Polizisten sahen sich an.

»Vielleicht ist er das ja wirklich«, wagte Willenbacher dann zu sagen.

* * *

Diesmal war es noch hell, als sie nach Ludwigshafen zurückfuhren, aber sie hatten auch noch genug zu tun. Ackermann, der sich bereit erklärt hatte, den Antoni-Bericht zu schreiben, musste zur Dienststelle, tippen gehen. Willenbacher hatte Pech – oder freizeittechnisch gesehen Glück – mit seinem Zeugen: Antoni, sagte man ihm, hatte sich selbst aus dem Krankenhaus entlassen und stand folglich zur Befragung nicht zur Verfügung. Willenbacher nahm das als Zeichen und fuhr zu Annette. Und Bettina hatte sich mit Aurelies Tagebuch in ihre Wohnung zurückgezogen.

In ihre eigene, diesmal.

Und es gab immer noch keine Nachricht von Barba. Drei Tage war sie jetzt weg. Bettina erwog, ihren Anrufbeantworter auseinander zu schrauben. Vielleicht war etwas damit nicht in Ordnung; es konnte doch nicht sein, dass ihre Schwester sich nicht meldete. Ausgerechnet der Vierwaldstätter See. Sie konnte sich Barba dort nicht vorstellen, sie konnte nicht mal ein Bild der Landschaft vor ihrem Auge heraufbeschwören. Barba mit den Kindern in der Schweiz? Nein. Sicher war der Vierwaldstätter See nur eine Station auf der Durchreise nach Italien gewesen; der Gotthardt lag doch dort. Barba in Italien: *Das* Bild war viel überzeugender.

Barba war nach Italien gefahren.

Bettina saß neben ihrem Telefon auf dem etwas schmutzigen Parkettboden und ließ den Kopf gegen die Wand sinken. Italien war ungefähr siebenmal so groß wie die Schweiz.

Am besten nahm sie sich das Tagebuch vor, ehe sie darüber ins Grübeln geriet. Bettina blieb einfach neben dem Telefon sitzen, beziehungsweise setzte sie sich wieder dorthin, mit einer Flasche Sprudel und einer angebrochenen Plastikschale Aldi-Kartoffelsalat. Barbas Martersandaletten hatte sie in die Ecke gefeuert. Das Licht von draußen färbte sich langsam golden; trotzdem hatte Bettinas Wohnung heute etwas Fremdes an sich. Es roch muffig. Überall lag Staub.

Sie würde den Teufel tun und jetzt anfangen zu putzen. Sie trank etwas Sprudel, überprüfte noch einmal die Lautstärkeeinstellung der Telefonklingel, nahm eine Gabel voll Kartoffelsalat (schmeckte der pilzig?) und tauchte ab in Aurelies Leben.

Doch es war nicht Aurelies Leben. Zumindest vordergründig nicht. Das Tagebuch handelte nur von anderen, von Menschen, die Aurelie gekannt hatte. Es war schwierig und mühsam, Aurelie selbst herauszufiltern, sie versteckte sich hinter endlosen Beschreibungen, Charakteristiken, Analysen. Außerdem war ihre Handschrift (sie hatte mit Bleistift geschrieben) nicht gerade leicht zu lesen. Bettina fand die Lektüre deprimierend; sie bekam nur schwer einen Zugang dazu. Die ganze Zeit hatte sie das Bild der toten blonden Frau vor Augen und konnte es einfach nicht mit einer Person füllen. Aurelie hatte sich zu gut verborgen.

Bettina dachte an die Menschen, die jetzt umgekehrt Zeugnis von Aurelie abgelegt hatten: Große Trauer hatte keiner von ihnen gezeigt. Ihr lebhaftes, fast besessenes Interesse an ihren Mitmenschen hatte Aurelie wenig echte Zuneigung eingebracht. Dutzende Einträge zum Beispiel gab es hier über Livia Giallo. Wie viele Gedanken hatte Aurelie sich um sie gemacht, welche Besorgnis und Anteilnahme sprach aus ihrer Niederschrift! Und doch war die Livia, die Aurelie beschrieb, eine andere als die echte. Was in dem geschriebenen Bild von ihr fehlte, war ihre genervte Reaktion auf Aurelie, ihre Aggressionen bei Verletzung ihrer Privatsphäre, ihre Weigerung, Freundschaft mit der Gönnerin zu schließen, die sie ja doch jederzeit hätte verlassen können, die stille Feindseligkeit, die sie umgab. Auf dem Auge war Aurelie anscheinend völlig blind gewesen. Oder hatte Livia sich verstellt? Bettina grübelte eine Weile darüber und kam zu keinem Ergebnis. Auch Livia Giallo erschloss sich ihr nicht.

Also konzentrierte sich Bettina auf die Einträge über Antoni. Hier war es ähnlich: besorgte Analysen, minutiöse Beschreibungen ihrer nicht allzu häufigen Verabredungen, kein Wort über seine eher ablehnenden Gefühle ihr gegenüber, dafür blutige erotische Einzelheiten in medizinisch korrekter Sprache. Es gab keine offensichtliche Leidenschaft oder Hingabe in diesen Worten, und doch spürte Bettina sie irgendwo dahinter. Die Leidenschaft und die Hingabe lagen in den zahllosen Wiederholungen, in der schieren Menge der Einträge. Es gab sie, doch sie waren geisterhaft, tief verschüttet, gut verschlossen, unter Kontrolle. Sie waren nicht greifbar.

Das Bild blieb tot.

* * *

Katrina saß an der oberen Bruchkante des Steinbruchs, an der Stelle, von der Aurelie gestürzt war. Sie blickte in den von Schatten erfüllten Bruch hinunter. Dort unten lag das schwarze Wasser, das Aurelies Rettung hätte sein können, wenn sie anders gefallen wäre. Katrina legte ihren Kopf an den Fels, an dem sie saß. Späte schräge Sonnenstrahlen fanden einen Weg durch die Bäume an der Bruchkante und trafen sie in die Augen. Geblendet hob sie wieder den Kopf.

Sie hatte getan, was Kommissarin Boll wohl vorgehabt hatte: Sie war Aurelies mutmaßlichen letzten Weg abgegangen. Sie hatte mit den Büchern nicht in Doris' Garten bleiben können, den würde die Kommissarin vielleicht finden. In die Siedlung wollte sie die Bücher auch nicht bringen, dort waren sie nicht sicher. Hier jedoch passten sie irgendwie hin, und hier war in den letzten beiden Tagen so gründlich gesucht worden, dass sicher kein Polizist Lust hatte, noch mal unter jeden Stein zu schauen.

Katrina war elend zumute; die ganze Zeit hatte sie sich gefragt, weshalb Aurelie gestürzt war und weshalb ausgerechnet von dieser Stelle. Doch es war sinnlos, darüber nachzudenken. Aurelie kam nie mehr zurück.

Wahllos schlug sie eins der Bücher auf und fand sofort eine Stelle über Wolfgang, die von Blut handelte. Katrina überflog sie, doch in der Mitte des Eintrags hörte sie auf, das konnte sie nicht weiterlesen. Sie kam sich schäbig dabei vor, außerdem hatte sie keine Lust, über Wolfgang nachzudenken. Sie blätterte weiter. Wolfgang, Wolfgang. Was für einen großen Raum er in Aurelies Leben eingenommen hatte – und wie seltsam, dass sie, Katrina, als eine Freundin Aurelies davon gar nichts wusste.

Es kamen noch mehr Einträge über Wolfgang. Es hörte gar nicht auf. Katrina las dann doch einen davon; er war eklig. Sie legte das Buch weg und nahm ein anderes: Wolfgang. Das war richtig unheimlich. Schnell blätterte sie weiter. Da musste doch auch etwas über sie stehen.

Und wirklich stieß Katrina auf folgende Stelle:

27. August: Katrina
War heute mit K. im Kino. Der Glöckner von Notre Dame. *Von Disney. Erschreckend. K. begeistert, denn sie hatte den echten*

Glöckner *nicht gelesen, und der Film ist charmant. Der süüße Quasi (!), der coole Phöbus (»Merkwürdig, wenn wir uns treffen, blute ich immer ...«).*

Der coole Phöbus bekommt im Disneyfilm die Esmeralda. Das ist ein Hohn. Bei V.H. ist Phöbus ein tumber Soldat, der sich von einem Fremden dafür bezahlen lässt, dass dieser während Phöbus' und Esmeraldas Stelldichein von einem Nebenzimmer aus zusehen darf. Im Original wird Esmeralda des Mordes an Phöbus (!) angeklagt und hingerichtet, unter anderem, weil es ihm zu lästig ist, zu ihrer Gerichtsverhandlung zu erscheinen und den lebenden Beweis anzutreten, dass sowohl Verhandlung als auch Hinrichtung überflüssig wären. Schön *ist er allerdings auch im Original. Und das reicht für Disney und soundso viele Tausend Amerikaner – und Katrina – aus, um ihn, einen zutiefst gleichgültigen, selbstsüchtigen und oberflächlichen Mann, zum Helden zu machen. Nur weil er ins Bild passt. Ob auch nur einem einzigen Disney-Zeichner oder Schreiber bewusst ist, wie bezeichnend die Wahl dieses Helden ist? Kann einer die traurige Ironie erkennen?*

Wie alle anderen Einträge stand dieser Text in Aurelies leichter, nach rechts geneigter Schrift da, doch darunter war quer und mit viel festerem Strich gekritzelt:

Er liebt mich nicht, ich weiß es: Er liebt mich nicht.

Katrina sah Aurelie plötzlich vor sich, in ihrem engen Zimmerchen, auf ihrem Bett liegend und im plötzlichen elenden Impuls diese Worte hinwerfend. Schlechter Geschmack, Aurelie, dachte sie einen Moment gehässig. Wie melodramatisch und abgedroschen, Aurelie. Und meinst du etwa Wolfgang, Aurelie? Das Monster?

Dann taten Katrina diese Gedanken Leid, und sie riss das Blatt mit der Textstelle aus dem Buch heraus. Sorgfältig faltete sie es zusammen und steckte es in die Hosentasche.

Und sah in den Bruch hinunter und wartete auf den Sonnenuntergang.

11

Der Morgen war stressig. Montag! »In zwei Minuten Besprechung bei Seisel«, flötete Ackermann durch Bettinas Bürotür. Sie hatte noch einen Bericht fertig zu schreiben, und Willenbacher telefonierte mit der Irrlicher Dienststelle, um durchzugeben, dass Antoni wieder zu Hause war, und Brenner zu bitten, doch dessen Aussage in Bezug auf den Überfall aufzunehmen. Willenbachers Haare waren wieder voll Gel, und er strahlte wie am Tag zuvor; Bettina jedoch war zum Alltag zurückgekehrt und trug ihr gewohntes Outfit. *Eine* Verfolgung in Riemchensandaletten war mehr als genug.

»Na komm, dann packen wir's«, sagte sie.

Seisel hörte sich alles genau an. Die nicht vorhandenen Alibis. Das unbekannte Testament. Die Tagebücher. Der Liebhaber mit dem Hang zur Gewalt, der selbst Opfer eines Gewaltverbrechens geworden war. Die verschiedenen anderen Freunde der Toten. Ihre gesamten Aktivitäten, Art ihres Todes, Aussehen der Fundstelle.

»Was können Sie so weit über den Fall sagen, Frau Boll?«

»Frau Loor ist auf nicht ausreichend erklärbare Weise in diesem Steinbruch zu Tode gekommen. Näheres wird vielleicht die Autopsie erbringen, die für heute um zehn angesetzt ist. Wir werden außerdem Frau Loors Bankschließfach einsehen, wo wahrscheinlich ihr Testament aufbewahrt wird, das uns als Hinweis für ein Motiv dienen kann. Die Befragung der Zeugen hat ergeben, dass sie eine allgemein geschätzte und beliebte Person war, die keine Selbstmordabsichten hegte. Allerdings schloss sie kaum enge Freundschaften. Ihr Liebhaber und die Frau, mit der sie zusammenlebte, äußerten sich kritischer über sie als die entfernteren Bekannten. Dort könnte auch ein Motiv verborgen sein.«

Bettina betätigte den Schalter des Diaprojektors, und ein Bild des Steinbruchs erschien auf der Wand des Büros. »Der Hergang des Vorfalls stellt sich momentan so dar: Frau Loor joggte mit ihrem Hund oberhalb des Irrlicher Steinbruchs. Aus ungeklärtem Grund begab sie sich an dessen Rand – genau hier.« Sie wies mit einem zusammengerollten Stück Papier auf die betreffende Stelle des Lichtbildes. »Von dort stürzte sie hinab. Sie hat am Kopf eine Platzwunde, die nicht zu den Fallspuren passt.« Sie klickte sich durch die Diaserie, bis sie das passende Bild fand. »Hier kann man es sehen. Diese Verletzung könnte durch einen Schlag mit einem Stein verursacht worden sein. Oder sonst einem schweren Objekt. Bis Samstagabend haben wir in dem Bruch nach einem passenden Gegenstand suchen lassen. Nichts. Dann ist da noch etwas: Frau Loor wäre als erfahrene Freeclimberin nicht mit Laufschuhen in den Bruch gestiegen. Diese Tatsachen sprechen gegen einen Unfall. Trotzdem können wir einen solchen aber nicht ganz ausschließen, da es kein Indiz für die Anwesenheit einer zweiten Person am Steinbruch gibt. – Tja.«

Seisel betrachtete das Dia der Toten eingehend. Bettina erklärte ihm die Örtlichkeiten und klickte sich wieder zurück zu der Aufnahme des Bruchs. Doch Seisel interessierte etwas anderes.

»Was haben Frau Loors offene Schnürsenkel zu bedeuten?«, fragte er.

Bettina war einen Moment perplex. Offene Schnürsenkel! Das Detail hatte sie übersehen. Und sie durfte keine Details übersehen, auch wenn sie unwichtig schienen; das war verantwortungslos. Wenn der Stress mit ihrer Schwester sie zu sehr beanspruchte, musste sie eben Urlaub nehmen.

»Wir vermuten, dass sie dabei war, sich die Schuhe auszuziehen, als sie in den Bruch fiel«, half Willenbacher geistesgegenwärtig. Bettina hätte schwören können, dass auch ihm die offenen Schnürsenkel nicht aufgefallen waren. Niemand hatte ihnen bisher Bedeutung beigemessen. Sie trat etwas näher an die Projektion der Toten heran. Tatsächlich. Beim linken Schuh, zwar halb vom rechten Bein verdeckt, außerdem noch festgezurrt, war der Schnürsenkel unverkennbar offen.

»Möglicherweise wurde sie währenddessen mit einem Stein beworfen«, sprach Willenbacher weiter. »Die Spuren deuten nämlich darauf hin, dass, selbst wenn jemand in der Nähe war, sie dort oben an der Kante zu demjenigen keinen unmittelbaren Kontakt hatte.« Er erklärte Seisel die gefundenen Fußspuren und die Vermutungen des Kollegen von der Spurensicherung.

Seisel entließ sie. Er würdigte ihren Arbeitseinsatz, merkte aber auch an, dass sie sich intensiver um die Bestätigung oder Nichtbestätigung der Alibis hätten kümmern sollen. Für den Abend setzte er eine weitere Besprechung an, »denn dann werden Sie Ergebnisse haben, und dann zeigt sich der Ablauf der Ereignisse vielleicht anders und klarer. – Wer von Ihnen wird bei der Autopsie dabei sein?«

Er blickte Bettina an. Ihre Entscheidung, Frau Kommissarin.

Willenbacher und Ackermann versuchten unbeteiligt auszusehen. Autopsien waren unbeliebt; Willenbacher machten sie, soviel Bettina wusste, noch am wenigsten aus. Von Ackermann hatte sie munkeln hören, er sei neulich bei der Leichenöffnung eines Kindes zusammengebrochen. Trotzdem, wusste sie, ging er stets selbst hin, wenn er für einen Fall verantwortlich war. Zumindest hatte er noch nie versucht, diese Aufgabe auf Bettina abzuwälzen, obwohl er dazu Gelegenheit genug gehabt hätte.

»Willenbacher und ich machen das«, sagte Bettina. »Der Kollege Ackermann wird das Bankschließfach einsehen.«

Ackermann hatte sich sofort mit Aurelies Tresorschlüssel auf den Weg zur Bank gemacht; Bettina und Willenbacher hatten noch eine halbe Stunde, bis sie zu dem Obduktionstermin nach Mainz aufbrechen mussten. Sie versorgten sich mit Kaffee; Willenbacher las die Rapporte vom Wochenende, Bettina betrachtete nochmals die Dias, die sie Seisel gezeigt hatte. Die Sache mit dem Schnürsenkel wurmte sie. Sie stellte sich Aurelie vor, die fiel, während sie versuchte, die Schuhe auszuziehen. Also war sie nicht gesprungen, war nicht atemlos und voller Eile in die Wand gestiegen und dann verunglückt. War sie wirklich das Opfer eines Steinewerfers?

Bettina bedauerte, dass sie sich von Katrina hatte ablenken lassen. Sie hätte Aurelies letzten Weg abgehen sollen. Etwas ärgerlich holte sie die Karte von Irrlich heraus und betrachtete den dunkelgrünen Fleck, der das Waldstück oberhalb des Steinbruchs darstellte. Immerhin: Am Steinbruch vorbeigekommen war sie gestern ja. Aber wie war *Aurelie* gegangen? Nachdenklich kritzelte sie in der Karte herum und markierte alle Stellen, die sie kannte. Vielleicht fand sie so einen Zusammenhang?

»Hör mal«, sagte sie endlich zu Willenbacher, »wir müssen nachher unbedingt dran denken, mit dieser Doris zu reden. Seisel steigt uns aufs Dach, wenn wir deren Aussage nicht beibringen. Die Frau ist Katrinas Mitbewohnerin. Die –«

»Das *gibt's* doch nicht!«, rief Willenbacher und sprang auf. »Hey, das glaubst du nicht. Soll ich dir mal was vorlesen? Pass auf: ›Neustadt/Weinstraße: In der Nacht vom 22. auf den 23. Juni‹ – das war von Freitag auf Samstag – ›beschädigte ein Unbekannter auf dem oberen Parkplatz der Kalmit ein dort abgestelltes Fahrzeug. Bei dem Fahrzeug handelte es sich um einen rotweißen VW-Campingbus mit dem amtlichen Kennzeichen KL – AR 301. Zum Zeitpunkt der Beschädigung befanden sich sowohl der Besitzer des Campingbusses, ein gewisser Thomas Fried, als auch dessen Lebensgefährtin im Fahrzeug. Beide erklärten, dass ein Unbekannter, nachdem er mit seinem Fahrzeug, einem weißen Golf mit dem amtlichen Kennzeichen KIB – OW 4523, angekommen war, aus diesem ausstieg und ohne ersichtlichen Grund zu ihrem Fahrzeug kam. Hier schlug beziehungsweise trat er unvermittelt die Seitenscheibe der Fahrertür und beide vorderen Scheinwerfer ein. Der Täter wird von beiden wie folgt beschrieben: circa 40 Jahre, untersetzte Gestalt, dunkle, mittellange Haare, trug zum Zeitpunkt des Vorfalls einen Vollbart. Der entstandene Sachschaden beläuft sich auf circa 3000 DM. Die Geschädigten sind danach weggefahren, um weiteren Beschädigungen aus dem Weg zu gehen, und konnten sich dabei das Kennzeichen des Täterfahrzeuges notieren.‹ – Und jetzt pass auf: ›Die Überprüfung ergab, dass das Fahrzeug auf einen Wolfgang Antoni, wohnhaft Antoniushof 7‹ und so weiter zugelassen ist. – Das schlägt doch dem Fass die Krone ins Gesicht!

»Nein.« Ermattet rieb Bettina ihre Stirn. »Wieso hat Antoni diese Leute angegriffen? Ist der noch ganz dicht?«

»Vielleicht war er überreizt, weil er Aurelie aus Versehen umgebracht hat, und musste sich abreagieren.«

»Das soll er uns selber sagen.« Bettina erhob sich von ihrem Platz und schaltete den Projektor aus. »Und diesmal rennen wir ihm nicht hinterher und plaudern mit ihm bei sich zu Hause in seinem gemütlichen Nest. Diesmal kommt er hierher auf die Dienststelle. Wenn er das Krankenhaus verlassen kann, ist er auch vernehmungsfähig. – Ich fahre allein nach Mainz. Du gehst ihn holen, wir lassen ihn hier ein bisschen schmoren, und wenn ich aus der Pathologie zurück bin, verhören wir ihn gemeinsam.«

Willenbacher sah etwas zweifelnd aus.

»Finde vorher unauffällig raus, wo er steckt«, sagte Bettina. »Vielleicht sitzt er ja schon bei Brenner. Wenn nicht, nimm einen Gorilla mit, sag dem Erbacher, er soll sich in Uniform schmeißen. Und sorg dafür, dass er einen Schlagstock oder so was dabei hat. Ich glaube, der Antoni kapiert sonst nicht, dass es ernst ist.«

* * *

Wolfgang fuhr zur Arbeit, obwohl er sich nicht gut fühlte. Seine Schulter schmerzte und er spürte das fremde Blut durch seinen Körper kreisen. Alles schien dumpfer als letzte Woche; er hatte heute so einen Druck in den Ohren. Vielleicht lag es am Wetter. Die Luft war feuchter und roch hier in Ludwigshafen auch anders: metallischer, schärfer. Das waren die Abgase der BASF, die in der unbewegten Atmosphäre nicht wie sonst rüber nach Mannheim ziehen konnten. Es würde ein Gewitter geben.

Er hatte rausgemusst aus seiner sonst so sicheren Scheune. Auf keinen Fall wollte er von den Polizisten aufgespürt werden, die seine Kassetten und das Tagebuch mitgenommen hatten. Oder weiter von seiner Mutter bedrängt werden, sich doch ins Bett zu legen. Er wollte nichts weiter als seine Arbeit tun. Unerreichbar und unbehelligt mit Katrina durch die Gegend fahren.

* * *

Bettina war bereits in Mainz und auf dem Weg zum Krankenhaus, als ihr Handy klingelte. Sie hatte keine Freisprecheinrichtung, steckte mit dem Dienst-Audi mitten im Verkehr auf der Pariser Straße. Das war Barba, durchfuhr es sie. Hier hatte sie die typische Barba-Anruf-Situation: ungünstig.

»Boll«, sagte sie in das Gerät. Wie war sie froh, von Barba gestört zu werden.

Es war Ackermann.

»Rate«, sagte er, »wer Aurelie Loors ganzes Geld erbt.«

»Antoni«, sagte Bettina prompt.

»Falsch«, freute sich Ackermann.

»Katrina Klein.«

»Nein.«

»Ja dann sag schon.« Bettina sah sich nach der Abzweigung zur Uniklinik um.

Der Kollege wollte sein Wissen auskosten. »Es ist viel«, erklärte er. »Nach allem, was der Bankfuzzi sagte, an die drei Millionen.«

»Ackermann!«

»Es kam mir schon die ganze Zeit so komisch vor, dass wir in ihrem Haus keine Korrespondenz über das Testament gefunden haben, keinen Entwurf, nichts …«

»Die Giallo?!«

»Si, Signora. – Aber Aurelie Loor wollte scheint's nicht, dass die Giallo davon erfährt.«

»Das ist verrückt, die beiden mochten sich doch gar nicht.«

»Die Giallo mochte die Loor nicht«, korrigierte Ackermann. »Und jetzt wissen wir auch, was für einen Grund sie hatte, trotzdem zu bleiben.«

»Ach du Scheiße«, sagte Bettina, »hol sie sofort her!«

»Bin schon unterwegs«, sagte Ackermann.

* * *

Ungehindert brannte die Sonne in das Büro der Ökologen, Wolfgangs weiße Schreibtischplatte strahlte resolut zurück. Die geöffneten Fenster ließen Straßengeräusche ein, aber die Hitze nicht hinaus; das Zimmer fing Licht, Lärm und die drückende Luft und mengte sie zu einer betäubenden Atmosphäre zusammen.

Wolfgang war allein und tat nichts. Er saß nur da und betrachtete die Umrisse seiner Hand, die einen Stift hielt. Erst hatte er den Stift zwischen Daumen und Zeigefinger, dann zwischen Zeige- und Mittelfinger, dann zwischen Mittel- und Ringfinger, dann zwischen Ring- und kleinem Finger. Seinen Namen schreiben konnte er nur mit den Kombinationen Daumen und Zeigefinger sowie Zeige- und Mittelfinger. Links ging es noch schlechter. Seine Augen schmerzten.

Katrina war da, das wusste er. Eben hatte er sie von weitem an der Kaffeemaschine gesehen. Doch sich aufraffen, sie abzuholen, konnte er nicht. Sie hatte ihn weggejagt, Samstagabend. Schlimmer noch: Wahrscheinlich hatte sie ihm diese kleine Ratte, den Jungen mit dem Messer, auf den Hals gehetzt. Der Kerl hatte das *Exxtra* erwähnt. Katrina wohnte praktisch dort. Und gewiss war Mackie Messer kein Schützling Aurelies gewesen. (Obwohl …? – Nein.) Jemand aus der Siedlung zumindest musste diesen Jungen mit ihrem Tagebuch vorgeschickt haben, um die Lage zu sondieren und Geld zu erpressen.

Und davon mal ganz abgesehen, wusste Katrina genau, dass er sie heute brauchte. Wolfgang hatte das letzte Woche mit ihr besprochen. Eigentlich musste sie hier bei ihm im Büro auf der Matte stehen. Das war ihre Arbeit. Und wenn sie Angst hatte, konnte sie wenigstens kurz vorbeikommen und sich eine fadenscheinige Entschuldigung abringen.

Aber sie war nicht da. Weder sie noch die Entschuldigung (wofür?). Jedenfalls riss ihn der Gedanke, dass sie womöglich wirklich gleich kommen würde – schließlich war das ihre Pflicht – doch aus seiner Lethargie. Sollte sie hier reinkommen und ihn Fingerübungen machen sehen? Seinen Namen krakeln wie ein Zweitklässler?

Wolfgang stand auf. Es würde auch ohne Begleitung gehen.

* * *

Katrina wartete. Doch Wolfgang holte sie nicht ab. Der Mann, mit dem sie in fast wortloser Übereinstimmung Feldgehölze aufgenommen und analysiert hatte, konnte nicht einfach zurückkommen; er wäre gleichzeitig auch Wolfgang, der sie anwiderte. Leicht fiel es Katrina nicht, das zuzugeben, doch sie bedauerte den Verlust. Insgeheim hatte sie diesem Montag, dieser Fahrt, entgegengesehen wie einem Freund. Jetzt erst wurde ihr bewusst, dass niemand kommen würde. Dass sie allein war.

Er liebt mich nicht, ich weiß es: Er liebt mich nicht.

Und die blöde Martina wurde umso fröhlicher, je mehr Zeit verstrich. »Wo bleibt nur Wolfgang?!«, flötete sie. »Im Haus ist er ja. Ich hab ihn gesehen.«

»Er wird schon wissen, ob er mich braucht«, knirschte Katrina, ohne von ihrer Tastatur aufzusehen.

»Ich hätte da noch was zu ändern.« Katrina konnte Martinas Lächeln *hören*. »Nur für den Fall, dass ihr gezankt habt. Dann könntest du dich auch wieder deinen eigentlichen Aufgaben zuwenden, Madam.«

Wie gern hätte Katrina jetzt einen netten stumpfen Gegenstand zur Hand gehabt. Doch sie brachte es fertig, einigermaßen ruhig aufzustehen und sich den nächstbesten Zettel von ihrem Tisch zu schnappen. »Tut mir Leid, das muss noch kopiert werden. Für die Hesse.«

Martina lächelte ihr dünn hinterher. »Eine halbe Stunde«, rief sie Katrina nach. »Dann lass ich in Wolfgangs Büro nach dir suchen.«

Bis zum Kopierer schaffte Katrina es. Der allerdings musste dran glauben. Sein Metallgehäuse krachte kläglich unter ihren schweren Stiefeln. Die gehörten eigentlich nicht wirklich ihr; es waren Sonnys.

»Irgendwann«, sagte da eine Stimme hinter ihr, »schlägt die misshandelte Kreatur zurück, Katrina.«

Sie fuhr herum und funkelte Wolfgang an. Knallte einen Zettel auf den Kopierer. »Das Scheißding.« Aus der Nähe erschreckte ihn ihre Aufmachung. Sie sah aus, als habe sie vor, sich für einen Partisanenkrieg rekrutieren zu lassen. Schwere schwarze Klamotten und martialische Springerstiefel. Ihre Haare waren straff zurückgebunden, mit viel blitzendem Metall darin, die Augen dunkel umrahmt und angriffslustig.

Er hob die Hände. »Du siehst – beschäftigt aus.«

»Für die nächsten fünf Minuten, ja.«

Wolfgang schaffte es nicht vorbeizugehen. »Dann in zehn Minuten unten am Auto.«

Hatte sich ihr Gesicht etwa aufgehellt?

»Okay.«

»Und hör auf, den Kopierer zu schlagen.«

»Vielleicht steh ich ja auf Schlagen«, murmelte Katrina.

Jedenfalls glaubte Wolfgang, das verstanden zu haben. Er blieb stehen. »Was?!«

»Ich sagte, vielleicht steh ich auf SCHLAGEN.« Ihr Ton war provokant, ihre Stimme schrill. »So wie du auf Blut.«

»Katrina.«

»Tust du ihnen weh?«

»Bitte –«

»Sag, TUST DU IHNEN WEH?! JA?! – Au! Lass mich los!« Sie trat nach ihm.

»Schrei's doch durchs ganze Büro!«, zischte Wolfgang. Er zerrte sie aus dem Gang, die Bürotür hinaus, ins Treppenhaus, auf den Absatz im Zwischengeschoss an die Fensterfront. Seine Schulter schmerzte, sein Blut raste. Was ging die kleine Schlampe sein Leben an. Seine Finger bohrten sich in ihren Arm. Wie süß sie roch! Ob er *ihnen* weh tat? Wem?! Was –

Auf dem Treppenabsatz stand plötzlich eine Sekretärin aus dem ersten Stock. Sie lächelte automatisch, hob kaum die Augen und wünschte ganz in Gedanken versunken einen guten Tag. Wolfgang grüßte mechanisch zurück. Das ernüchterte ihn augenblicklich. Was tat er da?! Er hielt Katrinas Arm viel zu fest hinter ihrem Rücken verdreht. Und drückte immer noch grob mit dem linken Handgelenk gegen ihren Hals. Leicht hätte er ihren Arm brechen können.

Und konnte es immer noch!

Der Impuls verging. Katrina hing erstarrt in seinem Griff. Die Sekretärin, ein zerstreutes Gespenst, in ihrer Routine gefangen, verschwand hinter einer Glastür zum zweiten Stockwerk. Unglaublich, dass sie nicht gemerkt hatte, was hier passierte. Wolfgang stieß Katrina von sich.

Der Schwung ließ sie gegen die Fensterfront aus grünem Bauglas stolpern. Sie fing sich automatisch an dem stabilen Fenster ab und drehte sich um. Fast erstaunt betrachtete sie ihren rechten Arm, den er verdreht hatte. Rot zeichnete sich die Spur seiner Finger darauf ab. Ihre Linke tastete am Glas nach Halt. Dann schluckte sie laut und schmerzhaft. Ihre rechte Hand zitterte. Eine Haarsträhne hatte sich aus den metallenen Spangen und Nadeln an ihrem Kopf gelöst und verdeckte halb ihr Gesicht. Vor dem fahlgrünen Hintergrund wirkten die Haare leuchtend und warm. Vielleicht lag das aber auch an der plötzlichen Blässe ihrer Haut und den scheußlichen schwarzen Kleidern. Sie schüttelte langsam den Kopf.

Wolfgang hörte sich schwer atmen. Die Bewegung seines Brustkorbs spürte er nicht; ihm war, als stünde er unbeteiligt neben sich. Er zwang sich, seine geballten Fäuste zu entkrampfen. Unwillkürlich streckte er seine Hand nach ihr aus. Er wollte den Arm berühren, den er so hässlich verdreht hatte.

Er konnte es nicht. Katrina schien vor ihm zu schrumpfen. Sie gab einen verstörten Laut von sich. Das Grün der Fenster bewegte sich auf ihn zu. Er hasste sich.

So wie immer.

Und während sie noch dastand, begann er seine ganze Abscheu vor sich herunterzubeten, eine lange, altbekannte, schreckliche Litanei. Es war der atemlose Ekel, der ihn immer befiel, wenn er eins der Videos gebraucht hatte. Oder Aurelie. Die Ratte, von der die beiden Polizisten so besessen gewesen waren, kam ihm in den Sinn. Und der kleine Erpresser. *Den er ja wohl Katrina zu verdanken hatte.*

Trotzdem: Er musste sie anfassen.

Widerwillig hob er seine Hand. Fast hoffte er, Katrina würde sie wegschlagen. Doch sie blickte ja nicht mal auf, bebte vor ihm mit tief gesenktem Kopf. Am liebsten wäre er einfach gegangen. Was hielt ihn hier? Jetzt streifte sein Handrücken ihre Haare. Ihre Wange. Sie war ganz feucht. Ihre Nase. Ebenso. Ihren Mund. Ihr Kinn. Ein kurzer dunkler Blick traf ihn.

Dann lag sie in seinen Armen und heulte sich die Seele aus dem Leib.

* * *

»Er muss noch da sein«, sagte die Frau, die Willenbacher als Erste im Amt getroffen hatte. Es gab zwar einen Empfang, doch der lag verlassen. Die Dame trug mehrere Ordner unterm Arm und hatte es eilig. »Soviel ich weiß.«

»Wo können wir ihn finden?«

»Im Zweiten.«

»In welchem Zimmer, bitte?«

Die Frau runzelte die Stirn. Für derartige Auskünfte wurde sie offensichtlich nicht bezahlt. »Links vom Eingang, aber welches Zimmer es ist …« Sie zuckte die Achseln. »Tut mir Leid.« Damit hatte sie sich auch schon umgedreht. Dass zwei Polizisten in hochoffizieller Mission ihren Kollegen behelligen wollten, ließ sie völlig kalt.

Willenbacher und der grün herausgeputzte Erbacher nahmen also die Treppe nach oben.

Die Angelegenheit erwies sich zwar als nicht besonders schwierig, dafür als umso unangenehmer. Wolfgang Antoni saß nicht auf seinem Platz an seinem Schreibtisch, sondern stand eng umschlungen mit einem Mädchen im Treppenhaus. Willenbacher wäre vorbeigegangen, bedauernd, dass er sich nicht auch einen Job gesucht hatte, wo das Trösten von Frauen während der Arbeitszeit erlaubt war, wenn er Antoni nicht im letzten Moment erkannt hätte. (Eigentlich erkannte er Katrina, weil er sich noch von gestern an ihre schrecklichen Stiefel erinnerte.

Wolfgang Antoni hätte er nie als Teil eines Paares vermutet, das in einem öffentlich zugänglichen Treppenhaus knutschte.)

Die beiden waren völlig ineinander versunken. Willenbacher war sonst keiner, der lange fackelte, doch es machte ihn verlegen, wenn er ein Pärchen stören musste. Und die beiden reagierten weder auf Räuspern noch auf scharfe Blicke. Erbachers Anwesenheit und sein Schlagstock nutzten auch nichts.

Katrina Klein schluchzte. Antoni hielt sie fest.

Ob er die Klein gleich auch mitnehmen sollte?

Willenbacher wartete. Es ging nicht voran. Die beiden würden noch ewig so dastehen, und Willenbacher hatte nicht vor, den Teil abzuwarten, wo sie begannen sich zu küssen und die Kleider vom Leib zu reißen. Er klopfte Antoni auf die Schulter. »Hallo? – Hallo, Herr Antoni!« (Was tat Bruce Willis in solchen Fällen?)

Endlich blickte der Angesprochene auf. Willenbacher redete schnell weiter. »… weiß, dass Sie momentan beschäftigt sind, aber versuchen Sie sich mal kurz zu konzentrieren, ja? – Ich muss Sie leider bitten – Vielleicht könnten wir –« Willenbacher sah sich hektisch um, weil er weder dem Kerl noch dem verheult aufblickenden Mädchen in die Augen sehen wollte – »… *würden* Sie sich einen Moment losreißen? Ich will Sie nicht stören, glauben Sie mir, aber –«

Willenbacher schwitzte. Normalerweise nahm er Vorladungen nicht im Konjunktiv vor.

12

Wenn Dr. Lee keinen so unangenehmen Beruf hätte, dachte Bettina, dann hätte sie wirklich gerne öfter mit ihm zu tun.

Er arbeitete schnell und sehr geschickt; sein Umgang mit Knochensäge und Skalpell sah so leicht aus, dass die Sektion fast natürlich wirkte, oder besser: etwas Spielerisches bekam, was von der Tatsache ablenkte, dass hier eine einstmals schöne Frau mit all diesen blitzenden Gerätschaften unter grellem Licht aufgeschnitten und ausgenommen und eingetütet wurde.

Dr. Lees Gesicht war ernst, während er den ersten Schnitt ansetzte, sägte, sich weiter in den Brustkorb und die Bauchhöhle vorarbeitete, doch seine Bewegungen waren beschwingt, und seine Arbeit hatte nichts von dem blutigen, soliden Handwerk, das seine Kollegen praktizierten. Dr. Lee war ein Künstler. Bettina fragte sich, weshalb er kein Chirurg geworden war. Sie stand zu Aurelies Füßen, ganz am Ende des Tisches mit der aufgekanteten Edelstahlauflage und dem Wasserabfluss und war froh, dass der schlimmste Teil vorbei war: die Untersuchung der Kopfwunde. Sie war von winzigen Schmeißfliegenmaden besiedelt. Das passierte, wie Dr. Lee erklärt hatte, bei heißer Witterung bereits innerhalb weniger Stunden nach Todeseintritt. Aber daran wollte sie nicht mehr denken.

Dr. Lee stand grün gekleidet und bis zu den Augen vermummt über Aurelies geöffneten Bauch gebeugt und sprach durch seinen Mundschutz hindurch in das Mikrofon, das neben der drehbaren Lampe von der Decke hing. Seine Assistentin, eine kleine, ebenfalls grün gekleidete Frau, wog einzelne Organe der Toten ab und schnitt sie dann auf. »Auch im Magen Blut«, sagte sie, und zu Bettina gewandt: »Wollen Sie wissen, was Frau Loor zum Mittagessen hatte?«

Nicht wirklich. »Sicher«, sagte Bettina.

»Spaghetti«, sagte die Frau. »Wollen Sie mal sehen?«

Ihre dunklen Augen lächelten. Machte sie sich über sie lustig? »Nein danke.«

Immerhin, die Untersuchung der Platzwunde an Aurelies Kopf hatte tatsächlich ein Ergebnis gebracht: Dr. Lee hatte winzige Steinbrocken darin entdeckt, wie von einem Sandstein abgesprungen, aber auch Sand und Erde und ein Stückchen Gras.

»Damit ist Waffe eigentlich klar«, hatte er gesagt. »Und, Frau Boll, jetzt ist auch klar, dass überhaupt Waffe gegeben haben kann. Ein Stein. Ähnlicher Stein wie im Steinbruch, aber nicht unmittelbar von dort, sonst wäre die dunklere Erde nicht dran – sehen Sie?«

Bettina hatte nur ein paar blutige Krümchen gesehen und trotzdem genickt. Dr. Lee war der Experte. Er hatte ihr dann zum Vergleich die Verunreinigungen in den Haaren am Hinterkopf gezeigt – nur Sand und Sandsteinbröckchen –, und sie hatte tatsächlich plötzlich einen kleinen Unterschied ausgemacht. Dr. Lee hatte die Wunde fotografieren lassen und ein wenig spekuliert, wie der Stein vorne aufgetroffen sein musste. »Der Schädel ist nicht gebrochen«, hatte er bedauernd erklärt, »dann wäre leichter zu sagen. Würde aber behaupten, von oben. Sehen Sie nur die Stelle, oberhalb der Schläfe –«

»Ja. – Und was hat diese Verletzung bewirkt?«

»Vielleicht Gehirnerschütterung«, hatte Dr. Lee geantwortet. »Und vielleicht Haarrisse im Schädel.« Und dann hatte er den Schädel geöffnet.

Gehirnerschütterung. Bettina beobachtete, wie Dr. Lees lange, behandschuhte Finger etwas Blutiges aus Aurelies Leib zogen. Sie wollte nicht wissen, was es war. Gehirnerschütterung bedeutete Ohnmacht, Übelkeit, plötzliche Schwindelanfälle, Verwirrung, manchmal Amnesie.

Ihr kam eine Idee. »War Frau Loor vielleicht schwanger?«

Dr. Lee runzelte die Stirn und tat etwas Hässliches. »Nein«, sagte er endlich.

Bettina wusste plötzlich, dass sie es keinen Moment länger in diesem Raum aushalten würde. Sie respektierte die Gelassenheit und Kompetenz des Pathologen, aber ihm gleichtun konnte sie es nicht. Sie musste raus. Sofort raus. Ihre Anwesenheit in der Pathologie brachte überhaupt nichts; dafür warteten auf der Dienststelle zwei dringend Mordverdächtige auf sie. Das war ihr Metier, dort gehörte sie hin: zu den Lebenden. Ihr Handy klingelte, wie zur Bestätigung. Das war sicher Ackermann, der die Giallo bereit zur Vernehmung bei sich sitzen hatte, oder Willenbacher, der mit Antoni nicht fertig wurde.

Sie entschuldigte sich, verließ den Sektionsraum und riss sich draußen auf dem Gang erleichtert die Schutzmaske vom Gesicht.

»Ja?«, rief sie ins Telefon, ohne vorher auf das Display zu schauen.

»Tina?«

»Oh Gott, Barba, wo bist du? Wie geht es dir? Und den Kindern? – Du dumme Kuh«, brach es übergangslos aus Bettina heraus, »weißt du, was ich mir für Sorgen mache? Bist du noch ganz *dicht*, einfach zu verreisen, *ohne eine Adresse zu hinterlassen?!* – Scheiße. Entschuldigung. Komm schon, sag, wie es dir geht.«

»Ich bin in Italien«, sagte Barba. Ihre Stimme klang gedämpft; im Hintergrund war Lärm.

»Dachte ich mir.«

»Wieso schreist du mich an, wenn du längst ermittelt hast, wo ich stecke, Frau Kommissarin?!«

»Barba. Bitte.«

»Oh, Tina«, seufzte Barba. »Italien ist einfach toll. Wir hätten das schon viel früher mal machen müssen.«

Weinte sie etwa?

»Barba?«, fragte Bettina streng. »Was ist los? Geht's dir nicht gut?«

»Du musst herkommen, Tina, du musst das auch sehen.« Barba schniefte. »Hier ist es wunderschön.«

»Okay«, sagte Bettina, »sag mir, wo du bist.«

»Amalfi.«

Amalfi. Wo war noch mal Amalfi?

»In Kampanien. Positano und so. Hey, Tina –«

»Herrgott, da bist du ja Tag und Nacht gefahren!«

Eine kleine Pause entstand, dann kicherte Barba erstickt und sagte: »Und du weißt gar nicht, Schatz, was für einen Spaß das Autofahren hier unten macht. Du würdest es lieben.«

Ganz sicher. »Was tust du gerade?«

»Ich vertelefoniere meine Karte in einer sehr netten Espressobar. Schatz, du musst einfach kommen. Hier ist es *so* schön.« War das ein Schluchzer? »Hey, und da sagt man doch, südlich von Neapel sollen Frauen nicht allein reisen – reiner Aberglaube, Tina. Die Kerle starren dich nicht so böse und von hinten an wie bei uns. Die sind hier echt easy.«

»Du reist ja auch nicht allein«, sagte Bettina abweisend. Für Barbas feministische Theorien hatte sie im Moment keinen Nerv. Barba hielt Kopfsteinpflaster für frauenfeindlich, weil sie darauf mit High Heels nicht gehen konnte.

»Wie geht's den Kindern?«

»Prächtig. Willst du sie sprechen?«

Bettina fühlte, dass sie selbst gleich weinen würde. Was war das bloß? Die schlechte Verbindung? Sie hatte einen Riesenkloß im Hals. »Barba, bitte sag mir, wo du bist. Bitte.«

Etwas raschelte. Bettina glaubte schon, die Verbindung sei unterbrochen. Sie merkte, wie ihr eine Träne die Wange hinunterlief. Sie musste Barbas Adresse herauskriegen. Unbedingt.

»Bei Giorgio«, sagte Barba plötzlich ziemlich laut. »Das ist hier am Domvorplatz, wo die große Treppe anfängt. – Kommst du, Tina? Hier ist es unglaublich schön.«

»Gott, Barba, ja! Sag mir wohin! Wo wohnt ihr?!«

Es raschelte wieder. »Ich hab's mir aufgeschrieben«, kam Barbas Stimme zurück, »irgend so 'ne Vier-Sterne-Absteige am Golf.« Sie kicherte. »Sünd-teuer, Schatz! – Warte, warte – Moment – gleich, Enno, mein Süßer, ich spreche mit deiner Tante Tina. – Okay. Hast du 'n Stift?«

»Ja.« Bettina hielt das Handy ans Ohr geklemmt und kramte eine alte Quittung aus ihrer Tasche, um darauf zu schreiben. Ein Rauschen legte sich um Barbas Stimme. »Es ist das *Sant' Agata*«, sagte sie. »Hast du das? Agata ohne H.«

»Okay.«

»In Vico Equense.«

»Wo?«

Die Leitung knackte plötzlich laut. Bettina ging ein paar Schritte und drehte sich mit ihrem Zettel wieder zur Wand. »Vicco was?«

»Vico Equense, Schatz, das liegt kurz vor Sorrento. Equense mit Q. Tina. Sag, dass du kommst, ja? – Versprich es mir.«

»Vico Equense«, wiederholte Bettina.

»Frag mich nicht, wie man das ausspricht, Schatz. Tina –«

Heiseres Rauschen überschrie die Stimme ihrer Schwester.

»...be dich«, sagte Barba. Die Verbindung war unterbrochen.

* * *

Man hatte Wolfgang in ein helles, aber angenehm verschattetes Büro gebracht. Es ging nach Westen und hatte silbrige Lamellen vor den Fenstern. Die weiß gestrichenen Wände waren leer bis auf einen Oldtimer-Kalender mit einem roten Sportwagen (ein BMW 507?) vor schwarzem Hintergrund, der neben der Tür hing. Es war das Maibild, fiel Wolfgang auf. Ansonsten gab es nichts Persönliches in dem Raum. Nicht mal eine Topfpflanze. Trotzdem war es kein reines Sprechzimmer. Es gab darin zwei offensichtlich benutzte Schreibtische (einer aufgeräumt, der andere nicht), einen Computer und einen niedrigen Aktenschrank. Aus einer zweiten, angelehnten Tür, die ins Nebenzimmer führte, hörte er Schritte und dann ein Jammern. Hatten sie jemand aus ihren Folterkammern hochgebracht? Jetzt eine Stimme. »Setzen Sie sich bitte auf den vorderen Stuhl«, bat ein Mann.

Noch so ein armer Teufel wie ich, dachte Wolfgang, und das mit dem vorderen Stuhl sagten sie wohl zu allen. Genau so hatte sich der grün gewandete Beamte ausgedrückt, der Wolfgang hier hereingeführt hatte und jetzt mit grimmigem Gesicht und verschränkten Armen vor der Ausgangstür stand. An seiner rechten Hüfte hingen gut sichtbar Dienstpistole und Schlagstock.

Im Nebenzimmer raschelte etwas. Das Jammern hielt an. Dann goss sich jemand eine Tasse Kaffee ein. »Möchten Sie auch einen

Kaffee, Frau Giallo?«, hörte Wolfgang den Mann fragen. Die Giallo! Die hatten sie auch hergeschleppt? Mit ihrem Kind? Was sollte das bedeuten …?

Der grüne Zweimetermann schloss die Tür zum Nebenzimmer. Dann nahm er wieder seine ursprüngliche Haltung vor der Ausgangstür an. Der Typ sollte zum Film gehen, dachte Wolfgang. Er wäre die Idealbesetzung des bösen Deutschen in einem amerikanischen Thriller. Er roch sogar etwas muffig, wie ein alter Kinosessel. Ob sie den ihm zu Ehren so ausstaffiert hatten? Eigentlich sah er ja so aus, als wäre er in Uniform geboren worden. Aber das gehörte wohl zu seinem Beruf.

»Kann ich auch einen Kaffee bekommen?«, fragte Wolfgang.

»Gedulden Sie sich bitte noch einen Moment, Herr Antoni«, antwortete der Bulle mit irritierender Höflichkeit.

Sie wollten ihn mürbe machen.

Ihn und die Giallo. Schön. Wolfgang drehte sich um und begann die Papiere, die über die Schreibtische gebreitet waren, von seinem Platz aus zu entziffern.

* * *

Nun hatte Kommissar Ackermann sie rausgezerrt aus ihrem sicheren Haus, hatte sie einfach mitgenommen; ganz schnell war es gegangen. Livia konnte kaum glauben, dass sie tatsächlich in Ludwigshafen war. Dass sie mit Elia in diesem Büro auf diesem Stuhl saß, Kommissar Ackermann gegenüber, mit einer Tasse Kaffee vor sich und halb geblendet von den Sonnenstrahlen, die es schafften, sich durch die unvollständig geschlossene Jalousie zu stehlen.

Der Kommissar stand auf und betätigte einen Knopf. Die Lamellen vor dem Fenster drehten sich quietschend und ließen jetzt nur noch angenehme, diffuse Helligkeit herein. Ungezwungen ließ er sich wieder auf seinen Stuhl fallen und lächelte sie jungenhaft an. Er war aufmerksam, er war ansehnlich, er war routiniert. Er hatte ihr überhaupt keine Zeit gelassen, ärgerlich zu werden, hatte sich vor dem jammernden Elia nicht geekelt, hatte sie nur kurz und zweifelnd angesehen, als sie sich geweigert hatte, das Haus zu verlassen, und prompt war sie ihm gefolgt.

Aber das würde ihm *alles* nichts nützen. Livia setzte ihren strampelnden Sohn neben sich auf den Boden, obwohl sie von dessen Sauberkeit nicht überzeugt war. Gemessen zog sie ihre Kostümjacke zurecht und faltete ihre Hände im Schoß. Da konnte dieser Ackermann noch so hübsche Augen haben: Sie würde ihre Haut teuer verkaufen.

Er beugte sich vor. »Haben Sie eigentlich gewusst, Frau Giallo, was für ein unerhörtes Glück Sie haben?«

»Nein«, erwiderte sie gefasst, »aber nachdem Sie als Polizist mir das sagen, muss es sowieso einen Haken geben.«

Plötzlich war sein Lächeln verschwunden. »Sie erben ein Vermögen, Frau Giallo.« Er klopfte auf ein Schriftstück auf seinem Schreibtisch. »Wir haben hier ein höchstwahrscheinlich gültiges Testament, das Sie zur Erbin eines Hauses, eines Sparguthabens und eines Aktienpaketes macht. Insgesamt um die drei Millionen.«

»... Drei – Millionen?!«

Der Kommissar beobachtete sie aufmerksam. »Ja. – Und der Haken ist, dass die Erblasserin viel zu jung gestorben ist, Frau Giallo.«

Livia fühlte einen leichten Schwindel. Drei Millionen waren es. Sie hatte mit dem Haus gerechnet. Höchstens.

»Wussten Sie, dass Sie Aurelie Loors Alleinerbin sind?«

»– Nein!«

* * *

Kommissarin Bettina Boll tigerte draußen auf dem Flur vor ihrem und Ackermanns und Seisels Büro auf und ab, Willenbacher im Schlepptau.

»Du kannst jetzt nicht weg«, erklärte Willenbacher zum wiederholten Male und mit gesenkter Stimme, obwohl die Türen zu den Büros einigermaßen schalldicht waren. »Du hast doch selbst gesagt, dass Gras und Erde in der Wunde waren, und das deutet auf Mord –«

»Barba stirbt, verdammt noch mal!«

»Oh nein«, sagte Willenbacher, »*das* glaub ich nicht. Deine verehrte Schwester hat dein Auto und deine Kreditkarte gestohlen, dann hat sie dich versetzt, obwohl du mit ihr feiern wolltest, und sich heimlich aus dem Staub gemacht, wo sie doch wissen musste, dass du dich vor Sorgen fast umbringst, und jetzt, wo wir hier zwei Mordverdächtige sitzen haben und du dringend gebraucht wirst, da ruft sie an, sagt kurz mal ›komm‹, und schon willst du alles stehen und liegen lassen, *so* ist es. Warte doch, bis die Besprechung heute Abend vorbei ist. Rede wenigstens mit Seisel, Herrgott!«

Bettina drehte sich auf den Fersen um. »Meine Schwester«, fauchte sie, »geht dich überhaupt nichts an!«

Willenbacher verschränkte die Arme vor der Brust. »Aber der Fall. Und du.«

Sie starrten sich an. Dann fuhr sich Bettina mit der Rechten durch die Haare. »Ich kann doch Adrienno und Sammy nicht ganz allein lassen«, sagte sie unglücklich.

»Was für einen Eindruck hat sie denn gemacht?«, fragte Willenbacher begütigend und zum dritten Mal.

»Sie hat mir ihr Hotel genannt«, sagte Bettina und zupfte schniefend an ihrer Nase. »Das ist völlig untypisch für sie! Und sie hat mehrmals wiederholt, dass ich kommen *müsse ...!*«

»Aber sie hat es auch geschafft, dort runterzufahren und sich mit deinem Neffen und deiner Nichte in eine Espressobar zu setzen und das *dolce fàr niente* zu genießen«, sagte Willenbacher. Sein *dolce far niente* hörte sich so anrüchig an, wie es sonst nur Bettinas Tante Elfriede hingekriegt hätte.

»Sie muss völlig erschöpft sein, das Miststück«, sagte Bettina.

Willenbacher war klug genug, dem »Miststück« keinen Beifall zu zollen.

»Und sie kann jederzeit einfach umklappen! – Sie hat gerade einen Aufschwung, aber der Professor sagte mir, dass so was kein gutes Zeichen ist – ganz kurz vor Schluss kriegen das viele. Das ist fast normal, sagt er.« Bettina knetete ihre Stirn. »Die haben sie zum Sterben nach Hause geschickt und ich konnte nicht auf sie aufpassen. Barba selbst glaubt natürlich nicht daran, dass sie stirbt. Die glaubt nur, dass es ihr besser geht. – Scheiße, sie hat gesagt, dass sie mich liebt! Das hat sie noch nie!«

»Was für eine Krankheit ist es überhaupt?«, traute sich Willenbacher zum ersten Mal zu fragen.

Bettina haute ihm ein halbes Fachbuch um die Ohren.

»Also Krebs?«, fragte er in einer ihrer Atempausen.

Sie blickte ihn an. »Hmm.«

»Vielleicht sollten wir die Kollegen in Italien benachrichtigen«, sagte Willenbacher schwach.

»Nein.«

»Es ist aber Quatsch, jetzt auf gut Glück nach Frankfurt zum Flughafen zu fahren«, sagte Willenbacher. »Vielleicht geht der nächste Flieger nach Neapel erst heute Nacht.«

»Vierzehn Uhr dreißig.«

»Dann bist du abends da und kannst eh nichts mehr machen.«

»Blödsinn.«

»Du kannst kein Italienisch.«

»Sammy und Adrienno können auch kein Italienisch.«

»Und ich soll jetzt ganz allein diesen blöden Antoni vernehmen?«

»Das *kannst* du. Sei hart zu ihm, aber droh nicht mit etwas, das wir nicht dürfen. Wie lang sitzt er jetzt im Büro?«

»Dreiviertel Stunde.«

»Siehst du, und das müsste er gar nicht. So gut kennt er sich also doch nicht aus. Hat er seinen Anwalt verlangt?«

»Nein.«

»Auch gut. Sei höflich, und wenn er nicht gesteht, lass ihn gehen. Sprich dich mit Ackermann ab. Alles klar?«

Willenbacher rollte die Augen.

»Und rede bitte noch mal mit Katrina. Ich glaube, die hat die Tagebücher. Sicher bin ich mir zwar nicht, aber – lass dir einen Durchsuchungsbeschluss für ihren Container mitgeben, wir machen jetzt keine Spielchen mehr. Und rede auch mit ihrer Mitbewohnerin, dieser Doris. Persönlich. Wir brauchen unbedingt ihre Aussage. Such sie, wenn nötig. Die Frau hält sich vielleicht auf so einer Art Wochenendgrundstück oberhalb von Irrlich auf – du weißt schon, mein Ausflug mit Katrina. Dort hab ich Doris gesehen. Ist alles auf der Karte markiert, die auf meinem Tisch liegt. Es gibt da sicher auch noch einen normalen Weg hin. Von Irrlich aus durch den Wald, vielleicht. Lies meine Berichte, da steht alles genau drin.«

»Was ist mit der Schule? Ich sollte heute eigentlich in Aurelies Schule arbeiten.«

»Schick jemanden hin. Die Bücher sind wichtiger. – Und, Willenbacher: Such sie auch, wenn der Antoni gesteht, hörst du? Oder die Giallo. Denk an Kreimheim.«

In Kreimheim hatten sie zusammen einen Mörder gefasst, doch ein weiterer lief dort wahrscheinlich noch frei durch die Gegend. Jetzt lag der Fall bei den Akten.

»Und was soll ich Seisel sagen?«

»Dass meine Schwester stirbt. Dass es ein Notfall ist. Die Wahrheit, Willenbacher! Wag ja nicht, Seisel was vorzulügen. Wer weiß, wie lang ich brauche, um Barba zu finden.«

»Dann geh doch bitte rein und sag es ihm selbst!«

»Er ist nicht da, okay? Ich kann jetzt nicht mehr warten.«

»Wenn du es so eilig hast, wieso bist du dann überhaupt gekommen?«

Bettina schniefte. »Ich brauche Geld, Lieber. Barba hat doch meine Karte.«

* * *

Katrina fuhr mit demselben Bus, der sie vor wenigen Stunden zum Büro gebracht hatte, wieder nach Hause. Sie hatte Martina erklärt, dass sie sich schlecht fühlte, und die Antwort kaum abgewartet. Martina würde noch früh genug erfahren, was Wolfgang passiert war, und dann auf den Grund von Katrinas plötzlichem Unwohlsein schließen, doch das war ihr jetzt gerade herzlich egal.

Der Bus hielt überall, und es war schon wieder zu heiß. Die Luft war heute schwer und gesättigt, der Horizont verschwamm im Dunst. Sobald sie in die hügelige und etwas waldigere Gegend hinter Grünstadt kamen, wurde es besser, aber nicht viel. Im Westen nahm der Himmel einen feinen, aber bedrohlichen Grauton an. Die hohe Luftfeuchtigkeit trieb Katrina und den anderen Fahrgästen den Schweiß nur so aus der Haut heraus. Man roch es. Katrina fühlte sich elend.

Jetzt hatten sie Wolfgang verhaftet; das konnten sie doch nicht tun.

* * *

»Herr Kollege«, sagte der um ein Monatsgehalt ärmere Willenbacher durch den Türspalt zu Ackermann, »komm mal kurz mit raus, bitte.«

Ackermann saß breit auf seinem Stuhl und betrachtete nachdenklich seine Verdächtige und ihr Kind. Er ließ sich nicht lange bitten, deckte aber demonstrativ die Notizen auf seinem Schreibtisch zu.

Als er mit Willenbacher auf dem Flur stand und die Tür hinter ihnen geschlossen war, streckte er sich. »Mann, die Giallo, was für ein Eisberg.« Er schüttelte den Kopf. »Hockt da und tut so, als wär's das Normalste von der Welt, von seiner Vermieterin als Alleinerbin eingesetzt zu werden. *Drei Millionen* soll sie kriegen, aber frag mich, ob sie davon gewusst hat. Ich kann's dir nicht sagen. Fünf Sekunden hat sie überrascht ausgesehen, das war's. Und jetzt behauptet sie steif und fest, nix gewusst zu haben.« Er legte eine Hand in den Nacken und dehnte ihn. »Und kein Wort mehr als nötig – der Traum jedes Verteidigers. Wir kommen überhaupt nicht weiter.« Ackermann boxte Willenbacher gegen die Schulter. »Jetzt aber was ganz anderes: Wir haben den Mann, der Antoni überfallen hat. Jason Wegener. Seine Fingerabdrücke stimmen mit den blutigen am Tor überein. Der Typ ist schon mehrmals erkennungsdienstlich behandelt worden. – Brenner hat eben angerufen, er ist mit ihm auf dem Weg hierher. Antoni soll ihm ganz schön eine verpasst haben.« Er ließ seine Schultern kreisen.

»Immerhin *ein* Erfolg. – Hör mal, wir müssen das hier allein fertig machen, Bettina ist eben ab nach Italien.«

Ackermann machte ein dümmliches Gesicht. »Was? – Wieso?!«

»Tja. Ihre Schwester ist dort, und die ist krank.«

»Italien. – Was hat die Schwester denn? Fernweh? Reisefieber? – Einfach hopp und weg?! Wie *kommt* die dazu –?!«

Willenbacher erklärte es. »Das Problem ist nur, wie wir es Seisel sagen …«

»Und sie ist wirklich fort?«

»Um halb drei geht ihr Flugzeug.«

»Dann müssen wir es sagen, sobald er wieder auftaucht. – Wart ihr wenigstens bei der Obduktion?«

»*Sie* war. Sie haben Gras und Erde in Aurelies Platzwunde gefunden, sie stammen von einem Stein, der wahrscheinlich nicht aus dem Bruch ist.«

»Also hat sie jemand geschlagen.«

»Anzunehmen. Und der Antoni hat am Samstagabend ein Auto auf der Kalmit demoliert.« Willenbacher erklärte rasch die Zusammenhänge.

»Unkontrollierte Gewaltausbrüche.« Ackermann begann mit weiten Schritten auf und ab zu gehen. »Passt wunderbar zu den Videos. Und im Moment ist er besonders hart drauf. Oder war. – Liegt er noch im Krankenhaus?«

»Nein, er hat sich gestern Abend selbst entlassen.« Willenbacher lehnte sich mit dem Rücken gegen die weiß gestrichene Wand. »Ist heute Morgen schön brav wieder bei der Arbeit erschienen. Ich hab ihn mit Erbacher zusammen dort abgefangen, bevor er rausfahren konnte. Wir haben ihn noch nicht auf den Vorfall angesprochen, das wollte Bettina machen. Er meint, wir hätten ihn wegen des Überfalls hergebeten. Jetzt sitzt er seit 'ner Stunde in unserem Büro und wartet auf die Frau Kommissarin.«

Ackermann blieb plötzlich stehen und wies mit großer Geste auf die geschlossenen Bürotüren. »Weißt du, dass außer uns *alle* im Urlaub sind?! – Was *tun* wir hier?!«

»Du hast Recht.« Willenbacher richtete sich auf. »Lass uns die Ermittlungen ausdehnen. Die Bolle zurückholen. Italien würde mir auch gefallen.«

»Rimini.«

»Ach was, die Toskana! Das ist doch was!«

»Venedig. Nein, Verona …«

»Da fällt mir ein«, sagte Willenbacher, »dass Katrina Klein und der Antoni was miteinander haben. Als ich ihn eben eingesammelt habe, stand er mit ihr Arm in Arm im Treppenhaus. Die beiden kennen sich schon länger, da wette ich.«

»Katrina Klein ist seine Mitarbeiterin?«

»Ja. Die arbeiten nicht erst seit Mittwoch im selben Amt. Wohnen tun sie auch in einem Ort. Und waren beide ganz dick mit Aurelie. Wer weiß, was die zusammen ausgeheckt haben.«

»Ach herrje.« Ackermann ging wieder auf und ab. »Hast du wenigstens über seinen Überfall mit ihm gesprochen?«

»Er kann sich an nichts erinnern, sagt er. Und die Kassetten sind angeblich nicht jugendfrei, aber sonst legal. – Ich hab auch keine Ahnung, was es da an Indizes gibt. Damit kenn ich mich nicht aus.«

»Wenn sie zu brutal sind, werden sie vom BKA ausgeschrieben. Und, Hasi – Aufnahmen von echten Morden sind illegal. Zumal die inszeniert werden. Du kannst dich nicht auf deine Visionen verlassen, wenn du ein ganzes Filmteam organisieren musst. So: Liebe Mitarbeiter, ich hab da ein Gefühl, morgen Abend brennt das *Trocadero* ab. Sicher gibt es mindestens zwanzig Tote. Die Aufnahmen werden uns den Koks und die Frauen fürs nächste Jahr finanzieren. – Nein, wenn du dem Tod ins Gesicht schauen willst, dann musst du ihn nett bitten.«

Willenbacher blickte auf seine Hände. »Wieso schockiert mich eigentlich überhaupt noch was?«

»Das spricht nur für dich«, sagte Ackermann. »Hör zu, sollen wir nicht tauschen? Vielleicht kriegst du aus der Giallo mehr raus als ich, und der Antoni interessiert mich jetzt wirklich.«

»Na gut«, sagte Willenbacher. In Wahrheit hatte er natürlich keine Wahl.

* * *

Es kränkte Livia Giallo, dass Kommissar Ackermann nicht wiederkam. Natürlich war es zu begrüßen, sagte sie sich, dass man sie für so unwichtig – und damit schuldlos – hielt und ihr Obermeister Willenbacher zuteilte. Unvernünftigerweise jedoch kam sich Livia damit degradiert vor. Der Obermeister mit der affigen Gelfrisur war sofort bis zum Fenster vor ihr und Elia zurückgewichen und hatte diesen ausdruckslosen Blick drauf, den Livia nur zu gut von ihren anderen Männerbekanntschaften kannte. Lass es uns schnell hinter uns bringen, hieß dieser Blick. Und wie er Elia ansah! Livia hasste es, ihr Kind durch die unfreundlichen Augen Fremder betrachten zu müssen. Ein viereinhalb Jahre altes Kind, das Windeln trug und kaum allein stehen konnte. Zurückgeblieben und debil, las sie als Urteil in Willenbachers Miene.

Und das war wirklich unsensibel und ungerecht, denn bei Elias schwerer Behinderung, seinem Herzfehler, den man natürlich nicht *sah,* konnte man ihm (oder ihr!) keinesfalls vorwerfen, er sei retardiert. Dafür, *dass* er so krank war, war er sogar *ziemlich* gut entwickelt.

Feindselig blickte Livia den etwas pummeligen Polizisten an. Elia saß auf dem Fußboden und zerpflückte selbstvergessen die Grünlilie des Kommissars. Livia, die ihrem Sohn die Pflanze zuvor mit einiger Schadenfreude hingestellt hatte, riss sie ihm jetzt wieder weg. Er weinte sofort. Und er weinte unappetitlich.

Na bitte. Livia lehnte sich in ihrem Stuhl zurück und versteckte sich hinter Elias Schreien.

* * *

»Sie wollen mich wohl auf den Arm nehmen«, sagte Wolfgang Antoni zu Ackermann. »Da schleppen mich Ihre Kollegen unter Aufbietung aller verfügbaren Requisiten« – damit wies er auf den immer noch in Habacht-Stellung stehenden Erbacher – »hierher und drohen mir des Langen und Breiten mit der Chefin, die dann gar nicht kommt?!«

Die Kollegin Boll sei nicht seine Chefin, erklärte Ackermann und setzte sich hinter den Schreibtisch, auf dem sich momentan Willenbachers Unterlagen befanden. Eigentlich gehörte der Tisch einem anderen Kollegen, der aber (wo wohl?) im Urlaub war.

»Danke, Erbacher«, sagte Ackermann. »Sie können jetzt gehen.«

Der Beamte nickte und warf einen letzten unfreundlichen Blick auf Antoni, ehe er seinen Posten aufgab.

»Herr Antoni«, sagte Ackermann höflich, »Ihnen scheint es ja schon viel besser zu gehen. Nun erzählen Sie mir doch bitte mal ganz genau, was da gestern mit Ihnen und diesen Kassetten in Ihrer Scheune passiert ist.«

Antoni log, da war Ackermann sicher.

»Kommen Sie, das ist doch lächerlich.« Er verlor langsam die Geduld. »Sie wollen doch nicht zu Protokoll geben, dass jemand – ein *Unbekannter!* – Sie mit dem Messer von vorne in die Schulter hinterrücks niedergestochen hat! Und Amnesie haben Sie auch nicht. Ich hab schon Leute mit Amnesie gesehen. Sie und ich, wir beide wissen genau, wer Sie da gestern angegriffen hat.«

»Ach ja?« Der Besucherstuhl wirkte zerbrechlich unter Antonis kräftiger Gestalt. Er starrte haarscharf an Ackermann vorbei auf die leere Wand.

Dieser schlug auf Willenbachers Tisch. »Herr Antoni, was waren das für Geschäfte mit Jason Wegener? Hat er Ihnen Videofilme verkauft?! Oder Sie ihm?«

»Ich kenne keinen Wegener«, sagte Antoni.

»Schön.« Ackermann stand auf. »Das werden wir gleich sehen.« Er öffnete die Tür.

»Kommen Sie jetzt bitte herein.«

Drei Personen drängten ins Zimmer; vorweg Sonny Wegeners Anwältin, er selbst in persona hinterdrein, als Letzter der uniformierte Brenner, der die Tür hinter sich schloss und so eine klaustrophobische Atmosphäre schaffte. Für fünf Menschen war das Büro zu klein und zu warm, es füllte sich sofort mit dem herben Parfüm und den herben Worten der Anwältin. Sie stand aufrecht vor Ackermann und fuchtelte gefährlich mit den Armen, während sie ihren Namen, ihre Titel und eine Beschwerdeliste herunterratterte. Ackermann konnte sie kaum ausblenden. Das war aber notwendig; er musste sich zunächst auf die Gesichter der beiden Verdächtigen konzentrieren, um zu sehen, ob sie sich wirklich kannten. Bei Wegener war er sich nicht sicher. Vielleicht weil der Junge sich so eng hinter seiner Anwältin hielt. Nach allem, was Ackermann erkennen konnte, hatte er ein hübsches Gesicht, das von einem enormen Veilchen, nicht aber von Erkennen gezeichnet wurde. Antoni hingegen konnte eine gewisse Abneigung nicht verbergen. Er wirkte plötzlich unruhig und sah zu Boden.

»Herr Antoni«, sagte Ackermann, »bitte sehen Sie sich den jungen Mann an.«

Die Anwältin verstummte vorerst und drehte sich zu Antoni um. Der sah kurz auf. Zu kurz.

»Den kenne ich nicht«, sagte er unfreundlich.

»Schauen Sie genau hin!«

Wegeners Augen begannen herausfordernd zu glitzern. Er schien die Situation zu genießen.

»Ich sagte, dass ich ihn nicht kenne«, erklärte Antoni aufgebracht, aber mit gesenktem Blick.

»Sie haben diesen jungen Mann nie gesehen?«

Eine Pause entstand. »Nein«, sagte Antoni schließlich widerwillig.

»Und er gleicht in keiner Weise Ihrem Angreifer von gestern?«

»Das reicht jetzt aber«, sagte die Anwältin, »wie oft muss ich Ihnen noch sagen, dass mein Mandant für die Tatzeit ein hieb- und stichfestes Alibi besitzt und –«

»Ich kann mich nicht erinnern«, wiederholte Antoni stur.

Ackermann schob die Anwältin von sich. »Herr Antoni, können Sie sich nur an den jungen Mann nicht erinnern, oder schließt Ihre Amnesie auch dieses Messer mit ein, das wir in Ihrer Wunde gefunden haben?« Er hob den Plastikbeutel mit dem blutigen Klappmesser gut sichtbar in die Höhe. »Vielleicht kriegen Sie es ja zu Gunsten Ihres jungen Freundes hin, uns davon zu überzeugen, dass Sie gar nicht niedergestochen worden sind.«

Antoni schwieg grimmig.

»Bitte antworten Sie!«

»Das müssen Sie nicht«, sagte die Anwältin. Sie hatte glatte lange Haare und trug Kleidung in Herbstfarben: olivfarbenes Kostüm, braune Bluse, unbequeme Schuhe. Sie war hübsch, und sie schwitzte nicht. Ackermann schon. Er funkelte sie an. »Also schön, Frau von und zu Tiedenhub oder wie auch immer Sie heißen –«

»Biedermann-Huber.« Ihre Stimme hätte man gut zur Kühlung des Zimmers gebrauchen können.

»Schön. Konzentrieren Sie sich gefälligst auf Ihren eigenen Mandanten.«

Sie musterte ihn. »Das tue ich, Herr von und zu Ackermann. Das tue ich.«

Der blonde Junge lächelte.

»Herr Wegener, klappen Sie den Mund zu! Jetzt sagen *Sie* mir mal, ob Sie dieses Messer erkennen, bitte.«

»Ich hatte mal so eins«, sagte er nonchalant, nachdem ihm die Tüte mit dem Messer gereicht worden war. »Hab's aber verloren.«

»In der Schulter dieses Herrn, möglicherweise?«

Das quittierte Wegener mit einem spöttischen Blick. »Vor 'm halben Jahr. Ich glaub, es war unten im *Exxtra.* Gut möglich, dass jemand aus der Containersiedlung es gefunden hat, fragen Sie doch mal die Katrina Klein, die wühlt immer gern in meinen Sachen rum.«

Jetzt blickte Antoni auf. Der Junge betrachtete ihn boshaft.

»Herr Wegener, Sie brauchen sich keine Mühe zu geben, wir haben Ihre Fingerabdrücke gefunden.«

»Ich sag doch, ich hab das Messer verloren.«

»Blutige Fingerabdrücke.«

Wegeners Blick schnellte zu seiner Anwältin.

Diese verschränkte die Arme. »Wahrscheinlich wollen Sie mir jetzt erzählen, Kommissar Ackermann, dass Sie bereits eine DNA-Analyse des Blutes vorliegen haben und so weiter – nun kommen Sie mal runter! Dass das Blut von dem Herrn dort stammt, der übrigens eindeutig bezeugt hat, meinen Mandanten nie gesehen zu haben, können *selbst Sie* nach nur einem Tag noch nicht beweisen.«

»Die Abdrücke waren am Scheunentor.«

Darauf wusste Frau Biedermann-Huber dann tatsächlich nichts zu sagen. Ackermann wechselte seinen Platz; er kam hinter dem Schreibtisch vor, lehnte sich an die Ausgangstür und verschränkte die Arme. »Über die Beteiligten an diesem Vorfall besteht kein Zweifel. Interessant ist allein die Frage, weshalb es trotz der erdrückenden Beweislage *beiden* so ungeheuer schwer fällt, sich zu erinnern. Das kann nur bedeuten, dass sie ein kleines Geheimnis teilen, ist es nicht so, Herr Antoni?«

»Nein«, sagte dieser finster. »Ich erinnere mich nicht, das ist alles.«

»Herr Wegener, wissen *Sie* noch, was Sie in die Scheune dieses Herrn verschlagen hat?«

Der Angesprochene zog einen Schmollmund und schwieg.

»Wo haben Sie eigentlich das Veilchen her, Herr Wegener?«

»Sexunfall«, antwortete er schnippisch.

»Ach was. Herr Wegener, kannten Sie die verstorbene Aurelie Loor?«

»Die Lehrerin.«

»Allerhand, was die so in ihren Tagebüchern schreibt, wie?«

Der hübsche blonde Junge warf Ackermann einen mitleidigen Blick zu. »Ich les nicht viel.«

»Ja. – Trotzdem sind Sie ein kluges Kerlchen, da wissen Sie sicher auch, wie lang man wegen Mord sitzt?«

»Wollen Sie meinem Mandanten vielleicht drohen?!«, fuhr die Anwältin dazwischen.

»Frau Biedermann-Undsoweiter«, sagte Ackermann, »ich möchte Ihrem Mandanten nur den Ernst der Lage klarmachen. Vielleicht sind Sie nicht ausreichend informiert, aber wir bearbeiten hier das Tötungsdelikt an Aurelie Loor, und da weder Ihr Mandant noch Herr Antoni mir erklären wollen, was zwischen ihnen vorgefallen ist, muss ich eben Schlüsse ziehen. Gerade hat Ihr Mandant zugegeben, dass er Frau Loor kannte. Wir können außerdem beweisen, dass er Herrn Antoni in seinem Wohnhaus überfallen und niedergestochen hat – das heißt Einbruch und schwere Körperverletzung. Ein gewaltbereites Bürschchen, Ihr Mandant. Wenn wir jetzt noch eine Verbindung zu Aurelie Loor herstellen können, ihr vermisstes Tagebuch bei seinen Sachen finden, beispielsweise …«

»Dann haben Sie nichts«, sagte Biedermann-Huber unerschrocken. »Und die Stichhaltigkeit Ihrer Beweise in dieser Einbruchsache muss sich erst noch herausstellen.«

Ackermann lächelte sie an. »Was für ein Pech für Ihren Mandanten, dass er sich dieses Veilchen bei einem – wie sagte er noch? – *Sexunfall* geholt hat.« Er wäre gern hin und her gelaufen, doch dafür war zu wenig Platz. »Wäre es nicht praktisch, wenn Herr Antoni ihm einfach nur eine geknallt hätte, während eines ganz harmlosen Besuchs in dessen Haus? Wenn die Messerstecherei nur Notwehr gewesen wäre?«

Er blickte herausfordernd. »Herr Wegener, denken Sie dran: Versuchte Erpressung wird nicht ganz so schwer bestraft wie versuchter Mord.«

»Ich möchte meinen Mandanten allein sprechen«, sagte Frau Biedermann-Huber sofort. »Und hüten Sie sich, das Wort ›Messerstecherei‹ in Bezug auf meinen Mandanten –«

»Ich hab ihr gleich gesagt, dass das 'ne Scheißidee ist«, sagte Wegener.

»Wem?«, fragte Ackermann schnell.

»Na Katrina«, sagte Wegener lässig, »die hat die Tagebücher von der Loor besorgt und sich nicht getraut, allein zu dem Typen da hinzugehen.« Er wies mit dem Kinn auf Antoni, der ihn ausdruckslos anstarrte.

»Herr Wegener!«

»Stehn lauter Schweinereien über ihn drin«, sagte der ungeachtet der Ermahnung seiner Anwältin. »Wie er es mit der Loor gemacht hat, perverses Zeug, mit Blut und so. Die Katrina hat gemeint, das wär 'n gutes Geschäft und er würde sich die Bücher was kosten lassen, grade jetzt, wo die Loor so plötzlich gestorben ist.« Er grinste Antoni an, der sich erhob.

»Herr Wegener«, sagte Frau Biedermann-Huber, »Sie bezahlen

mich für meinen Rat, also befolgen Sie ihn auch und halten Sie den Mund.«

»Sie haben also die Tagebücher?«, fragte Ackermann.

»Katrina hat sie.«

Biedermann-Huber rollte mit den Augen und verschränkte ihre Arme.

»Und Sie sind in Antonis Scheune gewesen, um ihn damit zu erpressen.«

»Na, ich konnte doch Katrina nicht zu ihm lassen.«

Ackermanns und Biedermann-Hubers Blicke trafen sich kurz.

»Herr Wegener, Katrina kann sich glücklich schätzen, einen so guten Freund zu haben. – Herr Antoni, würden Sie sich freundlicherweise wieder hinsetzen.«

Der Angesprochene tat wie geheißen, wenn auch widerwillig.

»Was passierte dann, Herr Wegener? – Sie waren also in der Scheune.«

»Na, er hat mich geschlagen.«

»Dann zogen Sie Ihr Messer.«

»Genau.«

»Hat er Ihnen Geld gegeben?«

Der Junge zögerte.

»Sie haben immer noch die Möglichkeit, die Aussage zu verweigern«, sagte Frau Biedermann-Huber.

Ihr Mandant überhörte sie. »Nein.«

»Und wie sind Sie reingekommen ins Haus, Herr Wegener?«

»Er hat mich reingelassen.«

»Würden Sie uns wiederholen, was Sie zu Herrn Antoni gesagt haben?«

Wegener warf Antoni einen schnellen Blick zu; der betrachtete ihn mit kalter Mordlust. »Ich muss nichts sagen, oder?«

»Nicht, wenn Sie nicht *wirklich* wollen«, erklärte Frau Biedermann-Huber trocken.

»Ich verweigere die Aussage«, sagte Wegener.

»Und das so plötzlich«, sagte Frau Biedermann-Huber. Sie wandte sich an Antoni. »Sie sollten sich auch vertreten lassen«, riet sie ihm. »Wieso haben Sie keinen Anwalt dabei?«

»Ich bin unschuldig«, knurrte Antoni.

Biedermann-Huber lächelte. »Die Gefängnisse«, sagte sie, »sitzen voller unschuldiger Leute.«

* * *

Willenbacher kam nicht weiter. Livia Giallos Feindseligkeit und der Geruch, den ihr Sohn in dem heißen Zimmer inzwischen verströmte, zermürbten ihn. Irgendwie schaffte es Giallo, die Situation herumzudrehen, sodass Willenbacher sich beobachtet und bewertet fühlte, während sie nichts von sich preisgab. Ihre düsteren Augen folgten jeder seiner Bewegungen. Wenn er sie ansah, meinte er, in ein Loch zu blicken.

Dennoch hatte er vorhin, als er sich (ausgerechnet!) nach Aurelie Loors Spaziergewohnheiten erkundigt hatte, so etwas wie Unsicherheit bei Giallo gespürt. Nach Roccos Leine hatte er gefragt und ob Aurelie die gewöhnlich dabeigehabt hatte, wenn sie mit ihrem Hund unterwegs war.

An dem Punkt hatte die Frau in dem engen Kostüm nach Luft geschnappt, und ihr Blick war einen Moment hektisch hin und her geflitzt, bevor sie sich ein schnippisches »Nicht immer« abrang.

Diese Leine mussten sie untersuchen lassen, hatte Willenbacher gedacht, falls sie noch in Loors Haus war.

»Hatte Rocco nur eine?«

»Ja, sie ist aus braunem Leder.«

»Befindet sie sich jetzt in Ihrem Haushalt?«

Wieder hatte sie innegehalten, überlegt. »Wahrscheinlich.«

»Sie wissen es nicht genau?«

»Ich habe mich für den Hund nie begeistert. Er gehörte samt seiner Leine ausschließlich Aurelie.«

»Und jetzt gehört alles Ihnen.«

Darauf hatte sie erst gar nicht geantwortet und sich auch den anschließenden Fragen, soweit es ging, verschlossen. Es war sinnlos.

Willenbacher erhob sich. Ackermann würde ihn lynchen, wenn

er die Frau nach Hause schickte, aber er wusste nicht mehr weiter. Giallo hatte ein überwältigendes Motiv und kein Alibi, doch das reichte nicht für eine Verhaftung. Es gab keine Beweise, dass sie das Haus verlassen hatte, keine Spuren am Tatort. Sollte Ackermann sehen, ob er etwas aus ihr herausbrachte.

»Kann ich jetzt gehen?«, fragte die Giallo und sah auf ihre Uhr. Wie am ersten Tag ihrer Bekanntschaft fiel Willenbacher auf, was für ein kostbares Stück das war. Das Markenlogo konnte er von seinem Platz aus nicht erkennen, aber die gute Verarbeitung und das edle Design sah er sofort. Für so etwas hatte Willenbacher einen Blick. Anscheinend war die Giallo nicht ganz so arm, wie sie tat.

»Bitte bleiben Sie, der Kommissar möchte Sie noch mal sprechen.«

Sie verschränkte die Arme und lehnte sich zurück. Immerhin stand sie nicht einfach auf und ging, was ihr gutes Recht gewesen wäre.

»Und, Frau Giallo, wenn Sie Ihren Sohn – hm, frisch machen wollen, am Ende des Ganges ist eine Damentoilette.«

»Aha.« Sie stand auf und nahm eine riesige Tasche an sich. »Komm, Elia.«

Willenbacher öffnete die Tür zum Flur und atmete unwillkürlich auf.

»Möchten Sie nicht mitkommen?«, fragte Giallo bissig und drückte sich mit Elia an ihm vorbei.

»Im Leben nicht.«

»Und was tun Sie, wenn ich einfach nach Hause gehe, Herr Obermeister?«

»Das würde mir *persönlich* Leid tun, Frau Giallo«, sagte Willenbacher unhöflich.

»Sie geben mir keine Polizistin mit, um auf mich aufzupassen?«

»Wenn Sie schuldig sind, Frau Giallo, dann kriegen wir Sie so oder so.«

Giallo lachte; es war ein kurzes, trockenes Bellen. Ihr Blick wanderte zur Tür des Nachbarbüros. Die war ebenfalls offen, Ackermann stand an den Rahmen gelehnt.

»Wenn ich es gewesen wäre, Herr Obermeister«, sagte sie laut und in Ackermanns Richtung, »dann würden Sie mich *niemals* kriegen. – Komm, Elia.«

»Was war *das* denn?«, fragte Ackermann, nachdem Giallo hinter der bewussten Tür verschwunden war.

»Sie steht auf dich«, erklärte Willenbacher.

»Wenigstens eine«, sagte Ackermann und knetete seine Nasenwurzel. »Und wie läuft's?«

»Hast du doch gesehen. Und bei dir?«

»Wir hatten gerade Gegenüberstellung«, sagte Ackermann. »Sunnyboy Wegener, der Typ, der den Antoni überfallen hat. Mit voller Besetzung, seine Anwältin und der Brenner waren dabei. Sie sind eben weg.« Er verzog das Gesicht. »Hast du Aspirin da?«

»Im Schreibtisch«, sagte Willenbacher. »Ackermann, können wir mal reden?« Er trat in den Flur hinaus und warf einen Blick in das Zimmer, in dem der unförmige Antoni immer noch auf dem Besucherstuhl hockte, von einer Aura unterdrückter Wut umgeben.

»Der Typ macht mich fertig«, sagte Ackermann leise kopfschüttelnd und schloss die Tür hinter sich. »Hat ein Schweigegelübde abgelegt oder so. Lässt sich in seinem eigenen Haus überfallen und will sich an nichts erinnern, weiß der Teufel, warum. Der Junge hat zwar mehr oder weniger ein Geständnis abgelegt, aber wenn der Antoni nicht redet, können wir keinen Einbruch nachweisen, und der Wegener plädiert auf Notwehr. Du hättest es sehen müssen, der Kleine hatte sofort Oberwasser. So was von rotzfrech. Das ist ein Profi.«

»Vielleicht hat er die Wahrheit gesagt.«

»Ja, klar.« Ackermann verschränkte die Arme. »Der Antoni hat ihm eine Einladung auf Bütten geschickt und ihn dann ins Haus gebeten, während er grade seine Filme zur Entsorgung fertig machte. Die hat er dem Jungen dann auch gleich gezeigt, denn auf ein peinliches Geheimnis mehr kam es nicht mehr an. – Der Wegener ist wirklich ein Erpresser. Er und Katrina Klein haben auch die Tagebücher, die wir suchen.«

»Ja.« Willenbacher klopfte auf seinen Bauch. »Wir müssen was essen.«

»Sieht nach belegten Broten aus.« Ackermann blickte missmutig an sich hinab. »Für mich. Du musst erst noch diese Katrina holen. Mit der werden wir jetzt sofort reden. Die hat sich angeblich die Erpressungsgeschichte ausgedacht. Und sie muss die Tagebücher rausrücken. Ich besorg dir einen Durchsuchungsbeschluss. Wenn wir den heute überhaupt noch kriegen.« Er sah auf seine Uhr. »Mist. Schon wieder stehen geblieben. Letzte Woche musste ich mir die Swatch von meiner Tochter leihen – aber frag nicht, wie das Teil aussieht.«

Willenbacher fragte nicht. Er hatte eine Eingebung. »Hör mal«, sagte er langsam, »Frau Giallo hat eine sehr teure Uhr. Eine *wirklich* teure Uhr. – Kann die sich das leisten?«

»Jetzt schon.«

»Aber sie weiß erst von *uns,* dass sie reich ist. Und diese Uhr trug sie schon am Samstagmorgen. Daran kann ich mich genau erinnern. – Die Frau ist arm, Ackermann. Mit ihren Webseiten kann sie so viel nicht verdienen. Sie hat der Loor auf der Tasche gelegen.«

Die beiden Männer sahen sich an.

»Dann hat sie das Stück entweder der Loor gestohlen –«

»Oder sie hat gewusst, dass sie erbt.«

»He, Will, Respekt! Damit könnten wir sie vielleicht knacken.« Ackermann betrachtete seinen eigenen mangelhaften Chronometer, als sei dem der Einfall gekommen. »Gut aufgepasst. – Aber wir lassen sie noch ein bisschen schmoren.«

»Können wir sie denn verhaften?«

»Wir bitten sie zu bleiben, das tut die.«

»Machst du das?«

»Holst du Brote?«

»Okay. – Was hat der Antoni eigentlich zu der Sache auf der Kalmit gesagt?«

»So weit sind wir noch nicht«, erklärte Ackermann müde.

* * *

Der Mittag zog sich. Katrina lag auf ihrem Bett.

Es gab nichts, was sie tun konnte, auch war sie nicht wirklich krank, nicht bemitleidenswert. Niemand in der Siedlung beachtete sie; es war alles wie immer. Komisch, wie unbeliebt sie war. Keiner kam, um mit ihr zu reden. Dabei fühlte sie sich, als würde sie gleich platzen, als hätte sie ein offensichtliches Leiden, so etwas wie Krätze im Gesicht. Sie fühlte sich beobachtet, obwohl niemand sie beachtete.

Katrinas viel zu schwere Kleider drückten, sie spürte ihre Arme und Beine kaum noch. Wenn sie sich nicht bewegte, konnte sie die Hitze vergessen. Die Tür zum Container stand offen, damit sie hören konnte, was draußen vorging.

Es ging nichts vor. Aufmerksamkeit und Ansprache in der Siedlung galten vor allem Annemarie, Christa und den Kindern. Annemarie war seit Katrinas Rückkehr elfmal von acht unterschiedlichen Personen gerufen und aufgesucht worden, Christa dreimal von zwei Personen, und die Kinder brachten es auf vierunddreißig Rufe von immerhin vier Leuten. Katrina hatte sie gezählt. Zu ihr kam niemand. Nicht einmal Cindy brauchte sie.

Die Welt stand still.

Obwohl es doch so viele wichtige Dinge zu erledigen gäbe. Im Büro *Autofreies-Eistal*-Flyer falten, zum Beispiel. Christa eine Pommes holen. Ihren Lebensunterhalt verdienen. Hatte sie es nötig, sich von der dämlichen Martina herumjagen zu lassen? War die Lehrstelle im Umweltamt ihre eigene Idee gewesen oder nicht vielmehr Aurelies Vorzeigeprojekt, sie selbst, Katrina, nur eine gerettete Seele mehr? Und was tat sie, wenn sie mit der Lehre fertig war – sich einen Schreibtisch neben Martinas suchen, ihre eigene Palme aufstellen, ihren eigenen Lehrling quälen? Wollte sie wirklich stupide Korrespondenz für Leute führen, die sie nicht mochte und nicht achtete? Würde sie es mit ihrer unzureichenden Schulbildung jemals schaffen, eine Arbeit zu bekommen, die sie wirklich interessierte? Würde sie Biolehrerin, Biologin werden können? Mochte sie die Biologie überhaupt? War das nicht auch nur eine von Aurelies Ideen?

Wie sollte sie unterscheiden, was Aurelie gewollt hatte und wer sie selbst war?

* * *

Bettina Boll plagten schwere Zweifel. Sie befand sich auf der A67 kurz vor Darmstadt und der Verkehr floss jetzt schon ziemlich zäh; fürs Frankfurter Kreuz war ein Kilometer Stau gemeldet. Wegen der vielen plötzlichen Spurwechsel der anderen Fahrer musste sie sich stark konzentrieren, es war zu heiß, der überdrehte Radiosprecher von hr3 nervte sie, und sie hatte vergessen, sich noch schnell irgendwo eine Sonnenbrille zu besorgen, deshalb brannten ihre Augen von dem hellen Licht, das von den blitzenden Karosserien ringsum auch noch in alle Richtungen reflektiert wurde.

Willenbacher hatte Recht: Sie war verrückt. Die lange Krankheit ihrer Schwester hatte sie einem Stress ausgesetzt, der jetzt seinen Tribut forderte: Ein Anruf Barbas genügte, und schon schmiss sie alles hin, was sie hatte. Sie hätte wenigstens mit Seisel reden müssen. Bis heute Abend hätte sie warten können.

Doch jetzt war sie hier und jetzt musste sie fort.

* * *

Bezüglich des Vorfalls auf der Kalmit gab Antoni alles zu.

»Stimmt«, sagte er zu Ackermann. »Ich hab dort ein Auto demoliert.« Er war aufgestanden und ließ sich nicht dazu bewegen, sich wieder hinzusetzen. Plötzliche Nervosität hatte ihn gepackt, er stieg von einem Bein aufs andere.

»Wieso haben Sie das getan?«

»Ich weiß nicht.«

»Herr Antoni, sind Sie so lieb und konzentrieren Sie sich, ja? Und setzen Sie sich wieder hin. Das bringt doch so nichts.«

»Ich weiß es wirklich nicht«, sagte Antoni und blieb stehen.

»Was wollten Sie denn dort auf dem Berg?«

»Ich bin einfach in der Gegend rumgefahren.«

»Und dann sind Sie oben auf dem Parkplatz ausgestiegen und haben diesem Bus die Scheinwerfer eingetreten und die Scheiben eingeschlagen und –«

»Ja.«

»Was heißt da *ja,* tun Sie das öfter?«

»Nein.«

»Also müssen Sie doch einen Grund gehabt haben.«

»Keinen, den ich erklären könnte.«

»Versuchen Sie's.«

»Nein.«

Ackermann lehnte sich auf seinem Stuhl zurück und atmete durch. Die Luft in dem Raum war inzwischen mehr als verbraucht, doch er konnte wegen des Straßenlärms draußen die Fenster nicht öffnen. Er hatte Kopfschmerzen, und er wusste, er würde diesem widerspenstigen Antoni gleich an die Gurgel gehen. Wenn Willenbacher nicht bald mit den Broten kam …

»Herr Antoni«, sagte er ungeduldig, »Sie *sollten* kooperieren. Das sage ich nicht nur so. Nehmen Sie es als gut gemeinten Rat! Ihre Filmsammlung und diese Blutgeschichte sind vor Gericht mit Sicherheit so viel wert wie ein mittleres Vorstrafenregister. Dann noch eine Prügelei mit einem halb so schweren Jugendlichen und ein Angriff auf ein friedliches Paar, das Sie nach eigenen Angaben nicht mal kannten. Sie sind unbeherrscht und gefährlich.«

»Tatsächlich?«, sagte Antoni. Sein Blick hatte plötzlich ein Ziel. Ackermann.

»Das Gesicht können Sie sich sparen, heben Sie's für Frauen und Kinder auf. *Das* sind doch die Leute, mit denen Sie sich anlegen.«

Dumm war, dass Antoni etwas Aufrichtiges hatte, das Ackermann fast gefiel. Der Mann war stur, log aber widerwillig. Und die Frauen und Kinder machten ihm sichtlich zu schaffen.

»Also, was wollten Sie auf der Kalmit?«

Schweigen.

»Dann sag ich Ihnen mal, wie's aussieht, Herr Antoni. Es sieht so aus, als wären Sie in dieser Nacht auf eine Prügelei aus gewesen – weil Sie sich abreagieren wollten.«

Antonis Blick ruhte auf dem chaotischen Schreibtisch der Bolle.

»Sie waren aufgedreht, weil Sie etwas Dramatisches erlebt hatten.«

»Ja«, erwiderte Antoni, »ich fand meine Freundin tot in einem Steinbruch.«

»Na immerhin ist es jetzt Ihre Freundin«, sagte Ackermann, »die Sie bedrängt und ausgenutzt hat, erinnern Sie sich? Gestern schienen Sie noch ganz froh, die Frau los zu sein.«

Antoni blickte schon wieder im Raum umher.

»Was Sie nicht verarbeitet hatten, Herr Antoni, war die Tatsache, dass Sie Ihre Freundin Aurelie in der Nacht zuvor mit einem Stein schlugen, sodass sie in den Bruch stürzte.«

»Nein«, sagte Antoni.

»Wahrscheinlich war es ein Unfall. – Ich will Ihnen doch nur helfen! Wir sprechen ja überhaupt nicht von Mord. Die ganze Sache sieht nach Totschlag aus, und ich bin sicher, dass Sie Aurelie nicht mal verletzen wollten. Nur etwas erschrecken oder so ...«

»Verdammt noch mal!« Antoni machte eine ausholende Handbewegung und warf dabei versehentlich den Besucherstuhl um.

»Sehen Sie«, sagte Ackermann milde, »so stelle ich mir den Tathergang vor. Sie haben Ihre Aggressionen nicht im Griff, Herr Antoni.«

Antoni achtete nicht auf das Möbel und kam auf ihn zu. »Wie lange«, fragte er zornig, »wollen Sie mich eigentlich noch hier festhalten?!«

»Sie sind freiwillig hier, Herr Antoni. Weshalb haben Sie sich mit Aurelie gestritten? War sie vielleicht eifersüchtig? Ging es um Ihre andere Freundin, Katrina Klein?«

Antoni starrte ihn an. »Jetzt sind Sie aber wirklich verzweifelt. Katrina ist meine Mitarbeiterin, sonst nichts. – Und was soll das heißen, freiwillig?! Sie haben mich von einem bis an die Zähne bewaffneten Tarzan hierher schleppen lassen! Man hat mich vor meinen Kollegen aus dem Büro geholt!«

»Herr Antoni, *meine* Kollegen gewannen vorhin den Eindruck, dass Sie und Fräulein Klein sich sogar ziemlich gut kennen.«

Antoni funkelte ihn an. »Sie haben kein Recht, mich aufzuhalten, oder?«

»Ich halte Sie nicht auf. Aber Sie würden dem schlechten Eindruck, den Sie bisher hinterlassen haben, noch einen wirklich miesen hinzufügen, wenn Sie gehen«, sagte Ackermann mit aller Strenge, die ihm zu Gebote stand.

Doch Antoni befand sich schon in der offenen Tür. »Was den miesen Eindruck betrifft, Herr Kommissar«, sagte er zum Abschied, »darauf hat das Leben mich vorbereitet.«

Gefährlich und unbeherrscht wie er war, hatte Wolfgang der Liste seiner Verbrechen ein weiteres hinzugefügt und etwas von einem der Schreibtische im Büro der Polizisten gestohlen. Der Diebstahl hatte ihm Spaß gemacht, und er hatte aus *ganz* niederen Motiven gehandelt: Rachegelüste. Das impertinente polizeiliche Schnüffeln in seinem Privatleben hatte seine letzten moralischen Schranken eingerissen. Und das hatten sie jetzt davon.

Sie waren ja auch selbst schuld, die Polizisten, wie konnten sie ihn so unterschätzen? Seine Flucht hatten sie befürchtet, wo sie ihre Schreibtische hätten bewachen sollen! Fast war es ja lachhaft, erst die Scharade mit dem grün gewandeten Gorilla, dann das Warten vor offen herumliegenden Papieren und endlich die nützlichen Besprechungspausen des gestressten Kommissars. Das würde er zur Sprache bringen, dachte Wolfgang, wenn er demnächst mal mit Ackermanns Vorgesetztem zu tun hatte.

Und damit war, bei Wolfgangs Glück, zu rechnen.

Bei dem Diebesgut, übrigens, handelte es sich um eine Landkarte, ein altes, zerfleddertes, überholtes Ding, das aufgeklappt über dem chaotischeren der beiden Tische gelegen hatte. Es war total voll gekritzelt, teils von Aurelies Hand, teils von einer fremden.

Sein Wert war rein spekulativ.

* * *

Willenbacher lieferte die Brote ab. Ackermann war schwer geladen. Er hatte die Fenster im Büro aufgerissen und saß missmutig über Bettinas Berichte gebeugt. Antoni war fort, aber Willenbacher fragte lieber nicht, was passiert war.

»Was ist mit dieser Klein, wo ist sie?!«, fuhr Ackermann ihn an.

»Ich hol sie ja schon.«

Willenbacher machte, dass er Land gewann.

* * *

Er musste Katrina finden. Wolfgang stürmte in das Großraumbüro im Amt, wo sie um die Zeit normalerweise arbeitete. Dabei prallte er in seiner Eile auf Martina, die knapp hinter der Tür gestanden und in einem Regal gekramt hatte. Erschrocken wich sie zurück, mit völlig entgeistertem Gesicht, als fürchte sie um Ruf und Leben. Hatte sie etwa Angst vor ihm?

Das musste er dem waffenstrotzenden Bullen und seiner Quasi-Festnahme heute Morgen zu verdanken haben. Gestatten, Wolfgang Antoni, Mörder und Frauenschänder. Der Ruf hatte was für sich. Die sonst so durchtriebene Martina vor sich zittern zu sehen, sozusagen von ihrer eigenen schmutzigen Fantasie erledigt, war ziemlich erhebend. Für sein Leben gern hätte er jetzt »Buh!« gemacht.

»Wo ist sie?«, fragte er stattdessen unwirsch.

»Katrina?«

»Wer sonst?!«

»Das sag ich Ihnen nicht«, sagte Martina todesmutig.

Die Frau hatte tatsächlich so etwas wie Charakter. »Hören Sie«, sagte Wolfgang, »die Polizei hat mich gehen lassen. Ich bin unschuldig. Und ich erzähle Ihnen morgen alles, was ich weiß, wenn Sie mir jetzt sagen, wo Katrina ist.«

Martina drückte sich rückwärts das Regal entlang von ihm fort. »Zuerst ruf ich die Polizei an.«

Wolfgang unterdrückte einen Fluch. »Fein.«

In dem Moment betraten der Buchhalter König und Martinas Kollegin Petra das Zimmer. »... und die Klein?«, fragte König.

»Ist natürlich nach Hause, das arme Ding. Also, können Sie sich das vorstellen, ich meine, in *unserem* Amt …?! Sie erblickten gleichzeitig Antoni und blieben abrupt stehen.

»Verbindlichsten Dank«, sagte Wolfgang und ging.

(Und als Willenbacher zwanzig Minuten später nach Katrina fragte, hatten Martina, Petra und König, die sich nicht einig gewesen waren, ob man die Polizei über diesen unerhörten Vorfall in Kenntnis setzen sollte, tatsächlich etwas Neues zu erzählen.)

Wolfgang raste in seinem klapprigen Golf mit einem Affenzahn Richtung Irrlich.

Er musste Katrina sehen.

Sofort.

* * *

Another one bites the dust. Das fand der bescheuerte Radiomoderator wohl witzig. Bettina war so nervös, dass sie es Steve, dem Helden des Lieds, am liebsten gleichgetan und ihre *machine gun* rausgeholt hätte. Wenn sie eine dagehabt hätte. Oder tat Steve das gar nicht?

Egal, sich den Weg freischießen, *wieso* nicht?! Der Stau in der Hitze war zu viel für sie. Sie würde den Flug nicht bekommen. Und natürlich waren die Akkus ihres Handys jetzt leer. Und sie hatte das Ladegerät nicht dabei. Sie war unerreichbar. Ein Horror.

But I'm ready, yes, I'm ready for you –

* * *

Ackermann hatte seine Brote gegessen, den Tisch der Bolle aufgeräumt (das hatte ihm schon ewig in den Fingern gejuckt) und Willenbachers Aspirinvorräte geplündert. Solchermaßen gestärkt, fühlte er sich einer neuen Runde mit der Giallo einigermaßen gewachsen. Wenn sie noch da war.

Er betrat das Sprechzimmer, das er ihr vor über einer Stunde angewiesen hatte. Ein unterkühlter Blick traf ihn.

Doch, Mutter und Kind waren tatsächlich noch da.

Und da hatte die Giallo, diese Eisprinzessin, die Frau mit dem zerknautschten, schweißfleckigen grauen Kostüm, mit den Nylonstrümpfen über den geschwollenen Knöcheln, die Frau, die nicht ohne Riesengezeter und ihren Sohn das Haus verließ, tatsächlich gewusst, dass sie die Millionen erbt.

Das lange Warten hatte Giallo zermürbt. Auch die Tatsache, dass ihr Sohn schlief, schien sie zu schwächen. Bei Ackermanns Eintreten hatte sie sofort versucht, Elia zu wecken, doch der hatte sich nicht stören lassen. Der Schlaf war wohl seine einzige Rückzugsmöglichkeit.

Giallo jedoch hatte für einen kurzen Moment keine mehr gesehen. Auf Ackermanns Frage, wo denn diese ausnehmend schöne Uhr herstamme, war sie rot angelaufen.

»Sie gehörte Frau Loor, nicht wahr?«, hatte er gefragt.

»Ich bin ihre Erbin.«

»Aber das wussten Sie nicht, als Sie die Uhr anzogen. Ich habe es Ihnen vorhin erst gesagt.«

Darauf hätte sie ausnahmsweise gerne geantwortet, doch ihr war offensichtlich nichts eingefallen.

»Frau Giallo, für diesen Umstand gibt es zwei Erklärungen: Entweder Sie haben die Uhr gestohlen oder Sie wussten von dem Testament.«

Livia Giallo wählte die letztere.

»Sie wissen ja nicht, wie es war«, sagte sie. »Sie können sich das überhaupt nicht vorstellen.«

»Erklären Sie es mir«, sagte er freundlich. Er konnte es sich tatsächlich nicht vorstellen. Aber er würde ihr zuhören.

»Aurelie hatte es sehr gern, wenn man ihr dankbar war«, sagte Giallo. »Sie war so verdammt großzügig. Sie war immer die, die gab, verstehen Sie? Man konnte sich aus ihrer Schuld nicht befreien.«

»So wie's aussieht, wollten Sie das auch gar nicht«, sagte Ackermann.

»Oh doch«, sagte die Giallo.

* * *

Oh nein, dachte Katrina undeutlich, als sie erwachte und ein breiter Schatten ihren Container verdunkelte. Jemand stand in der geöffneten Tür. Cindy? Auf jeden Fall bestand Gefahr, dass ihr die Bude voll gereihert wurde. Oder dass man sie bestahl. Hatte sie auch unbedingt offen lassen müssen?

»Katrina?«

Es war Wolfgang.

»Du bist nicht verhaftet!« Noch etwas unbeholfen richtete sie sich auf und versuchte ein Lächeln.

»Wie du siehst.« Er trat ein.

»Cool.« Der Schlaf hatte Katrina nicht erfrischt. Ihr Blut drückte sich immer noch schwer durch die Adern; die Atemluft gerann fast zwischen den heißen Metallwänden des Containers. War es schon Abend? Draußen zirpten laut und hektisch die Grillen. Sie rieb sich die Lider, bis sie sich an die dicken Schichten Wimperntusche erinnerte. Ihre Augen tränten davon.

»Mist.« Unschlüssig betrachtete sie ihren schwarzen Zeigefinger. »Haben die dich einfach so wieder fortgelassen? Ich dachte, Scheiße –«, sie stellte ihre Füße, die immer noch in den Stiefeln steckten, auf den Boden, »diese Bullen waren bewaffnet, oder? Ich hab gedacht, die wollen dich für mindestens zehn Jahre einlochen oder so.« Sie sah ihn etwas beklommen an. »Ich war ganz fertig deswegen.«

Wolfgang blieb mitten im Raum stehen und verschränkte die Arme. »Ach ja?«

»Ja.« Katrina fühlte sich komisch; sie war nicht völlig wach, irgendwie noch zu langsam. Wolfgangs Erregung konnte sie deutlich spüren, doch er gab sich kühl; sie wollte ihn umarmen oder zumindest seine Hand ergreifen, aus Freude, dass er nicht im Bau saß, doch der Augenblick dafür war verpasst, und jetzt saß sie verlegen auf dem Bett mit ihrer verschmierten Schminke im Gesicht und ihrem dünnen T-Shirt über den Hosen. Sie nahm das schwarze Sweatshirt wieder an sich. Es war noch feucht vom Schweiß des Vormittags.

»Katrina«, sagte Wolfgang stirnrunzelnd, während sie in die

Ärmel schlüpfte, »dafür ist es viel zu warm. Du wirst einen Hitzschlag bekommen.«

Sie sah ihn nur an.

»Schön.« Er hob die Hände. »Ich möchte aber, dass du weißt, dass ich imstande bin, den Anblick einer Frau in Sommerkleidern mittelfristig zu ertragen. Falls es *das* ist.«

Der hatte ja Nerven. Der Mann hatte sie fast geschlagen, und dann war er auch ganz der Typ, von dem sie Tag und Nacht träumte: rotes Gesicht, struppiger Bart, babyblaue – ja, *babyblaue*, schlecht sitzende, total uncoole Jeans und ein völlig verschwitztes T-Shirt.

Sie zog das schwarze Ungetüm über. »Da hab ich andere Sachen gehört.«

»Von wem?!«

Katrina zögerte.

Ärger zog über Wolfgangs Gesicht. »Du meinst die Tagebücher, oder? – Pass auf, Katrina, ich weiß, dass Aurelie deine Freundin war, aber in Bezug auf ihre gesammelten Werke versteh ich heute keinen Spaß mehr, klar?! Ich hab noch kein einziges von diesen verdammten Büchern lesen dürfen. Ich weiß nicht, was da über mich drinsteht, und es wäre mir auch scheißegal, wenn ich deswegen nicht plötzlich einen oberen Platz auf sämtlichen verdammten Fahndungslisten des Landes hätte!« Er kam auf Katrina zu und sprach leise und zischend. »Ich hab nicht gewusst, dass Aurelie Buch über mich führte, aber das war ihr zuzutrauen. Nicht geglaubt hätte ich dagegen, dass du den Nerv hast, hinzugehen und die Bücher zu klauen und zu *lesen* und – Gott! – mich damit erpressen zu wollen!« Seine Augen waren hell vor Ärger. »Aber das ist mir alles egal, Katrina, *dein* Pech, wenn du noch auf der Ware sitzt und jetzt grad die Preise fallen. Von mir aus kannst du dich mit deinem miesen kleinen Freund Wegener damit zurückziehen und alle Szenen einzeln nachstellen. Ihr könnt die Story mit Sascha Hehn und Dolly Buster verfilmen. Ist mir scheißegal.«

Er kam noch näher heran. »Ich bin wegen was ganz anderem hier.«

* * *

»Er hat mich bedroht«, hatte Katrina Kleins aschblonde, vierschrötige Kollegin geradezu lustvoll behauptet, und noch einiges mehr: dass sie die Polizei hatte rufen wollen und warum sie es dann doch nicht getan hatte und wie sie über Polizisten dachte (halt Beamte) und was sie von Antoni hielt (ein Tier) und was ihre Kolleginnen und Kollegen dazu sagten (dasselbe) und was für eine Meinung die Genannten von der Polizei hatten –

»Irgendwie durchgedreht hat er ausgesehen«, hatte dann die Kollegin der Kollegin eher gelassen konstatiert. »Nicht ganz bei sich.« Und diese Aussage beunruhigte Willenbacher mehr als die Hysterie der Blonden.

Wieso war Antoni hinter Katrina Klein her?

Willenbacher wusste nur eins: Er wollte ihm zuvorkommen. Ungeduldig trat er aufs Gas. Dort vorne leuchtete schon lila und mintgrün das *Exxtrabreit* durch das Laub der Bäume am Straßenrand.

Erst auf dem Sandplatz vor dem Lokal drosselte er die Geschwindigkeit und legte mit Hilfe der Handbremse des armen Twingo einen fast perfekten Slide hin. Hach, das ging ja besser als mit dem Quattro …!

Antoni war übrigens schon da. Sein weißer Golf stand breit über einem traurig niedergefahrenen Rosenbusch direkt vor dem Eingang des *Exxtra*.

* * *

Livia Giallo wusste, dass sie sich um Kopf und Kragen redete, doch der Kommissar, dieser gut aussehende, etwas müde Kommissar mit den schwieligen Händen hatte sie so weit gebracht, dass sie sich ihm erklären wollte. Nicht weil sie ihn unwiderstehlich fand, sondern weil er normal wirkte. Wie ein Mann, der im Leben stand, ein Familienvater, ein Single mit ein paar guten Freunden, ein Sportler, ein Hundebesitzer, ein Typ, der sich auf einer Party mit lauter Fremden amüsieren konnte. Einer, der so war, wie sie nicht sein konnte. *(Einer wie Aurelie …?)* Der aber ihre Feindseligkeit ignoriert hatte und auch nicht mitleidig war. Einer, der sie normal behandelte, eben.

Und der von der Uhr gewusst hatte.

»Direkt gesagt hat sie mir nie, dass sie mich als Erbin einsetzen wollte«, erklärte Livia. »Aber sie musste es durchblicken lassen, weil ich ihr Spiel nicht mehr mitmachen wollte, verstehen Sie? Ich war für sie nur eine Putzfrau, und das habe ich ertragen. Aber dann hat sie angefangen, sich in Elias Erziehung einzumischen –«

»Inwiefern?«

»Sie hat mir gesagt, dass er für sein Alter weit zurück ist – das Kind ist zu achtzig Prozent schwerbehindert! Er hat einen Herzfehler –«

»Ich weiß.« Der Kommissar konnte kurz eine genervte Miene nicht verbergen.

Livia spürte einen Stich, riss sich aber zusammen. »Sie sagte, ich würde Elias Krankheit ausnutzen«, erklärte sie fast tonlos vor Zorn. »Nicht er würde an mir klammern, sondern ich an ihm.«

»Und was haben Sie darauf geantwortet?«

»Dass sie ihre Scheißfinger von meinem Sohn lassen soll«, sagte Giallo.

Ackermann versuchte, diese Wut und Angst nachzuempfinden, heiße Wut und kalte Angst, die sich gegenseitig in gefährlichem Gleichgewicht hielten. Aurelie hatte darin herumgestochert. Aber das war wohl unvermeidlich, wenn man mit Livia Giallo zusammenlebte. Ackermann empfand zunehmend Achtung vor der Verstorbenen. Sie hatte diese eifersüchtige Frau aufgenommen und damit deren ganze Missgunst in ihr eigenes Leben hereingelassen. Vier Jahre hatten sie zusammen gewohnt. Das konnte keine Heuchelei gewesen sein, kein Bedürfnis nach billiger Dankbarkeit. So etwas war keine generöse, unverbindliche Spende.

Wer sein Leben teilte, war *wirklich* großzügig.

»Und hat sie Ihren Sohn – in Ruhe gelassen?«

»Glauben Sie das wirklich? Sie hat angefangen, ihn so mitleidig anzuschauen.« Sie sah sich nach Elia um, der fast beunruhigend tief schlief. »Gell, Süßer. – So wie früher mich, verstehen Sie? – Es hat ihr nicht gepasst, dass Elia und ich eine Familie waren. Das war nämlich das Einzige, was sie nicht hatte, eine Familie. Und

Kinder. Und sie wollte sich meinen Sohn krallen. Aber das hätte sie nie geschafft.«

»Und wie hat sich das geäußert, Frau Giallo? Dass Frau Loor sich Ihren Sohn – hm, *krallen* wollte?«

»Das ist es ja«, sagte Giallo, »es waren die Kleinigkeiten. Es klingt nicht aufregend: Sie hat ihm Sachen gekauft, die ich nicht mochte. Hat ihm so scheiß intelligenzfördernde Bücher vorgelesen. Hat ihm erzählt, dass er ein kleiner Hosenscheißer ist mit seiner Windel und all so was. Wollte mit ihm Laufen üben. Sie hat einfach nicht kapiert, dass das Kind krank ist, und dabei war ich bei Professor Eiser, eine Kapazität, ich weiß nicht, ob Sie den kennen –«

»Nein«, sagte Ackermann schnell. »Sie konnten sich gegen die ungebetenen Aufmerksamkeiten also nicht wehren, weil Sie Aurelie verpflichtet waren.«

»Sie war so schrecklich von oben herab, wissen Sie? ›Ich will doch nur dein Bestes‹, den Spruch könnte sie erfunden haben.«

Ackermann überlegte, was Aurelie falsch gemacht hatte. Was hatte ihr diesen Hass eingebracht? Antoni hatte sich in ähnlicher Weise über sie geäußert. War sie zu naiv gewesen? Oder wirklich machtgeil? Oder lag es an den Nutznießern?

»Gab es eine Zeit, in der Sie Aurelie wirklich mochten?«, fragte Ackermann mehr aus persönlichem Interesse.

»Na ja, am Anfang«, sagte Giallo unwirsch.

»Was hat Ihnen da besonders an ihr gefallen?«

»Da habe ich nicht groß drüber nachgedacht, sie war halt einfach da. Ich war völlig fertig zu der Zeit, die Sache mit Elia. Dass sein Vater sich nicht zu ihm bekennen würde, wusste ich ja schon, aber dann noch die ganzen Operationen und immer die Angst, dass er einschläft und nicht mehr aufwacht, wissen Sie, ich selbst habe Ewigkeiten nicht geschlafen. Immer wachen, wachen, aufpassen, das Kind wecken, es wieder zum Schlafen bringen. Das macht was aus.« Sie nickte. »Und dann noch meine Mutter –«

»Wann begannen Sie, Aurelie abzulehnen?«

»Ich hab sie nicht abgelehnt, sie hat sich eingemischt. Ich war ihr was schuldig, und ich hab ihr gesagt, sie kriegt alles zurück.

Aber ich muss für Elia sorgen. Ich konnte ihr im Moment einfach nichts geben. – Und das hat ihr gefallen, der Aurelie. Dass sie mich im Schwitzkasten hatte. Und dann hat es angefangen, Elia hier, Elia da.«

»Aber Sie konnten doch einfach gehen, nachdem die erste Krise mit Elia vorbei war.«

»Mit meinem Einkommen?«

»Sie hätten ja zur Not Sozialhilfe gekriegt.«

Giallo schüttelte den Kopf und beugte sich vor. »Wissen Sie was? Irgendwann hab ich mich hingesetzt und mich gefragt, was eine Haushälterin kostet. Das war ich nämlich für sie. Was glauben Sie, wie oft Aurelie geputzt hat? Was meinen Sie, wie unser Küchenboden ausgesehen hätte, wenn ich nicht für die Drecksarbeit zuständig gewesen wäre?«

»Keine Ahnung«, sagte Ackermann schwach. Solche Probleme konnten zu tiefen Feindseligkeiten führen, wusste er, seine Ex hatte sich von ihm getrennt, weil er ihren Spülplan nicht ernst genommen hatte. Unter anderem.

»Die hat einfach alles rumgeschmissen«, erklärte Giallo. »Die konnt's sich ja erlauben. Und dann der Hund! *Unhygienisch!* Wo Elia doch so anfällig ist –«

»Aber so war das Problem des ewigen Nehmens für Sie doch erledigt«, warf Ackermann ein.

»Nein«, sagte Giallo. »Als sie nämlich merkte, dass ich ihr nicht in den Hintern kriechen würde und dass sie Elia in Ruhe lassen musste, da hat sie sich was Neues ausgedacht. Da hat sie ihr blödes Geld genommen und mir damit vor der Nase rumgewedelt. Wenn Sie verstehen.«

»Nicht ganz.«

* * *

»Okay.« Wolfgang zog die Karte aus der Tasche. »Das Teil hab ich den Bullen geklaut.« Einer wie dir, Katrina, muss das doch imponieren, sagte sein ironischer Ton. Sie sah unglücklich aus, verschmiert und verschwitzt, traute sich kaum noch, ihn anzusehen. Und sie roch süß, wie Heu, die saure Note ihres Schweißes lag darüber. Er hatte kein Mitleid.

»Schau hin, Katrina, siehst du, was dort eingezeichnet ist?«

Sie folgte seiner Hand, er wies auf – *Doris' Garten.*

»›Hier liegt der geheime Rosengarten von Katrina Kleins Mitbewohnerin Doris‹«, las er. Die Worte waren knapp unterhalb der Stelle, auf die Wolfgangs Hand mit den hässlich verformten Nägeln wies, auf die Karte gemalt, quer durch die angrenzende Landschaft und mit Zeichnungen von Blumen verziert. Es wirkte wie eine Telefonkritzelei. Oder wie ein Satz, über den jemand länger nachgedacht hatte. Und weiter unten stand noch etwas: *Rosen, Rosen … professionell angelegt, hübsch, aber: komische Atmosphäre.*

»›Komische Atmosphäre‹«, las Wolfgang. »Was, meinst du, bedeutet das?«

Katrina schwieg. Wo hatte er nur diese Karte her? Auch der Steinbruch war eingetragen (*Hier stürzte Aurelie Loor zu Tode*) und die Containersiedlung, die offiziell nicht verzeichnet war (*Hier versteckt die Stadt ihre Armen*). Weiter östlich, am Johannisbach dann, gab es ein paar ganz anders aussehende Einträge: Abkürzungen, zwei, drei Adressen und Telefonnummern. Das war Aurelies Schrift und Stil. Die andere Schrift kannte Katrina nicht. Wenn Wolfgang die Karte wirklich bei der Polizei geklaut hatte, dann konnte sie nur der Kommissarin mit den roten Haaren gehören. Offenbar war die ihr gestern im Wald doch gefolgt.

»Du kennst den Garten, nicht, Katrina?«

Sie zuckte die Achseln. »Ja, sicher. Der ist aber kein Geheimnis.«

Wolfgangs dunkelblaue Augen musterten sie. »Zufällig kenne ich die Gegend dort oben«, sagte er. »Nicht sehr gut, aber ich kenne sie. Als Student hab ich dort mal für eine Übung eine Bestandsaufnahme gemacht. Das Gelände gehört dem alten Treu vom Antoniushof. Der wirtschaftet nicht mehr.«

»Na ja, es sind Schafe auf den Wiesen.«

»Ja, genau. Magerwiesen.« Wolfgang faltete die Karte zusammen und legte ihr unvermittelt einen Arm um die Schulter. »Und da wachsen keine Rosen.«

Der Arm drückte schwer; es war keine freundliche Geste.

»Du und ich, Katrina«, sagte er ruhig, *»wir beide* machen jetzt zusammen einen kleinen Spaziergang.«

* * *

Im *Exxtrabreit* zockte sich die Werktagsbesetzung durch den Nachmittag. In dem schmalen Durchgangszimmer mit dem Billardtisch und den Geldspielgeräten hatten sich ein paar schweigsame Gestalten eingefunden. Das Gedudel der Geldspieler mischte sich mit Tönen aus einem fernen Radio, das wohl in der Küche stand, der Indiana-Jones-Flipper spielte bei Willenbachers Eintreten aus lauter Langeweile das Erkennungsthema seines Helden. Möglicherweise aus Enttäuschung über den kleineren, pummeligeren, völlig unzureichenden Ersatz (wer kam schon an Harrison Ford heran) machte er dann ein paar besorgniserregende Geräusche, fing sich aber wieder und begann brav den Highscore aufzulisten.

Willenbacher wandte sich an einen der Spieler. »Ich suche Katrina Klein.«

Eigentlich war er nur hereingegangen, weil Antonis Auto so direkt vor dem Eingang parkte. Wahrscheinlich aber vertat er seine Zeit. Hier war überhaupt nichts los; die Automaten wirkten lebendiger als die Spieler davor. Fast überraschte es ihn, als der verdorrte Alte, den er angesprochen hatte, sich aufrichtete und in Richtung Küche schrie: »Doris! Kundschaft!«

Doris, dachte Willenbacher, war das nicht Katrinas Mitbewohnerin? Mit der musste er auch noch reden.

»Sie kommt gleich.« Der Alte warf einen Fünfer nach.

»Doris?«

»Hmm.«

»Sie wohnt mit Katrina Klein zusammen, nicht?«

Der Alte sah hoch und deutete auf eine Stelle neben Willenbacher.

Doris.

Unscheinbar, dachte er zuerst, aber das war nicht die richtige Beschreibung für eine Person, die so unvermittelt und direkt neben ihm auftauchen konnte. Farblos passte eher: braune Haare, graue Augen, blasser Teint. Dabei war Doris' Erscheinung apart: Sie hatte sehr kurze, lockige Haare und ein schmales Gesicht mit schrägen Augen. Ihre kleinen Ohren standen auf anmutige Weise etwas ab. Ein Kindergesicht mit ein paar feinen Fältchen darin.

»Hallo«, sagte sie, »die Küche ist geschlossen.«

»Ich möchte gar nichts essen«, beruhigte Willenbacher sie. »Ich suche Katrina Klein.«

Immer noch freundlich, blickte die Frau sich um und hob dann hilflos die Hände. »Hier ist sie nicht.«

Das sah er auch. »Sie sind ihre Mitbewohnerin, nicht wahr? Sie heißen Doris?« Willenbacher betrachtete sie neugierig.

Die Frau machte einen Schritt zurück. Sie war schlank und trug alte, zerschlissene Sachen, die aber fast schick an ihr aussahen. Weil sie ihr so genau passten, vielleicht, weil die Jeans an den richtigen Stellen ausgebeult waren oder weil sie selbst sich so aufrecht hielt.

»Es ist wichtig«, teilte er ihr mit. »Ich bin von der Kripo Ludwigshafen.«

Die Männer an den Spielgeräten blickten interessiert.

Der Abstand zwischen Doris und Willenbacher hatte sich jedoch unmerklich vergrößert.

Er hob die Arme. »Jetzt machen Sie sich mal nicht ins Hemd. Ich bin nicht von der Sitte und auch nicht« – das sagte er in Angedenken an die Pommes, die ihm gestern hier vorgesetzt worden waren – »vom Gesundheitsamt. Ich bearbeite ausschließlich den Tod von Aurelie Loor und würde gern Katrina Klein sprechen. Als Zeugin. – Sie ist vielleicht in Gefahr.«

Doris lächelte. Ihr Gesicht wirkte unbefangen, doch sie war schon fast an der Küchentür. Es war wie bei diesem Kinderspiel, bei dem man sich an jemanden heranpirschen und, sobald der sich umdrehte, erstarren musste. Diese Frau hatte das Spiel perfektioniert; sie schaffte es fast zu verschwinden, während Willenbacher hinsah.

»Bitte bleiben Sie stehen, Doris«, sagte er scharf.

»Wieso glauben Sie, dass Katrina in Gefahr ist?«, warf Doris ihm hin.

Willenbacher zögerte. War das Mädchen nicht wichtiger?

Doris' Hand lag plötzlich auf der Klinke zur Küchentür. Wieso hatte diese Doris es so eilig?

Willenbacher war bei ihr, bevor sie die Küche erreichte. »Mit Ihnen muss ich auch reden.«

* * *

Kommissar Ackermann verstand sie überhaupt nicht, und das hätte sich Livia eigentlich denken können. – Wie konnte sie diesem Polizisten bloß klarmachen, dass sie um Elias willen kaum einen Menschen verlassen konnte, der ihr – und sei es auf noch so nebulöse Weise – Geld versprach. Dass sie eine Verantwortung hatte, dass es ihr nicht wirklich um Luxus ging, wenn ihr die Uhr auch gefiel, die Aurelie – so typisch! – monatelang als offene Herausforderung in der Küche (!) liegen gelassen und nach ihrem Verschwinden nicht mal vermisst hatte. Livia war auch wahrhaftig keine Diebin. Die Uhr hatte sie nur genommen, weil es sie beleidigte, dass Aurelie etwas so Begehrenswertes so offensichtlich gering schätzte. Fast wäre es ihr lieber gewesen, Aurelie hätte sie vermisst. Aber dieses Schmuckstück war tatsächlich nur Peanuts im Vergleich zu dem, was Livia für ihren Sohn benötigte.

»Elia wird weitere Operationen brauchen«, sagte sie zu dem Polizisten. »Die Sache ist noch lange nicht ausgestanden, das Loch in seinem Herzen wächst einfach mit. Er wird noch oft in die Klinik müssen. Und es gibt Behandlungen, die unsere Kasse nicht zahlt. In Amerika. Die aber möglicherweise viel besser sind. Von denen Sie überhaupt nichts gesagt kriegen, wenn Sie keine Kohle haben, verstehen Sie? – Für Elia bedeutet Geld das nackte Überleben.«

»Das tut es für die meisten Menschen«, sagte der Polizist.

Sie hasste es, wenn man ihr widersprach, merkte Ackermann, das ertrug sie nicht. Er sah es an ihrem Blick. »Frau Giallo«, sagte er, wieder in verständnisvollem Ton, »wann hat Aurelie Ihnen denn gesagt, dass Sie ihr Geld erben werden? Und wie?«

»Das war es ja grade«, sagte Giallo, »sie hat es mir gar nicht gesagt, sie hat das ganz schlau gemacht, so hintenrum, wissen Sie?«

»Nein.«

»Na, sie hat es so eingerichtet, dass ich mithören musste, als sie ihrem Anwalt Anweisungen für das Testament gab. Am Telefon. Sie wusste, dass ich da war, sie hat laut geredet, und sie hat mich sogar gesehen! – Und so getan, als ob sie durch mich durchguckt. Sie hat mich eingesetzt, damit ich mit Elia bei ihr blieb. Weil ich mich nicht mehr erkenntlich genug gezeigt habe und weil ihr klar war, dass ich es mir nicht leisten konnte, die Chance auf so viel Geld aufzugeben.«

»Sie haben Aurelie also beim Telefonieren zugehört?«

Giallo lief rot an. »Ich sage doch, das hat sie absichtlich so arrangiert, dass ich mithören musste. Ich lausche nicht und ich krame auch nicht in anderer Leute Sachen. Sie hätte das alles schriftlich machen können oder leiser sprechen. Dann hätte ich nie davon erfahren.«

Ackermann schüttelte den Kopf. »Meiner Meinung nach täuschen Sie sich. Dass Sie mithören konnten, war sicher ein Versehen. Ich glaube nicht, dass Frau Loor Sie über den Inhalt des Testaments informieren wollte. Wir haben im Haus keine Unterlagen darüber gefunden, nichts. Nicht mal im Computer.« Er beugte sich vor, sodass seine Augen auf derselben Höhe wie Giallos waren. »Ich denke, dass Frau Loor unter gar keinen Umständen wollte, dass Sie von dem Testament erfahren, denn sie hätte es geändert, sobald sie selbst eine Familie besessen hätte. *Sie* waren nur die Übergangslösung, Frau Giallo.«

Sie wurde rot; ihre Augen waren wie blinde Vorwürfe. Sie fühlte sich auch jetzt noch schlecht behandelt, merkte Ackermann. Erschöpfung machte sich in ihm breit. War es denn so schwer, Verantwortung für das eigene Leben zu übernehmen?

»Frau Loors Testament war ohnehin nicht sehr viel wert«, sagte er langsam. »Sie war jung und sehr gesund. Sie hätte hundert Jahre alt werden können.«

»Sie hatte ein paar sehr gefährliche Hobbys«, sagte Giallo und besaß immerhin so viel Anstand zu erröten.

»Wie Joggen?!«

»Sie wissen, was ich meine«, sagte Giallo nach einer Pause. »Aurelie gehörte einer Risikogruppe an. Dieses Klettern und so. Das Risiko war da.«

Ackermann konnte nicht anders, er musste die Augen schließen. Konnte jemand auf diese Art und Weise rechnen? Und *leben?* Was war das für ein Irrsinn?

»Frau Giallo«, sagte er leise, »konnten Sie es sich mit der unerträglichen Verantwortung für Ihr bedauernswertes Kind leisten, Aurelie Loor *am Leben zu lassen?* – War die Gefahr, dass sie ihr Testament änderte oder Sie hinauswarf, nicht viel zu groß?«

»Was soll das heißen?«

»Haben Sie Aurelie Loor getötet?«

»Natürlich nicht«, sagte Giallo empört.

* * *

Wolfgang folgte ihr, aber es war mehr so, als würde sie ihm folgen: Er drängte sie vorwärts, sie gab nur die Richtung an. Katrina führte ihn den Weg entlang, den Doris immer nahm, das kleine verborgene Pfädchen quer durch den Wald.

Sie redeten nicht. Es war wie an ihrem ersten gemeinsamen Tag auf der Suche nach Feldhecken: Er wusste, was sie suchten, sie wusste, wo sie hinmussten. Gleichzeitig war es natürlich ganz anders, diese stumme Wanderung durch den schattigen, aber keineswegs kühlen Wald hatte nichts mehr von einer höflich und gleichgültig gemeinsam erledigten Arbeit. Auch die Spannung, die zwischen ihnen geherrscht hatte, war verschwunden. Oder verändert: Jetzt ging es nicht mehr um Machtspiele und geheime Sehnsüchte. Diese Dinge lagen hinter ihnen. Jetzt war es ernst.

Und eigentlich musste Katrina versuchen, Wolfgang aufzuhalten. Irgendwo entlang des Wegs sollte sie ihm eins über die Rübe hauen. Ihm die Karte klauen. Eine falsche Route einschlagen. Wenn er es dann allein fand, konnte sie nichts dran ändern. Ihn aber hinbringen zu Doris' Garten war nicht klug. Es war sogar saudumm. Und Doris gegenüber nicht fair.

Sie ging weiter. Der Weg war kaum zu sehen, doch sie kannte ihn gut. Sie hörte Wolfgang hinter sich. Seine Schritte, seinen Atem. Er ging schnell, sodass auch sie schnell gehen musste; wenn sie Tempo zulegte, folgte er ihr mühelos. Abhängen konnte sie ihn nicht. Die Luft war heiß und feucht. Wo die Sonne durch das Blätterdach drang, tanzten Stechmücken in den Lichtstrahlen. In Katrinas schwarzen Schnürstiefeln sammelte sich der Schweiß.

Sie *würde* Wolfgang zu dem Garten führen. Das wussten sie beide. In Wahrheit tat sie es freiwillig. Es hatte Umkehrmöglichkeiten gegeben. Sie konnte sich auch einfach weigern weiterzugehen.

Er würde ihr nichts tun.

Und Katrina war ihrer Situation sehr müde. Sie besaß keine wirkliche Vertraute. Und einen Freund hatte Katrina auch nicht. Es gab nur Wolfgang, der sie ein einziges Mal kurz umarmt hatte und der jetzt so tat, als wäre das nie passiert. Doch diese kurze Nähe war so – so –

Sie wollte nicht darüber nachdenken, wie es gewesen war. Wahrscheinlich machte sie einen Riesenfehler. Alle Vernunft sprach dagegen, dass sie Wolfgang zu dem Garten führte. Und die Vernunft sagte ihr mit Annemaries Stimme, dass es naiv war, für die Berührung eines Mannes auch noch dankbar zu sein. »Lass sie zahlen, sobald sie dich anfassen«, predigte Annemarie immer. »Dein Körper ist dein Kapital.« Nur wenn es um Liebe ging, würde Annemarie einer Frau die Freude an körperlicher Nähe überhaupt abnehmen.

Doch um Liebe handelte es sich nicht. Das war nicht Liebe. Dieser leichte Ekel, der sie überfiel, wenn sie nur Wolfgangs Namen dachte. Diese unförmige Gestalt, die hinter ihr her durch den Wald stapfte. Wenn sie über die Schulter nach hinten blickte, sah sie seine Füße in billigen Turnschuhen und seine stämmigen Beine in diesen widerlichen babyblauen Jeans.

Keine Liebe. Nur: Da war auch dieses nagende Gefühl, irgendwo – an einem ruhigen und sicheren Ort – angekommen zu sein und jetzt gewaltsam wieder weggerissen zu werden.

Nein, sie riss sich selbst weg.

Sie kamen aus dem Wald heraus auf den Bergrücken, der von karstigen Wiesen bedeckt war. Wolfgang triefte. In all seinen Körperfalten sammelte sich Schweiß. Die Hitze schichtete beängstigende weiße Schleier vor den Himmel, allmählich, Stück um Stück. Die Grasfläche brummte wie ein einziges großes Insekt. Vielleicht war das alles ja aus Chitin, vielleicht konnten die Gräser greifen. Die Farben der Welt hier oben waren jedenfalls unnatürlich. Grell. Das Licht war hell, aber nicht gleißend, die Schatten schwach. Sie hatten lila Untertöne; im Westen schmiegte sich ein feiner Dunst dunkelgrau um die Berge.

Ziemlich weit vor ihnen weidete der Schäfer seine Herde; die Wiesenkräuter und Gräser zu ihren Füßen jedoch waren unberührt, an den Spitzen teilweise schon braun und im Bodenbereich grün. Kreuzblumen und Johanniskraut blühten hier. Vielleicht sogar das gelbe gefleckte in einer feuchten Senke? Jedenfalls gab es viele verschiedene Kräuter. Und Borstgras. Das Gelände war ja auch beweidet, da breiteten sich harte Gräser etwas aus. Eine hübsche, vielfältige Magerwiese, die sich seit Wolfgangs letztem Besuch kaum verändert hatte. Und der war lange her. Berge und Hügel in direkter Nachbarschaft betrat man selten.

Das Trampelpfädchen, dem Katrina so sicher folgte, führte den Waldrand entlang.

Sie sah sich nach ihm um.

»Ist es noch weit?«, fragte er.

»Nicht mehr sehr«, sagte sie. Ihre Stimme klang flach. »Wir müssen wieder nach unten, da vorne.« Sie wies auf eine kleine Lücke im Waldsaum, gerade zweihundert Meter vor ihnen. An der Stelle war eine Senke. »Dort ist es.« Sie blieb stehen. »Hör zu, ich komme nicht mit. Da vorne ist es. Ich kann nicht mitkommen. Es geht nicht.«

Sie sah völlig niedergeschlagen aus, welchen Eindruck ihre

schwarzen Klamotten und ihre Springerstiefel noch verstärkten. Ihr Gesicht war blass und verschwitzt, ihr Blick unruhig.

Wolfgang packte sie am Arm, sie zuckte zurück. Reue ob seiner Grobheit durchfuhr ihn, doch er konnte sie jetzt nicht laufen lassen. Sie musste ihm den Garten zeigen.

»Komm!«, sagte er.

Übertrieben redselig war er noch nie gewesen.

Der Garten hing ein bisschen in der Hitze; Doris war nicht da. Wenn Doris da war, sah der Garten anders aus, er schien dann viel lebendiger zu sein. Jetzt jedoch wirkten die Blütenfarben der Rosen grell, die Anlage der Beete leicht chaotisch, der Rittersporn zu blau, der Lavendel kränklich. Das Licht, das in der hellen Luft in seinem eigenen Widerschein gefangen war, brachte so wenig Glanz auf die Oberflächen, wie es Schatten warf, es einte die Dinge nicht, es trennte. Jedes Pflänzchen stand für sich. Und jetzt sah Katrina auch, dass es keinen Übergang gab zwischen den zarteren, abgestuften Farben des Waldes und den bunten, fast schreienden des Gartens. Der Garten war fremd in dieser Welt.

So musste Wolfgang das ebenfalls sehen.

Er untersuchte alles genau: die von Doris angelegte Hecke, die die ehemals zu den Triften auf dem Bergrücken gehörende Anlage von eben diesen trennte (sie war aus kunstvoll aufgeschichtetem Gestrüpp aufgegangen), den Entwässerungsgraben und vor allem, natürlich, die Reste der ehemaligen Feuchtwiese. Einst war hier alles Feuchtwiese gewesen. Es gab eine kleine Quelle im nördlichen Teil des Geländes, und diese Quelle, wusste Katrina, hatte Doris bewogen, hier ihren Garten anzulegen. Sie konnte alles hertragen, Dünger, Samen, Pflänzchen, aber kein Wasser. Es war besser zu drainieren, hatte sie Katrina irgendwann erklärt, als Wasser zu tragen. Katrina hatte das vernünftig gefunden. Sie fand auch den Garten vernünftig, hier, an seiner Stelle, denn Doris liebte ihn genau so, und sie liebte nichts außerdem. Die Liebe musste auch unter ungünstigen Bedingungen gedeihen können, im kühlen Milieu.

Wolfgang beugte sich über die Kräuter der Feuchtwiese.

Sicher würde er finden, was er suchte.

»Diese Wiese ist ein Schatzkästchen«, sagte er, als er schließlich wieder näher kam. »Hier gibt es noch die Niedrige Schwarzwurzel. Und das Gemeine Katzenpfötchen.« Fast begeistert sah er sich um. »Vielleicht sogar Arnika. – Und natürlich das hier.« Er hielt Katrina eine Ähre mit kleinen grünen, rötlich überlaufenen Blütchen hin. »Die grüne Hohlzunge.« Er hatte sie gepflückt.

Aurelie hatte das nicht übers Herz gebracht. Sie hatte Katrina raus in die Wiese gezerrt. Die grüne Hohlzunge war eine Orchidee.

»Du hast Aurelie hierher gebracht, nicht wahr?«, fragte Wolfgang.

Katrina sah ihn aus ihren fahlen braunen Augen an. Trotz ihrer tiefschwarzen Ummalung sahen sie größer aus als gewöhnlich. Zorn lauerte darin. Was war sie für ein Mensch, fragte sich Wolfgang plötzlich, darüber hatte er nachzudenken versäumt. Er konnte seine Augen schließen und sie vor sich sehen, in der Tür ihres Containers, mit ihrem Handtuchturban, ihren knappen Kleidern, ihrem Fußkettchen, einem engen weißen Dingelchen um einen braunen Knöchel. Er konnte sich vorstellen, wie sich ihre Haut anfühlen musste, wusste es –

Konnte sie so anders sein, als er sie erdacht hatte?

»Hast du ihr das hier gezeigt?«

»Ja«, sagte Katrina und sah zu Boden. Ihr Ton war unfreundlich. Sie saß auf einem Sandsteinfindling am Rande der Wiese, er stand vor ihr, ihre Augen waren fast auf gleicher Höhe.

»Aurelie war wohl ziemlich begeistert, wie?«

»Wie verrückt«, sagte Katrina und schniefte.

Wolfgang betrachtete die Orchidee in seiner Hand. Sie war unscheinbar, sie war selten. Sie wuchs nur an mageren Standorten. Magere Standorte und zumal Wiesen gab es ebenfalls nur noch selten. Wiesen waren ja eine Form von Kulturland, ohne menschliche Nutzung verbuschten sie und wurden zu Wald. Das normale moderne Kulturland aber wurde intensiv genutzt – alles andere, glaubten die Landwirte, lohnte sich nicht. Intensive Nutzung wiederum bedeutete jede Menge Dünger und damit nicht Magerrasen, sondern Fettwiese.

Diese feuchte Wiese hier mit dem unglücklichen Garten darin und die trockeneren Triften weiter oben, über die vielleicht nur einmal im Jahr eine Schafherde zog, waren eine wertvolle Nische. Sehr schützenswert. Ein Platz, wo Schwarzwurzel, Katzenpfötchen und Orchideen wuchsen, war viel zu schade für Blumenbeete mit Kulturpflanzen und einen heftig gedüngten Rosengarten. So schön er auch war. Und je mehr er wuchs, je weiter die Drainage gezogen wurde, je mehr Dünger und Kalk in die saure Wiese gespült wurden, desto mehr Arten würden aus ihr verschwinden. Aurelie musste beim Anblick von Blaukorn in der Erde richtig schlecht geworden sein. Wolfgang konnte sich vorstellen, was passiert war, nachdem sie ihre Begutachtung abgeschlossen hatte.

»Dieser Garten gehört deiner Freundin Doris, nicht wahr?« Er nahm sich vor, behutsam vorzugehen. Es nutzte nichts, Katrina zu bedrängen, sie musste ihm freiwillig sagen, was passiert war, was sie oder ihre Freundin getan hatten.

»Ja.«

»Hat sie das Land gepachtet?« Es war schwierig, der Stimme einen einigermaßen heiteren Klang zu geben.

Katrina sah ihn wieder an, finster. »Natürlich nicht. Sie ist eine Spinnerin. Versteht sich gut mit dem Förster, das ist alles.« Sie sprang von dem Stein herunter und landete direkt vor ihm. Ihre schwarzen Kleider strahlten Wärme ab.

»Ich hab dir alles gezeigt. Du hast, was du wolltest. Jetzt bist du sicher zufrieden. Jetzt kannst du das tun, was Aurelie tun wollte. Aber ich werde mir das nicht ansehen.« Sie schluckte. »Scheiße.« Damit drehte sie sich um und marschierte auf die Hecke zu, hinter der die Schafweide lag.

So viel zu behutsamem Vorgehen.

Katrina wusste, dass Wolfgang ihr nachkommen würde; er konnte ja gar nicht anders. Er wusste nur die Hälfte von dem, was passiert war, und damit würde er sich nicht zufrieden geben. Aber er ließ sich Zeit; vielleicht konnte sie ihn abhängen. Als sie wieder oben auf der weit ausgedehnten, grasigen Freifläche stand, schlug ihr ein überraschender, kühler Windstoß ins Gesicht. Der Himmel im Westen war jetzt tief taubengrau. Der Schäfer war nicht mehr zu sehen. Das Gewitter war fast da.

Sie stand am Rand der großen Weidefläche, eine schwarze schmale Gestalt. Im Westen zuckte ein Blitz über den dunklen Himmel. Das Summen in der Wiese klang metallisch. Katrina ging weiter. Nicht am Waldrand entlang, sondern auf die Weide hinaus. Sie ging langsam; der Grund war sehr unregelmäßig. Er holte sie schnell ein. »Katrina.«

Sie ging weiter. Das Gehen hier war beschwerlich. Er stolperte, fing sich, holte sie wieder ein. »Was ist passiert, Katrina? Was hat Aurelie gesagt? Was hast du getan?«

Was hast du getan.

Sie drehte sich um. »Sie wollte alles rausreißen und ihre dämliche blöde Orchidee retten, ich war so eine Idiotin! Scheiß Magerwiese, scheiß Johanniskraut, scheiß blöde Hohlzunge! Ich weiß nicht mal, warum ich sie hergebracht hab. Nur aus –« Ihre Arme sausten durch die Luft. »Ich weiß nicht was! Ich wollte ihr ein Geheimnis zeigen. Ich dachte, sie wär meine Freundin.« Sie ließ die Schultern hängen. »Aber sie hätte die Leute vom Verein geholt und alles kaputtgemacht, wie bei Jakubik.«

Das hätte sie vielleicht wirklich. Vernünftigerweise. Und Widerspruch aus der Containersiedlung hätte Aurelie kaum beachtet. Wenn überhaupt, hätte sie sich mit dem Besitzer des Landes verständigt. Wolfgang ging näher. »Hast du sie geschlagen?«, fragte er ernst.

Sie wich seinem Blick aus und lief weiter. Er fasste ihre Schulter; sie fuhr herum und ohrfeigte ihn. Es klatschte. Er spürte es kaum. Kühle Windböen kamen auf.

»Fass mich bloß nicht an«, fauchte sie.

Er hob die Hände. Katrina sah krank aus. Ein Regentropfen. Noch mehr. Die Insekten waren kaum noch zu hören. Es war sehr schnell sehr dunkel geworden. Ein Blitz stach herab; der Donner folgte schnell. Und weitere Blitze.

»Wir müssen hier weg«, rief Wolfgang. Die Böen waren zu Wind geworden. Er musste schreien. »Komm.« Katrina machte Anstalten, sich wieder umzudrehen. Sie wollte weiter in die Wiese hinaus. Er packte sie am Handgelenk und zog sie mit sich fort.

Im Wald hielten sie an und standen zusammen unter dem Platzregen. Wolfgang ließ Katrina los. Die Blitze waren nah und unter den Bäumen ebenso gefährlich wie unter freiem Himmel, aber es *schien* zumindest sicherer. Wasser stürzte von allen Seiten über ihre Körper, die Bäume schwankten, das Blickfeld war eng.

Beim nächsten hellen Schlag sah Wolfgang Katrinas Gesicht direkt vor sich, die schwarze Schminke war um die Augen hässlich verlaufen. Dann platzte die Luft um sie her im Donner. Die plötzliche Finsternis nach dem Blitz ließ Katrinas Gesicht als ein scharf inverses Bild mit hellen Augenhöhlen und spitzen Pupillen auf seiner Netzhaut zurück. Beide waren sie völlig durchnässt. Katrinas viel zu großes Sweatshirt hing ihr über die Hände und fast bis zu den Knien.

Wolfgang sah sich nach besserem Schutz um. Das Gewitter war jetzt direkt über ihnen, Blitz und Donner eins. Die Gewalt der Schauer schien noch zuzunehmen, wie Wirbel jagten sie sich gegenseitig durch den Wald. Die Bäume litten. Die Tropfen waren schmerzhaft hart.

Katrina zog ihr Sweatshirt aus. Sie krümmte sich unter dem Niederschlag, dann straffte sich ihre Haltung. Sie breitete die Arme aus und empfing den Regen.

Ihr Oberkörper war nackt. Wolfgang musste sie ansehen, diesen hellen Fleck, mehr konnte er kaum wahrnehmen, der Regen hing schwer in seinen Wimpern und zog sie nach unten. Gänsehaut auf ihrem Bauch. Ihre Rippen. Sie hatte ihr Gesicht erhoben; es musste wehtun, sich so schlagen zu lassen. Es wurde wieder hell, es krachte wieder.

Sie mussten hier weg, das war die Hauptsache. Wenn sie einen Unterschlupf gefunden hatten, konnte er ihr immer noch sein T-Shirt leihen und sie (und sich selbst) trockenlegen. Er beugte sich zum Boden, hob ihr Sweatshirt auf.

Kleine Brüste. Mit Gänsehaut, wunderschön.

Sie mussten fort. Wo war der Weg? Nach unten mussten sie. Wo war das? Er sah um sich. Wieder ein Blitz, der die Bäume zu weißen, geprügelten Gespenstern werden ließ und in längerer Schwärze nachhallte. Einfach vorwärts gehen. Wolfgang tat einen Schritt, rutschte, ruderte mit den Armen, fand wieder Halt. Der Regen hörte nicht auf. Katrina ließ sich weiter züchtigen.

Er ging zurück. Nahm ihre Hand.

Eine kleine, feste Hand, die sich fast trocken anfühlte, trotz der Sturzbäche um sie herum.

»Wir müssen dort runter«, schrie er und versuchte ihr ins Gesicht zu sehen, ohne mit dem Blick auf ihrem Körper zu landen. Er setzte sich in Bewegung.

Sie hielt ihn zurück.

Ein Blitz, ein nasser, weißer, kalter Körper. Harte, frierende Haut, die nicht wärmer wurde, Haare, die sich zwischen die Finger schoben, weich und nass vom Regen, ein Blitz, Schwärze, ein Gesicht, ein durchweichtes T-Shirt, das störte, weil es zu nass und zu kalt war und Wärme nur über die Haut übertragen wird, Hände darunter, ein Sturz, ein Kuss, ein Blitz.

Und die Luft ächzte mit einer Gewalt, die kein Film jemals einfangen konnte, und alles schrie und schlug und tobte und das war besser, viel *besser* als öde Maskeraden, aber auch vertrackter und nüchterner. Kein inszeniertes Blutbad kann je so grausam sein wie eine echte Brombeerranke, die sich unerwartet in die Knie bohrt, der wirkliche Schmutz ist schmutziger und es tut weh, wenn jemand leidet, den man liebt. Die Liebe selbst aber ging einfacher und war ein schwerer Körper, der die Schuld erdrückte, und ging zart und heikel und ohne Blut und Pfefferminzgeschmack und ging leicht, und die ungeahnte Süße dieser Haut!

Dieser einst so widerlichen Männerhaut. Und tat weh und war schnell und zu hart und schmeckte jetzt doch nach Blut aus ihrem Mund, und ihr Duft, der ihn verfolgt hatte! Und ging langsam, denn die Kleider klebten und etwas zerriss und seine Hände, seine Haut! Seine wunderbare warme Haut in dieser kalten Nässe, und ging schneller und ging ohne Federbetten, und ging ohne übermäßig anzugeben sogar ziemlich gut.

13

Katastrophe. Ein Gewitter. Doris hatte es gespürt, gestern Abend schon. Natürlich bestand immer die Hoffnung, dass so ein Unwetter vorüberzog, dass sie hier nur die Ausläufer mitbekamen. Das war sogar die Regel; das Zentrum eines Sturms war naturgemäß auf eine knappe Fläche begrenzt und die Chance davonzukommen ungleich größer. Doch als sie jetzt mit dem kleinen Polizisten namens Willenbacher raus auf die Veranda des *Exxtrabreit* trat, da bestätigte sich, was sie im plötzlich so düsteren Innern des Lokals bereits befürchtet hatte: Sie waren mittendrin.

Es würde alles zerschlagen sein.

Doris sah dem Sturm ungläubig zu wie einem Irren, der vor ihren Augen ihre Möbel zertrümmerte und ihre Kinder misshandelte. Das würden die Rosen nicht überstehen. Und sie konnte sich nicht einmal darüber aufregen, was sollte man solcher Wut entgegensetzen? Es gab nur plötzlich diese Schwere in ihren Schultern und ein festes, knotiges Hindernis beim Atmen. Das waren Tränen, merkte Doris, Tränen, die tief hinten in der Kehle saßen. Hatte sie nicht heute früh noch den vorderen Teil der Südwand in dem wunderbaren Kirschrot der *Belle de Crécy* leuchten sehen? Und sich um die grünen Wucherungen in den Blüten der *Camaieux* gesorgt? Und um die kränkelnde *Belle Isis*, die die Hitze nicht vertrug?

Die Sorgen jedenfalls war sie für dieses Jahr los. Zweifellos riss der Sturm gerade die *Belle de Crécy* von der Wand. Und schlug die mühevoll ineinander erzogenen Büsche der *Camaieux*, der *Cuisse de Nymphe*, *Orpheline de Juillet* und wie sie alle hießen auseinander, brach die schweren Blüten von den dünnen Trieben, zerrte die Blütenblätter aus den Kelchen und verstreute sie als weißes, violettes, rosa- und cremefarbenes Konfetti über die Wiese. Sehr bald würden dessen Farben zwischen den Gräsern versickern und übrig bliebe nur ein trauriger Teppich aus toten, geschändeten Rosen. Und die Ruinen der Sträucher. Das herrliche üppige Blütenmeer würde verschwunden sein, an ein Sommergewitter verloren.

Und bei solchen Aussichten war es fast gut, dass sie mit diesem Polizisten nach Ludwigshafen fahren musste. Sonst würde sie jetzt – noch durch das Unwetter! – hoch zum Garten zu rennen und über den Verwüstungen verzweifeln. Doris kannte sich. Vielleicht war ja doch noch irgendwo eine Kleinigkeit zu retten –

»Frau Fey, bitte kommen Sie jetzt.« Der Polizist, der am vorderen Ende der Veranda gestanden und fasziniert beobachtet hatte, wie sich die grauschwarzen Wolken den Himmel herabwälzten und der Regen wie Gischt ums Haus trieb, drehte sich zu ihr um. »Es ist heller geworden. Wir können jetzt zum Auto rennen. Kommen Sie.«

Die Fahrt nach Ludwigshafen deprimierte Doris, wenn das irgend ging, noch mehr. Sie war schon lange nicht mehr aus Irrlich herausgekommen; um ehrlich zu sein, ging sie nicht einmal dort oft hin. Sie wurde unruhig, sobald sie das Ortsschild hinter sich ließen, und nervös, als der Wagen des Polizisten die Autobahn erreichte. Sie nahmen die Auffahrt auf die A6 bei Wattenheim, und als sie dann die Kuppe bei Neuleinigen passierten, wo es nicht nur Baustellen und Tempolimits, sondern auch eine spektakuläre Aussicht gab, da überfiel Doris fast so etwas wie Panik. Vor ihr lag das weite, graue Land, über das immer noch schnelle dunkle Wolken trieben. Aus den Weindörfern am Fuße der Haardt stiegen einzelne Dunstschleier auf. Es war alles zu groß, zu hastig, die Betonbahn vor ihr so nüchtern und gerade, der Wagen des Polizisten zu grell, die Muster seiner Sitzbezüge zu lebhaft, die anderen Autos zu schnell. Sie erreichten eine Lärmschutzwand aus scheußlich braun lasiertem Holz, die nun die Aussicht verstellte. Doris fühlte sich entwurzelt und fremd. Sie wollte nicht nach Ludwigshafen. Sie war zu blöd gewesen. Sich von diesem Willenbacher überrumpeln zu lassen. Wieso hatte sie nicht bei einem simplen »Sie war bei mir zu Hause, Herr Wachtmeister« (oder was immer der junge Mann war) bleiben können? Mehr hätte sie nicht sagen müssen, um diese Fahrt nach Ludwigshafen zu vermeiden. Oder vielmehr, sie hätte nicht mehr sagen *dürfen*. Doris musterte den Polizisten von der Seite. Fünfundzwanzig, höchstens. Und sie war siebenunddreißig und lebte seit vierzehn Jahren in der Containersiedlung und ließ sich doch von so einem Hänschen einschüchtern.

»Wo waren Sie am Donnerstagabend?«, hatte er gefragt. Und hatte sie von der Küchentür weg in die Ecke zwischen dem Tischfußball und der Wand gedrängt, sodass sie nicht mehr ausweichen konnte.

»Hier«, hatte sie gesagt. Und wieder an den fallenden Körper denken müssen, den dumpfen Aufprall, das Knacken. Sie hatte das Knacken gehört.

»Hier im Lokal?«, hatte der Polizist gefragt. Und ungeduldig ausgesehen. Und er hatte ein schwarzes Büchlein herausgeholt und etwas hineingeschrieben. Das machte Doris ganz verrückt, wenn jemand etwas über sie aufschrieb. Diese ganzen Zettel, auf denen Dinge über sie standen, gaben den anderen Menschen ungeheure Macht über sie. *Bitte unterschreiben Sie auf der Linie, Frau Fey. Lesen Sie doch noch mal durch, ob die Angaben alle stimmen.* Wie sah man aus, wenn man las? Wie lange brauchte ein normaler Mensch für ein Behördenformular?

»Nein«, hatte sie gesagt.

»Also *nicht* hier.« Ein scharfer Blick hatte sie getroffen, der Polizist hatte etwas in seinem Büchlein wieder ausstreichen müssen. »Wo waren Sie denn, Frau Fey?«

»Ich – oben in der Siedlung.«

Er hatte die Arme verschränkt. Wenigstens nicht mehr geschrieben. »So.«

»Ja, ich – ich habe gewaschen.«

»Gewaschen.« Sein Blick war an ihr hinabgewandert, und wenn er jetzt gesagt hätte, was er wahrscheinlich dachte (*Und daran können Sie sich gut erinnern, denn das tun Sie nicht oft, wie?*), dann hätte das ihre und Katrinas Rettung sein können. Denn dann hätte sie sich empören können und nachdrücklicher lügen. Doch er sagte gar nichts.

»Ja, Hemden. Und T-Shirts und meine Socken und –«

»Und Katrina Klein hat Ihnen das Waschpulver gereicht?«

»Also –«

»Haben Sie Katrina Klein am Donnerstagabend gesehen, Frau Fey? So zwischen sieben und zehn?«

»Ja!«

»Wo?«

»Oben – in der Siedlung.«

»Was hat sie getan?«

»Sie –« Und das war der Punkt gewesen, an dem Doris schon nicht mehr weiterwusste. Sie hatte einfach keine Erfahrung im Umgang mit der Polizei; aus den Händeln der anderen Siedler hielt sie sich raus. Schlimm genug, dass sie sich ab und zu mit dem Ermittler vom Sozialamt herumschlagen musste.

»Hat sie auch gewaschen?«, hatte Willenbacher sich erkundigt. »Hosen vielleicht?«

»Nein, sie – sie hat ferngesehen.«

»Was denn? – Etwa MacGyver?

»Bitte?«

»War nur ’n Scherz. Was hat sie gesehen?«

»Ich –«

»Frau Fey, Sie waren nicht in der Siedlung am Donnerstagabend, stimmt's? Sie haben Katrina gar nicht gesehen.«

»Doch!«

»Schön. Was für eine Sendung hat sie geschaut?«

Doris hatte nichts mehr sagen können, ihr war einfach nichts mehr eingefallen. *Tagesschau,* das hätte schon gereicht. Aber Katrina hatte nicht ferngesehen. Sie war in ihrem Garten gewesen, hatte Aurelie geschlagen, und später dann war das passiert, woran Doris nicht denken wollte. Wovon sie in den letzten Nächten geträumt hatte. Nie zuvor hatte sie einen Menschen sterben sehen.

»Frau Fey, gibt es da nicht so ein Grundstück im Wald, wo Sie sich ab und zu aufhalten? Einen Garten? Waren Sie vielleicht *dort* am Donnerstagabend?«

Sie hatte genickt. Nicken müssen.

»Und Fräulein Klein? War dabei und hatte ihren tragbaren Fernseher mit, oder wie?«

Sie hatte den Polizisten nur angestarrt.

»Haben Sie Katrina Klein an dem Abend gesehen oder nicht?« Er hatte wieder sein Buch gezückt.

»Es war aber wirklich nur ein Unfall«, hatte Doris angstvoll gesagt.

* * *

Eine Tatzeugin!

Willenbacher hatte eine Tatzeugin aufgetan, Ackermann fasste es nicht.

Da hatte er selbst sich den lieben langen Tag mit Antoni und dieser Giallo herumgeschlagen! An Antonis Unschuld hatte er ja fast selbst geglaubt, aber dass die zynische Haltung der Giallo nun belohnt werden sollte und sie ohne weitere Umstände das Vermögen bekommen würde, auf das sie so kühl spekuliert hatte, wertete Ackermann fast als einen Angriff auf die allgemeine Moral.

»Sie werden gleich da sein«, sagte Seisel. Er stand am Fenster seines Interimsbüros neben Härtings Hibiskus, dessen Blätter sich wie in vorzeitigem Herbst gelb färbten. »Haben wir genug Kassetten für den Rekorder?«

»Ja.« Und dass *Willenbacher*, ausgerechnet, der Jüngste der Abteilung, nun den Fall quasi gelöst hatte, war schon etwas – gut, Glückssache eben.

»Vielleicht brauchen wir noch was anderes zu trinken«, überlegte Seisel mit einem Blick auf die kleinen Sprudelfläschchen, die auf dem Tisch standen.

»Mona kocht eben frischen Kaffee.«

Vor der Tür wurden Stimmen laut.

»Da sind sie.«

Stolz führte Willenbacher seinen Fang ins Zimmer. »Doris Fey«, stellte er vor. »Sie hat gesehen, was mit Aurelie Loor geschehen ist. Bitte, Frau Fey.«

Zögerlich trat sie näher. Eine zierliche Frau mit gebräunten Armen, gesunder Haut, sehr kurzen Haaren und dem misstrauischen Blick eines Kindes. »Guten Tag«, sagte sie mit etwas heiserer, überraschend dunkler Stimme und sah sich befangen um.

»Seisel. Das ist mein Kollege Ackermann. Bitte setzen Sie sich, Frau Fey.« Mit altmodischer Höflichkeit schob Seisel ihr einen Stuhl zurecht. »Wir sind sehr froh, dass Sie uns helfen wollen.« Er lächelte ihr gewinnend zu.

Doris Fey setzte sich widerstrebend und erwiderte das Lächeln schwach, als könnte sie sich dessen nicht erwehren.

»Ich will Ihnen nicht helfen.« Ihre Stimme klang zweifelnd.

Trotz ihrer Worte fand Ackermann die Frau einnehmend. Ihre Augen blickten leicht verkniffen, doch ruhig. Und ihre Sonnenbräune war viel strahlender als die der Urlaubsheimkehrer. Sie schien gestählt, wenn auch in einem anderen Kampf. Ihre Unsicherheit rührte offensichtlich nur daher, dass sie hier die Spielregeln nicht kannte. Eine von diesen normalen gewieften Containersiedlern war sie nicht.

Und das würden sie ausnutzen.

»Tja, also, ich geh dann mal …« Willenbacher verabschiedete sich wortreich. Er sollte gleich wieder los und gemeinsam mit Erbacher auch noch die Täterin apportieren. Von dem heftigen Streit zwischen Katrina Klein und der Loor am Abend ihres Todes hatte er bereits telefonisch berichtet. Handgreiflichkeiten, hatte er gesagt. In der Nähe des Steinbruchs. Er hatte den Fall gelöst und triumphierte. Verdient.

Seisel blickte ihm ausdruckslos nach und wartete, bis sich die Tür hinter dem Obermeister geschlossen hatte. Dann drückte er die Aufnahmetaste, wandte sich an die Zeugin und fragte mit ausnehmender Höflichkeit, ob es »gestattet« sei, das Band mitlaufen zu lassen.

Doris Fey betrachtete den Kassettenrekorder auf dem Tisch argwöhnisch, dann zuckte sie ihre Achseln. »Das muss wohl sein.«

Draußen schien jetzt wieder die Sonne, doch die Jalousien vor den Fenstern des Büros, in das man sie gebracht hatte, schirmten das direkte Licht völlig ab, sodass der Raum genauso gut auch künstlich beleuchtet hätte sein können. Doris fand das unerträglich, sie fühlte sich ohnehin abgeschnitten von der Welt und dem Leben draußen. Nicht, dass es hier in der Stadt nennenswertes Leben gegeben hätte; im Vorüberfahren hatte sie nur endlose, flache Felder von bedrohlicher Akkuratesse gesehen, dann platte Grasstreifen neben grell aufgeblasenen Gewerbebetrieben und schließlich im Zentrum staubige Stadtbäume und kümmerliche Kübelpflanzen. Immerhin: Auch hier gab es ein Draußen mit Luft und Sonne.

»Könnten wir ein Fenster öffnen?«, bat sie.

Der große Polizist, der Ackermann hieß, lächelte bedauernd. »Es wird dann so laut hier drin. Der Verkehr draußen, wissen Sie? Das wäre ungünstig wegen des Bandes.« Er wies mit dem Kinn auf den Kassettenrekorder.

Kein Draußen. Doris verschränkte ihre Hände über den Handgelenken und hielt sich an sich selbst fest. Den Kaffee lehnte sie ab.

»Sie haben also einen Streit zwischen Katrina Klein und Aurelie Loor beobachtet«, begann Seisel. »Am Donnerstagabend. Ist das richtig, Frau Fey?«

Sie rang sich nicht leicht zu dem »Ja« durch.

»Um wie viel Uhr genau war das?«

»So gegen acht. Oder halb acht. – Ich habe nicht drauf geachtet.«

»Wo war das?«

»In meinem Garten. Ich ziehe Rosen.«

»Und wo ist der?«

Es dauerte eine Weile, bis sie sich die Örtlichkeit vorstellen konnten, wo der Zusammenstoß zwischen Katrina Klein und Aurelie Loor passiert war. Sie besorgten eine Landkarte von Irrlich und Umgebung (hatte nicht die Bolle so eine besessen?) und ließen sich die fragliche Stelle zeigen, doch aus der Karte konnte man natürlich nicht ersehen, dass dort ein Garten lag. Die Karte zeigte nur ein winziges Wiesenviereck am Rande einer größeren

Fläche Weidelandes, die einen gesamten Bergrücken umfasste und über wenige Wege zu erreichen war.

»Das ist eine offene, unregelmäßig benutzte Weide«, erklärte Doris Fey und sprach jetzt etwas freier. »Ein Schäfer aus Irrlich zieht da jedes Jahr mit seiner Herde drüber. Mein Garten liegt am Rand in einer Senke. Bevor ich meine Hecke angelegt habe, gehörte auch diese Fläche zu der Trift. Es gibt dort eine Quelle. Und in der Südwestecke ist eine natürliche Felsstufe von etwa drei Metern Höhe.« Sie wies auf die Karte; bis auf einen rechtwinkligen dünnen Strich war dort nichts zu sehen. »Das heißt, ich habe dort Wasser und ich habe eine Südwand.« Sie verstummte.

Seisel studierte die Karte. »Also dort waren Sie und Katrina Klein. Sie waren zu zweit in diesem Garten. – Dort führt überhaupt kein Weg hin.«

»Ein Trampelpfad.«

»Schön, Sie waren also mit Fräulein Klein da und genossen die Abgeschiedenheit. Stimmt das?«

»Nein, ich war allein dort. Und ich schlief. Katrina und Aurelie müssen zusammen gekommen sein.«

»Wieso kamen sie zu Ihnen? Wollten die beiden Sie besuchen?«

»Nein, ich glaube, Katrina wollte Aurelie meinen Garten zeigen. Er blüht – er hat gerade sehr schön geblüht.« Hier wurde ihre dunkle Stimme ziemlich bitter.

»Also es herrschte noch Eintracht zwischen den beiden.«

»Nehme ich an.«

»Und was passierte dann?«

Doris Fey starrte düster auf ihre verschränkten Hände. »Ich kann es gar nicht sagen. Ich hab noch halb geschlafen. Es ging schnell und es war völlig verrückt.«

»Was denn? Was geschah, Frau Fey?«

Sie atmete tief durch. »Katrina hat Aurelie geliebt – ich lebe mit Katrina zusammen, ich kann Ihnen wirklich sagen, dass sie Aurelie geliebt hat. Ständig hat sie von ihr gesprochen. Es war …« Fey hob die Hände.

»Eine Schwärmerei?«, half Ackermann.

»Nicht nur. Auch eine wichtige Freundschaft. Aurelie hat sehr viel für Katrina getan – Sie können sich gar nicht vorstellen, wie schwierig es für uns Containersiedler ist, eine normale Arbeit zu finden.« Jetzt sah sie auf und blickte die Polizisten aus ihren schrägen grauen Augen freimütig an. »Katrina hätte in Irrlich nie eine Lehrstelle bekommen. Und wahrscheinlich hätte sie es ohne Aurelie einfach nirgendwo sonst probiert. Sie hätte wenig Chancen gehabt, jemals vom Galgenhübel wegzukommen. Obwohl sie klug ist. Und obwohl sie eigentlich rauswill, wie wir alle.«

»Die Aussichten in der Siedlung sind wohl nicht gerade großartig«, sagte Ackermann.

»Nicht wirklich.« Doris Fey blickte wieder auf ihre Hände. »Zumal für uns Frauen.« Sie seufzte. »Na ja, Aurelie auf der anderen Seite hätte keine treuere Mitarbeiterin für ihre Bachgruppe haben können. Katrina hat mit unendlicher Liebe Plakate gemalt und Netze geflickt und ständig irgendwelche Pflänzchen zur Bestimmung mit nach Hause gebracht. Deswegen ist es ja auch so verrückt, was passiert ist. Ich meine, dass ausgerechnet Katrina –«

»Was passierte denn im Garten? Was taten *Sie,* Frau Fey? Sie schliefen, haben Sie gesagt. Aber Sie haben die beiden dann doch gesehen? Was sagten sie?«

»Ich hab nicht alles verstanden, aber sie redeten über Pflanzen.« Fey zuckte die Schultern. »Über nichts Schlimmes! Nur über die Kräuter, die in der Wiese wachsen. Der Garten besteht nicht nur aus Rosenbeeten, müssen Sie wissen, dazu ist er viel zu groß.«

»Und die beiden sahen Sie nicht?«

»Ich lag ja hinter meinem Stein.«

»Sie traten nicht in Erscheinung?«

»Zuerst war ich noch etwas benommen. Ich richtete mich auf und sah nach, wer da war – und dann ging alles so ungeheuer schnell! Die beiden waren auch völlig gefangen von ihrem Gespräch, aus dem dann schnell ein Streit wurde. Wenn ich bei ihrer Ankunft nicht geschlafen hätte, dann hätten sie mich wahrscheinlich bemerkt – dann wäre ich auch auf sie zugegangen.

Aber in dem Moment hätte ich wahrscheinlich meine Schubkarre an ihnen vorbeifahren können, ohne dass sie mich gesehen hätten.«

»Und worum stritten sie sich?«

Es war um den Garten gegangen. Es musste um den Garten gegangen sein, darum, dass er illegal war und in irgendeiner Weise schädlich, doch das war Doris erst viel später klar geworden. In diesem Moment hatte sie nur zwei heftig diskutierende Frauen gesehen. *Gesten.* Sie hatte Gesten gesehen, die ausladenden, aufgeregten Katrinas und die bestimmten, beschwichtigenden Aurelies. Die Lehrerin hatte sie kaum verstanden, weil sie leise sprach und die beiden immerhin gut dreißig Meter entfernt in der Wiese standen. Katrina jedoch war gut zu hören gewesen. Sie hatte geschrien. »Orchideen«, hatte sie geschrien, »was interessieren mich deine scheiß Orchideen!«

»Ich weiß nicht genau, worum es ging«, sagte Doris gequält. »Es muss aber was mit meinem Garten zu tun gehabt haben.«

»Mit Ihrem *Garten?!*«

»Ich wollte, es wäre nicht so«, sagte Doris. »Aber anders kann ich mir den Vorfall nicht erklären. Sie stritten um eine Orchidee, die offenbar wild in der großen Wiese wächst. In der Wiese, die ich nicht bepflanze. Die macht fast drei Viertel der ganzen Fläche aus. Die ist auch nicht drainiert oder so – ich mache daran gar nichts. Ich grabe nur die Büsche aus, die zu groß werden. Es ist einfach eine ganz normale Wiese, aber Aurelie hat etwas daran gestört.«

»Sind Sie sicher, dass es *darum* ging?«

»Ja«, antwortete Doris. »Zumindest war es der Anlass für den Streit. Ob es noch einen anderen Grund gibt, weiß ich nicht. Es war wohl einfach so, dass Aurelie nicht so auf den Garten reagiert hat, wie Katrina sich das vorstellte. Katrina muss enttäuscht gewesen sein. Sie hat mich sehr oft gebeten, Aurelie mal mitbringen zu dürfen. Ich hatte da auch nichts gegen, aber Aurelie ist nie gekommen. Wahrscheinlich hat sie nur mit halbem Ohr hingehört, wenn Katrina von fremden Rosen schwärmte – um ehrlich zu sein, mache ich selbst es bei Katrinas anderen Projekten nicht anders. Sie besitzt einen ziemlich anstrengenden missionarischen Eifer. Außerdem wollte Aurelie Katrina aus der Siedlung rausholen, und ich glaube, sie versuchte zu verhindern, dass Katrina sich für mich oder irgendjemand sonst in der Siedlung engagierte. Allein aus dem Grund hat sie es wohl immer abgelehnt zu kommen.«

»Frau Loor hat also den Garten nicht ausreichend bewundert, und nur deswegen hat Katrina Klein sie geschlagen?«

Doris holte tief Luft. Nun hatte sie fast alles gesagt, nun musste sie auch noch den Rest erklären, auch auf die Gefahr hin, dass ihr der Garten abgenommen wurde. Katrina würde schließlich auch nichts anderes mehr als die Wahrheit sagen können.

»Nein. Aurelie – es war keine gute Idee von Katrina, sie in den Garten zu bringen. Aurelie hatte wahrscheinlich nichts gegen die Wiese, sondern gegen den Garten an sich.«

»Was konnte sie denn dagegen haben?« Stirnrunzelnd betrachtete Ackermann Doris Feys kleines braunes Gesicht. »Warten Sie – der Grund gehört nicht Ihnen, oder? Sie leben von Sozialhilfe, Frau Fey, ist das richtig? Und wie man mir sagte, wohnen Sie in einem Container, den Sie vor ein paar Jahren besetzt haben. Sie können sich gar kein Grundstück leisten. Mit was auch immer Aurelie nicht einverstanden war, sie hätte nur mit dem wahren Besitzer reden müssen, um es zu ändern, nicht wahr? Ist es so, Frau Fey?«

»Ja.« Sie räusperte sich. »Ja.«

»Wem gehört das Land?«

»Der Gemeinde«, erwiderte sie heiser.

»Und dort haben Sie sich, Frau Fey, ganz still und leise einen geheimen Rosengarten angelegt.«

»Nein, nicht geheim. Nur abgelegen. Glauben Sie, ich könnte dem Förster oder dem Schäfer oder dem alten Treu, dem das angrenzende Land gehört, einen Garten verheimlichen? Oder den anderen in der Siedlung meine Blumenkataloge und Pflanzenlieferungen? Es interessiert die nicht, das ist alles.«

»Der *Förster* hat sich nicht dafür interessiert, was Sie in seinem Wald tun?«

»Doch – er hat mir sogar geholfen. Ich habe dieses Grundstück gefunden und war – ich weiß nicht. Ich hatte das Gefühl, dass ich dort hingehöre.« Ein winziges Lächeln hob Feys Koboldohren. »Es war alles so schön klar abgegrenzt, verstehen Sie? Und dabei hatte ich keine Ahnung von Gartenarbeit. Ich sah nur diese Wand und dachte an Rosen. Der Förster hat zuerst wirklich mächtig geschimpft, aber dann geholfen, mit der Drainage und der Hecke und allem ... Er liebt Rosen auch. – Und davon abgesehen würde er nicht einfach irgendwelche Pflanzungen rausreißen.« Hier musste sie wieder Luft holen. »Aber die Leute von Aurelies Bachrenaturierungsgruppe, die würden das tun.«

Sie sahen sich alle drei gegenseitig an.

»Sie hatten also den Eindruck, dass Frau Loor so etwas vorhatte? Dass sie Ihre – Rosen? – zerstören wollte?«, fragte Seisel dann langsam.

Doris Fey schüttelte unglücklich den Kopf. »Ich weiß nicht. Jetzt im Nachhinein scheint es mir die einzige Erklärung zu sein. Sie war wohl der Meinung, dass die Rosen schadeten. In dem Moment aber konnte ich so weit gar nicht denken. Ich sah nur, wie wütend Katrina war, und ihr entsetztes Gesicht, und ihre Enttäuschung und Ernüchterung. – Sie hat Aurelie angebetet! Und – ganz ehrlich, ich kann mir trotzdem kaum vorstellen, dass Aurelie meinen Garten wirklich zerstört hätte.« Abermals schüttelte sie den Kopf. »Das wäre – nein. Das hätte sie bestimmt nicht fertig gebracht – ich meine, Sie müssten den Garten mal sehen! Er ist –«

»Wunderschön«, sagte Seisel ernst.

»Ja. Ich glaube nicht, dass Aurelie so gemein gewesen wäre.«

»Katrina muss aber davon überzeugt gewesen sein, dass sie es ernst meinte.«

»Ja, allerdings.«

»Was hat sie getan? Wie kam es zu der Eskalation?

»Zu was?«

»Dazu, dass Katrina Klein Frau Loor angriff.«

»Na ja, Katrina riss eine Pflanze aus der Wiese, schleuderte sie hin und trampelte darauf herum. Dann rannte sie zu den Rosenbeeten. Aurelie ging ihr nach und redete beruhigend auf sie ein. Aber anscheinend sagte sie nicht das Richtige. Ich hab sie nicht verstanden, sie sprach zu leise. Wahrscheinlich versuchte sie immer noch, Katrina von ihrem Standpunkt zu überzeugen, obwohl die nur noch geschrien hat. Katrina habe ich verstanden, sie beschimpfte Aurelie und schrie, dass sie nur was gegen den Garten hätte, weil ich aus der Containersiedlung sei, und dass Aurelie immer schon versucht hätte, die Leute dort schlecht zu machen, dass sie keine wahre Freundin sei und dass sie nicht einfach so alles kaputtmachen könnte, nur wegen einer blöden Orchidee. Keine von beiden hat der anderen noch zugehört. Dann erreichten sie den kleinen Steingarten neben dem Geräteschuppen. Direkt nebendran liegt so ein alter Baumstamm, der als Bank dient. Und da wollte Aurelie Katrina draufkriegen. Und sie hat geredet und geredet – ich hab es ja nicht verstanden, aber es klang beschwichtigend. Und auch unnachgiebig. Dann fasste sie Katrina an der Schulter und drückte sie nach unten – und da hatte Katrina dann plötzlich einen Stein in der Hand. Ganz schnell. Sie brüllte: ›Lass mich los!‹ – Und Aurelie tat es und war für einen Moment wirklich still, und – ich war plötzlich hellwach, sprang auf und kam aus meinem Eck, weil – ich kenne Katrina ja einigermaßen gut –«

»Sie wollten Schlimmeres verhindern.«

Doris umfasste wieder ihre Handgelenke. »Die beiden haben mich gar nicht bemerkt. Ich hab nur gehört, dass Aurelie wieder etwas sagte, ziemlich leise – ich glaube, sie sagte: ›Der neue Garten wird viel schöner.‹ Ob sie Katrina wieder angefasst hat, weiß ich nicht, da lag sie schon am Boden. – Und Katrina rannte davon.«

»Haben Sie gesehen, *wie* Katrina zuschlug?«, fragte Ackermann nach einer Weile.

»Auf den Kopf.« Fey schauderte.

»Fest?«

»Ja.«

»Wie fest?«

»Ich sage ja, Aurelie ging sofort zu Boden.«

»Könnten Sie uns vorspielen, wie Katrina das gemacht hat? – Nehmen Sie eine Sprudelflasche als Stein.«

Fey stand etwas verlegen auf. Sie nahm die Flasche und stellte sich in die Mitte des Raums. Ackermann fiel auf, wie dünn sie war: Ihre Handgelenke waren wie die eines Kindes. Ihre Jeans stand in völlig geraden, staubigen Röhren um ihre Beine. Ihre Schuhe waren breiter als ihre Knie. Sie hielt die Flasche hoch über ihren Kopf und schleuderte sie plötzlich mit überraschender Kraft nach unten, um den Schwung gleich darauf sehr gewandt wieder aufzufangen.

»So fest?«

Fey setze sich wieder und nahm ihre alte Haltung an. »Ungefähr.«

»Wo wurde Aurelie getroffen?«

»An der linken Stirn.«

Seisel sah zu Ackermann. Die Kopfwunde. »Was passierte dann, Frau Fey?«

Sie blickte den Kassettenrekorder an. »Ich ging zu Aurelie hin. Sie war bewusstlos. Ich lief zur Quelle, um ihr Wasser zu holen. Als ich zurückkam, war sie schon wieder wach.«

»Sie haben mit ihr gesprochen?«

»Ja.«

»Was hat sie gesagt?«

»Erst mal wenig. Sie hatte einen wirklich harten Schlag abbekommen. Ich bot ihr Wasser an, doch das hatte ich in einem Eimer geholt, und es war ein bisschen braun – sie lehnte es ab.«

»Was passierte weiter zwischen Ihnen und Frau Loor?«

»Nicht viel. Sie war nicht ganz da, und ihr muss übel gewesen sein. Sie machte sich auch gar keine Gedanken darüber, wo ich plötzlich herkam.«

»Was taten Sie?«

»Ich versuchte, sie wieder auf die Beine zu stellen. Sie schwankte, und sie hängte sich schwer an mich.« Fey schüttelte den Kopf.

»Ich war mindestens so verwirrt wie Aurelie, wenn es mir auch nicht schlecht ging. Ich meine – ich war gerade aufgewacht, da stritten die beiden schon, und bevor ich wirklich mitkriegte, um was es ging, lag Aurelie verletzt am Boden. Die Sache mit dem Garten und alles – das hab ich mir erst hinterher zusammengereimt. In dem Moment wollte ich nur sehen, wie es ihr ging.«

»Und was machte sie für einen Eindruck?

Doris atmete tief durch. »Sie wirkte nicht so angegriffen, wie sie es wahrscheinlich in Wirklichkeit war«, sagte sie.

Aurelies Gesicht hatte unter den Sommersprossen und der Bräune grünlich ausgesehen, oder eigentlich: bläulich. Ungesund jedenfalls. Die Wunde auf ihrer Stirn hatte geblutet und das Blut war ihr in die langen blonden Haare gekrochen. Als ihr ein Tropfen aufs T-Shirt fiel, hatte sie angefangen zu kichern, um dann wieder trocken zu würgen. Ihre Haut war ganz kalt gewesen, trotz der Wärme im Garten, kalt und schweißig. Das waren alles Zeichen dafür, dass sie einen schweren Schock hatte. Doch geredet hatte sie in ruhigem und vernünftigem Ton.

»Sie wollte nicht, dass ich ihr helfe«, sagte Doris. »Ich hab ihr den Walkman aufgehoben und wollte ihr zumindest etwas Wasser auf die Stirn tun, aber sie sagte, dass sie dem Wasser nicht traue. Ich habe sie gefragt, wieso Katrina so ausgerastet ist, da hat sie mich angesehen und mich gefragt, wer ich bin. – Das war kein Zeichen von Verwirrung, wir haben tatsächlich vorher nie richtig miteinander gesprochen. Ich kannte sie natürlich, sie war eine auffallende Erscheinung, und dann musste ich mir ja immer Katrinas Loblieder anhören – aber es hätte mich erstaunt, wenn sie mich gekannt hätte. Ich sagte also meinen Namen, aber darauf reagierte sie gar nicht. Sie bedankte sich nur unaufhörlich und meinte, dass es schon gehen würde und dass sie jetzt wegmüsste. Dann redete sie hauptsächlich von ihrem Hund. Zuerst hab ich überhaupt nicht kapiert, was sie wollte, Rocco, Rocco, hat sie die ganze Zeit gesagt. Es dauerte ewig, bis ich dahinter kam, dass sie damit den Hund meinte, der außen vor dem Garten angebunden war. Ich hab sie zu ihm gebracht. – Und dann ist sie gegangen.«

»Sie haben sich nicht weiter um sie gekümmert?«

»Sie hat den Hund genommen und ist losgegangen. Ich wollte sie heimbringen, doch das hat sie rundweg abgelehnt. Sie wollte sich auch nicht nur ein Stück weit begleiten lassen. Ich sagte ihr, dass ich ja auch heimwollte und sie solle warten, bis ich meine Tasche mit dem Hausschlüssel geholt hätte. Auch das wollte sie nicht. Sie ging einfach los.«

»Und Sie, Frau Fey?«

Blonde Haare, die sich bauschten, ein Körper, der langsam umkippte. Das Knacken. Doris kamen ganz unvermittelt die Tränen. Sie schluckte und presste die Hand vor den Mund. Einer der Polizisten goss ihr ein Glas Wasser ein.

»Danke.« Sie versuchte, sich zu fassen. »Ich kann nicht – ich habe nur noch meine Decke und den Eimer weggeräumt, verstehen Sie? Ich war – das war alles so viel und so plötzlich, und Katrina, ich meine – ich war ein bisschen empört, weil Aurelie mich nicht hatte helfen lassen, und ich trödelte herum und sah mir noch mal den Garten an und – ich meine, sie könnte noch leben! Und dieses – schreckliche –«

Ackermann und Seisel beugten sich vor. »Haben Sie etwa gesehen, wie Frau Loor in den Steinbruch stürzte?«, fragte Seisel vorsichtig.

Die Zeugin nickte nur und atmete tief, um sich zu beruhigen. Seisel schob ihr das Wasserglas näher hin. Sie nippte daran.

»Wie das?!«

»Na der Weg zum Garten führt auch am Steinbruch vorbei.« Sie atmete erneut tief aus und schüttelte sich. »Ich folgte Aurelie, nachdem ich –« Sie war nahe dran, die Fassung zu verlieren.

»Nachdem Sie Ihre Tasche geholt und den Eimer und die Decke weggeräumt hatten«, sagte Seisel tief und ruhig.

»Ja. Als ich aus dem Garten kam, sah ich sie gerade im Wald verschwinden. Sie war nicht sehr weit vor mir, aber –«

»Zu weit.«

Doris Fey schüttelte unglücklich den Kopf. »Man geht erst über die Trift, dann durch ein Stück Wald und anschließend auf dem breiten Wanderweg am Bruch vorbei, wenn man in den Ort zurückwill. Und als ich auf den breiten Weg kam, da hörte ich den Hund bellen. Es war – ich ging schneller. Dann kam ich zu einer Stelle, von der aus man runtergucken kann in den Bruch und von der aus man auch die – Kante sieht.« Sie zog die Nase hoch und presste ihre Lippen aufeinander.

»Und Sie sahen Aurelie?«

Nicken.

»Wo genau war sie?«

»Sie saß an der Kante, dort, wo genau unterhalb der See liegt. Hinter ihr war so ein überhängender Fels. Dort.«

»Wie weit war das weg von Ihrem Platz?«

»Vielleicht zwanzig Meter.«

»Was tat Frau Loor?«, fragte Ackermann leise.

»Sie band ihre Schuhe auf.«

«Und dann?«

»Dann fing sie an zu lachen!« Doris Fey fing an zu weinen.

»Kommen Sie, Frau Fey, trinken Sie noch einen Schluck.«

Sie tat es und beruhigte sich wieder.

»Worüber lachte sie, haben Sie das mitbekommen?«

»Sie redete mit ihrem Hund. Sie umarmte ihn und es sah aus, als wollte sie sich von ihm verabschieden. Ich weiß nicht – sie wollte ganz offensichtlich runterklettern, und ihr Hund jaulte nur noch. Und sie lachte ganz komisch. Sie war nicht mehr ganz bei sich, ich wusste, dass ich sie dort wegholen musste. Ich meine, sie saß so nah an der Kante und – Scheiße.« Fey schluckte wieder.

»Was taten Sie?«

»Ich schrie ihr zu, sie solle sich nicht bewegen. Ich wolle ihr helfen.«

»Und was machte Frau Loor?«

»Sie winkte und rief, ich solle mir keine Sorgen machen, sie käme schon zurecht. Sie würde jetzt nach Hause gehen.«

»Und?«

»Ich schrie, sie solle auf keinen Fall versuchen zu klettern.«

»Was ist dann passiert, Frau Fey?«

»Sie rief: ›Hier runter ist es aber schneller!‹«

Ackermann hielt sich die Hand vor den Mund. Sein nervöses Lachen käme im Moment gar nicht gut.

»Und dann?«, fragte Seisel ernst.

Fey begann jetzt richtig zu weinen. »Ich schrie: ›Bleiben Sie sitzen!‹, und sie rief: ›Können Sie meinen Hund mitnehmen?‹ – Ich – ich traute mich nicht von dieser Stelle weg, wissen Sie, sonst hätte ich keinen Blickkontakt mehr gehabt, und ich – ich rief ihr irgendetwas Verrücktes zu wie: ›Sie können doch Rocco nicht allein lassen, überlegen Sie sich das, bleiben Sie sitzen, verdammt. *Bleiben Sie doch sitzen!*‹ – Und sie rief, ich solle mir keine Sorgen machen, sie würde sitzen bleiben, wenn mir das so viel bedeutete. Dann band sie ihre Schuhe wieder zu. Und ich – Gott, war ich erleichtert! Und dann – dann ...«

»Dann?«

»Dann rief sie: ›Ich komme jetzt zu Ihnen.‹ Und stand auf.« Doris Fey schlug die Hände vors Gesicht.

»Und ihr wurde schwindelig.«

Fey nickte.

»Und sie fiel?«

»Ja.«

Dann war Aurelie ganz langsam umgefallen, gar nicht entsetzt, nicht mal überrascht. Ihr Hund hatte gejault wie verrückt und doch aus ganz weiter Ferne, Aurelies Haare hatten sich gebauscht, einmal noch im Licht der späten Sonne aufgeglänzt. Und dann war sie in den schattigen Steinbruch gefallen, war ganz langsam eingetaucht in diese nicht sonderlich düsteren Schatten; die Erinnerung gab es viel langsamer wieder, als es in Wahrheit hatte sein können. Und dann war sie unten aufgekommen, mit ihrem Bein und ihrem Körper, und durch den Aufprall ein Stück hochgeschleudert worden, und in dem Moment hatte es geknackt und ihr Kopf war nach hinten geknickt, ein wenig zu viel nur, und das hatte so – dieser Anblick war gar nicht wirklich schrecklich gewesen, nur unnatürlich. Ja, *unnatürlich*.

»Was taten Sie dann, Frau Fey?«, wurde sie gefragt.

»Ich ging nach Hause.« Jetzt begann sie selbst zu lachen; es war ein Echo des harten und fiebrigen Gelächters Aurelies. »Ich ging einfach nach Hause, als wäre nichts geschehen.«

Als sie Doris Fey wieder einigermaßen beruhigt hatten, erreichte Seisel und Ackermann ein Anruf Willenbachers. »Ich habe jetzt Katrina Klein«, verkündete er. »Sie war bei Antoni. – Ich hab gewusst, dass wir bei dem noch was finden würden.«

Neapel

Die Reise

Bettina hatte ihre Maschine nur erreicht, weil sich aufgrund eines Gewitters, das von Frankreich herangezogen war, eine ganze Reihe von Abflugterminen verschoben hatte.

Es war ein kleines Allitaliaflugzeug, die Business-Class umfasste gerade acht oder zehn Sitze. Sie hatte Economy gebucht und einen Fensterplatz bekommen. Der Flug dauerte anderthalb Stunden. Sie starteten gegen vier. Es waren nicht alle Plätze besetzt.

War Neapel kein beliebtes Ziel?

Als sie in der Luft waren, stellte ihr eine Stewardess ein Tablett mit Essen hin. Es war eine Art Frühstück, ein Croissant und Marmelade und etwas Graugelbes, Klumpiges dazu.

Erst als sie die Masse kostete, merkte Bettina, dass es Rührei war.

Capo di chino, hieß das Kopf des Chinesen? Auf jeden Fall hieß der Flughafen so: Capodichino, Neapel. Ein lärmender Ort voller geschäftiger Menschen, die alle aussahen, als betrieben sie irgendwo in einem zypressenbewehrten Palazzo ein Architekturbüro oder einen Weinhandel oder eine Agentur für Operntenöre. Alle in Anzügen, Kostümen, Geschäftskleidung, alle mit Ledertasche, eleganten Schuhen und Zeitung unter dem Arm. Waren das dieselben Leute, die mit Bettina im Flugzeug gesessen hatten? Gab es hier irgendwo einen geheimen Ort, wo man alle Einheimischen beiseite nahm und ihnen einen *Corriere della Sera* unter den Arm klemmte, kaum dass sie aus dem Flugzeug gestiegen waren? Wo waren die anderen Touristen? Bettina erblickte eine Frau in einem Sari und beruhigte sich wieder. Es musste an der Luft liegen, die war zu heiß, trocken und berauschend, obwohl sie nach Kerosin und Abgasen stank. Wer eben aus dem gewichtigen deutschen Sommer kam, konnte davon tatsächlich aus der Bahn geworfen werden. Aber es ging schon wieder. Da war auch der Glatzkopf mit dem abgewetzten Sakko, der während des

Fluges hinter ihr gesessen und ständig gegen ihren Sitz getreten hatte. Bettina lächelte ihm fast erleichtert zu, doch er runzelte nur die Stirn und zückte seinen *Corriere*. Arroganter Pinsel.

Von zwei lächelnden Stewardessen wurde Bettina dann einem Menschenstrom zugeteilt, der sie durch ein, zwei Durchgänge bis zu einer Wartezone für die Gepäckrückgabe ihres Fluges trieb. Doch sie hatte ja nur *bagaglio a mano*, ein winziges Täschchen, keine EC-Karte, keine Zahnbürste, nicht mal ein Telefon. Immerhin hatte sie ein paar Lire. Und die würde sie jetzt dem nächstbesten Taxifahrer in den Rachen werfen.

Der kurzatmige *tassista*, an den Bettina geriet, hatte sehr dicke schwarze Augenbrauen und trug ein hellblaues Hemd, eine dunkle Anzughose und altmodische Hosenträger. Gemessen legte er seine *Gazzetta dello Sport* beiseite, die er, an sein Taxi gelehnt, gelesen hatte, und hörte sich Bettinas Anliegen verständnisvoll an.

Nach Vico Equense, sagte Bettina, zum *Sant' Agata*. Und dass sie gern einen Kostenvoranschlag hätte. (Das drückte sie natürlich anders aus, aber mit Rücksicht auf ihre ernste Lage wird dieser Teil der Unterhaltung hier nicht wiedergegeben.)

Der Taxifahrer sah sie an, dann sah er seine Kollegen an, die am Nachbarfahrzeug in ein Gespräch vertieft waren, und sagte: »No. Scusi, Signorina.« Damit nahm er wieder seine Zeitung zur Hand.

Bettina starrte ihn so lange an, bis er die Lektüre erneut senkte. »Und können Sie mir mal sagen, was ich jetzt machen soll?!«, sagte sie auf Deutsch und nah dran, ihm eine zu knallen oder in Tränen auszubrechen.

»Signorriina«, sagte er in einem Ton, der bedeutete: Okay, du bist eine verrückte Touristin, die unsere Hitze nicht verträgt, aber dafür unter dreißig und deine Haare sind noch lang, wie es sich gehört, also hier die Erklärung. Und dann stieß er Worte aus, die sich für Bettina fast arabisch anhörten, die sie aber auch dann nicht verstanden hätte, wenn es reinstes Italienisch gewesen wäre.

Schließlich musterte der Taxifahrer Bettina und seufzte. »Per Vico Equense«, sagte er dann laut und langsam, »sixty chilometri, capisce?!«

»Sixty?!«

Ach, Vico Equense, das ist leicht, hatte die Stewardess zu Bettina gesagt. Das kenne ich, quasi ein Vorort von Neapel, da sind Sie in null Komma nichts.

Der Taxifahrer nickte und entließ Bettina.

Sie nahm einen Leihwagen.

Es war ein Fiat von Sixt mit einem Stadtplan im Handschuhfach, und in dem Wagen schaffte Bettina es nach anfänglichen Schwierigkeiten mit dem neapolitanischen Verkehr tatsächlich auf die A1 und dann die A3, ja es gelang ihr sogar, auf Anhieb das korrekte Mauthäuschen anzusteuern und ordnungsgemäß ihr Kärtchen für die Berechnung der Autobahngebühr entgegenzunehmen.

Dann fuhr sie eine irre Strecke entlang. Es war sieben Uhr abends, starker Verkehr, doch die anderen Fahrer nicht so aggressiv, wie Bettina befürchtet hatte. So hatte sie Muße, die Umgebung auf sich wirken zu lassen. Wohnhochhäuser säumten die Autobahn, verputzt, unverputzt, im Bau befindlich, abbruchreif. Teilweise rückten sie so nahe heran, dass man den Bewohnern in die Fenster schauen konnte. Dazwischen Reklametafeln aller Art, schmutzige Sandplätze mit Baracken, dann handtuchgroße Maisfelder und Tomatenbeete, struppige, kränkelnde Palmen, wohlgepflegte Olivenbäume und, neben abenteuerlich aufgeständerten Straßen, wieder Hochhäuser und Fußballplätze und Menschen, die darauf spielten und die in den Baracken und Hochhäusern und Wohnwagen und kleinen Häuschen wohnten und auf Salatfeldern arbeiteten, direkt neben der Autobahn, und die ihre Wäsche aus den Fenstern hängen ließen und neben Werbetafeln lebten, die größer waren als ihre Hütten. Alles schien in Zellen organisiert statt in Straßenzügen. Immer Feld, Wohnhochhaus, Werbetafel, dann ein Slum und wieder ein Feld und ein Baum und ein Hochhaus. Das eigentlich Gewaltige aber war die Ausdehnung dieser Siedlungen. Die ersten zwanzig Kilometer hatten sie noch wie chaotische Vororte gewirkt, wie jeweils die letzte menschliche Behausung vor der endgültigen Ortsgrenze. Irgendwann kapierte Bettina jedoch, dass es kein Ende geben würde, dass nach den Lagerhallen, die Gewerbegebiete antäuschten, wieder Hochhäuser kamen, Haus neben Haus, Platz neben Platz, Gemeinde neben Gemeinde, erst Napoli, dann Pórtici, Ercolano, Torre del Greco: ein Moloch, unkontrollierbar ausgeufert, im eigenen Saft und Staub unter blaugrauem Smog schmorend, eine einzige, ungeheure Stadt.

Immerhin: Sie sah den Vesuv. Er war auch kaum zu übersehen, wirkte nur etwas abgehoben in seinem Dunstmantel und rückte während der Fahrt immer näher, bis sein Zwillingsgipfel aus ihrem Blickfeld geriet. Die beiden Frauen, die im Flugzeug vor ihr gesessen hatten, Urlauberinnen, hatten sich zu ihrer Unterhaltung ein zweites Pompeji ausgemalt. Der Berg sei tückisch, der Krater seit den letzten Ausbrüchen in den vierziger Jahren verstopft, ganz Neapel von vulkanischer Aktivität eingeschlossen mit den Phlegräischen Feldern im Westen und dem Vesuv im Osten, und jeden Moment könne das Pulverfass hochgehen. Bettina stellte sich vor, wie all die Menschen evakuiert werden mussten. Wahrscheinlich durfte man darüber einfach nicht nachdenken und musste hoffen, dass es die anderen träfe, wenn es so weit war.

Zu ihrer Rechten lag das Meer, und nachdem sie sich nun bei Torre del Greco befand, konnte sie es auch ab und zu zwischen den Häusern hervorlugen sehen, von mattem Azur, unscharf gegen den helleren Himmel abgesetzt, die entfernteren Küsten ebenfalls in Blau tauchend. Darüber wartete schon hell und fast unmerklich das Grauviolett der nahenden Nacht.

Bei Castellamare dann verließ sie die Autobahn und nahm die Küstenstraße nach Vico Equense. Auch diese beiden Orte waren durch eine lockere Bebauung verbunden; immerhin wurden die Häuser jetzt kleiner und in den Bergen zur Linken gab es Oliven- und Zitronenhaine. Die Küste war hier steil, das Ufer felsig, der Ausblick zurück nach Neapel überwältigend. Werbebojen mit

Plastikpalmen und enthusiastischen Schriftzügen priesen vom Wasser aus Hotels an.

Das *Sant' Agata* fand Bettina sofort. Es nahm fast den gesamten Ortseingang ein, war dennoch eher gediegen als elegant; ein Komplex mit großen Reklametafeln, einer noblen Auffahrt, vielen Terrassen, Bäumen und Kübelpflanzen, die sich um ein mehrstöckiges dreiflügeliges Hotelgebäude gruppierten. Reisebusse waren geschickt auf dem angrenzenden Parkplatz verborgen, vor dem Foyer flanierten Feriengäste.

Und irgendwo hier musste Barba sein. Barba und Enno und Sammy. Gleich würde sie die drei wiedersehen.

Bettina parkte das Auto neben einem Mercedes aus Frankreich, stieg aus, streckte sich und atmete diese leichte, lose Luft tief ein. Barba war verrückt.

Aber irgendwie hatte sie natürlich Recht gehabt herzukommen.

An der Rezeption meldete sie sich befreit und fast fröhlich als Bettina Boll an, »sister of Barbara Boll«. Der Portier sprach Englisch. Als er sie überrascht und mitleidig anblickte, sank Bettinas ganzer Mut. Man brachte sie in ein schmuckloses Büro. Der geschniegelte Hotelmanager tat, ebenfalls auf Englisch, sein Bestes, um freundlich und mitfühlend zu sein. Er versprach ihr, sofort die Kinder bringen zu lassen.

Barba war am frühen Nachmittag in einer Eisdiele an der Uferpromenade Amalfis an einem Tisch sitzend gestorben; Gäste hatten beobachtet, wie sie zusammensank Die Polizei hatte dann das Hotel und die Botschaft verständigt, die Kinder befanden sich in einem Hospital bei Sorrento.

Auch die Leiche hatte man dorthin gebracht.

Im Zimmer

Das Zimmer ging zur Straße, nach Osten. Die Straße war belebt. Vor allem jetzt, da es Abend war. Lastwagen und Jugendliche auf Mofas, die lauteste Zusammenstellung. In Richtung Sorrento machte die Straße unmittelbar hinter dem Hotelgelände eine enge Kurve und wand sich dann den steilen Hang hinab. Das bedeutete, dass die Lastwagen direkt vor dem Hotel bremsten und hupten und die Jugendlichen hier ihre Wendemanöver machten und sich auf der gegenüberliegenden Seite der Straße sammelten. Die Fensterscheiben klirrten bei jedem Zweitonner. Es war laut.

Die Kinder dagegen waren schrecklich still, sie quengelten nicht mal. Das wäre normal gewesen. Oder? Was war normal, wenn die Mutter starb?

Diese Situation hatte die Natur nicht vorgesehen. Es gab keine Möglichkeit, angemessen darauf zu reagieren. Bettina war fast froh, dass der Lärm von der Straße hereinkam. Sie zog den Vorhang auf und entdeckte, dass zwischen der Fensteröffnung in der Mauer und dem Rahmen ein anderthalb Zentimeter dicker Spalt klaffte. Was machten die Leute im Winter?

Das war wohl eine dieser typisch deutschen Fragen, die kein Italiener verstehen würde. Wahrscheinlich wurde das Zimmer im Winter nicht vermietet. Wahrscheinlich waren die Winter hier so mild, dass es nichts ausmachte. Wahrscheinlich wurde das Zimmer ohnehin nur an Leute vergeben, die sich nicht wehren würden. An Leute, die kein Italienisch konnten. Mütter mit Kindern.

Bettina wurde sehr plötzlich sehr wütend. Dieses schäbige Loch hatten sie ihrer Schwester gegeben. Dieser deprimierende Straßenlärm war eins der letzten Geräusche, das sie gehört hatte. Diese stickige schlechte Luft die letzte, die sie geatmet hatte. Dieser miese Frauenakt an der Wand, der aussah, als hätte ihn das Zimmermädchen gemalt, das letzte Bild, das sie gesehen hatte. Für das von Bettina so mühsam verdiente Geld hätte sie etwas Besseres bekommen sollen.

Bettina riss die Zimmertür auf. Die Ausstattung des Gangs draußen versprach mehr, das Treppenhaus war elegant und großzügig und mit vielen Teppichen ausgelegt. Feriengäste schritten die Treppen hoch, sie lachten.

Bettina stürmte die Treppen hinab zur Rezeption. Zum Nachtportier. Der kannte sie noch nicht.

Sie beschimpfte ihn auf Deutsch. Sie wusste, es war egal, was sie sagte, auf den Ausdruck kam es an. Sie fuchtelte mit den Händen, die Feriengäste ringsum blieben stehen und musterten sie halb befremdet, halb belustigt. Weiches Licht fiel von draußen ins Foyer; die Halle, der Billardraum, die beiden Speisesäle waren besetzt und taten so, als gäbe es die Straße nicht; hier hörte man nur leichtes, elegantes Klicken und Klirren. Und das Piano. *Love of my life.*

Bettina schimpfte lauter.

Der Nachtportier sah sich irgendwann genötigt, Bettina zu folgen, da er sie nicht verstand. Sie schleppte ihn hoch in das Zimmer.

Adrienno erwartete sie mit großen ängstlichen Augen. Sammy schrie. Adrienno warf sich auf Bettina und umklammerte ihr Bein. »Tina, nicht weggehen, nicht weggehen«, flehte er mit zitternder Stimme.

Das war zu viel für sie. Sie hatte die Kleinen allein gelassen. »Mama ist tot«, das verstanden sie nicht, aber »Mama ist weg« sehr wohl. Sie kniete sich auf den Boden zu Adrienno und weinte.

Der Nachtportier stand ein wenig verlegen herum. Sicher wusste er von ihrem Schicksal. Bettina hatte fast den Eindruck, dass dieser ganze verdammte Moloch von Stadt davon wusste.

Er sagte etwas Weiches, Tröstliches auf Italienisch. Es klang freundlich und mitleidig. Bettina war froh, dass sie ihn nicht verstand, so war es ihr leichter, ihn anzuschreien. Sie musste ihn einfach anschreien. Sie stand auf, wischte ihre Tränen weg, packte ihn am Arm und zog ihn zum Fenster. Sie zeigte ihm die Lücke zwischen Fenster und Wand. Sie wies auf die Straße und hielt sich die Ohren zu. Sie deutete verächtlich auf die billigen weißen

Spanplatten, die zusammengeschraubt das Bett und den Schrank ergaben. Den geschmacklosen Akt und die Kinder. Den Fleck auf dem Teppich. Wieder zurück zum Fenster. Sie wollte kein Mitleid, sie wollte das Zimmer, das Barba zugestanden hätte. Die Kinder weinten jetzt beide.

Der Nachtportier war ein herzensguter Mann.

Sie bekamen eine Suite.

In der Suite

Bettina tat sofort alles Leid. Was hatte sie getan, die Kinder waren durch ihr Gebrüll völlig verunsichert. Adrienno hatte sich so tapfer gehalten, und nun weinte er auch und weinte und weinte. Und in dem schäbigen Zimmer war Barba viel präsenter gewesen als hier zwischen den soliden, aber abgewetzten Ledersesseln. Jetzt war es fast so, als hätte Bettina ihre Schwester verlassen, als hätte sie Barba ganz zuletzt noch von sich gestoßen. Es war alles so verrückt. Die Kinder weinten.

Die Möbel der Suite waren genauso hässlich wie die des Zimmers, nur bestanden sie aus Echtholz. An der Wand des »Salons« hing ein Akt. Nicht in Wasserfarbe diesmal, sondern in Öl, doch von der Qualität her vergleichbar. Nicht das Zimmermädchen, sondern ihr kunstmalender Onkel hatte sich daran vergangen. Die Betten im Schlafzimmer wirkten sauber, doch die Matratzen hatten Löcher.

Immerhin hatten sie jetzt Aussicht auf den Golf.

Draußen

Sie hatten es in der Suite nicht ausgehalten, eigentlich war es nirgendwo zum Aushalten. Die Kinder waren nun wieder ruhig. Aus Erschöpfung, vermutete Bettina. Von der Suite aus kam man über eine enge Seitentreppe hinunter in den weitläufigen Hotelgarten. Obwohl leicht ungepflegt und verwachsen, war er das Glanzstück der Anlage. Es gab mehrere Terrassen, zwei Pools, eine Poolbar, eine Sonnenterrasse mit Liegestühlen, verschiedene Eckchen und Winkel. Und Liebeslauben, beflissene, hübsche Kellner unter der blauen Leuchtreklame am großen Pool, Lichterketten über dem dunklen trüben Wasser. Überall Kübel mit Agaven. Palmen an exponierten Stellen. Weiter unterhalb, zur Bucht hin, Dämmerung und Olivenbäume.

Und darüber, davor, darum herum, das ungeheure Spektakel des Sonnenuntergangs über dem Golf. Das Hotel bot einen Logenplatz dafür – daher die Preise und die vier Sterne. Der Himmel glühte und die Lichter der zusammengewachsenen Städte unten in der weiten Bucht leuchteten kaltweiß und nur durch ihre Menge mächtig dagegen an. Unter den Bäumen, in den Augenwinkeln bildeten sich dunkle olivfarbene Schatten, auf dem Meer glitzerten Yachten. Rechter Hand saß dunstverschwommen der Vesuv. Wenn man zu ihm hochblickte, sah man eine schmale Wolke aufsteigen, wie aus einer gerade abgefeuerten altmodischen Pistole. Alles – das Meer, die Stadt, die Landschaft, der Himmel – griff aufeinander über. Das eine spiegelte sich im anderen wider, das Häusermeer im Wasser der Bucht, die ersten Sterne am Himmelsrand in den Lichtern der Stadt, die Sonne in einzelnen Fenstern der Villen auf den Bergen ringsum, die orange Luft im orangen Meer. Näher konnten sich die Elemente nie kommen.

Es war großartig.

Bettina verstand nicht, dass die Leute und die Kellner und das Blinklicht der Leuchtreklame so gelassen weitermachten mit ihrer Arbeit, ihren Gesprächen und Ferien. Sollten sie nicht alle über der Brüstung der Terrasse hängen und staunen? Die Feriengäste zumindest waren doch zu ihrem Vergnügen hier, wieso sahen sie das nicht?

Sammy begann zu wimmern. Adrienno saß neben Bettina auf einer Bank unter einer Palme, Sammy hielt Bettina auf ihrem Schoß. Der kleine Adrienno sah sehr blass aus und blickte auf die Bucht. In einer Eisdiele unweit des Wassers hatte man ihn und seine Schwester gefunden. Und seine Mama. Sammy weinte elend vor sich hin.

»Tina«, sagte Adrienno und klang erschreckend erwachsen, »du musst *Bella Marie* singen.«

Sammy jammerte.

»Sie will, dass du *Bella Marie* singst.« Adrienno klang sehr bestimmt. *»Du* musst singen, Tina. Wenn ich singe, weint sie weiter. Sammy ist eigen.«

Dieser letzte Satz. Genau das hatte Barba stets in genau dem Tonfall über ihre kleine dunkelhäutige Tochter gesagt. Sammy ist eigen.

Adrienno blickte Bettina drängend an. *Bella Marie.* Das Urlaubsschlaflied, nahm Bettina an.

Bettina sang die *Caprifischer* und wiegte Sammy. Sie konnte nur den Refrain.

Sammy wimmerte weiter.

»Das ist falsch«, sagte Adrienno streng. »Du musst anders singen, Tina.«

»Ich kann es nicht besser«, sagte Bettina.

»Dann musst du Mama holen, Tina«, sagte Adrienno und gönnte sich keine Hoffnung in der Stimme, kein Gefühl. Es war eine klare und höchst vernünftige Anordnung. Der Junge war vier.

»Enno, mein Schatz, das geht nicht«, sagte Bettina. Der Himmel wurde dunkelrot. Capri konnte man von hier aus nicht sehen, die Sorrentinische Halbinsel lag davor. »Deine Mama ist nicht mehr da.«

Deine Mama wird gerade versandfertig verpackt. Vielleicht sollte man sie lieber hier begraben, da hätte sie diese Theatralik, die sie gesucht hatte, jeden Abend. Und hier wäre sogar ihre letzte Ruhe von einem höchst romantischen Hauch der Gefahr bedroht; immerhin konnte der Vesuv jederzeit wieder ausbrechen. Es würde Barba gefallen, hier begraben zu sein. Bettina wusste, dass sie ihre Schwester trotzdem mitnehmen würde. Sie war nicht in der Lage, all die notwendigen Formalitäten zu erledigen, und selbst wenn die Botschaft oder die ADAC-Trauerhilfe das arrangieren konnten, würde sie es nicht ertragen, länger hier zu bleiben und auf die Beerdigung zu warten.

Aber was sollte sie Enno sagen, der sie so auffordernd anblickte? Bei »deine Mama ist nicht mehr da« konnte sie es nicht belassen.

Sie ist verreist. Nein, dann müsste sie wiederkommen.

Im Himmel. Was für einem Himmel? Dem blutigen dort vorne?

Sie hat ihren Körper verlassen. Viel zu abstrakt.

Sie ist weggegangen. Weg von ihren Kindern? Warum?

Jemand hat sie geholt. Zu beängstigend.

Es gab nichts zu sagen. Bettina war ja auch nicht dabei gewesen. Jetzt nach Barbas Tod mit faulen Erklärungen zu kommen war nicht richtig.

»Enno, mein Schatz«, sagte sie, »was hat Mama zu euch gesagt, als ihr beim Eisessen wart?«

»Du musst singen, Tina«, befahl Adrienno. Jetzt schwankte seine Stimme. »Sing doch!«

Sammy wimmerte.

»Hat die Mama gesungen, Enno?«

War es grausam, was sie tat? Wenn sie ihn über Barbas Tod ausfragte, würde er sich später daran erinnern. Wenn nicht, konnte er die Art und Weise, wie es passiert war, vielleicht ganz vergessen. Was war besser? Sollte sie einen Himmel erfinden? Die Mama zu einer fernen Beschützerin machen?

»Enno, mein Schatz, deine Mama ist immer bei dir.«

Adrienno schniefte und schrie: »Sing! Doch! – Soll ich dir vorsingen?«

Bettina erschrak über seine Lautstärke. Sammy begann zu schluchzen. Die Sonne versank. »Ja.« Adrienno sang.

»Bella bella bella Marie –
häng dich auf, ich schneid dich ab morgen früh.
Bella bella bella Marie –
du kriegst mich nie!«

Adriennos Stimme klang erst unsicher, dann wurde sie fest. Er sang laut. Bettina stellte sich vor, wie ihre Schwester im Auto saß, Richtung Capri fuhr und ihren Kindern lachend diese alte Verballhornung beibrachte. Wie viel interessanter und schöner klang doch ein Lied, wenn die geliebte Mama beim Singen die Stimme hob und lachte. Barba hatte gern gelacht, auch über ihre eigenen Witze. Und wenn es sein musste, auch mehrmals über denselben. Wie die Kinder das Lied lieben lernten, wie es zum Schlaflied wurde, wie Barba mit den Kleinen an einem Marmortisch auf der Terrasse vor einem Café mit Meeresblick gesessen und gesungen und gelacht hatte. Und dann irgendwann weggeknickt war, über den Tisch gefallen, vom Stuhl gerutscht. Adrienno hob hoffnungsvoll die Stimme, als es um Aufhängen und Abschneiden ging – das Echo eines alten schlechten Witzes über ein altes kitschiges Lied. Mama ist immer bei dir, Schatz. Der Tod erwischt uns kalt in unserem großartigen und armseligen Leben.

Sammy, die kluge, ließ sich natürlich nicht überlisten und beruhigen. Bettina und Adrienno sangen so laut, dass die übrigen Gäste im Garten sie anstarrten, doch das merkten sie gar nicht. Sie bekamen den Lacher einfach nicht hin.

Dank

an
meine Informanten
Kriminalkommissar Herbert »Schnully« Walter,
Polizeihauptkommissar a.D. Gerd Münder
und Nino Moretti,

Schnully,
»den pathologischen« Dr. Dong-Hoon Lee
und Markus »Rasta« Simon
für Gastauftritte,

Queen
für ihre Musik,

Peter,
ohne den kein Mann in diesem Buch echt wäre,

Ariadne,

Gérard Scappini,
der höchstpersönlich für eine Traum-Auflage sorgt,

und an
meine Freundin und Lektorin
Ulrike Wand.

Ulrikes Best Shots

Autorin: Ein paar von den Fenstern des Nachbargebäudes reflektierte Sonnenstrahlen malten Kringel auf die vakanten Tischplatten …
Lektorin (Kommentar): Hört sich gut an, bin aber nicht sicher, ob man das sagen kann. Eine vakante Professur ist eine freie Professur, die, während sie vakant ist, nicht ausgeübt wird, also in gewisser Weise nicht vorhanden ist – und insofern verstehe ich vakante Tischplatten zunächst mal als nicht vorhandene Tischplatten.

Autorin: Hübsch, blond, Körbchengröße G
Lektorin: Gibt's die wirklich?

Autorin: Und Aurelie hatte lange blonde Haare gehabt.
Lektorin (Kommentar): … Außerdem hat sie in gewisser Weise immer noch blonde Haare.

Autorin: Ein weicher Hauch streifte ihn.
Lektorin (Kommentar): … weicher Hauch ist doppelt, und Hauche streifen nicht.

Autorin: Willenbacher fächelte sich mit seinem T-Shirt Luft zu.
Lektorin (Kommentar): Weiß, was du meinst, er hat es unten gepackt und wedelt damit, oder? Aber so wie's hier steht, hat er es ausgezogen.

Autorin: »Ja«, sagte LaBelle, setzte sich wieder und steckte den Schaumgummizehenspreizer in den anderen Fuß.
Lektorin (Kommentar): Autsch …

Autorin: … bestellte schamlos eine Cola und ließ sich nach einigem Hin und Her auf Traubensaft festlegen. Fercher brachte ihn.
Lektorin (Gegenvorschlag): … festlegen. Wenige Minuten später stand nicht nur das immerhin in der Farbe stimmende Getränk auf seinem Tisch, sondern auch der Gewünschte vor selbigem.
Autorin: … stand nicht nur das immerhin farblich (halbwegs) stimmende Getränk auf seinem Tisch …
»End«-Lektorin Dr. Iris Konopik (Kommentar): Was ist ein farblich stimmendes Getränk?

Autorin: Sie folgte Katrina …
Lektorin (Gegenvorschlag): … Mrs. Bogart zog den imaginären Trenchcoat enger und folgte dem Mädchen auf dem engen … na ja, vielleicht nicht genau so, aber du weißt, was ich meine.